早川書房

ペストの夜

〔上〕

NIGHTS OF PLAGUE
by
Orhan Pamuk

Translated by
Ryo Miyashita
First published 2022 in Japan by
Hayakawa Publishing, Inc.
This book is published in Japan by
direct arrangement with
The Wylie Agency (UK) Ltd.

装幀／早川書房デザイン室

危険が迫ってくるといつも、人間の心中で二つの声が同じ強さで語り出す。一方の声は極めて理にかなった形で、その危険の特質を見極め、それから逃れる手段を考えろと促す。もう一つの声はもっと理にかなった調子で言う――危険について考えるのはあまりに辛くまた苦しいうえに、あらゆることを予見して出来事の趨勢から身を避けるのは、人間の力にかなう業ではない。それゆえ実際に事が起こるまではせいぜい辛いことから目を背けて、楽しいことを考えているに限る、と。

レフ・トルストイ『戦争と平和』*

ところで後代の人士でそうした一連の記録類を吟味照合して、あのペストの歴史について、事件を追って整然たる通史を書こうと試みた者はいなかったようである。

アレッサンドロ・マンゾーニ『いいなづけ――17世紀ミラーノの物語』**

＊：第4巻、望月哲男訳、光文社古典新訳文庫、二〇二一年

＊＊：平川祐弘訳、河出文庫、二〇〇六年

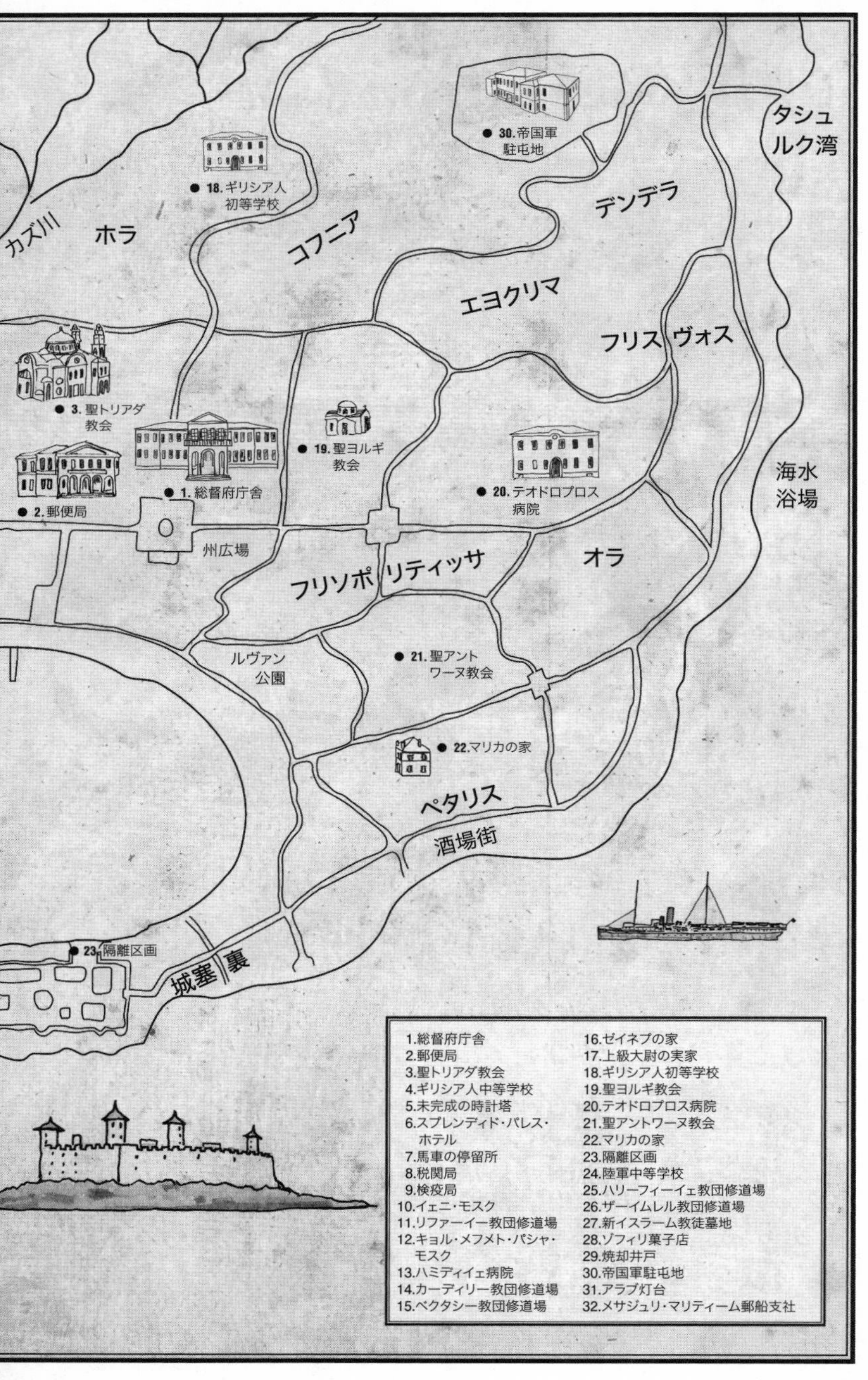

● 30.帝国軍
駐屯地
タシュ
ルク湾
● 18.ギリシア人
初等学校
カズ川
ホラ
コフニア
デンデラ
エヨクリマ
フリスヴォス
● 3.聖トリアダ
教会
● 19.聖ヨルギ
教会
● 1.総督府庁舎
● 2.郵便局
● 20.テオドロプロス
病院
海水
浴場
州広場
オラ
フリソポリティッサ
ルヴァン
公園
● 21.聖アント
ワーヌ教会
● 22.マリカの家
ペタリス
酒場街
● 23.隔離区画
城塞裏
1.総督府庁舎
2.郵便局
3.聖トリアダ教会
4.ギリシア人中等学校
5.未完成の時計塔
6.スプレンディド・パレス・
ホテル
7.馬車の停留所
8.税関局
9.検疫局
10.イェニ・モスク
11.リファーイー教団修道場
12.キョル・メフメト・パシャ・
モスク
13.ハミディイェ病院
14.カーディリー教団修道場
15.ベクタシー教団修道場
16.ゼイネプの家
17.上級大尉の実家
18.ギリシア人初等学校
19.聖ヨルギ教会
20.テオドロプロス病院
21.聖アントワーヌ教会
22.マリカの家
23.隔離区画
24.陸軍中等学校
25.ハリーフィーイェ教団修道場
26.ザーイムレル教団修道場
27.新イスラーム教徒墓地
28.ゾフィリ菓子店
29.焼却井戸
30.帝国軍駐屯地
31.アラブ灯台
32.メサジュリ・マリティーム郵船支社

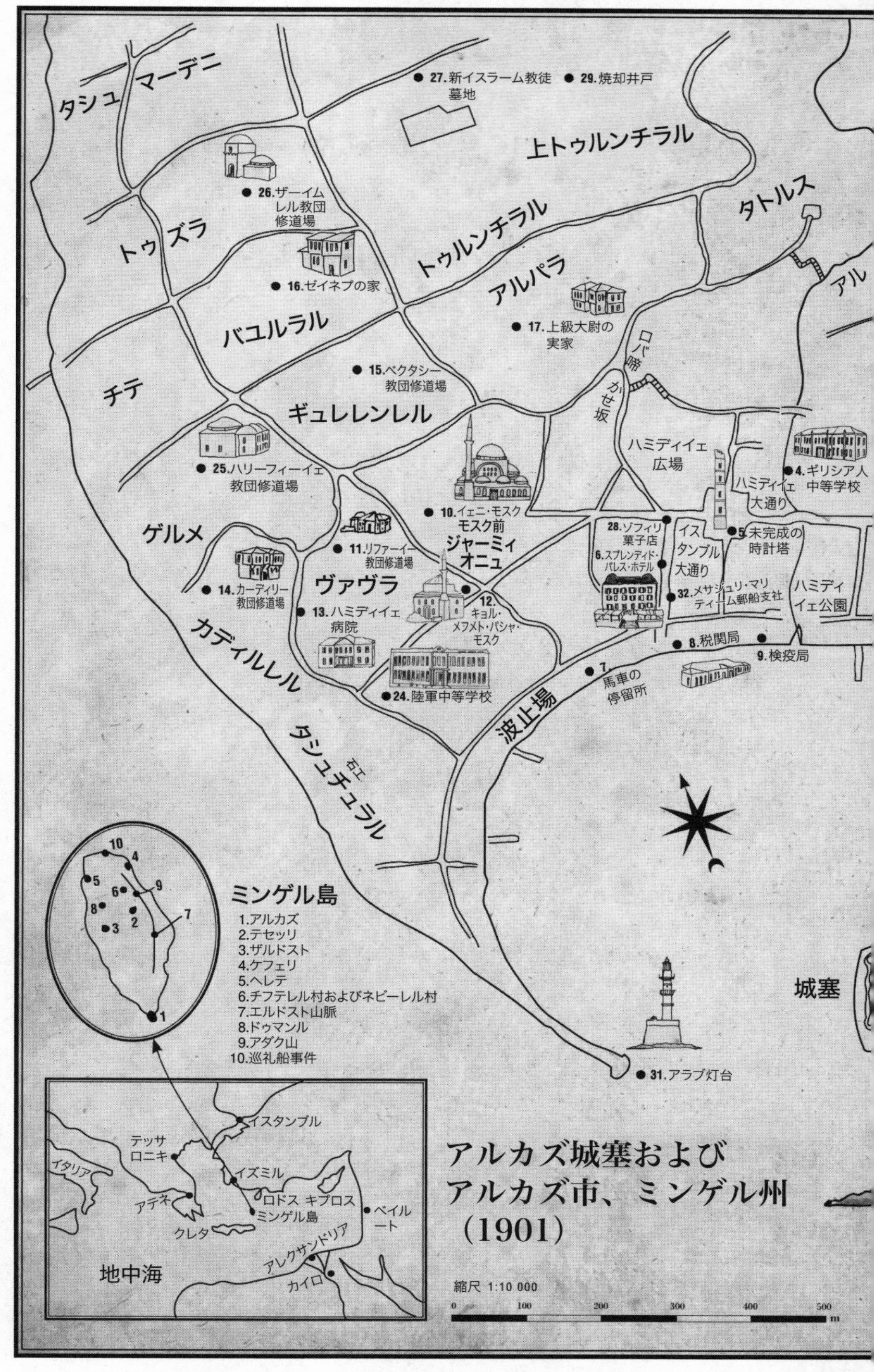
タシュ
マーデニ
27.新イスラーム教徒墓地
29.焼却井戸
上トゥルンチラル
タトルス
26.ザーイムレル教団修道場
トゥズラ
トゥルンチラル
16.ゼイネプの家
アルパラ
17.上級大尉の実家
バユルラル
ロバ蹄
かせ坂
15.ベクタシー教団修道場
チテ
ギュレレンレル
ハミディイェ広場
25.ハリーフィーイェ教団修道場
4.ギリシア人中等学校
ハミディイェ大通り
10.イェニ・モスク
モスク前ジャーミィオニュ
28.ゾフィリ菓子店
6.スプレンディド・パレス・ホテル
イスタンブル大通り
5.未完成の時計塔
ゲルメ
11.リファーイー教団修道場
14.カーディリー教団修道場
ヴァヴラ
12.キョル・メフメト・パシャ・モスク
32.メサジュリ・マリティーム郵船支社
ハミディイェ公園
13.ハミディイェ病院
8.税関局
9.検疫局
カディルレル
7.馬車の停留所
24.陸軍中等学校
波止場
石工
タシュチュラル
城塞
31.アラブ灯台
ミンゲル島
1.アルカズ
2.テセッリ
3.ザルドスト
4.ケフェリ
5.ヘレテ
6.チフテレル村およびネビーレル村
7.エルドスト山脈
8.ドゥマンル
9.アダク山
10.巡礼船事件
イスタンブル
テッサロニキ
イタリア
イズミル
アテネ
ロドス
キプロス
ミンゲル島
ベイルート
クレタ
アレクサンドリア
地中海
カイロ
アルカズ城塞および
アルカズ市、ミンゲル州
（1901）
縮尺 1:10 000
0
100
200
300
400
500
m

主な登場人物

パーキーゼ姫……………………………先帝ムラト五世の娘
ヌーリー医師……………………………パーキーゼ姫の夫
ハティージェ姫…………………………パーキーゼ姫の姉
アブデュルハミト二世…………………オスマン帝国の今上帝
ボンコウスキー衛生総監………………アブデュルハミト帝の側近の疫学者
イリアス医師……………………………ボンコウスキーの助手
サーミー総督……………………………ミンゲル州の総督
バイラム…………………………………アルカズ監獄城塞の看守
ゼイネプ…………………………………バイラムの娘
ニコス医師………………………………ミンゲル州検疫局長
マズハル部長……………………………治安監督部部長
ハムドゥッラー導師……………………ハリーフィーイェ教団の導師
ニキフォロス……………………………ボンコウスキーの旧友。薬剤師
メモ………………………………………イスラーム教徒の山賊
ラーミズ…………………………………ハムドゥッラー導師の義弟
キャーミル上級大尉……………………パーキーゼ姫夫妻の護衛官
サーティイェ婦人………………………キャーミルの母
エスマ……………………………………サーミー総督の妻
マノリス…………………………………記者
マリカ……………………………………サーミー総督の愛人

注意深い読者であればすぐに気がつくことだけれど、表紙の図版（下巻四一五頁に掲載）は旧州広場周辺から眺めたアルカズ市を写しているにもかかわらず、遠景に再度、アルカズ城塞とアルカズの市街が描かれてしまっている。絵の中に遠望したアルカズ城塞の姿を描かずにはいられず、そのため私を混乱させた挙句、ついにはこちらの首を縦に振らせるに至った画家のアフメト・ウシュクチュに感謝を。また本書の執筆にあたって、さまざまな助言と訂正を行ってくれた歴史家のエトヘム・エルデム、編集者のユジル・デミレル、テイフル・エルドードゥ、ファフリ・ギュリュリュオール、ダルミン・ハツィベゴヴィチ、シェイダ・オズテュルクに感謝する。

序

本書は、史書と小説の相半ばする形で書かれた史劇である。東地中海の真珠たるミンゲル島史上、もっとも辛く、恐怖に満ちた六ヵ月を描きながら、私が愛してやまないこの国の歴史そのものを、物語の合間に差し挟んだためだ。

私が小説と史書の二つが一書に結実する書物を著そうと奮闘することにしたのは、一九〇一年のペスト大流行の折に島で起こったことを調べ、その短くもドラマティックな展開を目の当たりにするにつけ、主人公たちが下した主観的な決断の数々を解明するためには歴史学的な専門知識だけでは到底、足りず、むしろ小説という芸術の助けを得てこそよりよく理解できるのではないかと直感したためである。

もっとも読者諸君におかれては、本書そのものが高尚な文学的な問いかけになっているなどとは勘違いしないでいただきたい。はじめに私が手にしたのは、本作でもその豊饒な文章を十全に訳出しようと試みた彼女の手紙の数々だった。つまり第三十三代オスマン帝国皇帝ムラト五世の三女たるパーキーゼ姫が、一九〇一年から一九一三年にかけて姉ハティージェ姫に宛てた百十三通に及ぶ手紙を、註を付して出版するよう依頼されたのが、そもそものはじまりだったのだ。いまあなたが読みはじめた本書も、当初はその書簡集の「出版に寄せて」という前書きに過ぎなかった。

ところがその前書きはどんどん長くなり、調査とともに細分化し、ついにはあなたがいま手にしている本書となった。まず告白しておきたいのは、愛らしく、過剰とさえ思えるほどに心優しいパーキーゼ姫の叙述やその機知に、私がすっかり魅せられてしまったということだ。皇女には歴史家や作家にこそふさわしいと思われる書き物への飽くなき情熱と、細部へのこだわり、そして描写力が備わっていたのである。私自身は多年にわたってイギリスやフランスの公文書館でオスマン帝国期（一二九九―一九二二年）に各地の港湾都市に駐在した各国領事たちの報告書に目を通し、その成果を博士論文にまとめ、数冊の学術書としても出版してきた女性研究者である。コレラやペストが猖獗（しょうけつ）を極めたこの時代についてはそうした領事たちも記すところではあるけれど、パーキーゼ姫ほど深く、また美しく語る者はいない。彼女の文章からは、帝国期の港町の空気や商業地の生き生きとしたさま、あるいはカモメたちの啼き声や馬車の車輪の音さえも伝わってくるのだ。私が編者前書きを一冊の小説へ仕立て直そうと思いついたのも、人間や事物、そのほかありとあらゆる出来事に対し、隔てなき深い共感をもって接したパーキーゼ姫の躍動感に満ちた語りのおかげかもしれない。

パーキーゼ姫がほかの領事や歴史家を差し置いて、誰よりも生々しく当時の様子を活写できたのは、彼女が「女性」だったからだろうか——私は彼女の書簡を読みながらそう自問した。なにせイスラーム教徒である彼女は、ペストが蔓延するミンゲル州にあって総督府の賓客室からほとんど一歩も出ることのないまま手紙をしたため、街の様子も医師である夫から聞くばかりであったのだから！　いずれにせよ私も、パーキーゼ姫の明瞭かつ溌剌（はつらつ）として、なにより生への渇望に満ちた筆遣いには及ばぬものの、この小説めいた史書に自分なりのやり方で命を吹き込むべく努めることにした。

出版すれば少なく見積もっても優に六百ページを超えるであろう美麗な手紙の数々を前にして私があぁも興奮したのには、もう一つ理由がある。私自身がミンゲル島生まれの少女であったからだ。パーキーゼ姫は、書籍や新聞の隅、あるいは歴史的な英雄を描くお伽話や絵物語を連載していた『島の授業』や『歴史の知識』などの国産の週刊幼年誌によく載っていたので、私は子供のころから彼女に特別な親近感を抱いていた。多くの人にとってのミンゲル島が伝説から抜け出してきたお伽の国のような場所であるのと同様に、私にとってのパーキーゼ姫もまた、お伽話の主人公さながらの女性であったのである。そして、図らずも手許に転がり込んできた彼女の書簡集のおかげで、物語の登場人物であったはずの皇女の日常的な苦悩や感情を知るようになると、その勁（つよ）い人柄と優しさにすっかり魅せられてしまったというわけだ。辛抱強い読者であれば、私が彼女と実際に出会う本書の掉尾（ちょうび）まで辿りつけることだろう。

イスタンブルやミンゲル、そしてイギリスやフランスの公文書館で調査を重ね、同時代について言及する公文書や回想録を渉猟すればするほど、彼女の手紙に書かれた世界が実際にそのとおりであったろうという確信は深まり、本書を執筆しているとときおり、自分がパーキーゼ姫になって自らの物語をしたためているような心地さえ覚えたものだ。

思うに小説という芸術は、自らの体験を他者のそれのように語り、また他者の物語を自らが経験したかのように語る技術に拠っている。パーキーゼ姫に限って言えば、皇帝の娘たる皇女のように筆を振るえたろうという自負はあるのだけれど、その逆にペスト禍終息に向けての長い戦いを率いた男性たち、つまりはミンゲルの高官たちや医師たちと自己同一化するのは、ひどく骨の折れる作業だった。

その本質や形式に照らせば、小説は一人の人物の物語としてよりも、むしろ万人の織りなす物語としての歴史書のように複数の人々の視点から語られる方が適切なのだと思う。その一方で、男性作家のなかでもっとも女性を描くのに長けていたヘンリー・ジェイムズのような方法、すなわち作品に説得力を持たせるべくあらゆる細部やあらゆる事物を一人の人物の視界に集約させるというやり方にも異論はない。

しかし、小説であると同時に史書でもあろうとする本書を執筆するに際して、私はこの「たった一人の人物の一人称視点」という約束事にはさほど拘泥せず、それどころかまま破ることとした。そのため物語がもっとも情感的な場面に差しかかっているというのに、脇から諸々の背景知識やあれこれの数字、さまざまな組織の来歴についての解説が差し挟まれることもあれば、登場人物の一人が繊細なその心のうちを吐露するまさにそのときに、彼が知りようもないはずのほかの登場人物の考えが、性急かつ遠慮会釈なく開陳されてしまうような箇所もあり、はたまた私自身は廃位ののち暗殺されたと信じるアブデュルアズィズ帝（在位一八六一―一八七六年。オスマン帝国第三十二代の皇帝）について、他の人々の見解に従って自死したと記すこともある。何が言いたいかというと、本書において著者が目指したのは、パーキーゼ姫の書簡が活写する眩い世界を、そこに生きた人々おのおのの視線から眺めるべく努めたということだ。その努力が、本書をより歴史書らしく仕立ててくれたことを望むばかりである。

「彼女の書簡を読んであなたはどう感じましたか」、「こんな推理小説じみた話を信じていらっしゃるんですか」、「なぜ書簡集の方を先に出版なさらなかったんです」等々、多年にわたりさまざまな質問をぶつけられてきたが、二つ目に関してだけはこの場で答えておこう。本書の執筆を思い立ったのは、パーキーゼ姫の手紙に出てくる殺人事件や、アブデュルハミト二世（在位一八七六―一九〇九年。オスマン帝国第三十四代の皇帝）の小説好きについて教えてくれた専門家の友人たちの後押しがあったからである。ケンブリッジ大学出版のような由緒ある出版会が推理小説仕立ての歴史書というアイデアに興味を示してくれ、あの小さなミンゲル島の歴史の重要性を理解してくれたことにも勇気づけられた。ただし、何年もかけてその記録をためつすがめつしてもいっかな飽きることのないミンゲル島の神秘にあふれる素晴らしい世界は、殺人事件の犯人が誰かという謎によって左右されることなどない深遠さを湛えているのだと断った上で、敢えてこうも忠告しておきたい。本書にとっては殺人犯の正体もまた、重要な道しるべとなるだろう、と。それというのも推理小説的な好奇心が、本書の劈頭（へきとう）に掲げた偉大な歴史小説家トルストイの言葉から、あるいは、まさにこの「序」からはじまる作品全体を犯人探索の手がかりに満ち満ちた大海へと書き換えてしまうことだろうから。

世間で人気の歴史家たち――名前は伏せておこう――と激しい議論を交わした私を批判する人たちもいる。故のない批判とは思わないが、ああした議論は私や彼らが巷間に流布する歴史読本の類にも真剣に目を通してきたからこそ起こる論争なのだということも申し上げておきたい。

冒頭の凡例において、史料の音写に関する注意や、原語の文字をどのようにラテン文字に転写したかを詳説する類のオリエント史ないしは東地中海（レヴァント）史に関する専門書があるが、私はああした退屈極まりない書物の群れに新たな一冊を加えずに済んだので、ほっとしている。もとよりミンゲル文字やミンゲル語を他の言語へ移し替えることなど不可能なのだから！　そのため島の地名に関しては、史料に記されたとおりにラテン文字へ転写したものもあれば、人々の発音に従って音写を行ったものもある。ちなみにジョージアによく似た名前の街があるのはまったくの偶然であるにしても、本書に記されたさまざまなことが、読んだ端から忘れられていく回想録よろしく、読者のあなたたちにとってどことなく見覚えがあるように感じられたのだとしたら、それは偶然ではない、意図されたことである。

イスタンブルにて、ミーナ・ミンゲルリ　二〇一七

1章

一九〇一年、イスタンブルを発ったその汽船は、煙突から黒煙をもくもくと上らせながら四日ほど南下を続けロドス島を通過した。乗客たちがかのミンゲル島のアルカズ城塞の優美な尖塔を目にしたのは、さまざまな危険と嵐が待ち受ける東地中海の南海域をアレクサンドリアへ向けさらに半日ほど進んだのちのことだった。イスタンブル－アレクサンドリア航路の途中に位置することもあって、アルカズ城塞の神秘的なそのシルエットは遠くから讃嘆と好奇の眼差しで眺められるのが常であったし、細やかな気遣いを持ち合わせる船長であれば、ホメーロスが『イーリアス』の中で「桃色の石から切り出されたダイヤモンドのごとく」と評したその美しい姿が水平線に現れるや乗客たちを甲板へと招待し、ミンゲル島の美景を知らしめ、そうすると東洋へ赴く画家たちはそのロマンティックな光景に嵐の黒雲を付けくわえつつ、熱心にスケッチしたものだ。

もっとも、こうした船のうちミンゲル島に寄港するのはごく少数である。当時、週に一度、島へやって来る定期船は三隻きりだった。かん高いその汽笛を聞けばアルカズ市の誰しもがそれと判ずるメサジュリ・マリティーム郵船のサハリン号、もっと野太く響く汽笛を備えたエクアドル号、そして稀に、それもごく短く汽笛を鳴らすだけの配慮を持ち合わせたクレタ島はパンタレオン社のゼウス号である。となると、私たちの物語の劈頭にあたる一九〇一年四月二十二日の夜十時、時刻表には記載がない一隻の船がミンゲル島へ近づいてくるこの状況は異様であった。

細く白い煙突と鋭く尖った舳先を備え、密偵船よろしく静かに北側から島へ接近するその船は、オスマン帝国の国旗を掲げたアズィズィイェ号。皇帝アブデュルハミト二世の勅命により、ある密命を帯びた人々をイスタンブルから中国まで運ぶ特務船であった。イスラーム法学者に軍人、通詞に官吏——トルコ帽やターバン、あるいは西欧式にシャッポをかぶった選りすぐりの特使一行は十七名。その中に、アブデュルハミト二世の姪にあたるパーキーゼ姫と、新たにその王配となったヌーリー医師の姿があった。結婚したばかりで幸せの熱に浮かされつつも、少しばかりの不安も抱くこの二人は、どうして自分たちが中国へ派遣される諮問団の一員に選ばれたのかと、幾度となく話し合ったものだ。

二人の姉姫と同じく、アブデュルハミト二世を嫌悪するパーキーゼ姫は、自分と夫が諮問団に加えられたのは叔父の悪意によるものだと確信してはいたものの、ではそもそもなぜ彼がそんなことをしようと思いついたのかについては皆目、見当がつかなかった。当時、宮廷雀たちは「アブデュルハミト帝は新婚の二人を黄熱病の蔓延するアジアの大地か、あるいはコレラの流行するアラビアの砂漠で死なせようとしているのだ」と噂しあい、あるいは「陛下のご意図は、その遊びが終わった後でしかわからないものだ」と戒めるのが精々であった。一方、王配となったヌーリー医師はいたって楽天的だった。三十八歳の勤勉な疫学者であるヌーリー医師は、公衆衛生学に関する国際学会が開かれるたびオスマン帝国の代表として参席し、大変な名声を博した人物だ。そのおかげでアブデュルハミト帝の目に留まりその竜顔を拝し、皇帝が推理小説と同じくらいヨーロッパ医療の発展にも関心を寄せているのを目の当たりにもしたのだった。皇帝は細菌研究や最新の研究設備、あるいは予防接種の進展について注視を怠らず、最新の医学的発見の数々をイスタンブルに、つまりはオスマン帝国にも導入したいと考えていた。ヌーリー医師から見て、皇帝はアジア、とくに中国で発生した新たな伝染病がヨーロッパ方面にも広がりつつあることを知り、それに怯えている様子だった。

もともとは皇帝の遊覧船であったアズィズィイェ号は、東地中海の凪に遭った遅れを取り戻すべく速度を上げ、当初は予定になかったイズミルに寄港した。霧煙るイズミル港の埠頭へ近づいていくと、諮問団の面々は我先にと狭苦しい階段を駆け上がって船長室に詰めかけ、ここで艦が正体不明の乗客を迎えることを知らされた。もっともロシア人の船長でさえ、その乗客が誰かは知らされていなかった。

はたしてその謎の乗客こそが、衛生総監なる職名を帯びた化学者にして薬学者たるボンコウスキー・パシャ（パシャは政府高官に付される尊称。閣下などに相当）であった。一見、くたびれた外観にもかかわらず活動的な彼は六十歳、皇帝の化学顧問を務め、近代オスマン帝国の薬学の祖として知られる一方、実業でも成功し、バラ水や香水、瓶詰ソーダ水の製造や種々の薬剤製造を行う会社の筆頭株主としての顔も持っていた。この十年ほどは、保健省の衛生総監の任にあり、コレラやペストの感染状況について皇帝に報告書を奏上するかたわら、皇帝の名のもとに防疫・保健体制を構築するべく伝染病を追いかけて港から港へ、街から街へと駆け回っていた。

化学者であり薬学者でもあるボンコウスキーは、防疫に関する国際会議で幾度となく帝国代表を務め、東方から押し寄せるペスト禍に対抗するべく帝国が取るべき措置について、四年ほど前にアブデュルハミト帝に「上申書」を奏上していた。今回もイズミル市のギリシア人地区に広まったペスト封じ込めのために派遣されたのである。数度の世界的なコレラの大流行を経て、専門医たちが「強毒性」と断じた新たな感染症が、東方から一進一退を繰り返しつつも、ついにオスマン帝国に上陸したのである！

オスマン帝国の東地中海領土で最大の港湾都市イズミルへやって来たボンコウスキー衛生総監は、六週間をかけてペストを終息させた。住民たちに外出禁止をはじめ各種の禁止事項への服従を求め、防疫線を設置し、また市民、当局、警察に一丸となってネズミの駆除に当たらせるとともに、大半は消防士たちから成る消毒士たちに、ポンプ式の消毒機を背負わせて町中を消毒して回らせた結果だった。『調和』紙や『アマルテイア』紙のような地元イズミルの各紙をはじめ『真実の翻訳者』紙や『奮励』紙のようなイスタンブルの大新聞はもとより、ペスト禍が東方から徐々に港を伝って近づいてくるのを注意深く観察してきたフランスやイギリスの各紙さえもが、オスマン帝国の防疫体制の勝利に紙面を割いた。そのためイスタンブル生まれのポーランド系臣民である化学者ボンコウスキーの名はいまやヨーロッパにも轟き、その敬意を一身に集める帝国の顔となったのである。結局、イズミルでのペスト流行は死者十七名を出したきり終息し、港湾や埠頭は開放され、商店街の店々も開店し、学校では授業が再開した。

アズィズィイェ号の選りすぐりの乗客たちは、乗船してくるボンコウスキーとその助手を客室の窓や甲板から見守りながらイズミルにおける防疫・保健行政の大成功を知ることとなった。ボンコウスキーがアブデュルハミト二世によって「パシャ」の尊称を賜ったのは五年前、まだ帝室化学顧問在職中のことだった。この日、アズィズィイェ号に乗船したスタニスラウ・ボンコウスキーは、暗闇に紛れてしまうような暗色の防水外套を羽織り、少し猫背の上背をジャケットに包み、彼の教え子たちにとっては見慣れた三十年来愛用する鉛色の鞄を携えていた。実験器具を詰め込んだ箱を背負うのは、彼の助手であるイリアス医師である。帝室化学顧問閣下と共にどこへ赴こうともコレラ菌やペスト菌を特定し、汚染水と飲用水を見分け、さらには水質調査を口実に帝国中のあらゆる飲料水を玩味するためである。ボンコウスキーとイリアスは、アズィズィイェ号の乗客たちには挨拶もせず、そのまま客室へと消えていった。

新しい二人の乗客の寡黙さや、妙に距離を感じさせる態度は、諮問団の人々の好奇心を掻き立てずにはおかなかった。あの秘密めかした態度は、どのような意図があってのことなのか? 皇帝陛下はなぜオスマン帝国が誇るペストそのほかの伝染病の専門医であるボンコウスキーとヌーリーの二人ともを、中国へ派遣しようなどとお考えになったのだろう? ところが、ボンコウスキーと助手のイリアス医師が中国へは行かず、アレクサンドリア到着前にミンゲル島で下船するのだと聞かされると、諮問団の面々はまたたく間に関心を失った。なにせ中国まではまだ三週間もかかるうえ、中国のイスラーム教徒たちにイスラーム教の教義をいかに教え説くべきかを話し合う必要もあったのだ。

アズィズィイェ号に乗り合わせたもう一人の防疫学の専門家ヌーリー医師は、妻から聞かされてはじめてボンコウスキー衛生総監がイズミルで乗船し、ミンゲル島で下船することを知ったが、妻も自分もボンコウスキーとは古くからの知り合いで、なにより好ましい人物と慕っていたため、この再会を心から喜んだ。ヌーリー医師の方はごく最近も、二十歳ほど年嵩のボンコウスキーと一緒にヴェネツィアでの公衆衛生学会議に参加したばかりであったし、さらに遡れば帝立医学学校のスィルケジ・デミルカプス学舎では彼の学生の一人だったのだ。当時、パリ帰りのボンコウスキーが自分の研究室で開講する化学療法や、のちには生理化学および鉱物化学の授業を受けたヌーリーは、ほかの学生と同様にすっかり感心したものだ。授業もさることながら、ボンコウスキー先生が飛ばす冗談の数々や、ルネサンス人よろしくなんにでも関心の深い態度、あるいはトルコ語の下町言葉と同じくらいになめらかにヨーロッパの言葉を三つも操るさまに感嘆しない学生はいなかった。そもそもスタニスラウ・ボンコウスキーは、帝政ロシアに敗北して追放され、オスマン帝国軍に加わったポーランド王国軍将校の息子で、イスタンブルに生まれ育った。

一方、ヌーリー医師の伴侶たるパーキーゼ姫にも、幼少のみぎりにボンコウスキー・パシャと過ごした楽しい思い出があった。母やほかの後宮の側妾たちが高熱でばたばたと死んだ十一年前の夏、流行り病の原因は細菌に違いないと断じたアブデュルハミト帝がボンコウスキーを送って寄こしたのがはじめての出会いだった。そのときは女たちから検体を採取するためだったが、のちに彼は、パーキーゼ姫とその家族が毎日飲んでいる水の検査のために、ふたたびチュラアーン宮殿に遣わされた。アブデュルハミトは、兄である先帝ムラト五世を幽閉しているチュラアーン宮殿になにかと揺さぶりをかけ、その行動を監視していたが、こと病気のこととなると最良の医師を寄こしたものだ。そのため子供のころパーキーゼ姫は、父の父方の叔父であり、処刑されてしまったアブデュルアズィズ帝（廃位後幽閉された年に薨去したため暗殺説が残る）の主治医マルコ・パシャや——黒い顎鬚を生やしたギリシア系の医師だった——アブデュルハミト自身の主治医であるマヴロイェニス・パシャを幾度も見かけたことがあった。

「ボンコウスキーさまに再会したのは、ユルドゥズ宮殿（アブデュルハミト二世が専制政治の拠点として住まったイスタンブルの宮殿）へ上がったときのことです。あの方は宮殿の水質調査の報告書を書いていらしたの。そのときは遠くから微笑みかけてくれたきりで、子供の頃のように私やお姉さまたちを冗談で笑わせたり、お話を聞かせてくれたりはなさいませんでしたけれど」

対するヌーリー医師のボンコウスキーとの思い出はあくまで公的なものに限られたが、それでも共に帝国代表としてヴェネツィア国際公衆衛生学会議に参加した折、彼が自分の勤勉さや経験を高く買ってくれたことを興奮交じりに妻に話して聞かせた。

「アブデュルハミト陛下の御前で僕の検疫医としての手腕を褒めそやしてくださった方々の中にボンコウスキーさまもいらしたのだと思う。事実、医学校を出たあとも、医師になったあとも、あの方と僕の関係が途切れたことはないのだもの」

ヌーリー医師は、イスタンブルのビュラック市長の要請を受けて往来のまん中で食肉処理を行う業者たちの健康状態を診察した際や、ほかの学生、医師たちと一緒にテルコス湖の地形と地質学的特徴、それに湖水の顕微鏡調査に携わり、その結果をまとめる際にも、ボンコウスキーと一緒に仕事をする機会があったが、そのたびに衛生総監の知性や勤勉さ、それに規律正しい態度への讃嘆を新たにした。こうした思い出も手伝って、新婚の二人は化学者にして衛生総監たるボンコウスキーとの再会を大層、喜んだのだった。

2章

ヌーリー医師は早速、船長が自分たち皇女夫妻とさきの帝室化学顧問を「貴賓室」での晩餐に招待するべく客室係に言付けを託した。この晩餐に高僧たちは招かれなかったため、普段は食事を船室まで運ばせていたパーキーゼ姫も同席が叶ったが、酒の出ない食事の席とはいえ、たとえ皇女であっても男性と席を同じくするというのが当時としてはひどく稀なことであった点は付記しておこう。このときパーキーゼ姫が食卓の隅に腰かけ、見聞きしたすべてを姉へ書き送ってくれたからこそ、今日、我々はこの歴史的な会食の全貌を知りうるのである。

鼻は小ぶりで顔に血の気はなく、しかし出会った誰しもに忘れがたい印象を残すつぶらな青い瞳を備えたボンコウスキー衛生総監は、昔の生徒であるヌーリー医師の姿を認めるや抱きしめ、パーキーゼ姫にはヨーロッパの宮廷で姫君たちに拝謁するときのように恭しく頭を下げたが、その手の甲に接吻するのは控えた。イスラーム教徒である皇女を困惑させぬよう配慮したのだ。

ヨーロッパの宮廷作法にも造詣の深いボンコウスキーは、最近ロシア皇帝から下賜された二等聖スタニスラス勲章と、彼自身がいたく気に入っているオスマン帝国の国章メダルを付けていた。

「偉大な先生、イズミル市でのご成功には感服いたしました」

ヌーリーの賞賛に、ボンコウスキーはイズミルでの疫禍終息が報道されて以来そうしてきたように、あくまで謙虚な微笑みで応えた。そしてヌーリーの目を覗き込むようにしてこう返した。

「私からもおめでとう、と言わせてもらうよ！」

ヌーリーはその祝いの言葉が、ヒジャーズ州の防疫組織で経験を積んだのちオスマン帝国を代表する医師となったかつての生徒に対してというよりは、むしろ姫君と、つまりはオスマン家の一員であり、先帝の娘である女性と結ばれたことに向けられているのを察し、苦笑を浮かべた。それというのも、アブデュルハミト帝はヌーリーが医学者として輝かしい成功を収めたからこそ姪御を降嫁させたはずなのに、いざ婚儀が成るとその業績を思い出す者はなく、もっぱら「王配殿下」と見なされるようになってしまったからだ。

とはいえ新妻との日々は満ち足りていて、ヌーリーはすぐにこの状況に順応したので、ボンコウスキーの言葉にもさほど屈託は覚えなかった。それどころか、常日頃から規律正しく（ディスィプリンリ）、整然とした（メトディッキ）――このフランス語から持ち込まれた表現は、当時のオスマン帝国の識者たちが非常に好んだ表現だ――教師であるボンコウスキーに敬意を表し、彼の自尊心をくすぐるこんな言葉さえ口にした。

「先生がイズミルのペストを止められたおかげで、帝国の防疫体制がいかに強固なものであるか、世界に示すことができましたね！　帝国を〝病人〟呼ばわりする連中へのなによりの意趣返しです。コレラこそ食い止められませんでしたが、ペストに関しては帝国領ではこの八十年、深刻な流行は起こっていないことになるのですから。ひと昔前には『この二百年、オスマン帝国とヨーロッパを分かちて来た文明の境界線はドナウ河にあらず、ペスト禍の有無である』などと言う者もおりましたが、先生はその医学と防疫における隔たりを取り除かれたのです」

「遺憾ながら申し上げるが、いまだミンゲル島ではペストが流行中なのですよ。それも、感染力の異常に強いペスト菌が」

「なんですって？」

「ミンゲル島のイスラーム教徒地区でペストが出たのですよ、親愛なる王配殿下。でも、結婚式の準備で忙しかった君が知らなかったのも無理はない。みな隠していたのですから。私が殿下たちの婚儀に馳せ参じられなかったのにも、相応の理由があったというわけです。なにせ、イズミルにいたのですから！」

「ペストが香港からムンバイまで飛び火したという最新の報告は耳にしていますが」

ボンコウスキーはいかにも当局者然とした厳めしい面持ちで答えた。

「状況は報道されているのよりずっと悪いのです。このペスト菌はインドや中国で何千人もの命を奪った挙句、イズミルに上陸したのだから」

「たしかにインドでは住民が次々と斃（たお）れているそうですね……。でも、イズミルでの感染拡大は先生が防いで下さったではありませんか」

「イズミル市民や地元紙の助けがあったればこそです！」

ボンコウスキーは重大な秘密を口にするのだと仄めかすように一拍おいてから続けた。

「イズミルでの流行はギリシア人地区に限られました。しかもイズミル市民は開明的かつ文明化されていますから。ところがミンゲル島の感染地域はイスラーム教徒地区、それもすでに十五名ほど死者も出ているのです。感染封じ込めは困難を極めることでしょう」

ヌーリー医師は、いらぬ議論を呼び込むまいと口を噤んだ。キリスト教徒よりもイスラーム教徒たちに検疫措置を遵守させる方が難しいというのは、彼も経験からよく知っていたけれど、ボンコウスキーのようなキリスト教徒の専門家たちの大袈裟な批判にいちいち抗弁するのにも辟易していたのだ。ふいにテーブルに下りた沈黙をとりなすように、ボンコウスキーは船長とパーキーゼ姫に向けて冗談好きの教師よろしく微笑みを浮かべた。

「いわゆる決着なき話題というやつです！　皇女殿下も、あの哀れなジャン＝ピエール医師と検疫の悲劇についてはお聞き及びでしょう！　いずれにせよ、宮内省（帝室事務をつかさどる組織。アブデュルハミト二世期にはとくに権勢を振るった）皇帝陛下におかれましてはミンゲル島とミンゲル州総督のサーミー閣下から私に通達されたのは、皇帝陛下におかれましてはミンゲル島でペストが発生したという知らせは政治的な駆け引きの産物だとお考えのご様子で、従って私がかの島へ派遣される目的も余人には知られぬよう計らうべしと思し召していらっしゃいます。ところでサーミー総督とは、彼がまだ中佐で県令を務めていた時分からの知り合いなのですよ！」

「それにしても、小さな島で死者が十五名というのは大変な数ですね！」

「この件についてはこれ以上申し上げますまい、たとえ王配殿下が相手でも！」

そう言ってボンコウスキーは「ほら、そこにも間諜がお一人いらっしゃいますよ！」とでもいうように冗談めかした仕草でテーブルの隅のパーキーゼ姫を示した。ここでボンコウスキーは、西欧的な教育を受けた姫君に対する砕けた口調に切り替えることにした。ちょうどパーキーゼ姫が幼いころユルドゥズ宮殿内の劇場や、あるいはドイツ皇帝ヴィルヘルム二世の来朝の折の歓迎式典で、しかしやや大仰な感嘆を交えてこう続けた。あくまで恭しく、しかしおじのように優しげに話しかけたときを彷彿とさせる態度で、しかしやや大仰な感嘆を交えてこう続けた。

「それにしても、私が生きているうちにオスマン帝家の姫君が帝都イスタンブルの外へ出るのを許される日が来ようとは思いませなんだ！　帝国がいままさに女性たちに自由を与え、西欧化しつつあることの証ですな！」

いずれ私が出版するパーキーゼ姫の書簡集に照らすと、このとき彼女はボンコウスキーの「女性に自由が与えられている」という発言をある種の諧謔（イロニー）か、さもなければただの冗談と受け止めたようで、父ムラト五世と同じく賢明かつ当意即妙なパーキーゼ姫は帝室化学顧問にこう返している。

「閣下、わたくし本当は中国ではなくてヴェネツィアへ参りたかったのですよ」

さらに皇女は二人の医師が参加したヴェネツィア国際公衆衛生学会議に水を向けるように、こう付け加えた。

「あちらでもイスタンブルのボスポラス海峡と同じように別荘から別荘へは舟で移動して、そのまま家の中まで漕ぎ入ると聞きますけれど、本当ですの？」

それから話題は、アズィズィイェ号の足の速さや強力なエンジン、それに船室の快適さに移り、三人はこの船をひとしきり褒めそやした。この美しいアズィズィイェ号が建造されたのは三十年前のことだ。二代前の皇帝アブデュルアズィズは、甥っ子に当たる今上のアブデュルハミト二世とは対照的に、帝国海軍の強化に大金を費やしたが、国家財政を借款まみれにした末に自らのために建造させたのが――船の名も同帝にあやかっている――このアズィズィイェ号だった。ロシア出身の船長によれば、マホガニーを基調として金鍍金（めっき）があしらわれ、縁飾りや鏡のふんだんに用いられた豪奢な内装の貴賓室は、アズィズィイェ号のほかにはフリゲート艦マフムディイェ号に備えられているきりだという。船の本来の乗員は百五十名、最大船速は十四マイルという際立った性能を有するアズィズィイェ号であるが、アブデュルハミト二世は多忙がゆえに、ボスポラス海峡での舟遊びに用いることさえしないのだという。実のところ今上帝が船や車に乗るのを避けるのは、暗殺を恐れるがゆえというのは周知の事実であったが、貴賓室の面々は気をきかせてその話題には触れなかった。

「ミンゲル島まであと六時間です」

やがて船長がそう告げると、ボンコウスキーはヌーリーに「ミンゲル島へ行ったことは？」と尋ねた。

「コレラも黄熱病も出ていない島ですよ、もちろん行ったことはありません！」

「残念ながら私もです。しかし、折に触れあれこれと調べたことがあってね。プリニウスの『博物誌』には、ミンゲル島に固有の植物相や樹木、花々、それに急峻な火山や島の北側を覆う岩だらけの湾について詳しく書かれているんだ。気候もほかとは異なっているようでね。何年も前のことですが皇女殿下の叔父上である陛下に、いまだ足を踏み入れたことのないあの島でのバラ栽培についての報告書を差し上げたこともあるのですよ！」

「そのあとどうなりましたの？」

パーキーゼ姫の言葉に、ボンコウスキーは思慮深げな笑みを浮かべただけだった。皇帝の化学顧問にして衛生総監たる彼でさえ、異様な猜疑心に苛まれるアブデュルハミト帝の敷く恐怖政治によって罰せられたことがあるのだと察したパーキーゼ姫は、思い切ってこれまで夫と幾度も話し合った話題をぶつけてみることにした。

「帝国でもっとも高名な疫学の専門家であるお二人が、クレタ海域へ向かう陛下の特務艦に偶然に居合わせるなんてことがあるのでしょうか？」

「殿下、誓って申し上げますが、偶然ですとも！　イズミル県知事でキプロス島出身のキャーミル閣下（アブデュルハミト二世期に大宰相を歴任した大政治家）でさえ、ミンゲル島へ寄港可能な最速の便がアズィズィイェ号だとは知らなかったのです。もちろん、私も殿下たちと御同道いたし、中国に暮らす信徒たちに検疫をはじめ近代化のために必要な条件や禁則事項を守るよう教誨いたしたく思いましたとも。なんといっても検疫令を受け入れるというのは、西欧化を受け入れることと同義でありますし、東洋でも西欧化は急速に進展しつつあると聞きます。それはともかく皇女殿下、気落ちなさることはありませんぞ。中国にはヴェネツィアに勝るとも劣らない大規模で長大な運河が数多くございますし、ボスポラス海峡のそれに伍する別荘やお屋敷もあり、なんといっても邸宅内にまで入っていかれる優美な舟もあるのですからね」

　こうして新婚の二人が、ミンゲル島のみならず中国についてもその該博さを披露したボンコウスキーにますます感心するうちにも時は経ち、晩餐はさして長引きもせずに終わりを告げた。食後、二人でフランスやイタリア舶来の珈琲テーブルや時計、鏡、ランプが置かれ、まるで宮殿の一室と見まがうキャビンへ移ると、パーキーゼ姫が言った。

「あなた、なにか心配事がおありなのでしょ。お顔を見ればわかりますわ」

　たしかにヌーリーはボンコウスキーからことあるごとに「殿下、殿下！」と呼ばれるのに居心地の悪さを覚えていた。それが習わしとはいえ、アブデュルハミト帝は皇女と結婚した自分をすぐさま閣下と呼ばれる身分に取り立てた。さりとて、常にそう名乗らねばならないというものでもないので、ヌーリーはこれまでのところ閣下の称号を自ら名乗ったことはなかったのだ。ところがいま、自分よりも年嵩で官位も高く、なにより敬愛してやまない真の「閣下（パシャ）」からそう呼ばれると、自分がその尊称に見合わないことを痛感させられてしまうのだ。結局二人は、ボンコウスキーはそうした性質（たち）の悪い揶揄をする類の人物ではないので気にする必要はないと結論づけたのだった。なにせパーキーゼ姫とヌーリー医師は結婚してまだ三十日なのだ。二人とも理想の相手との結婚を夢見つつも、そのような出会いはないものと長いことあきらめていた。アブデュルハミト帝が唐突な直観に従って二人を引き合わせ、わずか二ヵ月の間に婚儀を結ばせたにもかかわらず、二人は新婚生活に満足していた。それは慕う相手と身体を重ねるのが夢見てきた以上に喜ばしかったことにもよるようだ。事実、二人はイスタンブルを発って以来、大半の時間を船室のベッドの上で過ごし、いまやそれが当たり前となりつつあった。

明け方、二人がふと目を覚ますと、うめき声に似た船の駆動音が止んでいた。外はまだ暗い。アズィズィイェ号はミンゲル島の北から南へ伸びる長大かつ急峻なエルドスト山脈に沿って進み、アラブ灯台の弱々しい光が肉眼で見えはじめると進路を西へ、つまりは港の方へと舵を切り、いましもミンゲル島最大の街であり、州都であるアルカズ市へ近づいていくところだった。空にかかる大きな月が海面を銀色に照らし出しており、船室の乗客たちの目にもアルカズ城塞とそのすぐ背後に亡者のように屹立するベヤズ（白）山がありありと見えた。地中海の火山の中で、もっとも神秘的と評されるあの有名な山である。

やがてアルカズ城塞の鋭く突き立った壮麗な城塔が見えはじめると、パーキーゼ姫とヌーリー医師はもっとよく見ようと上甲板に上がった。空気は湿気を帯びているものの穏やかで、海からはヨウ素と海藻、それにアーモンドの匂いがした。アルカズの街は帝国の海辺の都市の例に漏れず、大きな波止場や桟橋を備えておらず、船長は城塞の前の海上でエンジンを反転させて迎えの艀（はしけ 沖合に停泊する大きい船に乗客や荷物を運ぶための小舟）を待つことにした。

辺りはどことなく不可思議な深いしじまに包まれ、二人は眼前の世界の豊饒さに息を呑んだ。玄妙な風景、月光に照らされた山巓、そして静寂。それらは人の心を打たずにはおかない深遠さを湛えていて、二人はふと月光とは別の光源があるのではないかと疑って視線を巡らせた。新婚の二人は月明かりに浮かぶ夜景の中に、自分たちの幸福の真の源を見出した思いがしたのだけれど、やがて暗闇の中に艀の松明が揺れ、続いて漕ぎ手たちがゆっくりと操る櫂が姿を現した。下船に備えて中甲板の階段の前に佇むボンコウスキー・パシャと助手の姿は、まるで夢の中にいるようにぼんやりと隔たって見えた。ギリシア語やミンゲル語の話し声、それに足音が聞こえ、ボンコウスキーたちは舟に揺られて暗闇の中へ消えていった。

パーキーゼ姫とヌーリー医師、それにほかの幾人かの乗客たちは、ミンゲル島の山々とアルカズ城塞から目を離さず、ロマン主義期の旅行作家たちを興奮させた、物語から抜け出してきたかのようなその絶景に見惚れていた。しかしもしこのとき、彼らが城塞の南西側の城塔群の、とある窓を少しでも注視したのなら、そこにかげろう明かりに気がついたことだろう。十字軍時代に築かれ、ヴェネツィア共和国やビザンツ帝国、アラブ人、そしてオスマン帝国へと続くさまざまな時代に建て増しされていった石造建築の複合体を成すこの大城塞の一部は、この物語の時代、監獄として利用されていて、その監獄区画を監督する看守──より現代的な呼び方をすれば刑務官ということになるだろう──の一人であるバイラムが、その松明が灯された窓の二階下のひと気のない個室でまさに息を引き取ろうとしていた。

3章

五日前、病気に気づいたとき、看守のバイラムはさして気にしなかった。熱があり、脈は早く、寒気もしたものの「朝方に風の強い城塔や中庭を長いこと歩き回ったから凍えたに違いあるまい」と高をくくっていたのだ。ところが、あくる日も熱は引かず、身体がだるくなり食欲もなくなった。石畳の中庭を散歩していると、ふいにそこいらに倒れて空を見上げながらこのまま死んでしまうのではないかと思うほどの高熱を発し、そのうちに額に釘を打たれるかのような頭痛がはじまった。

バイラムはミンゲル島の高名なアルカズ城塞監獄で二十五年、看守を務めてきた。鎖につながれたまま独房で忘れ去られた古参の囚人も、自由時間とは名ばかりに手枷をはめられたまま中庭を行進させられる流刑囚も、あるいは二十五年前にアブデュルハミト帝の即位時の粛清によって送られてきた政治犯たちも、その目で見てきた。以前の旧態依然とした監獄の有様もよく覚えているから――実のところそれほど改善したわけではないのだが――監獄を刑務所に、さらには更生施設へと改革しようとするのはまっとうな努力であると信じていたし、施設のもろもろの近代化についてもとくに疑うことなく支持している。イスタンブルから給金が届かず、ただ働きが長く続くようなときでさえ、晩の点呼時には監獄にいないと落ち着かないほど、真面目な看守だった。
そのまた次の日、監獄の狭い回廊を歩いていると、ふたたび痛みを伴う疲労感に襲われ、今度は帰宅さえ覚束なくなってしまった。動悸がひどく、手近にあった独房へ入って隅に積まれた藁山に倒れ込むと、バイラムは痛みに身もだえをはじめた。身体が震え、耐え難い頭痛が押し寄せる。痛みは前頭部、とくに額に集中していた。頭をやっとこに挟まれたような、あるいは搾り器にかけられたかのような激痛だったが、この未知の痛みもいずれは引くはずだと信じて歯を食いしばり、わめき散らしたくなるのを必死に堪えた。

結局その晩、看守のバイラムは城塞に泊まった。囚人による小さな反乱やら、喧嘩やらのせいで帰宅できないこともままあったから、城塞から馬車でものの十分ほどの家で暮らす妻と娘のゼイネプもとくに心配しなかった。しかもこの頃は、ゼイネプの嫁入り道具を巡る値段交渉や結婚の準備を巡って家内では言い争いが絶えず、妻も娘も泣き暮らす日が続いていた。

朝、独房で目を覚ましたバイラムが身体の調子を確かめていると、左鼠径部に小指ほどの大きさの白い癤（せつ）を見つけた。小ぶりのキュウリのような形をしたその横痃（おうげん）は、人差し指の腹で押すと膿が詰まっているように痛み、指を離すと元の形に戻った。触れない限り痛みはなかった。バイラムはどういうわけか後ろめたさを覚えるとともに、この横痃こそが倦怠感や震え、それに意識が朦朧とする原因に違いないと確信した。

このときバイラムはどうすべきだったろうか？　これがキリスト教徒や帝国の官吏、あるいは軍人や高官であったなら医者に、もし近くにあるのなら病院に行ったことだろう。しかし、ここアルカズ監獄では収容人数の多い監房で下痢や熱病が流行った際の対処といえば、房全体を隔離し、それでも終息しないとなれば、不満を持つ牢名主たちが同房者たちを痛めつけるのが精々だ。この監獄で四半世紀を過ごしてきたバイラムは、ヴェネツィア統治時代にまで遡るこの城塞施設が監獄や病院としてのみならず、その一部が税関や検疫所――ひと昔前には庇保所（ひほうじょ）などと呼ばれたものだ――として活用されるのも目の当たりにしてきた。そしてバイラムは、その手の隔離措置が自分を守ってはくれないことも承知していた。バイラムは自分が得体のしれない何かに操られているような気がして恐怖に震え、うわ言を呟きながらうつらうつらしたものの、痛みが波のように押し寄せはじめ、この得体のしれない病がひどく強力であることを思い知らされ、絶望した。

翌日、バイラムは力を振り絞ってキョル・メフメト・パシャ・モスクへ赴き、昼の礼拝に加わった。知り合いの官吏二人と抱擁を交わして挨拶し、説教には懸命に耳を傾けたものの内容は頭に入って来なかった。眩暈（めまい）と吐き気がして、まっすぐ立っているのもやっとという有様だった。ちなみにこの日、説教師は疫病の話題には触れず、いつものように万物は神に由来すると繰り返しただけだった。会衆が解散するころ、バイラムはそこいらの絨毯か敷物に横になって少し休みたいと思ったのも束の間、いつの間にか気を失って倒れていた。誰かに揺り起こされたバイラムは、努めて病を隠そうとしたものの、それも無駄骨に終わった。

もはや寿命が尽きようとしているのを感じたバイラムは、神にその不当さを訴え、なぜ自分が選ばれたのかと泣き崩れた。やがてモスクをあとにしたバイラムは、ゲルメ地区の導師を訪ねることにした。この導師が祈禱を記した御札と護符（聖句や祈禱を書いた小紙を入れた金属製や皮製のお守り）を作っていて、名前こそ思い出せなかったが、ペストと人の寿命について説法をしていたのを思い出したからだ。しかし、太りじしの導師は留守で、トルコ帽を斜（はす）にかぶった若い優男から礼拝の帰りに寄った二人の男たちと共に、御札と護符を渡されただけだった。目が霞んで御札に書かれた祈禱文を詠むのもままならず、バイラムにはそんな自分がなおさらに罪深く思えて、死こそが自分の運命なのだと怯えた。

やがて導師が帰ってきた。長い白髪と顎鬚をたくわえた太った男で、ついさきほどモスクの集団礼拝の席で見かけた覚えがあった。彼はバイラムに優しく微笑みかけ、祈禱文の読み方を説明してくれた。

「夜、暗闇でペストの精霊に出くわしたのなら神の九十九の美名のうち「見張る御方」、「権能ある御方」、「永遠なる御方」を三十三回ずつ唱えなさい。しかるのち御札と護符をその精霊に向け掲げ、祈禱文をさらに十九回詠みあげたなら、悪運は払われるでしょう」

導師は相手が消耗しきっているのに気がつきわずかに身を離したが、バイラムはそれに気がつかなかった。

「もし祈禱文を詠む余裕がないのであれば、いま与えた護符を首から提げ、右手の人差し指でこうやって触れるのでも事足ります。ペストの横痃が左半身に現れたなら右手を、右半身に出たのであれば誓言の指（左人差し指）を使うのですよ」

さらに導師は「呂律が回らなくなったら護符を両手で持たねばなりません」と続けたのだが、もはやバイラムには何を言っているのかさえ理解できず、そのまますぐ近くの自宅へ帰った。美しい愛娘ゼイネプは家を空けており、妻は憔悴したバイラムを見て泣きはじめたが、それでもすぐに簞笥から布団を出して夫を寝かせた。いまやバイラムはがたがた震えていて、なにか言おうとしてもはっきりとした言葉を紡げなくなっていた。

頭の中は嵐が吹き荒れているかのようで、ときたま誰かに追いかけられるような恐怖にはっとして身体を震わせるのだった。妻のエミーネは奇妙な動きを繰り返す夫を見てついに泣き崩れ、バイラムはそんな妻の様子から自分がまさに死にかけていることを悟った。

日暮れどきゼイネプが帰宅する頃合いに、バイラムはわずかの間意識を取り戻し、首から提げている護符が護ってくれると口走り、ふたたび何事が呟きながら意識を失った。奇妙な夢と悪夢のはざまでバイラムは、波の高い海に浮かんでいた。空飛ぶ獅子や言葉を話す魚、炎の中を駆ける犬の軍団が現れたと思いきや、その炎がネズミの群れに飲み込まれ、そうこうするうちに炎をまとった悪魔が現れ、バラの花をかじってばらばらにする。井戸の釣瓶の滑車と粉ひき風車、それに開けはなした扉がぐるぐると回り、徐々に世界が収縮していく。顔をしたたる汗は太陽から垂れ落ちたように熱く、すぐにも走って逃げだしたいと願うのだけれど、頭の中の時間は加速したり停止したりを繰り返し、それもままならない。さらに恐ろしいのは、ネズミの軍団に追い立てられることだった。それは二週間前、アルカズ城塞監獄はおろか、ミンゲル全島をまたたく間に覆いつくして家々の台所を襲い、筵（むしろ）も布も木材さえも食べつくしていったのと同じネズミたちだった。バイラムは祈禱を詠み間違えたらどうしようと怯えながら、ネズミたちから逃げ回った。いまわの際の数時間、バイラムはなんとか自分の声を家族に届けようと夢の中で叫び続けたものの、ほとんど言葉にならず、こみ上げるしゃっくりを止めようと足掻きながら這いつくばって、ただ娘を見上げることしかできなかった。

　ところが、しばらくすると大半のペスト患者の例に漏れずバイラムもふと正気に返ったので、妻はスープを飲ませてやった。ミンゲル島の農村部でよく作られる赤唐辛子入りの食欲をそそるタルハナ・スープ（小麦粉とヨーグルトを混ぜ乾燥、保存した粉を湯に戻して作るスープ）だ。生まれてこのかた一度しか島外へ出たことのないバイラムは、そのスープこそ霊薬だとでも言わんばかりの様子で一口一口味わって飲み、合間に太っちょの導師に教わった祈禱を唱えるうち、調子が良くなっていくような気がした。

「今夜、共同部屋の点呼のときに数え間違いなぞしたらことだ、監獄へ顔を出したらすぐに帰って来るさ」

バイラムは独りごつようにそう言うと、まるで礼拝前に手足を清めるため庭先へ出ていくような気軽さで家を後にした。とくに妻と娘と最期の別れを交わすこともなかったが、残された二人は彼が回復したなどとは信じられず泣きながら見送った。

宵の礼拝どき、バイラムはまず海岸へと下りていった。スプレンディド・パレス・ホテルとホテル・マジェスティックの前には馬車やドアマン、シャッポをかぶった紳士たちが屯（たむろ）していた。イズミルやクレタ島のハニア、あるいはイスタンブル行の便を運航する海運会社の旅行代理店の前を通り、税関の裏手を抜け、ハミディイェ橋まで来たところで、バイラムはそのまま倒れ込んで死んでしまうのではないかという疲労感に襲われた。ヤシやスズカケの木、陽光に輝く街路、道行く優し気な眼差しの人々——一日の中でもっとも活気にあふれる時間帯の街は、バイラムに人生の美しさを思い出させるに十分だった。ハミディイェ橋の下には天の園と見まがう緑あふれるアルカズ川が流れ、その向こうには旧市街商店街やほかの橋、そしていついかなるときも監獄を見下ろし続けるアルカズの城塔が佇んでいた。バイラムはいっとき声もなく涙したものの、やがてそれにも疲れ黙り込んでしまった。橙色の夕日が、アルカズ城塞を常ならぬ桃色に染め上げていた。

バイラムは気力を振り絞ってアルカズ郵便局の前の埃っぽい通りに並ぶヤシとスズカケの木陰を抜けて浜へ下りた。そのままヴェネツィア統治時代から残る城塞の古い区画を見上げながら曲がりくねった通りを辿って城塞へ入った。のちの聞き取りでは、看守のバイラムは第二共同監房の点呼を担当したのち、番小屋でボダイジュ茶を飲んでいる姿が目撃されている。

しかし、日没後に彼の姿を見た者はおらず、ちょうどアズィズィイェ号が入港した時間帯に若い看守が階下の独房からの泣き声とわめき声を聞いたのを最後に、みなバイラムのことを忘れてしまったのだった。

4章

帝室所属のアズィズィイェ号は、アブデュルハミト帝の化学顧問であるボンコウスキー衛生総監とその助手をミンゲル島に降ろしたのち、一路アレクサンドリアを目指した。帝国諮問団の任務は、反西欧を掲げる民衆反乱が急速に拡大しつつある中国へ赴き、当地で不満を託(かこ)つイスラーム教徒たちに助言を与え、反乱への加担を思いとどまらせることだった。

日本が中国を攻撃したのは一八九四年。すでに十二分に西欧化した日本軍は、いまだ旧態依然とした中国軍をまたたく間に負かしてしまった。日本の勝利とその後の要求の前に為す術を失った中国の太后は、ちょうど二十年前のアブデュルハミト二世と同じように、西欧諸国に泣きついた。イギリスとフランス、ドイツが日本に対抗するため中国の保護を買って出たのも束の間、今度はフランスが華南で、イギリスが香港とチベットで、ドイツは華北で、それぞれに商業特権と治外法権を得て、中国の植民地分割を開始し、各地でキリスト教伝道団を介して政治的、精神的にも影響力を増しつつあった。

こうした状況を受け、貧しく、またとくに伝統を重んじる信仰深い民衆は、清の支配層である満州人と、キリスト教徒や西欧人から成る「洋人」に対して蜂起した。西欧資本の会社や銀行、郵便局、ナイトクラブ、レストラン、そのほかさまざまな店舗や教会が焼き討ちされ、伝道団やキリスト教に改宗した中国人が街路で暗殺されるようになった。見る間に広がった反乱の背後には西欧人たちが「ボクサー」と呼び、魔術と剣を用いて力を得る儀式を行う教団がいる。中国政府そのものも保守派と寛容政策を掲げる自由主義派に分裂して反乱を鎮圧するどころではなく、くわえて軍内から反乱へ加わる者が出はじめ、ついには太后自らが反西欧を掲げる反乱に支持を表明するに至った。かくして一九〇〇年、北京の各国公使館は中国軍に包囲され、怒れる民衆は通りで公然とキリスト教徒を襲撃し、「洋人」を殺しはじめたのである。西欧諸国が連合軍を組織して反乱を鎮圧するまでの間に、市街戦で攻勢を訴えていたドイツ公使のケトラーも殺害されている。

公使の死に対するドイツ皇帝ヴィルヘルム二世の反応は苛烈だった。北京の叛徒を粉砕すべく新たにドイツ軍の派遣を決定し、ブレーメンハーフェンで行われた出征式では「フン族の王アッティラのように苛烈に」戦い、決して虜囚となるなかれと訓示したほどだ。西欧各紙も、叛徒である義和（ボクサー）団と彼らに加担したイスラーム教徒の蛮性と未開性をあげつらい、彼らの犯した殺人をあけすけに報道した。

これらと前後してヴィルヘルム二世はイスタンブルのアブデュルハミト二世に助力を求める電報を打たせている。北京においてドイツ帝国公使を殺害した甘粛省出身の兵士が、イスラーム教徒であったからだ。ヴィルヘルム二世にしてみれば、全世界のイスラーム教徒を率いるカリフ位を兼ねるオスマン帝国皇帝であるアブデュルハミト二世には、のべつ幕なしにキリスト教徒を襲撃する中国のイスラーム教徒たちの蛮勇を宥（なだ）める義務があったし、オスマン帝国もまた軍隊を派遣し、連合軍とともに反乱鎮圧にあたるべきだと考えたのだ。アブデュルハミトの方も、ロシア軍に対してオスマン帝国を保護するイギリスと、中国で彼らと足並みを揃えるフランスはもちろん、訪土の折に終始、友好的に接してくれたヴィルヘルム二世の要請に容易に否とは言えなかった。なによりも、列強諸国がひとたび手を携えようものなら、ロシア皇帝ニコライ二世が「ヨーロッパの病人」と評したオスマン帝国などほんのひと撫でで敗北し、その領土は分割され、そこにはおのおの別々の言葉を話す諸国民の小国群が林立してしまうことを、アブデュルハミト二世はよくわかっていたのである。

だからこそアブデュルハミト二世は、「列強」と称される西欧諸国に対抗するべく蜂起した中国のイスラーム教徒たちの動向を複雑な思いで注視していた。とくに中国で頻発する無数のイスラーム教徒の反乱と、インドのミールザー・グラーム・アフマドが信徒を率いてイギリスに対して起こした反乱には、各紙の報道からしか情勢を知り得なかったとはいえ強い関心を寄せ、またソマリアで生起した宗教指導者による反乱や、アフリカ、アジアにおける反西欧を標榜する汎イスラーム主義者たちの蜂起には同情を示しもした。さらに皇帝は、西欧とキリスト教に対する諸々の反乱のいくつかについてはさらなる詳細を知ろうと観戦武官を派遣し、ときには帝国政府やその官僚たちがあずかり知らぬところで密偵を放ち――なにせこの皇帝の近辺は密偵だらけだった――叛徒側を手助けしようとさえした。つまるところアブデュルハミトは、バルカン半島と地中海島嶼部に暮らす正教臣民を急速に失い、いままさに分解しようとしている帝国にあって、そのイスラーム的正統性を前面に押し出すことで――それはすでに行動に移されつつあった――世界中の信徒たちと彼らの暮らす国々を味方に引き込めれば、少なくとも列強諸国に相応の衝撃を与えられるはずだと考えたのである。スルタン・アブデュルハミト二世は、今日の我々が「政治的イスラーム」と呼ぶものを、自ずと見出していたというわけだ。

とはいえ、オペラと推理小説をこよなく愛するこの皇帝が、熱烈な聖戦主義者やイスラーム主義者であろうはずもない。たとえば彼は、エジプトで起きたアフマド・オラービー・パシャの反乱に関しては、それが反西欧を掲げながらも、その実はすべての外国人、つまりはオスマン人に対する民族主義的なそれであることを事のはじまりから看破し、自分と同じく汎イスラーム主義を標榜するオラービー・パシャを忌々しく思い、イギリスが彼を葬るのを心の底から望んでいた。あるいはスーダンで起こったマフディー戦争については、たんなるごろつきどもの蜂起程度にしか考えていなかったようで、在イスタンブル・イギリス大使の圧力もあったのであろうが、イスラーム教徒の間ではゴルドン・パシャの愛称で親しまれたチャールズ・ゴードン将軍がイギリス軍に無謀な戦闘継続を強いた挙句に戦死したことで反乱が幕を閉じるまで一貫して、イギリスの肩を持ち続けた。こうした経験が、アブデュルハミトをして西欧列強の怒りを買わず、しかも自らが全イスラーム教徒のカリフにして指導者であることを世界中に知らしめるための妙案を閃かせたのだろう。つまり彼は、中国へ軍隊を派遣して同じ信徒を殺めるかわりに、カリフの名において「西欧人と戦うなかれ！」と彼らを諫めるべく諮問団の派遣を思いついたのである。

アブデュルハミト帝自らが代表団の長に選んだのは一人の准将だった。アズィズィィェ号の船上にあって片時も安眠できずにいたこの古参の准将には、やはり皇帝が親しく接し、高く買っている二人の高僧も随伴していた。一人は黒々とした顎鬚を生やしたイスラーム史の専門家で、いま一人は真っ白な顎鬚をたくわえ、その聡明さによってつとに知られた法学者であった。二人の高僧はこの二日というもの、アズィズィイェ号のサロンに掲げられたオスマン帝国の地図の前に座って、中国の信徒たちをいかに説得すべきか話し合いを重ねてきた。史家の方が「私たちの真の目的は中国の信徒たちを宥めることではなく、全イスラーム教徒の指導者たるアブデュルハミト陛下のご威光を広めることです」と主張すれば、彼より年嵩で白い顎鬚の法学者は「聖戦(ジハード)というものは、その国の王なり皇帝なりの賛同を得てはじめて聖なる戦いとなり得るのです。ところが、中国の女帝にはもとより叛徒たちを援助する意思がない様子」と応え、ときには通詞や軍人たちのような代表団のほかの面々も加わって議論が交わされた。

真夜中、ヌーリーは月明かりのもと一路、アレクサンドリアを目指す船上にあって、いまだサロンの明かりが落とされていないことに気がついて、妻を部屋から連れ出した。サロンに佇む二人の眼前には、パーキーゼ姫の祖先が六百年前に築いた帝国の最新の姿が描かれた件(くだん)の大地図があった。アブデュルハミト二世が治世四年目に当たる一八八〇年に、ベルリン会議においてイギリスの助勢を得てロシア帝国からいくらかの領土を取り返したのを記念して作らせた地図だ。三十四歳でアブデュルハミトが帝位についたとき、帝国はすでにセルビアやテッサリア、モンテネグロ、ルーマニア、ブルガリア、カルスやアルダハンなど、あまりにも多くの領土を失っていた。そのため新帝は、さすがにこれ以上の領土喪失はあるまいと高をくくってこの地図を作らせ、向こう見ずにも帝国の隅々へ、それこそ駐屯地や地方の郡役所、大使館等々へ鉄道や馬車、駱駝車、ときには船まで使ってばらまいたのである。諮問団の面々もこれまで、シリア州やヨアニナ州、あるいはモースル州からテッサロニキ州、帝都イスタンブルはもちろん聖地を擁するヒジャーズ州にいたる帝国の津々浦々でこの地図を目にしてきた。そして、この地図を眺めるたびオスマン帝国の巨大さに感嘆するとともに、そこに描かれた国が急速に縮小しつつある事実を思い知らされて悲嘆に暮れたものだ。

パーキーゼ姫が、イタンブルのユルドゥズ宮殿でこの地図について耳にした噂話を夫に聞かせることにしたのも、こうした経緯を踏まえてのことだった。曰く、アブデュルハミト帝はある日、溺愛する第一皇子セリムの部屋を先ぶれもなしに訪れ、大喜びしたのだという。当時十歳か十一歳であった皇子が、自分の作らせた地図の縮約版を熱心に眺めていたからだ。ところが近寄ってみると、子供の塗り絵帳よろしくいくつかの地域が黒く塗りつぶされている。さらに注意して見ると、息子が黒く塗りつぶしたのはどれも自分が帝位に上ってから喪失したか、あるいは戦わずして割譲する羽目になった地域ばかり。帝国の縮小と衰退を息子になじられたように感じたアブデュルハミトは、これ以降セリム皇子を疎むようになったという。「陛下が寵愛なさる側妾の縁戚の娘たちがこぞってセリム皇子に熱を上げていたのも、セリム殿下憎しというそのお心を掻き立てたのでしょう」と、パーキーゼ姫はのちに手紙に記している。

パーキーゼ姫は子供のころから延々と、帝国の領土喪失という悲劇について聞かされて育った。それがはじまったのは、父親であるムラト五世が玉座から引きずり降ろされて以後のことだった。青緑の軍服を着たロシア兵たちがアブデュルハミト二世のおわす宮殿から徒歩でほんの四時間ほどのアヤステファノス地区まで迫った露土戦争（一八七七年から一八七八年まで戦われた戦争のこと。ヒジュラ暦一二九三年に当たるため、九十三年戦争とも呼ばれる）のころ、ロシア軍の侵略で全財産を失った白い肌に青い目を持つバルカン半島のイスラーム教徒たちがイスタンブルに避難してきたため、帝都のあらゆる広場や火除地は避難民のテントであふれかえり、帝国はほんの十四カ月間の戦争の結果、四百年にわたって支配してきたバルカン半島領土の大半を失う羽目になった。

子供のころから帝国を見舞うさまざまな危難を聞かされて育った新婚の二人は、涙を流すでもなく淡々とその歴史を思い返した。たとえば、ついさきほど出港したミンゲル島の東に浮かぶキプロス島。香しく匂うオレンジ農園や、青々と茂るオリーヴ園、そして銅鉱山を持つあの島は、一八七八年のベルリン会議の結果、イギリスの委任統治下に置かれた。あるいは地図の上にはいまだに帝国領として描かれているエジプトもまた、とうの昔にオスマン帝国の土地ではなくなった。一八八二年にオラービー・パシャの乱が勃発すると、アレクサンドリアのキリスト教徒の安全を確保するという名目でイギリスが軍艦を派遣し、市街地に砲撃を加えたかと思いきや、あっという間に——アブデュルハミト二世は不安のあまり、オラービー・パシャの乱そのものがエジプトを獲得する口実とするためにイギリスが画策した結果だったのではないかと疑ったほどだ——エジプトを占領してしまったからだ。一八八一年にはチュニジアも、フランス人たちの支配に下った。いまや列強諸国に必要なのは、ロシアの皇帝が四十七年前に評した「ヨーロッパの病人」オスマン帝国の遺産を山分けするための合意くらいのものだ。

しかし、アブデュルハミトの地図の前に日がな一日座って議論を重ねる代表団の面々の不安を誘ったのは、むしろこの地図に描かれていないものの方だった。西欧諸国はいまや軍事力のみならず経済的にも、国家制度の面でも、また人口の点でも帝国をはるかに凌駕し、帝国政府と対立を続ける民族主義者や分離主義者のキリスト教徒臣民を援助している。一九〇一年、オスマン帝国全土の人口は千九百万人。そのうち五百万人はイスラーム教徒ではない。イスラーム教徒臣民よりも多くの税金を納めているはずなのに、昔と変わらず二等臣民と見なされている彼ら非イスラーム教徒臣民たちが、「公正」と「平等」、そして「改革」を求めて西欧諸国の保護を期待するのも無理はない。くわえて、オスマン帝国が絶えず干戈を交えてきたロシア帝国の人口は七千万、友好関係にあるドイツ帝国のそれは五千五百万人で、大英帝国を筆頭としてヨーロッパ諸国の工業力はオスマン帝国の貧弱なそれの二十五倍にもなる。しかも帝国の統治と軍務を担うはずのイスラーム教徒たちの経済力は、帝都のみならず地方においても商業的成功を収めたギリシア正教徒やアルメニア教徒の後塵を拝しつつあった。この自由主義的な新たなブルジョワ層は、ときに自治を要求し、たいていは納税額をイスラーム教徒と同じにするよう求めていたが、それでさえも帝国の地方行政官たちの手には余るため、結果として帝国各州の総督たちはキリスト教徒の反乱を叩きつぶし、叛徒を殺し、拷問し、あるいは流刑に処す以外に為す術を知らなかった。

船室に戻る途中、パーキーゼ姫は夫にこう言った。

「あら、また悪い憂鬱の精霊が騒ぎ出したのではなくて！　何をお考えなの？」

「なにもかも少しの間ほったらかしにして中国へ行くというのは悪くないなって考えていたんだよ！」

そう答えた夫の表情を見て新妻は、彼がミンゲル島のペスト流行とボンコウスキー衛生総監のことを考えているのを察したのだった。

5章

アカマツ製の鋭い舳先が特徴的なミンゲル式の艀は、ボンコウスキーと助手のイリアス医師を乗せ、アルカズ城塞の高い壁や巨岩の前をかすめながら岸へと近づいていった。ギイギイという櫂の音と、おおよそ七百年にわたって城塞を支えてきた巨岩群を優しく洗う穏やかな波音のほか物音ひとつしない。明かりが見える窓は少なく、神秘的な月光に照らしだされたミンゲル州最大の都市であり行政府の置かれるアルカズ市は、白と薄桃色を呈する蜃気楼のようだった。ボンコウスキーは俗信の類を一切信じない実証主義者を自任してきたものの、その光景に不吉さを覚えずにはいられなかった。何年も前、アブデュルハミト二世よりミンゲル島でのバラ栽培の特認を下賜されたことはあったが、実際にこの島を訪れるのははじめてだった。最初の来島は歓迎団の出迎えを受けるような心弾む愉快なものになるだろうと考えていたので、よもや盗人のように真夜中に闇に沈む港へ上陸することになろうとは思ってもみなかった。

こじんまりとした湾へ入ると櫂が緩んだ。陸からはボダイジュと乾いた海藻が香る湿った風が吹いていた。二人はたくさんの艀が停泊している税関埠頭ではなく、島がアラブ人の支配下にあった時代に建てられたアラブ灯台のそばの桟橋に降ろされた。漁師たちが使うこの古い港はひときわ暗く、人影は皆無だった。皇帝の化学顧問とその助手のミンゲル入島は秘密裡に行われるべしという勅命を受けたミンゲル州総督サーミー・パシャがこの埠頭を選んだのも、人里からも総督府からも離れていたからである。

ボンコウスキーと助手のイリアス医師を桟橋で出迎えたのは黒い上着を着た二人の書記官だった。ボンコウスキーたちは鞄と身の回りの品々を渡し、書記官たちの腕を摑んで艀から降りると、そのまま人目につかぬよう馬車に乗り込んだ。この日サーミー総督が遣わしたのは、衆目を避けるべき賓客を迎えるときに用いる防弾装甲の四輪馬車だった。もともとアルカズ市でもっとも高名な鍛冶師であった顎鬚なしのクドレト親方に防弾板を依頼したのは前任の州総督だった。太りじしで臆病な前総督がミンゲル島をオスマン帝国から分離させようと理想に燃えるギリシアの無政府主義者たちから脅迫状を受け取り、その爆破予告を本気にした挙句に、人目も憚らずに州の予算をつぎ込んだ結果であった。

御者のゼケリヤーが手綱を握る装甲四輪馬車は明かりの落とされたホテルや税関局の並ぶ道を波止場に沿って進み、島でもっとも有名な目抜き通りであるイスタンブル大通りの上り坂の前を素通りすると左に曲がり、裏通りへ入った。ボンコウスキーとイリアスは、窓から入るスイカズラやマツの芳香を嗅ぎながら、海藻のこびりついた古い石壁や木製の門を備え、窓の並ぶ桃色のレンガ造りの家々が月光に照らし出されるさまに見惚れた。曲がりくねった坂道を上ってハミディィェ広場へ着くと、時計塔が現れた。時計塔は相応の高さまで出来上がってはいたものの、残念ながらアブデュルハミト帝の即位二十五周年にあたる八月の完成には間に合わなかったようで、いまだ建設途中のようだった。ギリシア人中等学校と、ひと昔前は電信局と呼ばれていた郵便局には煌々と明かりが灯され、辻々のところどころには歩哨が立っていた。ペストが出たという噂がはじまって以降、サーミー総督が配置したのだ。

「総督閣下はやや変わった人物でね。しかしアルカズの街がこれほど発展し、しかも混乱もなく平穏だとは思いもよらなかったよ。夜闇で見間違えたのでない限り、すべては総督閣下の手腕の賜物だ」

ボンコウスキーは客間に通されて二人きりになると助手のイリアスにそう言った。イスタンブルで生まれ育ったイリアス医師は、皇帝の化学顧問の「右腕」を務めてもう九年にもなる。ボンコウスキーとともに伝染病封じ込めのため帝国の津々浦々へ赴き、ホテルの客室はもちろん、各州の政庁や病院の賓客室、あるいは駐屯地で幾晩も共に過ごしてきた。五年ほど前には、船に散布用消毒薬を積み込んでトラブゾン市へ赴き、街じゅうを消毒してコレラを沈静化させたし、一八九四年にイズミト市とブルサ市にコレラが蔓延した際には感染終息のため周辺のほとんどすべての村々を巡り、軍隊の野営テントで過ごしたこともある。当初、ボンコウスキーにとってイリアスはイスタンブル政府から無作為にあてがわれた助手に過ぎなかったが、いつしか彼を信頼し、思いつくままとりとめのない話を聞かせるようになっていった。そうして二人して都市から都市へ、港から港へ帝国じゅうを駆け回るうち、伝染病を終息させてきた実績とその該博ぶりによって帝国の官僚機構においても、また保健省内においてもある種の「救世主科学者」として認知されていったのであった。

「サーミー総督がマケドニアのアレクサンドルポリスの県知事だったころだからもう二十年前になるが、あそこでコレラが発生したので陛下は私を責任者に任じたのだよ。そのときサーミー知事は私や同行した若い検疫医たちを馬鹿にしていてね、そのせいで対策が後手に回っていらぬ死者が増えたんだ。私は陛下に提出した報告書にはっきりとそう書いたが、彼もそれを知っている。だから、サーミー総督は私たちに突っかかってくるかもしれないね」

このときボンコウスキーは、仕事の話をするときの常で、まさにいま私が記しているようなトルコ語で会話をしていた。もっとも、パリで医学を修めたギリシア人医師であるイリアスと、同じくパリで化学を学んだボンコウスキーは、フランス語で話し合うことも少なくなかった。だからこそ、六十歳の帝室化学顧問が迎賓館へ入り、真っ暗闇のなかで部屋の調度を確認し、どれが陰でどれが簞笥なのか、あるいは窓の場所を判じようとしているときに敢えてフランス語で「不吉な匂いがする」と言ったのも、なんら不思議ではなかった。

その晩、ネズミの鳴き声に似た物音のせいで、ボンコウスキーはなかなか寝付けなかった。イズミルの街でのペストとの戦いは、ネズミとのそれだった。だから、ミンゲル州総督の責任において彼らが滞在するこの迎賓館に、いまだネズミ罠一つ置かれていないのには驚きを禁じ得なかった。ペストは、ネズミやネズミの運ぶノミの咬傷によって感染するのだと、再三にわたって帝都から各州にも、また各地の検疫局にも通達が行っているはずだというのに。

二人が物音の正体はこの木造の屋敷の屋根に降りてきたカモメの足音だろうと思い直したのは、ようやく朝方になってからだった。サーミー総督が高名な帝室化学顧問とその助手を真新しい総督府庁舎に付属の立派な賓客室ではなく、この遺棄された木造邸宅に宿泊させたのは、ひとえにアルカズ市の好奇心旺盛な新聞記者たちや噂好きな商工業者たち、それに悪意に満ちた各国の領事たちからその来島を隠すためであった。そのため寄進財管理部長がたったの一日で準備を整えた客人館には、歩哨と小間使いも遣わされていた。

その朝、サーミー総督が先ぶれも送らずに二人を訪ね、いの一番に客人館の惨憺たる有様を謝罪したのにもそうした事情があった。久しぶりに再会したサーミー総督は、ボンコウスキーの目から見ても十分に信頼に足る人物に見えた。サーミーの立派な体軀や、いまだ白髪の混ざらない黒々とした顎鬚、あるいは太い眉毛や鼻筋はいかにも力強く、頼り甲斐にあふれていたからだ。

もっとも、ボンコウスキーとイリアスはいくらも経たぬうちに、サーミー総督に失望することになった。サーミー総督は、伝染病の発生した地域のあらゆる地方行政官たちと同じ反応を見せたからだ。総督は開口一番にこう言ったのである。

「この街では伝染病は発生しておりません！　ペストなど、神のご加護の賜物でまったくないのです。だというのに兵隊たちときたら——あなた方のこの朝食は軍の駐屯地から運ばせたのですよ——消毒をしないことには竈(かまど)から取り出したばかりのパンさえ口にしないような始末なのです」

ボンコウスキーは隣室に置かれた盆に載るオリーヴとザクロの実、山羊の白チーズ、それに兵隊たちと同じパンを一瞥し、微笑みを浮かべるに留めた。モロッコ出身の給仕が炉から下ろしたばかりの珈琲をテーブルのカップに注ぐ間にも、サーミー総督はこう続けた。

「どれもこれもでたらめな報道ばかりです。ないといえば〝いや伝染病が蔓延している〟と言い、あるといえば〝そんなものはない〟と書くのだから。すぐにも〝ボンコウスキー衛生総監閣下がそう言った〟などと書きたてることでしょう。そうやってあなた方をイズミルと同じような難しい状況に追い込みたいのです。連中の魂胆は明らかです。イスラーム教徒とキリスト教徒の不和を誘って島の平和を掻き乱し、帝国からこの島を奪おうとしているのですよ、クレタ島でそうしたようにね」

たしかに四年前、ミンゲル島の隣島にあたるクレタ島でイスラーム教徒とキリスト教徒の衝突が起こり、その結果、列強諸国が紛争調停を名目にクレタ島を帝国から奪い去ったのは事実であったが、サーミー総督は話はおしまいだとばかりに言った。

「ところがミンゲル島の市民の間には衝突など皆無なのです。だからこの島では伝染病を口実にして我が帝国領土を奪おうとしているのでしょうよ」

ボンコウスキーは六歳年下の総督にようやくこう答えた。

「閣下！ イズミルで伝染病が広まった際には、ギリシア人だ、正教徒だ、イスラーム教徒だ、キリスト教徒だ云々と騒ぎ立てる者はおりませんでした。ギリシア語新聞の『アマルティア』紙はもちろん、オスマン語の『調和』紙も、ギリシア王国と取引のある街の商工業者たちでさえ、感染症対策に真摯に取り組み、検疫令へ協力してくれました。そういった善意によってこそ、ペストは終息したのです」

「発売からやや遅れるとはいえ、私たちもメサジュリ・マリティーム社の定期船が持ってくるイズミルの新聞には目を通しておりますから、事情はよくわかっております。敬愛すべき衛生総監閣下、率直に申し上げますが、ミンゲル島の状況はイズミルとはまったく異なります。ギリシア、フランスを筆頭に駐在領事たちが、イズミルでの検疫措置を批判しない日はございませんでしたし、それどころかあなた方の実施なさった検疫令に対する明確な反対を新聞に掲載させ、いらぬ混乱を煽ろうとさえしていたのです。その手の敗北主義的な報道を島の新聞に掲載するのはすぐに禁止させましたがね」

「いいえ、イズミル市民は隔離措置の内容を検(あらた)め、その効果が明らかとなるや、県庁と検疫官に進んで協力してくれましたぞ。そうでした、イズミル県総督のクブルスル・キャーミルさまから、閣下にくれぐれもよろしくと言付かりました。キャーミルさまも、私がミンゲル島へ参ることをご承知でしたので」

するとサーミー総督は若かりし日にふいに訪れた大抜擢を懐かしそうに語り出した。

「十五年ほども昔になりますが、クブルスル・キャーミル閣下が大宰相に就任なされた時分、私も寄進財管理大臣を拝命しておりました。閣下は並ならぬ才知に恵まれ徳も高く、お名前のとおりに完璧(キャーミル)な御仁でした」

「そのキャーミルさまが、イズミルでの伝染病報道に規制を設けなかったのも、疫病終息に対して功を奏したのです。であれば、ここミンゲル島の各紙が伝染病について書いても差し支えないのではありますまいか？　なるほど住民たちは怯え、商店主たちも死を恐れて店を閉めてしまうでしょう。ですが、少なくともいざ隔離措置がはじまれば素直に従ってくれるはずです」

「もう五年もここの総督をしております。ミンゲル島の住民はみな、正教徒であれ、カトリック教徒であれ、イスラーム教徒であれ、イズミルと同じように文明的ですよ。政府の言うことに耳を傾け、従うくらいには。しかしながら、公的にはペストの流行などないと言っているところにそのような公表をしては、いらぬ混乱を招くことになります」

ボンコウスキーは辛抱強く言い募った。

「であるなら、新聞にペストや伝染病や隔離措置のこと、あるいは病死者について書かせてください。そうすれば、みなもっと耳を傾けるようになります。総督閣下ならご存じでしょう、新聞各社の協力なしには帝国を治めるのは困難であるのを」

「ミンゲルはイズミルとは違うのです！　そもそも疫病など流行っていないのですからね。皇帝陛下があなたの来島を秘密にするようお命じになられたのも、そのためです。万が一にもミンゲル島で伝染病が発生しているのであれば、イズミルと同じように防疫体制を構築して蔓延を食い止めるべし、という上意を表明なさったに過ぎません。今回のことといて、検疫局のギリシア人医師たちが伝染病だと言いはじめたのが発端なのです。陛下は、あなたがミンゲル州検疫局の職員たちとお会いになるのを禁じられたはずです。ギリシア人医師たちの中にはギリシア王国と内通する者もいますし、各国領事はもとより悪意に満ちている。陛下のご懸念ももっともです」

「ですが、伝染病が発生したという確かな情報もありますぞ、総督閣下」

「だから、その流言の出どころが、検疫を担当するギリシア人医師たちだと申した上げたではありませんか。彼らが疫病が出たとすぐにイスタンブルの新聞に報せてしまったのです。衛生総監閣下、領事どもにけしかけられてこの島をクレタ島よろしく帝国から奪い去ろうと画策する輩（やから）がいるのです。私が言えた義理ではございませんが、どこにでも監視の目があるとお考え下さい。とにかく気をつけてください！」

サーミー総督のこのときの発言には、はたしてボンコウスキーを脅かす以上の意図が潜んでいたのだろうか？　少なくとも居合わせた三人の公僕たちは——一人目はイスラーム教徒、二人目はカトリック教徒、そして三人目は正教徒だった——一瞬、互いに目を細めただけだった。サーミー総督はきっぱりとこう付け加えた。

「付言すれば、ミンゲル島の新聞に誰に何を書かせるべきかを判断するのは、衛生総監のあなたではなく、州総督たる私です！　ですが、陛下に上申する報告書には、私のことなど気にせず医学的、化学的な事実をお書きください。今晩、メサジュリ・マリティーム社のバグダード号という船がイズミルへ発ちます。あなた方が出航に間に合うよう、イスラーム教徒二名、正教徒一名の患者から検体を取るのを許可いたします。それと昨夜、看守が一人、急死いたしました。いざ死ぬまで誰も彼が病気だとは気づかなかったそうです。さて、患者たちを見舞うのであれば、護衛もお付けいたしますが」

「どうして護衛の必要があるのでしょう？」

「ここは小さな島です。そして、あなた方はいかにも医者めいた様子で病人を訪ねていくのですぞ。どう隠そうとしても、あなた方の来島は噂になるでしょう。そんな噂だけでも住民たちの意思を挫き、不安を誘うには十分なのです。自分の島で伝染病が発生したなどと聞かされて喜ぶ者はおりません。なにせ、伝染病となれば検疫局によって商店が閉鎖され、医者や兵隊が家の中まで臨検に訪れ、島の商業が滞るのは火を見るより明らか。私などよりもあなたの方がよくご存じでしょうけれど、キリスト教徒の医師がイスラーム教徒地区の家々に立ち入ろうとしたところで、うまくはいきません。たとえ兵隊の威を借りて押し入ろうとしてもです。あなた方の口からペストが出た云々と聞かされたなら最後、仕事を止められる商工業者たちはあらぬことを——たとえば明日にはペストを持ち込んだのはあなた方だなどと言い出しかねません。我々の島はそれほど人口も多くないですからな、皆が同じことを考えるものです」

「人口は正確には何人なのでしょう？」

「一八九七年の記録では八万人、アルカズ市は二万五千人です。イスラーム教徒と非イスラーム教徒の比率は、半々といったところでしょう。しかし、この三年間でクレタ島から逃げてきた難民たちが加わりましたので、イスラーム教徒の数がやや上回るようになっているはずです。どこから文句を言われるかわからないので、これ以上の詳細は申し上げられませんが」

「これまでの死者数は？」

「十五名といったところでしょうか。もっと多いと言う者もおります。検疫官がやって来て家や店を封鎖され、家財を取り押さえられるのを恐れて、死者を隠している住民もいるはずです。誰かが死ぬとすべてペストのせいにするような輩も出はじめています。この島では毎夏のように下痢病も流行るというのに。検疫局長の老ニコス医師は、そのたびにコレラが発生したと言って、イスタンブルへ電報を打ちたがるので、私の方で思いとどまらせねばならないのです。ところが薬液散布器で旧市街商店街や排水溝の汚水、あるいは貧民街やら泉亭やらを消毒すると、彼が伝染病と騒いでいたものは消え失せるのです。万が一、イスタンブル政府に向けてコレラで島民が死んだなどと知らせてごらんなさい、その〝伝染病発生〟を盾に領事やら大使やらが口出しをはじめるに違いありません。ですが〝夏の下痢病〟と書けばすぐに忘れられ誰も気にしない、そういうものです」

「イズミルの人口はこの島の八倍はあります。ですが閣下、すでにこの島の方が死者の数が多くなっています」

「もちろん、その原因はあなた方が見つけてくださるのでしょうな」

サーミー総督は曰くありげにそう言った。

「そこらじゅうでネズミの死体を見ました。イズミルでも、ネズミこそが私たちの敵だったのです」

「この島のネズミはイズミルとは別の種類ですよ！」

サーミー総督は、かすかな郷土愛を滲ませる誇らしげな口調でそう答えた。

「ミンゲル島の山ネズミは野性味にあふれておりましてね。二週間ほど前でしたか、腹を空かせて街や村に下りてきて家々の台所を襲ったのです。食べ物が見つからないとなると敷布団や石鹸、筵に羊毛、リネンにキリム、それもないとなれば木材を食い散らかしていきました。島民はすっかり怯えて、神罰だと言って絶望しておりました。ですが、だからといってその山ネズミがペストを運んできたことにはならないでしょう」

「では誰が運んできたとお考えなのですか、総督閣下？」

「ですから、公的にはいまだ伝染病は発生していないと申し上げているでしょう！」

「閣下、イズミルでもはじめに出たのはネズミの死体でした。ご存じでしょうが、ペストを媒介するのがネズミとノミであることは科学的にも、医学的にも証明された事実です。イスタンブルからネズミ罠を運んでまいりました。イズミルでは、ネズミ十四を捕まえた者にメジディイェ銀貨一枚の褒賞を出しました。それに街の狩猟クラブの協力も仰ぎました。私もイリアスも、街路へ出て市民たちと一緒にネズミを捕まえたのです、そうしてはじめて伝染病に打ち勝ったのですぞ」

「四年前、島に古くから住む富豪のマヴロイェニス殿とカルカヴィツァス殿が、ロンドンで流行っている、テッサロニキ市にあるような市民クラブをこの島にも作りたいと言い出しまして、助力を請われたことがありましたが……。生憎とこの小さな島ではうまくいきませんでした。そういうわけで狩猟クラブなるものはこの島にはございません。ペストから島を救うためにどうネズミを捕まえればよいのかは、あなた方に教えを乞うことにいたしましょう！」

総督のあまりにも軽薄な態度に二人の検疫医は空恐ろしさを感じたが、それを表に出すことは控え、ペストと細菌に関する最新の研究成果を話しはじめた。アレクサンドル・イェルサンによって人間を死に至らしめるペスト菌と、ネズミたちを殺すそれとが同じ細菌であることが発見されたのは一八九四年のことだ。細菌についてのルイ・パスツールによるあまたの新発見を経て、多くの医学者、細菌学者たちがフランス植民地の病院や、非西欧圏の大都市へ赴き、伝染病に関する優れた研究成果を挙げたが、イェルサンもそうした一人だった。ちょうどヨーロッパ本土では、ドイツ人医学者ロベルト・コッホの尽力によってごく短期間に腸チフス、ジフテリア、ハンセン氏病、狂犬病、淋病、梅毒、破傷風の病原菌が発見されていたのと同時期のことでもあり、アブデュルハミト二世は、パスツール研究所において次々と新発見をした医師たちのうちジフテリアとコレラの専門家であるエミール・ルヴィエをイスタンブルへ招聘することにした。このフランス人細菌学者はパリから持参したジフテリア血清を収めた小箱を皇帝に奉呈し、細菌と感染症についての知識を簡にして要を得つつ弁舌も爽やかに披見してみせ、皇帝と謁見の間に居合わせた人々を魅了し、イスタンブルのニシャンタシュ地区に研究所を与えられると、ジフテリア血清を安価に大量生産する新手法を開発した。こうした一連の話に感じ入るサーミー総督に対し、皇帝の化学顧問はさらに深刻かつ慎重な口調で本題に取りかかった。

「閣下もご存じのとおり、細菌に対抗しうるさまざまなワクチンが発見され、いまやその一部は我が帝国の研究所でも生産がはじまっております。しかしながら、いまだペストに対するワクチンだけは見つかっていないのです。中国人もフランス人も、発見できずにいます。ですから、イズミルでのペスト終息もまた、昔ながらの防疫線の設置や患者隔離、そしてネズミの捕獲によってもたらされたのです。そう、いまでも検疫と隔離以外にペストに対する手立てはないのです！　病院でいかに医師たちが奮闘しようとも、たいていの場合ペスト患者を救うことは叶わず、ただその苦しみを軽くしてやるのが精いっぱい。いえ、それさえ覚束ないことがままあります。閣下、この島の人々は検疫令を受け入れる準備ができておりますでしょうか？　これはミンゲル島のみならず帝国にとって、その生死を分ける重大事なのですぞ」

「よしんばあなたの仰るとおりだとして、ミンゲル島の住民はギリシア正教徒とイスラーム教徒です。つまり、世界でもっとも従順かつ調和を重んじる人々です！」

サーミー総督は給仕が新しく淹れた珈琲を一息に飲み干すと、言うべきことは言い尽くしたとばかりに立ち上がった。そうして、窓の向こうに広がるアルカズの街と城塞を臨む絶景と、室内を華やがせる海の紺碧へ視線をやった。

「神よ、我々を、この島とその住民をお守りください。もっともまずは島民と帝国ではなく、あなた方お二人をお守りする必要があるでしょうけれど」

「私たちを誰からお守り下さるのですか？」

「それは治安監督部のマズハル部長が説明してくれることでしょう！」

ボンコウスキーの問いに総督はそう答えた。

6章

治安監督部のマズハル部長は密偵や情報提供者、そして私服警官たちから成る、複雑かつ資金潤沢な総督の諜報網のまとめ役を務める人物だ。彼がイスタンブルから派遣されたのは十五年前、古式ゆかしい治安維持組織を、近代的な憲兵および警察組織へ改組するという別の任務を仰せつかっての来島であった。罪人の氏名をアラビア文字順に並べて、各人についてファイルを作成する等々のこの改革を滞りなく進めるかたわら、マズハルはミンゲル島のイスラーム教徒の名族ハジュ・フェフミーの娘と結婚し（ハジュはメッカ巡礼を果たした者に付せられる尊称）、この島の土を踏んだ者の例に漏れずミンゲルの人気や空気をはじめそのすべてに魅せられた。新婚時代には島を愛する同志たちと島歩きを企画したり、ミンゲル人の古い言語を学ぼうとしたほどの熱の入りようであった。のちに例の防弾仕様の装甲四輪馬車を造らせた心配性の総督が赴任するころには、ほかの州では類を見ないほど精緻な治安監督部門を築き、もとからよく整備されていた情報提供網はさらに強化され、帝国からの分離を企図する民族主義者たちの動静を逐一ファイルにまとめ上げ、彼らを拘束する過程でも先述の人間関係が大いにものを言った。

ところがしばらくして姿を現したマズハル治安監督部長は、ボンコウスキーとイリアスの目にはサーミー総督に比べるとひどく風采の上がらない人物と映った。くたびれた上着を羽織って、ちょび髭をたくわえた優しげな眼差しの、いかにも官僚然とした男だったのである。マズハル部長はこれまた官僚らしい声音の早口で、さまざまな宗教グループ、政治グループ、商業グループ、民族グループ等々の内部に潜ませた間諜を使ってその動向を追い、情勢の把握に努めております、と説明した。マズハルによれば、各国領事やギリシア人、トルコ人双方の民族主義者たち、あるいはクレタ島に倣って帝国からの分離独立を画策する勢力や、そのほかありとあらゆるグループが、今回のペスト流行という悲劇が拡大し、国際問題化するのを望んでいるのだという。さらにマズハルは、巡礼船反乱事件の名で記憶される昔の蜂起を機に、過激な教団を支持する北部の村々がサーミー総督の命を狙っており、なにか事を起こそうと画策しているのは確実だと付け加え、こう締めくくった。

「こうした危険を踏まえ、病人の見舞いには装甲四輪馬車をお使いください」

「むしろ余計な注意を引いてしまうのではないかね？」

「引くでしょう。それに島の子供たちは四輪馬車の後を追いかけて御者のゼケリヤーにいたずらするのが常です。しかし、これがもっとも適切なやり方なのです。ご心配には及びません、お二人がいらっしゃる家や施設はすべて総督府の職員や商人に扮した密偵たち、そのほか我々の手勢の監視下にあります。お二人にお願いするのは、護衛たちがお二人をお守りすることに異を唱えないでいただきたいという一点だけです。たとえ数が多すぎるように思われても、よもや彼らから逃げようなどとは考えないでください。到底、逃げ切れるものではありませんし、腕利きの私服警官たちがすぐにお二人を捕捉することでしょうから……。また〝閣下さま、うちにも病人がおります、どうかお越しください！〟などと言ってくる者たちにもついていかないでください」

こうして総督の装甲四輪馬車は、衛生監査官の任を帯びたボンコウスキーと助手を観光客よろしくその座席に乗せると、まずはミンゲル島と同じくらいに名高いアルカズ監獄城塞へと向かった。アルカズ監獄の所長は、総督から二人は新任の衛生監査官で、うち一人は医者であると聞かされ、密命を帯びたこの二人が島のギリシア人検疫医たちと接触せぬよう注意するよう指示されていた。そこで所長はボンコウスキーとイリアスを分厚い城塞の壁に穿たれた小窓から表を覗く囚人たちの目に触れさせぬよう、屋根のかかった廊下と暗闇に沈む中庭を伝って一度、城壁上へ出ると、カモメが舞う岩塊の断崖を見晴らす危険な石階段を下り、じめじめとした暗い独房へと連れて行った。

扉の前の人だかりを掻き分けて独房の中を照らした瞬間、ボンコウスキーたち二人は看守バイラムの死因がペストだと理解した。過度に白くなった肌、陥没したかのようにこけた頬、驚きに見開かれた眼（まなこ）、そして痛みから逃れようと足掻くかのようにシャツの袖口を握りしめる指。いずれもイズミルの三名の死者と同じである。嘔吐の痕跡や紫斑、それに奇妙な臭いまでそっくりだ。二人の医師は死者のボタンを慎重に外して肌着を脱がせた。首や脇の下に腫れはなかったが、死者の腕や足を剝いてみると左の鼠径部にペスト特有の横痃が見つかった。疑念の余地など一切許さないとばかりに発達したひどく大きいその横痃は、指先で軽く触れただけで急速に硬さを失ってしまった。つまり横痃の発現から少なくとも三日が経過しているということだ。死者は、すさまじい痛みを味わったことだろう。

イリアス医師が鞄から取り出した注射器やメスを消毒液で洗浄するあいだに、ボンコウスキーは扉の前の野次馬を追い払った。イリアス医師は検体採取のため注射器を横痃に刺し、黄色味がかったゼラチン状の液体を数滴落とすと、色付きのプレパラートの上に注意深く塗り、保管箱に丁寧にしまった。もし患者が生きていれば、横痃を切開して膿を出すことで苦痛を軽減させることもできたが、ここアルカズ城塞でできることはもう残っていなかった。感染症がコレラではなくペストである以上、急ぎ検体をイズミルへ送らねばなるまい。

　ボンコウスキーは患者の持ち物をすべて焼き払うよう命じたのち、バイラムが首から提げていた小さな護符の紐をメスでこっそりと切り、ポケットに隠した。消毒してから調べるつもりだったのだ。

　古い街の曲がりくねった隘路（あいろ）を行くボンコウスキーとイリアスが目にしたのは、店を開ける銅職人たちや、朝も早くから仕事に取りかかる鍛冶師や大工たちの姿など、普段と変わらない街の暮らしだった。職人たちを相手にする食堂も伝染病の噂などどこ吹く風とばかりに店を開けている。一見すると香辛料店に見える薬草店が商いをしているのを見つけたボンコウスキーは、馬車を停めさせた。そして、コツィアス薬草店というその店に入るとあくまで事務的な口調で尋ねた。

「殺鼠剤は扱っているかね？」

　薬草師のコツィアスは、腰掛けに座ったのが誰かしら御大だろうと察して背筋を正した。

「もう残っておりません」

　コツィアスはあらゆる種類の香辛料に染料、種子に珈琲、あるいは茶にして飲むためのボダイジュの苞（ほう）などを商うかたわら、練薬（マアジュン）や軟膏をはじめさまざまな民間薬も扱っている様子だった。衛生総監として帝国じゅうを駆け回る多忙な日々を過ごしながらも、ボンコウスキーは化学者、薬剤師としての本分を忘れたことはない。そして、まっとうな薬局であれば、つまりはイスタンブルやイズミルの有名な店であれば、棚や机に並ぶのは大手製薬会社の薬品であるはずだ。ボンコウスキーがいま少し若かったなら、民間薬ばかり売っている田舎の薬草師を相手に、近代的な薬局のなんたるかを滔々と教え諭しもしたろうが、いまはそうすべきときではない。

こぢんまりとした波止場が開けるアルカズ湾沿いにはホテルや酒場が色とりどりの日除け幕を張り、レストランのテラス席にはたくさんの客の姿があった。装甲四輪馬車はボダイジュの香る裏道を抜け、山の手の富裕なギリシア人たちのお屋敷前をかすめてハミディイェ大通りへ入った。桃の花は満開を迎え、辺りには香しいバラの香りも漂っている。広々としたハミディイェ大通りにはスズカケやアカシアが木陰を落とし、シャッポやトルコ帽をかぶった紳士や、下働きの村人たちが行き交っていた。旧市街の商店街へ続くアルカズ川沿いの道に並ぶ家々や倉庫、ホテルに変わりはなく、御者たちは車上で舟を漕ぎ、あるいは波止場へ下っていくイスタンブル大通り沿いに目を移しても何の変哲もない日常生活が営まれるばかりだ。ボンコウスキーとイリアスはその光景に目を見張った。ギリシア人中等学校では授業がはじまり、旅行代理店の前にはさまざまな告知や海運会社の広告が貼りだされている。ホテル・マジェスティックのエントランス前に佇んで桃色に黄色、それに橙色に染まるアルカズ市街を眺めるうち、ボンコウスキーはいくらも経たぬうちに自らの手でこの美しく優しげな日常に終止符を打つことになるのだと気がついて罪の意識に駆られ、ペスト発生は自分の勘違いではなかったかと疑いたくなった。

しかし、すぐにもそのような感傷はまったくの誤りだと悟ることになった。ボンコウスキーとイリアスが最初に訪ねたのは、アヤトリアダ（聖三位一体）地区のオリーヴ農園に佇む石造りの民家だった。家内の敷布団の上では、この街で十五年間、御者を務めてきたヴァシリが苦痛に身もだえしていた。半ば意識のない彼の首元には巨大な横痃が浮いていた。ボンコウスキーたちは、ペスト菌が患者の正気を奪い譫妄状態へ陥れ、ついにはその言葉を取り上げるか、さもなければまともに喋られなくさせてしまうさまを幾度となく目の当たりにしてきた。そして、この状態になった患者の命はもはや長くなく、そこから回復する者は僅少を極める。

涙に暮れる妻がその腕を取ると、ヴァシリは何か言おうとしたものの、からからに乾いた口からはとぎれとぎれの声が漏れ出すだけだった。

「彼はなんと言っているんだろう？」

そう尋ねたボンコウスキーに「ミンゲル語を話しているようです」とイリアスが答え、そうこうするうちに妻が大泣きをはじめた。イリアス医師は、硬化して膨らみきった横痃に注意深くメスを入れ、黄色みがかった白濁色の膿を辛抱強く指で絞り出した。イズミルでも、この病期に達した患者には同じ処置を施した。ふいに患者が動いて検体採取用のプレパラートが地面に落ちて汚れてしまったが、イリアス医師は動揺することなく慎重に検体を採取した。ボンコウスキーとイリアスは病気の正体がペストだとすでに確信していたものの、確認のためにはイズミルの研究所へ送らねばならないのだ。

「沸かしたお湯をめいっぱい飲ませなさい。それに喉を通るようだったら砂糖水とヨーグルトも」

去り際にボンコウスキーはそう忠告しながら、手ずから薄暗い部屋の扉と窓を開け放った。

「肝心なのは部屋の空気をいつも清潔に保つこと、患者の服を熱湯で洗うことです。あなたもしっかりと睡眠をとって疲れないようになさい」

そうは言いながらもボンコウスキーには、同じ忠告であっても富裕なギリシア人患者たちを相手にしていたイズミルとは異なり、この島ではあまり効果を上げないだろうという予感があった。いや、ここ十年のヨーロッパにおける細菌研究の進展がいかに目覚ましいものであろうとも、清浄な空気と快適な環境の中で心安らかに過ごすことは「小なりとはいえ」ペスト患者の助けになるはずだ――ボンコウスキーはそう自分に言い聞かせた。

装甲四輪馬車はロマン主義派の画家たちが好んで描いたタシュ（石）埠頭――たいていは背景にくっきりとした白黒の陰影を呈する山々が配されている――の前を通りタシュチュラル（石工）地区へ入った。隙間なく並ぶみすぼらしい家々の、とある戸口の前で馬車が停まった。マズハル部長が付けてくれた案内の書記官によれば、三年前にクレタ島から避難してきた若いイスラーム教徒たちが暮らす家なのだという。三人の若者が暮らしており、港湾で日雇い仕事をしたり、荷運びをしたり、物乞いをしているそうだ。サーミー総督はまったくの善意からクレタ難民をこの地区の家々に住まわせているのだが、今回の件ではそれが仇となったわけである。

若者の一人が死んだのは三日前。そして昨日から別の若者が頭痛に苛まれ、身体の方はよく持ちこたえているものの、ときおり激しく暴れるのだという。イズミルではペストに罹患した患者の五人に一人は助からなかったが、中にはまったく感染しない者や、感染してもそれと気づかぬほど症状の軽い者もいた。イリアス医師は若者ならばまだ間に合うと考え、治療のために家に足を踏み入れた。

イリアスはまず解熱剤を注射し、若者たちが叔父貴（おじき）と慕う男の助けを借りて、若者の色褪せた黄色い上着を脱がせた。注意深く身体を検めた結果、脇の下や鼠径部、内股のどこにも横痃は見当たらず、消毒液に浸した指で肌を指圧してみても、脇の下や首筋に硬化の兆候や圧痛も認められなかった。その反面、脈拍は異常に速く、身体は高熱で乾ききり、目も充血し譫妄状態でわめいている。ペスト発生の報を知らない医師であれば、彼をペストと診断するのは難しいだろう。

当然ながら、友人の臨終に立ち会った若者たちの顔には死への恐怖が浮かんでいた。しかしボンコウスキーは自分たちに注がれる彼らの視線を敢えて無視した。人々をして検疫医の言葉に耳を傾けさせるのは、ただ死への恐怖だけだと、心得ていたからだ。

ボンコウスキーは大声で「逃げろ、なるべく遠くへ逃げるんだ！」と叫びたくてたまらなかった。この家の住人たちに、そして全島民にかけるべき言葉があるとすれば、ほかにない。ヨーロッパ人の医師たちによれば今回のペストは中国で何千人も死者を出し、ところによっては家族ごと、あるいは村ごと、そして部族まるまるひとつを、自分たちに何が起こっているのかを気づかせる暇(いとま)さえ与えずに全滅させてしまうことさえあるという。その恐るべき災厄がいま、この平穏で美しい島を蝕みつつあるのかと思うと、ボンコウスキーもまた恐ろしくてならなかった。

すでにペスト菌がこの島に深く根を下ろし、姿を隠したまま蔓延しつつあるのは明らかだ。この家に残留するペスト菌にしたところで、もはや消毒ポンプによる薬剤散布程度で食い止められるものではない。せめて住人を退去させ——もし拒めば何世紀も前と同じように住人もろとも——家の戸や窓に板を打ち付けて封鎖するのが精々だろう。住人がすべて感染していると思われる地域であれば、家々を家財道具ともども燃やしてしまうというのも、古くからある有効な手段である。

その日の午後、二人はチテ地区のある家に住む十四歳の理髪店の見習いを訪ねた。首筋や鼠径部に横痃が浮いた少年は、あまりの頭痛にのたうちまわってわめき散らし、母親は号泣し、父親は無力さに苛まれては裏庭へ逃げ出し、しかしいたたまれず室内へ取って返すのを繰り返していた。ボンコウスキーとイリアスは隣室の寝椅子に横たわる祖父も発症していることに気がついたが、老人を気にかける者はいなかった。

イリアスはすでに硬化してはいるものの肥大のはじまっていない横痃を切開し、消毒液で洗浄した。そうする間にも父親は祈禱文を書いた御札を手にして息子ににじり寄り、その身体に押しつけた。ボンコウスキーはこれまでも幾度となく、伝染病の恐怖にとりつかれ、この手の御札に救済を願うイスラーム教徒を見てきたし、司祭たちが書いた同種の魔除けに縋るキリスト教徒たちに出会ったこともある。ボンコウスキーは家の外へ出ると、治安監督部長の遣わした案内の書記官にあの御札をばらまいているのは誰かと尋ねた。

「島で誰よりも祈禱が冴え、その吐息に魔除けの力が宿ると信じられているのはハリーフィーイェ教団修道場のハムドゥッラー師です。彼はほかの修道場の嘘つき坊主どもとは違って、護符を書く見返りに金銭を受け取ったりしませんから。ですが、中には彼のやり方を真似する導師もいます。おそらくそういう手合いが書いたものでしょう」

「つまり、教団の修道僧たちはすでにペストが流行しているのを知っていて、しかも対策を取っているということですな」

「ある種の流行り病であることは承知しているでしょう。ですが、状況がいかに逼迫しているかまでは理解していないと思われます。……こちらの修道僧は恋愛成就のため、あちらの僧は吃音を治すため、そちらの僧は邪視を祓うため、それぞれ護符を書いているといったところでしょう。総督閣下は、もっとも影響力のある修道僧からインチキ坊主に至るまで、護符を書くイスラーム教の導師たちはもちろん、キリスト教の修道院で似たようなことをしている者すべて、情報提供者たちに見張らせています。客や神学生、ときには聖者を装わせて彼らのところへ人員を送り込んだり、真面目な神学生に尋問を行ったりしていらっしゃるのです」

「そのハムドゥッラー師の修道場はどこにありますか？　その地区も見てみたいのですが」

「衛生総監閣下があそこへ行かれれば噂になります。それに、ハムドゥッラー導師は滅多に人前に姿を現しません」

「いまさら噂など恐れて何になります。あなた方の街にペストが蔓延しているのは明らかだ。そして、島民もその事実を認めねばならないというのに」

ボンコウスキーとイリアスは、イズミルへ送るための検体を手ずからメサジュリ・マリティーム社のバグダード号へ届けたのち、二本の電報を打った。午後、ボンコウスキーはサーミー総督に至急の面会を願い出たが、総督の執務室へ呼ばれたのはようやく夕方の礼拝どきになってからだった。

「あなた方の来島は秘密にすべしと、皇帝陛下にお約束申し上げたはずなのですがね！」

総督は開口一番にそう言った。「遺憾ながら叶いませんでしたが」と言いたげな口ぶりの彼に対し、ボンコウスキーはこう返した。

「皇帝陛下の治める帝国の二十九番目の州において流言がはびこるのを防ぐという点では、秘密保持はたしかに重要です。流言一つでも政治問題に発展せぬとも限りませんし、でたらめな報せを広めてもならない。ですが、まことに遺憾ながら私どもは今日、島にペストが蔓延している事実を確認いたしました。そして、ここミンゲル島のペスト菌はイズミルや中国、あるいはインドで発見されているのと同様のものであると、はっきりと申し上げられます」

「検体をイズミルへ届けるはずのバグダード号は、さきほど出立したばかりのはずですが」

「総督閣下」

ボンコウスキーはかしこまった口調で言った。

「公式の検査結果は明日にもイズミルからの電報で明らかになるでしょう。ですが、四十年にわたって伝染病研究に携わってきた衛生総監として、また先だってまで陛下の化学顧問を務めた臣下として、優秀さにおいて並ぶもののなき我がイリアス医師とともに、この病はペストで間違いないと、断言いたしましょう。もはや疑いの余地はございません。閣下は覚えておいででしょうか？　二十数年前、露土戦争の少し前のことです。アレクサンドルポリスでお会いしたことがございましたね。あのときの病が夏の下痢であったのか、それとも小規模なコレラ感染であったのかは、いまとなっては確かめようがありません」

すると総督はこう応じた。

「忘れるはずがありません。陛下の聡慧と、なによりあなたの並外れた注意力が、遅滞なくあの街を救ったのですから。アレクサンドルポリスの住民はいまでもあなたに感謝しているくらいです」

「そう思ってくださるなら、いますぐすべての報道関係者を集め、街にペストが蔓延していることと、明日から検疫令を敷くことを公表していただきたい」

「検疫委員会の招集には時間がかかります」

「では、イズミルの研究所からの検査結果を待たず、閣下が検疫令の発令を公布してくだされればよろしい」

ボンコウスキーはそう言った。

7章

ところがミンゲル州検疫委員会は翌日の朝になっても開かれなかった。イスラーム教徒の委員たちの準備は整っていたが、フランス領事はクレタ島におり、委員長を務めるべきニコス医師も不在のうえ、サーミー総督とは固い友情で結ばれていたはずのイギリス領事さえもが適当な理由をつけて参加辞退を申し出てきたのだ。ぼろぼろの客人館の玄関を護衛たちに固められ外出もままならなかったボンコウスキー衛生総監は、ようやく総督府の執務室へ呼び出されてみると、開口一番にこう言われた。

「検疫委員会が開かれるまでの間、イスタンブルから来た薬学者のニキフォロスとお会いしたいのではありませんかな。閣下の旧友なのでしょう」

「ニキフォロスはこの島にいるのですか？　彼に電報を打っても返事がなかったのです」

すると総督は執務室の隅に目をやった。そこではじめて部屋に居合わせた面々は薄い影のようにひっそりと座っていた治安監督部のマズハル部長に気がついた。

「ニキフォロスはこの島におりますし、ボンコウスキー閣下が送られた二通の電報も受け取っております！」

帝国の鄙(ひな)ではいかなる電報であれ総督の密偵によって検められるというのはなんら不思議なことではなかったので、マズハル部長はなんとも気楽な口調でそう報告し、総督が後を引き受けた。

「ニキフォロスは過去の商売上の不和や陛下の下賜なされた勅許を巡ってあなたと諍いが起きるのを恐れて、返事を返さなかったのです。ですが、いまや彼は薬局で旧友たるあなたの到着を待ちわびておりますぞ。彼はイスタンブルを引き払ったのち、この島で薬局を営んでいるのですよ。大変に裕福な男です」

そんなわけでボンコウスキーとイリアスは歩いて薬局へ向かった。色とりどりの布地やレース、テッサロニキやイズミルの街から持ち込まれた既製服、シャッポやヨーロッパ製の傘に靴――店々のショーウィンドウに陳列された商品を朝日から守るべく、店主たちが早くも青や白、緑の縞模様の日除けを張ったせいなのか、フリソポリティッサ広場へ続くただでさえ狭隘な通りは、なおさらに狭苦しく感じられた。ボンコウスキーとイリアスの目に映ったのは、伝染病がはじまったばかりの多くの都市でこれまで目にしてきたのと同様の光景だった。つまり、道行く人は互いに触れ合うことも、罹患することもまったく恐れず、子供を連れて朝の買い物に出た女性であれ、クルミやクラービイェ（クッキーの一種）、バラ水入りのミンゲル特産のチョレキ（スコーンに似た菓子パンの一種）、それにレモンなどを売る行商人であれ、あるいは折り目正しいお客に静かに剃刀を当てる理髪師であれ、はたまた定期船で届いたばかりのアテネの新聞を売り歩いている子供たちであれ、皆がみな普段と変わらぬ生活を送っているのだ。界隈のそれ相応な豊かさや、ギリシア正教徒の富裕層を相手にするアルカズの商店の種類の多彩さを見て、ボンコウスキーは旧友ニキフォロスの薬局の盛業ぶりを予感した。

ボンコウスキーがミンゲル島出身のニキフォロスに出会ったのは二十五年も前のことだ。ニキフォロスは当時イスタンブルのカラキョイ地区で小さな薬局を営んでいた。オスマン帝国銀行に続く裏通りにニキフォロス薬局という看板を掲げた店で、裏手の厨房は工房に改装されていた。ニキフォロスは「ボイラー室」と呼び習わしたその作業場でバラ水で香り付けしたハンドクリームや、ハッカや砂糖入りの緑色の咳止めトローチを作っては、帝国内の港湾都市はもちろん、アブデュルハミト二世による鉄道敷設政策の恩恵にあやかってずっと遠い国にまで販路を広げていた。

少壮の二人の薬剤師は、一八七九年に帝都薬舗協会を創設したのを機に深い友情で結ばれるようになった。折しも一八七七年から翌年まで続いた露土戦争に大敗し、再三にわたる領土喪失とそれによって生じた避難民に押し寄せられ、イスタンブルの街は厳しい情勢を迎えていたが、ボンコウスキーとニキフォロスが創設した帝都薬舗協会には、またたく間にギリシア正教徒を中心に七十人以上の会員が集まった。やがて薬舗協会の成功と教育普及活動への尽力が、若い皇帝の目に留まった。軍人であった父親と知己のあったアブデュルハミト二世は、息子のボンコウスキーにイスタンブルの飲料水の水質調査や、細菌に関する報告書の作成など、さまざまな任務を任せるようになっていった。

当時、アブデュルハミト二世はオスマン帝国従来の家内制手工業を、工場における大量生産体制へと移行させることを夢見ており、その一環としてバラ水の製造に注目した。イスタンブルでは何世紀も前から家庭菜園で育てられたバラからバラ水が自家蒸留されては、ごく少量のそれがジャムや菓子、そのほかの日常生活に用いられてきた。もしバラ水製造にかけては豊富な経験と伝統を誇る帝国が、ヨーロッパ式の工場での大量生産を実現したとしたら？　かくして皇帝は、該博な若き化学者ボンコウスキーにバラ水に関する調査報告書を所望することになる。

ボンコウスキーはものの ひと月ほどで、イスタンブルにおいてバラ水を大量生産するための工場建設計画とその予算をはじき出した。さらに工場に何トンものバラを納入するためには、帝都近郊のベイコズの街にあるバラ温室では到底不十分であり、帝国二十九番目の州であるミンゲル州に田畑を拓くのが最適だとして、詳細な解説も行った。バラ水入りのハンドクリームを製造するミンゲル島出身の友人ニキフォロスの提案を容れたのである。皇帝はすぐさまボンコウスキーとニキフォロスを御前に召し出し、独特の香りを放ち油分も重量もたっぷり、それでいて深く甘い芳香を漂わせるミンゲル産のバラについて尋ね、報告書に書かれていたような大量のバラ水を蒸留できるか否かを問いただした。アブデュルハミト二世は、御前で恐怖に震えるカトリック教徒と正教徒に幾度も確かめ、バラ水の製造が可能であるという答えを得ると、さっさと謁見室から出ていった。

その後、イスタンブル市長からの遣いが二人に伝えたのは、ミンゲル島でのバラ栽培と、その収穫物を皇帝がイスタンブルに設立する予定の工場へ独占的に売却することを許す勅許の下賜であった。さらに、この勅許にはバラ生産に関連する諸税が免除されるという商業特権も付与されていた。

ニキフォロスはアブデュルハミト帝から与えられた勅許を無駄にせず、翌年にはミンゲル島でバラ栽培のための会社を設立した。設立時に十六リラ（オスマン帝国末期の通貨単位。一リラは五メジディイェ銀貨、百クルシュ貨、四千パラ貨に相当した）を出資したボンコウスキーは、イスタンブルの農商務省との交渉や宣伝を担当した。さらに、一八七七年から七八年にかけての露土戦争時にバルカン半島からイスタンブルへ逃れてきた農民たちの中からバラ栽培に詳しい者を探し、家族ともどもミンゲル島へ送り出すことで、最初の年のうちに生産体制を軌道に乗せたのだった。

もっともこれらの事業と投資は、ボンコウスキーがアブデュルハミトの不興を買うや、ただちに水泡に帰してしまった。イスタンブルのアペリー薬局の待合でのことだ。ボンコウスキーはたまたま居合わせた読書中の二人の医師と薬剤師に、薬学的な知見を織り交ぜつつ「皇帝陛下は左の腎臓に少し違和感を覚えておいでのようです」と明かすという致命的な過ちを犯してしまったのである。このとき待合には皇帝の密偵と反体制派の新聞記者二人が同席していた。この三十八年後、アブデュルハミト二世が左腎臓の機能不全によって薨去(こうきょ)するのは事実であるが、皇帝が機嫌を損ねたのは体調不良を知られたからではなく、考えもなしに皇帝の腎臓の話をした臣下の不実のゆえだった。

スタニスラウ・ボンコウスキーの咎(とが)がなんであれ、彼が設立した近代的な薬舗協会の方は予期せぬ大成功を収めた。当時はまだ、父祖の代から続く練薬や香料、薬草、薬根、毒物、そのほか諸々の麻薬を商う古式ゆかしい薬草店と、医学教育を受けた店主が営む整然とした近代的な薬局がしのぎを削っていた。ところが、アブデュルハミト帝の援助を受け、ボンコウスキーの起草によって整えられた新たな薬事法は、たとえ処方箋があったとしても薬草師たちが毒性や麻痺性、そのほか健康を害する恐れのある粉末薬を売ることを禁じたのである。

大半はイスラーム教徒から成る薬草師たちは昂然と反対し、アブデュルハミトへ署名のあるなしを問わず多くの非難書を送り「これはイスラーム教徒の商工業者に対する拷問にほかならず、ことの裏には毒物や麻薬を牛耳ろうと企むギリシア正教徒の薬剤師たちの悪意が潜んでいます！」と訴えた。アブデュルハミトはすっかり混乱してしまった。無責任な発言によってひとときは冷遇していたボンコウスキーを許すよう介添えたちから説得された皇帝は、五年ぶりに態度を和らげ、この若き化学者にテルコス湖の水質調査やアダパザルの街で毎夏発生するコレラの原因究明などの任務を与え、ユルドゥズ宮殿内の庭園に生える薬草のうち毒物生成に使用可能な植物のリストを作らせ、あるいは聖地メッカに湧く聖なるザムザムの泉の水を消毒するのに適した安価なヨーロッパ製の薬剤について報告書を書かせるようになっていた。

そして冷遇されていた五年の間にボンコウスキーと疎遠になったニキフォロスは、カラキョイ地区の薬局を畳んで生まれ故郷のミンゲルへ戻っていったというわけだ。

そしていま、ボンコウスキーはフリソポリティッサ広場に面した豪奢な大薬局を見て破顔した。「ニキフォロス・ルデミス、薬剤師」と書かれたショーウィンドウの一番目立つところに、バラをあしらったトルコ帽が描かれていたからだ。それはイスタンブルで処方箋を出された字の読めない客でも薬局を見分けられるようにと、彼らが考案した表号だった。その隣にはニキフォロスの作ったバラ水の優美な瓶や小さな容器、そのほか肝油や樟脳(しょうのう)、グリセリンの小瓶が並べられ、もろもろの薬の箱やスイス製チョコレートの包み、あるいはエヴィアン、ヴィッテルなどのフランス産の天然水や缶詰、下剤として名高いハンガリー産のフニャディ・ヤーノシュ印の天然水、イギリスのアトキンソン社のコロンやドイツから仕入れたらしきアスピリン錠の箱、はたまたアテネから輸入された色とりどりの薬品の数々がショーウィンドウを賑わせていた。

やがてウィンドウに見惚れるボンコウスキーとイリアスに気がついたニキフォロスが、店の外まで出てきて二人を迎えた。ニキフォロスはあくまで二人に近づきすぎぬよう気を遣いつつも店内の席を勧め珈琲を淹れた。古くからの友人たちは、昨晩別れでもしたかのような気軽な口調で互いの成功を称え、思い出話に興じた。

「サーミー総督に聞いたのだが、君は私に会いたくなかったのだとか……」

ボンコウスキーの問いにニキフォロスが答えた。

「総督は私がお嫌いだからそう仰っただけですよ」

「それにしても、陛下が私と君の事業に勅許を下さってからもう何年になるだろう。あの商業特権はいまどうなっているのです？」

「そう仰ると思いました。是非とも私たちが一緒に作った会社の成果をご覧くださいな」

ニキフォロスはそう言うと、イスタンブルで製造させた都雅なバラ水の瓶を示した。ボンコウスキーとイリアスはバラ水入りのハンドクリームや軟膏、色とりどりの石鹼やポンプ式容器に詰められた香水などをじっくりと検分した。

「わが社の軟膏はエドヘム・ペルテヴの製品の次に人気があるブランドになりました。ハンドクリームの方も、イスタンブルではギリシア系はもちろん、イスラーム教徒の御婦人方からも大変なご好評をいただいています」

このときニキフォロス薬局の隣室に待機していた密偵が一言一句を書き留めていたおかげで、現代の私たちはこのときの会話を知ることができるのだけれど、それによればニキフォロスはなおも、バラの香り付けがされた諸々の製品をどうやって東地中海岸の街々へ売り込んでいったのかを説明した末に、大成功の秘訣をこう明かしたようだ。

「すべては、アブデュルハミト陛下から賜った商業特権のお引き立てです。なにせ、ミンゲル島の全農家の実に半数以上が、私と息子たちの会社にバラを卸してくれるようになったのですからね」

聞けば、イスタンブルに住んでいるころにマリアンティスというミンゲル島出身の正教徒の娘と結婚した長男トドリスは、島北のペルガロ村で農場経営を監督し、次男アポストルの方もミンゲル産のバラを扱う会社のアテネ支社の采配をしているのだという。

「となると君は島の農作物を加工して島外へ売り、かわりに現金をもたらしているわけですね。結構なことではありませんか。どうして総督閣下は君を疎むのです？」

「島北のペルガロ村周辺では喧嘩、乱闘、襲撃など、ギリシア正教徒とイスラーム教徒のならず者同士の争いが絶えません。あの山岳地帯の住民たちが敬愛するパヴロスというギリシア正教徒の山賊がおりまして、奴が工場へやって来てみかじめを要求すれば、息子は否とは申せません。応じなければ焼き討ちにされるか、誰かが殺されるか、とにかく工場は三日と経たずに潰されてしまうでしょうから。冷酷なパヴロスは帝国の公僕に手をかけるのさえ躊躇わず、イスラーム教徒の村を襲っては〝こいつらはもともと無理やり改宗させられたギリシア人だ〟などと嘯いては娘をかどわかし、侮辱されようものなら相手の目をくりぬき耳をそいでしまうような男なのです」

「総督は、その山賊パヴロスを野放しにしているのですか？」

「総督閣下は……」と言いかけたニキフォロスは、隣室で誰かが聞いているのは重々承知だとばかりに、愛嬌のある仕草で片方の目をつむってみせた。

「……冷酷なパヴロスに対抗するため、近隣のイスラーム教徒のネビーレル村のテルカプチュラル修道場の過激な導師と、その子飼いのメモという仇名の山賊を支援していらっしゃいます。メモもパヴロスに負けず劣らず残忍な男で、そのうえごりごりのイスラーム教徒なのです。なにせ断食月（ヒジュラ暦の九月。イスラーム教徒は日のあるうちは食物をとらないよう努める）の昼間に店を開けている食堂を襲うくらいですから」

ボンコウスキーは「なんとまあ！」と言ってイリアスに笑顔を向けつつこう尋ねた。

「そのメモというのは、いったい何をしでかしたのですかな？」

「ドゥマンルの街のある料理人が、断食月中にも店を開いておりましてね、メモは見せしめのため彼を御者の鞭で打ち据えて名を上げたのですよ」

「ミンゲル島のイスラーム教徒や官吏たち、あるいは名家のお歴々は、そんな無法を許しているのでしょうか？」

「許さなかったとしても、どうにかできるものでもありません」

ニキフォロスは興味なさそうに答えた。

「善き信徒として恥じている者はいるでしょうが……。ですが、ギリシア正教徒のパヴロスに対抗するためイスラーム教徒のメモを庇いだてする者が多いのです。それに州独自の軍隊を養成するのでは時間がかかりすぎます。いま総督閣下にできるのは、悪事を働いた反抗的な正教徒の村や地域を公表し、マフムディィエ号やオスマニイェ号のような帝国海軍のフリゲート艦に砲撃を要請することくらいのものです。有難いことに、いざ夏が来ても実際に戦艦が姿を現したためしはありませんが」

「なんとも大仰な話になってきたね！　とはいえ、その甲斐あって君の薬局は大繁盛だ！」

「三、四十年前、ミンゲル島の名産といえばもっぱら大理石でした。ご存じかとも思いますが、当時は桃色のミンゲル大理石を積み込んだ船が、はるばるアメリカやドイツまで売りにいったものです。一八八〇年代、シカゴやハンブルク、ベルリンのような冬の厳しい都市の歩道はこの島から切り出された石で葺かれたのですよ。凍結に強いと評判でしたからね。当時、ミンゲルとヨーロッパのやり取りはイズミルを介しておりましたが、ここ二十年ほどはミンゲル大理石の人気が下火になったのと、ギリシア王国からの援助もありまして、もっぱらアテネを介するようになっています。

いまでもアテネの貴婦人やヨーロッパのご婦人方は、バラの香り付けがされたハンドクリームを丹念に、それはそれは高価な香水よろしく大切に塗られるのですがね、その反対に最近のイスタンブルではプディング店でもスプーンで飲めるほどバラ水はありふれたものになりました。値段が手ごろに落ち着きましたから。それにしても、ボンコウスキーさまはバラ水の勅許にはとんとご興味がないご様子。となると、本当にペストを食い止めるためにいらっしゃったのですね」

「伝染病というのは隠せば隠すほど広まるものだからね」

「ネズミの突然死のように爆発的に広がるわけですな」

「君は怖くありませんか？」

「私たちは大災厄のとば口に立っているのでしょうな……。ですが、その災厄がいかなるものなのか想像がつかないのです。だから、きっと勘違いだろうと自分に言い聞かせて考えないようにしているだけですよ、わが敬愛する旧友よ。総督閣下はでっちあげの偽教団の調査に入れ込んでいらっしゃいますが、もっとも恐れるべきは、あの無知な狂信者どものせいで防疫体制が台無しにされてしまいかねないことです。偏狭な導師どもは種々の検疫令など歯牙にもかけず、祈禱文やら護符やらを作り続けることでしょうよ」

ボンコウスキーは懐から護符を取り出した。

「死んだ看守が身に付けていたものです！　心配いらない、消毒は済ませてあります」

「親愛なるスタニスラウ、よくご存じのあなたにご教示願いたい。ペストが人から人へ感染するときは必ずネズミやノミを媒介するのですか？　人から人へ直接、うつるということはないのでしょうか？　つまりこの護符から感染したりは？」

「昨年催されたヴェネツィア国際公衆衛生学会議には当代きっての見識豊かな医師や検疫医が集まったものの、〝人から人へ接触感染はしない〟、あるいは〝空気中の粒子や唾液を介しての飛沫感染はない〟と明言できる者は一人もおりませんでした。つまり、それが証明されるまでは従来どおり患者の隔離とネズミ狩りこそが唯一の対抗策だということです。この呪わしい病のワクチンはいまだ見つかっておらず、イギリス人やフランス人が実験を重ね必死で探している最中ですから」

「それでは、あなたにいと高きイエス様とマリア様の助力がありますように！」

薬剤師ニキフォロスがそう言うのと同時に教会の鐘が正午十二時を打ちはじめた。

「ところで君の店に殺鼠剤は置いていますか？　この島では殺鼠剤に何を使っているのです？　亜ヒ酸かな？」

「島の薬局では、イズミルにあるグレート・ブリテン薬局とアリストテレス薬局が製造しているシアン化物系の殺鼠剤を扱っています。値段も手ごろですし、ひと箱で七、八週間は保(も)ちますので。とはいえ、ネズミが出たらめいめい薬草店へ行ってネズミ除けの薬草やヒ素を買って家に置くのが一般的です。ペラゴス薬局では、つい最近ギリシアのパンタレオン郵船が持ち込むようになった殺鼠溶剤も売られていますし、ダフニ薬局もテッサロニキから仕入れた溶剤を置いています。たいていはリン酸入りの品です。もちろん化学者のあなたの方が毒物についてはよくご存じでしょうが」

旧友同士は意味ありげな視線を交わしたものの、ボンコウスキーはそこにニキフォロスとのかすかな隔意を感じとった。おそらく、ニキフォロスはいまでもアブデュルハミト帝と帝国に忠実なのだ――ボンコウスキーはそう思い当たった。のちのち、この見立てが誤りであったことが明らかとなるだろうけれど、このときボンコウスキーは、旧友が皇帝やイスタンブル政府と縁を切ったとは信じられず、その意図を読み誤っていたのである。ニキフォロスはさらに続けた。

「ネズミどもは街へ襲来し、そして勝手に死んでいきました。はじめは誰もネズミ罠やら殺鼠剤やらには無関心だったのですが、ペストが出たという噂が流れ、イズミルでネズミを捕まえているという話が伝わってくるとギリシア系の富家ヤンブダキス家の嫁がテッサロニキから持ち込まれたネズミ罠を二つ、購入したのです。すると今度はフランゴスコス家の庭師が同じくギリシア系の大工フリストスがこさえた弓式のネズミ罠を買ったのです」

これを聞いたボンコウスキーは興奮した様子で言った。

「ではその大工のフリストスに作れる限りの罠を作らせればいい！　クレタやイズミルから罠を買ったとして届くまでどれくらいかかりますか？」

「島が隔離されるかもしれないという噂が出てからは、船の寄港数そのものは増えたのですが、定期船の方は減便しております。富裕層の中には〝検疫がはじまったら逃げられなくなる！〟とすでに島を脱出した者たちもおります。その逆に、島へ帰ってこようとしない者も。殺鼠剤はクレタからなら一日、イズミルからでも二日で届きます」

「薬剤師の君であれば簡単に想像がつくだろうけれど、いくらもしないうちにみな罹患しますよ。そうなれば病床は不足し、いずれ墓掘人も追いつかないほどのおびただしい葬式が出されることになる」

「でも、あなたはイズミルでこの伝染病を易々と終息させてみせたではありませんか」

「イズミルでは街で一番大きなラザリディス薬局のギリシア正教徒の店主も、シファー薬局のイスラーム教徒の店主も、私たちの話によく耳を傾けてくれましたし、住民たちも互いを非難するかわりにどうすれば事態を解決できるか考えてくれましたから。……ミンゲル島でもっとも便利に使われている消毒薬は何でしょうか？」

「軍は駐屯地の窯で独自に石灰を作っています。総督府の方はイズミル経由でイスタンブルから消毒剤を樽で運ばせています。ホテルやレストランの中にはイスタンブルのニコラス・アガピディスの薬局から仕入れているところもあります。それとホテルやレストランでは、ラヴェンダーの芳香剤もよく使われていますね。消毒済みで清潔だと示すためなのでしょうが、彼らの使っている消毒剤のアルコール含有量がペスト菌を滅菌できるほどなのかはわかりませんし、そもそもラヴェンダーの芳香になにがしかの効果があるとも思えません。ペラゴス薬局の店主のミツォスは検疫委員会の委員ですので、おそらく自分の店から消毒薬を購入したホテルに検疫検査の際の便宜を図るつもりです」

「君の店で硫酸銅は扱っていますか？」

「……ああ、目玉石のことですね。ほかならぬあなたのためだ、一日くだされば消毒薬を作るのに十分な量をほかの店から仕入れてみせますよ。ですが、この島に検疫隔離令を敷くことができるとは、私には思えません」

8章

「その薬剤師のミツォスとやらだけではなく、あなたも検疫委員会に加わるべきだ」

現在のミンゲル島のどこに、どのような薬剤原料があるのかを知悉する薬剤師ニキフォロスの知識に感銘を受けたボンコウスキーが言うと、ニキフォロスはこう答えた。

「閣下、あなたの信頼を光栄に思いますし、私もミンゲル島を愛しております。ですが、チケット販売と密輸に精を出し、互いの金をだまし取る以外に能がないとはいえ、私も各国の領事たち――実際には勝手に名乗っているだけで副領事に過ぎないのですが――の不興を買いたくはありません。第一、総督閣下があの導師たちを支持する限り、検疫措置の維持は不可能でしょう」

「検疫措置に対して異を唱えている導師は誰ですか？」

「私たち正教徒がイスラーム教徒の信仰について語るなど烏滸がましいことです。しかし、島暮らしの身の上、言うなれば同じ船の乗組員のようなものですから、ペストを持ち込んだのはイスラーム教徒だ、いやキリスト教徒だ云々という争いは起きないと思います。もちろん、イスラーム教徒たちが検疫令を遵守しないのであれば、キリスト教徒たちも死ぬことになりますが」

ボンコウスキーは暇を告げるべき時が来たとばかりに立ち上がると、バラ水入りの品々が並ぶショーウィンドウを惚れ惚れと眺めわたした。

そんなボンコウスキーに、ニキフォロスはウィンドウから優美な小瓶と、中くらいのガラス瓶を一本ずつ取って差し出した。

「一番人気はなんといってもこのラ・ローズ・デュ・ミンゲールですよ！　ラ・ローズ・デュ・ミンゲールはバラの香り付けがされたハンドクリームです。そして、こちらのラ・ローズ・デュ・ルヴァン（東地中海）の方は、最高品質のバラ水です。閣下、二十年以上前、イスタンブルでこの名前を考案した晩を覚えておいでですか？」

ボンコウスキーは忘れがたいその夜を思い起こして、思わず笑みを浮かべた。あの晩、皇帝から思いがけず勅許を与えられた二人は、カラキョイ地区にあるニキフォロスの薬局の奥の間でラク酒（ブドウから作られた蒸留酒）を飲み交わしながら、金持ちになるための計画を巡らせたものだ。そして手はじめに二人が試作したのが、絶佳の芳香を放つミンゲル産のバラ水の瓶詰めと、それを用いたハンドクリームだった。一八八〇年代のことで、折しもヨーロッパ人が「医薬部外品」と呼んだ美容用品の黄金期であり、昔ながらの色とりどりの薬草を扱う薬草店は廃れ、処方箋に合わせて調合を行う「薬局」が市場を席巻していた。これらの薬局はいくらも経たぬうちに、国外から優美な瓶に入った角質軟膏や胃薬、髭用・毛髪用の染髪剤、歯磨き粉や傷用軟膏を輸入するようになった。やがてイスタンブルやイズミルの薬局がヨーロッパ製の化粧水やソーダ水まで扱うようになると、先見の明のある薬剤師の中には、これら舶来品の国産化に取り組む者も現れた。ボンコウスキー自身も便秘解消のための「国産ソーダ水」や「炭酸フルーツサイダー」製造のための小さな会社を設立した。

そして、薬品や飲料の国産をはじめた同業者たちが、その瓶や包装箱、あるいはラベルをパリを筆頭とするヨーロッパの都市で製造させ、わざわざデザイン料を支払っているのを知った。そこでボンコウスキーは友人である画家オスガン・カレムジヤンに連絡を取ったのである。

「このバラ水の瓶の絵柄も、ご友人のオスガンが描いてくれたまま変えておりません。最初にアルカズ市のラベル・名刺印刷所に千枚注文し、瓶に貼りつけたときのままですよ」

「オスガンは薬学者でもあり、人気広告デザイナーでもあったからね。あのころは大ホテルやラザロ・フランコのような有名化粧品店、それに薬局の製品カタログやら包装箱やらのデザインを精力的にこなしていましたね」

するとニキフォロスは「ではこちらもご覧ください！」と言ってボンコウスキーを店の隅へ引っ張っていき、ふいに声を潜めた。

「総督閣下がもっとも注意すべき検疫反対派は、リファーイー教団の導師たちです。ハリーフィーイェ教団のハムドゥッラー導師が、密かにリファーイー教団を援助しているのです」

「彼らの修道場はどのあたりにあるんです？」

「ヴァヴラ地区とゲルメ地区です。……さあ、ラ・ローズ・デュ・ルヴァンのこのマークは覚えておいでですか？　これまたひどく象徴的でしょう。ミンゲル島の城塞群に特徴的な尖塔、白い山並み、そしてバラ」

「ええ、覚えていますとも！」

「当店の製品サンプルを総督閣下にもお贈りいたしたく思いますので、閣下の乗って来られた四輪馬車に載せていってくださいませ」

ニキフォロスはそう言って、買い物籠に入れられた二本のラ・ローズ・デュ・ルヴァンの小瓶を指さした。

「この瓶に描かれたラベルをそのまま別の布に刺繍させ、宣伝布としてウィンドウに掲げていたのですが、遺憾ながら総督閣下はなにか誤解なさったご様子で、その宣伝布を撤去、没収なさいました。もし、あのごくごくつまらない宣伝布をお返しくださるのであれば、私も検疫委員会に参加いたしましょう。あんな布切れでも、わが社にとっては大切なものですので」

三十分後、ふたたび押し問答の末に総督の執務室へ乗り込んだボンコウスキーは、開口一番にこう告げた。「我が旧友たるニキフォロス殿は検疫委員会に加わることに同意してくれました。しかし、一つだけ条件がございます！　総督閣下、彼の宣伝布をお返しください」

「つまりニキフォロスはあの一件をあなたに話したのですね、余計なことを！　ニキフォロスは恩知らずのうえに道義心に欠ける男ですぞ。皇帝陛下の商業特権を足掛かりにバラ農園や薬局、バラ水製造会社を盛り立てて金持ちになったと思いきや、帝国への背信をあらわにし、ギリシア王国領事やかの国の通産大臣の走狗となりはてたのです。私が望めばすぐにも税務調査官を遣わして、罰金と追徴課税を課すことだってできる。奴のバラ水御殿などひとたまりもありますまい」

ボンコウスキーはあくまで慇懃な態度を崩さずに答えた。

「くれぐれもそんなことはなさいませぬよう！　なんといっても検疫令には団結が肝要。それに私が委員会へ入るよう彼に強弁したのです」

するとサーミー総督は、緑色のドアを開けて狭い隣室へ入っていくと衣装箱を開き、桃色がかったミンゲル赤を呈する宣伝布を持ってくると、まるでシーツでも扱うようにばさりと広げた。

「ご覧なさい、まるきり国旗のようではありませんか！」

「閣下の危惧もよくわかりますが、これは旗などではありませんよ。私とニキフォロスが若いころに設立した製薬会社の商品ラベルです。瓶に印刷されているのと同じ、宣伝用の意匠に過ぎないのです！」

さらにボンコウスキーは矢継ぎ早に言い足した。

「それと閣下、どうかいま一度、郵便局にイズミルからの電報が来ていないかお問い合わせいただけますでしょうか」

別段、話題を変えようとしたのではなく、イズミルからいまだ返信がないのが信じられなかったのだ。その後、荒んだ客人館へ戻り室内へ入るや、助手のイリアス医師はボンコウスキーに「先走って郵便局へお一人で押しかけたりなさらないでくださいね」と念を押した。

「なにか危険があるとでも？　この島にペストの流行を望む者などいないだろうに。ほかの場所と同様、普段は互いに対立していようとも、いざ疫病を前にすれば敵愾心を捨て一丸となってくれるはずだよ」

「ですが、なかには面子のためだけに閣下とことを構えようとする輩もいるはずです。エディルネでコレラを封じ込めたときのことをお忘れですか。ひと月後に街を離れるときには、コレラを流行らせたのはあなただと吹聴されたではないですか」

「なに、ここは緑豊かで気候温暖な島だよ！　島民もまた、気候のように穏やかな気性だろうよ」

その後、総督府に電報について尋ねても梨のつぶてとわかると、ボンコウスキー衛生総監とイリアス医師は誰に告げることもなく客人館を離れた。門を固めていた歩哨と護衛たちが追いつく前に二人は州広場へ辿りついた。汗ばむような春の昼下がり、広々とした蒼穹をいただく広場からの眺望にボンコウスキーは心弾ませた。左手に壮麗なアルカズ城塞、右手には神話から抜け出してきたかのような峻厳なベヤズ山を見晴るかす生き生きとした絶景である。広場に面する建物の柱廊の影を伝うように歩いていくと、馬車馬たちは立ったまま微睡（まどろ）み、客待ちの御者たちが談笑するばかりで、ミンゲル郵便局の美しい大扉――大店のダフニ商店で手作りされたものだ――の両側に佇むポンプ式の消毒液散布器を担いだ郵便局員のほか、ペスト流行を示すものは見当たらなかった。

扉前の職員にバラの香るクレゾール液を吹きかけられたボンコウスキーは、そのまま局内の隅で酢酸水で指を濡らしてはなにかを数えている年老いた局員に近づいた。

「閣下宛てと、ミンゲル州検疫委員会宛ての電報が来ておりますよ！」

局員はそう言うとまた書類を数えはじめた。

ボンコウスキーはあらかじめイズミル検疫局長宛てにも個人的な電報を打って検査結果を問い合わせていたが、返信は予想にたがわずペスト発生を「公的に」知らせる内容だった。

「検疫委員会が開かれる前にヴァヴラとゲルメ両地区の視察へ出よう。検疫官はなんでも自分の目で確かめておくべきだからね」

右手の電報窓口のすぐ後ろに見える小包集荷室の扉は開け放たれており、緑の鬱蒼とする裏庭が覗いていた。ボンコウスキーは裏庭の光景に見惚れるイリアス医師には何も言わず、すぐ左手からカウンターの背後に回り込んだ。郵便局長のディミトリスともう一人の職員はこちらに背中を向けたまま何かに読み耽っており、ボンコウスキーはとくに誰何もされぬまま誰もいない奥の部屋に身体を滑り込ませると、そのまま歩調を緩めることなく裏庭へ続くらしき扉を押して郵便局を抜け出した。

このときイリアス医師には、師にも等しいボンコウスキーを一人にするつもりは毛ほどもなかったのだけれど、彼がまばたきの間に出ていってしまったため、すぐに帰って来るだろうと思い直し、ただ感嘆の眼差しでその背中を見送ったのだった。

ボンコウスキーは裏庭から郵便局の外へ出ると、治安監督部の間諜たちや護衛たちから逃げおおせたことを喜びつつ、表通りへ出て坂を上っていった。もちろん治安監督部はすぐにも職員を放つであろうから、遠からず見つかってしまうに違いない。しかし、齢六十を数え、その名声も赫奕たる化学者はこのときばかりは自分のいたずらがまんまと成功して追手を撒けたので大いに満足したのであった。

ボンコウスキー衛生総監の血まみれの遺体がフリソポリティッサ広場で発見されるのは、この二時間後のことである。ペラゴス薬局の向かいの空き地の隅に打ち捨てられていたのだ。皇帝直属の、つまり帝国において最高位の衛生監査官であり、アブデュルハミト二世の典薬医を務めた彼が、その殺害までの二時間の間に何をしていたのか、そして誰がどのように彼をかどわかして亡き者としたのかは、ミンゲル史家の間でもいまだ議論が続いている。

まずボンコウスキーは手近の裏通りへ入ってゆっくりと坂を上っていった。坂道の片側は漆喰の剝げた古い家壁が続き、ブドウの樹やしだれ柳、エノキの枝々が差しかかっていた。道の反対側には空き地が開け、木々の間からは洗濯物を干しながら大声で話し、笑いさんざめく女たちや、半裸でうろつき回る赤ん坊や子供たちの姿が覗き、少し先のツタの陰ではトカゲの番が気ぜわしげに交尾をしていた。この時期、マリアンナ・テオドロプロス女子高等学校は休校にこそなっていなかったが、すでに登校する学生は半分ほどまで減っていた。ボンコウスキーは女子高校の塀に沿って歩きながら黒い鉄格子の向こうの学内の様子を、まるで監獄を覗き込むような具合に窺った。両親が働きに出るため家を空けたり、子供に満足に食事を与えられない貧しいギリシア正教徒の家庭は、たとえ伝染病だと言われようとも、給食で出される一杯のスープやほんの少しのパンを食べさせてやるため子供を学校へやる。閑散としつつある学校でただ暇をつぶす学生たちの憂いに満ちた表情は、疫病と付き合い続けてきたボンコウスキーにとっては見慣れたものだった。ついでボンコウスキーは聖トリアダ教会の境内へ足を踏み入れた。この少し前に二件の葬式が挙げられ、棺を担いだ葬列がホラ地区の正教徒墓地へ向かったばかりであった。教会の中庭が比較的に静かだったからだろうか、ボンコウスキーは二十年前にこのギリシア正教会が落成した際にイスタンブルにまで届いた議論のことをふいに思い出した。

　この教会は、もともと一八三四年に島で大流行したコレラの死者を大急ぎで埋めた墓地の上に築かれている。大理石貿易で財を成したギリシア正教徒のとある資産家が、コレラの災厄をさっさと忘れてしまおうとばかりにその墓の上に教会を建てることを思い立ったのだ。ところが当時の総督が「コレラの病死者が埋まる土地を掘り返すと健康被害を引き起こしかねない」と言い出し、計画は一度、頓挫してしまう。そこで、皇帝アブデュルハミト二世は、当時イスタンブルの飲料水について相談していた若きボンコウスキーに意見を求め、結果として墓地に教会を建てる許可が出される運びとなったのである。イスラーム教徒以外のギリシア正教徒が円蓋（ドーム）を備える建築物を建てるのを許可されたのはすでに六十年も前、恩恵改革（タンズィーマート）（一八三九年から開始された本格的な西欧化改革）が宣言されたのちのことであったため、オスマン帝国内の教会建築の常でこの聖トリアダ教会の円蓋も大変な規模のものとなった。そして、そのような大円蓋と鐘楼を備えた立派な教会が港のすぐ近くに立っていては、まるでミンゲル島がギリシア正教徒の土地であるかのような印象を与えかねないため、ふたたび前総督の不興を買ってしまう。円蓋の規模でいえばオスマン帝国が島に建てた新（イェニ）・モスクの方が大きかったものの、こちらはさほど目立つ場所に位置していなかったのである。

もし教会に立ち寄れば、検疫官やそのほかの人々に見つかってしまうだろうと考えたボンコウスキーは、教会の外壁に沿って歩き続けた。教会の外には店舗が連なり、その向かいには教会の基金で運営されている男子高校が佇んでいた。ボンコウスキーは、三十年ほど前イスタンブルの高校で化学の招聘教員として教鞭を執ったことを思い出した。いま当惑したまま無為な時間を過ごしているであろう学生たちに、化学や細菌、そしてペストについて詳しく教えてやりたかった。

教会を後にする際、ボンコウスキーはふと目が合った身なりの良い紳士にフランス語でヴァヴラ地区へはどう行くのかを尋ねている。つかえつつもなんとかフランス語で返したこのギリシア正教徒の老人は、富裕をもって知られるアルドニ家の遠縁にあたる人物で、ボンコウスキーの死体発見のわずか二時間後にはこの会話について警察に報告している。そのせいで長いこと容疑者扱いをされて難渋したと、さらに十年後にアテネの新聞に語っている。

さて、聖トリアダ教会を出たボンコウスキーは、開いている店もあれば閉店した店もあったが、とにかくも雑貨商店や青物屋、それに本書をしたためている二〇一七年現在も健在のアーモンド入りクラービイェが有名なゾフィリ菓子店の前を通り、急峻なロバ啼かせ坂（エシェキ・アヌルタン）を下りはじめた。途中、ひどく大きな棺を担いだ少人数の葬列と行き会うと、ボンコウスキーは道の脇へよけたと、ハミディイイェ大通りとロバ啼かせ坂の辻で理髪店を営むパナヨトが語っている。葬列がやって来たのは、一七七六年にかの有名な大宰相ミンゲルリ（ミンゲル出身の）・アフメト・フェリト・パシャが建立した同名のモスクだった。イェニ・モスクよりも円蓋の小さなこのモスクは、新たな葬式の予定も入っていなかったため閑散としていた。ボンコウスキーはモスクの境内の海側を抜け、ボダイジュの香る裏道へ出た。道の先に現れたハミディイェ病院は未完成のはずだというのに、すでに患者の受け入れをはじめていた。ボンコウスキーは治安監督部員が見張っているかもしれないと考え、病院へは行かずにカディルレル地区、ついでゲルメ地区の隘路を進んでいった。

すでに多くの死者を出しているこれらのイスラーム教徒地区の道のまん中を流れる排水溝や、その上を裸足のまま駆け回る子供たち、あるいはどういうわけか喧嘩をはじめて殴り合っている兄弟などを横目に見ながら歩いていくと、やがてボンコウスキーはこのときもポケットに入れたままだった病除けの護符を書いた導師の修道場の前に差しかかった。以上の一部始終を知り得るのは、ボンコウスキーの姿をこの地区を担当する私服警官が確認していたからである。この私服警官は相手が衛生総監ボンコウスキー・パシャその人とまでは判じられなかったものの、修道場の前で彼が一人の若者と行き会い、以下のような会話を交わしたのを耳にしている。

「お医者さま、病人がいるのです。なにとぞ我が家へお越しください……」

「私は医者というわけではないが……」

二人はしばらく話し込み、私服警官がそれを聞き取れずにいるうちに、またたく間にいずこかへ姿を消してしまった。

このときボンコウスキーと怯えた様子の若者は速足で歩きつつ、低い壁を越えてとある家の庭へ入ったのである。ボンコウスキーは夢でも見ているような心地を覚え、まるで自分が開けてはならない扉の前にいて、それを開けたところでなにも良いことがないのを知りながら、しかしやめられずにいるような気分だった。

しかし、一軒の家の扉が開かれ、室内から汗と吐瀉物、それに吐息の臭いが漂い出した。ペスト患者のいる家の臭いだった。すぐにも窓を開け放たなければ、ペストに冒されかねないというのに、誰も窓を開けようとはしない。

「患者はどちらですか?」

患者のもとへ案内するでもなく責めるような視線を向ける室内の人々に、ボンコウスキーは息が詰まるような居心地の悪さを覚えた。

すると家内の人々の中から茶色い髪に緑色の目をした男が進み出て、こう言ったのである。

「またぞろ、病魔と隔離を携えてやって来たな、我々に害なすために! だが今度はそうはいかないぞ!」

9章

この二日前、ボンコウスキーをミンゲル島に降ろしたアズィズィイェ号と特使一行は、アレクサンドリアに到着し、当地のドイツ帝国領事から熱烈な歓迎を受けた。在中国ドイツ大使殺害の報に接して悲しみと怒りにとりつかれたアレクサンドリアのドイツ領事館が、他の西欧諸国の領事たちも招いて歓迎式典と記者会見を開いたのだ。彼らの狙いは、オスマン帝国諮問団の目的を『レ・ピラミッズ』紙や『エジプシャン』紙のような英字新聞に報道させ、英字各紙から記事を取っているインドや中国、とくに彼の地のイスラーム教徒の新聞に知らしめることにあった。反乱鎮圧を自国の力を喧伝する絶好の機会と考えたドイツ皇帝ヴィルヘルム二世は、諮問団が北京へ到着する前から、イスラーム世界の盟主たるカリフ位にあるオスマン帝国の皇帝が、中国の信徒たちではなく西欧人と協力関係にあることを公言したというわけだ。

一方、パーキーゼ、ヌーリー夫妻は一日の大半を客室で過ごしていた。建造されたばかりのアレクサンドリア港に船が接舷し、ガラベーヤを着た裸足のベドウィンの荷運び人たちが乱暴な足音を立てて乗艦し、誰に断るでもなく荷物を降ろしはじめると、パーキーゼ姫は言った。

「帝室の体面のためとはいえ、下船せぬよう言われていたのは幸いかも」

皇族を含む使節団の警護担当であるキャーミル上級大尉が、旅行のあいだどの港であれ都市であれ皇女を離船させぬよう命じられていることを、彼女は知っていたからだ。

パーキーゼ皇女が幽閉されている父ムラト五世のことを話しはじめたのは、そんなアレクサンドリアでの最初の晩、アズィズィイェ号から夕日を眺めしなのことであった。イスタンブルのチュラアーン宮殿はさまざまな幽閉者たちでひしめき合っていたこと、そんな宮殿で父と姉と水入らずでピアノを弾いた思い出、あるいは父である先帝ムラト五世がいかに愛情深く繊細な人物であるか、はたまたフリーメイソンに入会したせいで謂れなき誤解を受けてきたことなどを、夫に細々と聞かせたのである。いつであったか、姉姫と一緒にアフリカの地図を眺めていると、通りかかった父が二十年前、まだ皇子の時分にエジプトへ行幸した思い出話を聞かせてくれたこともあった。そのときは、父の叔父に当たるアブデュルアズィズ帝と、父自身のあとに玉座につくこととなる実弟のハミト皇子も一緒だったという（ちなみにエジプトを発ったあと彼らはパリ、ロンドン、ウィーンを周遊した）。行幸に際して皇帝アブデュルアズィズと、のちにその跡を襲うムラト、ハミトの両皇子は、そろってラクダの背に跨りピラミッドを見物し、あるいは列車に乗れば「いずれは我が帝国にも鉄道を導入しよう！」などと盛り上がったのだという。

「オスマン帝国の皇帝は、エジプトでもとても敬愛されていたものだよ」

父はアフリカの地図を眺めるパーキーゼたち姉妹にそう説いたものだ。だからだろうか、十九年前すでに幽閉の身であった父は、エジプトがイギリスに占領されたと聞いてひどく悲しんで涙さえ流していたのだ。

そもそもパーキーゼ姫は、先帝ムラト五世の三女に当たる。父帝が帝位についたのは一八七六年のことだったが、たったの三カ月あまりで大宰相府（皇帝の代理である大宰相が各省庁を統括する政庁。内閣府に相当）の高官たちによって精神不安定と狂気を理由に廃位され、かわりに即位したのが弟ハミト皇子、すなわち今上のアブデュルハミト二世であった。帝国政府の官僚たちは、ムラト五世が廃位される三カ月前にも皇女の大叔父にあたる皇帝アブデュルアズィズを廃位に追い込み、その一週間後には自殺に見せかけて密殺している。こうした事件の後で父が正気を保っていられなかったのはむしろ当然だと、パーキーゼ姫は考えていた。まして兄ムラトほど知名度も人気もなく、降って湧いたかのごとく玉座に据えられたアブデュルハミト二世にしてみれば、叔父や兄のように廃位されるのを、それこそ即位の初日から異様に恐れるようになったのは無理からぬ話である。だからこそ、彼は兄をチュラアーン宮殿に幽閉したのだ。

パーキーゼ姫は父ムラトの二十五年に及ぶ幽閉生活の四年目に誕生した。最愛の姉ハティージェ姫が、父の即位前にイスタンブル郊外のクルバアルデレ地区の離宮で生まれ、即位後はドルマバフチェ宮殿で父や叔父のアブデュルハミトに可愛がられて育ったのとは対照的に、パーキーゼ姫はチュラアーン宮殿の外の世界を知らずに大きくなった。アブデュルハミトは兄ムラト五世が対抗勢力と手を組んで復位などせぬよう、自らの皇子たちにそうしたのと同様、王族たちと外界の接触を完全に絶っていたからだ。

ムラト五世は、狭い宮殿に囚われた三人の娘の結婚に気を揉み、婿探しに熱心だった。弟のアブデュルハミトから、もし姪たちが結婚を望むなら父のもとを離れてユルドゥズ宮殿へ移すと申し渡されていたからだ。ムラトにしてみれば、たとえ花嫁修行のためというまっとうな理由があっても、残忍かつ恐るべき弟の支配するユルドゥズ宮殿へ娘をやりたくはなかったし、そもそも幼いころは仲の良かったはずの弟の仕打ちを腹に据えかねてもいたのである。とはいえムラト五世は三人の娘に弟アブデュルハミトの冷酷さや、父娘を引き離すのがいかに罪深いことかを繰り返す反面、結婚して子を成すのは人生最大の幸福であると教えるのも忘れなかった。かくして三人の皇女が取りうる最良の道は、しばらくの間は父と離れてユルドゥズ宮殿で暮らしながら忠誠を示して叔父と和解し、しかして自分たちの美しさに見合う立派な婿を探すことのみであった。

三十歳も間近の姉のハティージェ姫と、もう少し若いフェヒーメ姫はアブデュルハミトの条件を受け入れたが、まだ十九歳だったパーキーゼ姫は父母と別れがたく、結局ユルドゥズ宮殿へは移らなかった。ところが二年後とんとん拍子に話が進み、アブデュルハミト帝はちょうど目をかけていた男性を「医者風情ではあるが」と断りつつもパーキーゼ姫の婿に選び出し、かくして皇女三人は揃ってユルドゥズ宮殿で婚礼式を挙げる運びとなったのである。パーキーゼ姫が姉二人と違ったのは――心無い者たちは「姉姫お二人よりも器量が劣るからだろう」などと揶揄したが――自分の夫にまったく不満を抱かなかったことだ。

パーキーゼ姫はヌーリー医師と船室で過ごしながらあれこれ話し合い、互いをさらに深く知り、彼の小麦色で産毛に覆われた太りじしの大柄な身体を眺めるにつけ、それまでまったく知らずにいた疼くような喜びを覚えるようになっていった。夫が何かを熱心に語っているときの汗を眺め、息が上がったときに鼻腔から聞こえる呼吸音が耳に入るたび、ハティージェ姫に書き送ったとおりの驚くほどの幸福感が胸を満たし、あるいは彼が水差しを取ろうとベッドから出ていけば、その肉付きの良い脚や、男性に似つかわしくない小ぶりな足、そして大きなお尻を惚れ惚れと眺めるのだった。
ほとんどの時間をベッドの上で愛しあい、そうでないときは湿気の籠った暖かい船室で隣り合わせに寝転がったまま何を話すでもなくただ蚊の襲撃を避けていられればそれで満足で、よしんば深刻な話題が出たとしても、二人は互いの反応をおずおずと窺いながら一緒になって空気を和らげようと努めるのだった。もちろんベッドから下りてきちんとした服に着替えて会話をすることもあったのだが、ひとたびそうすると危うい話が出るたび二人とも二の句を継げなくなってしまうのが常だった。

パーキーゼ姫にとっての危うい話題とは、主にアブデュルハミト帝への憎しみや、宮殿での幽閉生活のことだった。夫のヌーリーはこうした話が出るたび真摯に耳を傾け、妻を慰めようと念じつつ、夫婦の幸福に水を差す結果になりかねないとも考えて、あくまで好奇心は抑え、決して話の先を急がせるようなことはしなかった。妻が悲しい話をしてくれたときは自らも辛い経験——ヒジャーズ州で目にした惨状や、貧しい巡礼者たちの苦労など——を話そうかとも思ったものの、そうした厳しい現実が皇女を動揺させ、怖がらせてしまうのも心配で、結局は黙ったままでいた。とはいえ、ヌーリー医師は自信に満ちあふれ聡明な新妻の心のうちをもっと知りたいとも願い、パーキーゼ姫もまた叔父が支配する帝国にあって徐々に落剝していく辺境諸州の実情や、伝染病を前に路頭に迷う民草の様子を夫の口から聞きたいと願っていたのだけれど。

ヌーリー医師がアレクサンドリアの街へ降りたのは、到着から三日後だった。ムハンマド・アリー・パシャ広場裏手のイギリスの医師や官吏たちが逗留するジジニア・ホテル——エントランスには消毒液ポンプを担いだドアマンの姿があった——と同じ通りに店を構えるギリシア人時計職人の店へ行くためだ。馴染みの時計職人はイスタンブルの近況を尋ねたのち、好奇心を抑えきれずにいるオスマン帝国の医師に、いつも客にそうするように西欧にもオスマン帝国にも抵抗したオラービー・パシャの反乱について話しはじめた。蜂起鎮圧の名目でイギリス艦が何時間にもわたって市街地を砲撃したことや、そのときの大砲の音がどれほど恐ろしかったか、あるいはムハンマド・アリー・パシャ広場が廃墟と化し、もうもうたる白煙で何も見えなくなってしまったこと、はたまたイギリスやフランスの建物までもが砲撃を受けたことや、武装したキリスト教徒とイスラーム教徒が街路で殺し合いをはじめ、郊外に住むキリスト教徒たちは襲撃を恐れてしばらくはシャッポをかぶることさえできなかったこと等々を、ヌーリー医師に語り聞かせたのである。さらにこの時計職人は、火災と略奪がひと段落したあと、かのゴードン将軍とも出会ったのだという。なんでも、スーダンのハルツームでマフディー教徒と戦って命を落としたとき彼の腕に輝いていたのは、ほかならぬ自分が手ずから修理したテータ社の時計だったというのだ。

「思いますに、フランス人もだめ、オスマン人もだめ、ドイツ人もだめとなれば、もはやエジプトを支配できるのはイギリス人のほかにおりますまい！」

ヌーリーはこれまでイスタンブル出身のこの時計職人と話すときは「いやいや、オスマン帝国はエジプトを放棄したわけではありませんよ、ただ支配できなくなっただけなのです。なにせイギリス人たちが不当な理由で奪ってしまったのですから！」とか、「アラブ人たちがキリスト教徒を殺したと仰いますが、さきにアラブ人のイスラーム教徒を殴り殺したのはキリスト教徒の方だったのですよ」などと、あくまで礼儀正しく相手の話を訂正することにしていたが、時計職人がついさきほど「皇帝」や「アブデュルハミト」と呼んだ当の本人の姪姫と結ばれたいまとなっては、そうした訂正は控えて政治的な発言は避けるよう心掛けた。

今回、ヌーリー医師はせっかくアレクサンドリアを訪問しながら、時計職人との会話を楽しめず、また整然とした検疫体制を見ても心が晴れなかった。まるで、目の前に彼らとはまったく無縁の生き方が現れたような心地がして、かといってそれがどのような人生であるのかを判じかねた挙句、すぐに耐え切れなくなって船へ取って返してしまったのである。

税関を通ってアズィズィイェ号へ乗船すると、キャビンボーイにトーマス・クック社から暗号電文が二通来ていると教えられた。

アズィズィイェ号のイスタンブル出立間際、宮中から遣わされた書記官を介してヌーリーは皇帝からの電報に対応する暗号表を与えられていた。それはアブデュルハミト帝が大宰相府を挟まずに各国大使や氏族長、あるいは帝都から派遣された密偵や地元の情報提供者と連絡を取り合ったり、友誼(ゆうぎ)を結びたいときに渡す暗号表である。

ヌーリー医師はパーキーゼ姫を抱きしめながら暗号表のことを説明したのち、旅行鞄の隅から取り出したそれを手に、一通目の暗号電文の文字と数字を一つひとつ、楽しそうに解読しはじめた。はじめてということもあって暗号表のページをめくり、書かれた数字に対応する文字なり単語なりを探す作業にはひどく時間がかかり、ヌーリーはすぐに妻に助けを求めた。やがて二人は、数字二桁が頻用語に対応することを理解し、ようやく暗号文を平文に直しおおせたのであった。

一通目は宮内省から直接、送られたもので、帝室化学顧問ボンコウスキー・パシャの死亡を受け、王配たるヌーリー医師はミンゲル州とその州都アルカズにおけるペスト禍に対応すべく、すぐにも島へ赴くよう下達され、併せて「パーキーゼ姫とヌーリー医師、そして警護のキャーミル上級大尉を一刻も早くミンゲル島へ送り届けよ」とアズィズィイェ号のロシア人船長に対する厳命も記されていた。二通目の電報も宮内省からだったが、こちらにはボンコウスキーの死が「暗殺」である可能性を指摘し、真相究明のためミンゲル州総督サーミー・パシャが行う捜査にヌーリー医師もまた「探偵のごとく」加わるようにという勅命が記されていた。

「ほら、叔父さまがこの旅行の邪魔をするかもしれないって、申し上げたでしょ！　可哀そうなボンコウスキーさまは、あの人に殺されたに違いないわ」

「結論を急がないで！　まずは僕が検疫組織の置かれている国際的な現状というものを説明するから、それから判断するのでも遅くはないよ！」

かくしてアズィズィイェ号は、パーキーゼ姫とヌーリー医師、そしてキャーミル上級大尉の三人を乗せてアレクサンドリア港を出ると、夜を徹して北へ向かった。深まる夜とともに勢いを増した北風が船足を鈍らせ、ヌーリー医師は妻に「気の毒なボンコウスキー先生を殺したのは君の叔父さまではなくて、なにかもっと別の力のような気がする」と告げたくなるのを堪えながら、検疫機関を取り巻く国際情勢について話しはじめたのだった。

一九〇一年、世界を軍事的、政治的、なにより医学的に支配していたのはイギリス、フランス、ロシア、そしてドイツの四カ国だった。そして、ペストもコレラも聖都メッカからヨーロッパに広がったのであり、西方世界（つまり西アジアと南ヨーロッパ、そして北アフリカ）に疫禍をもたらしたのは、メッカ巡礼のためにオスマン帝国ヒジャーズ州を訪れた巡礼者たちにほかならないというのが、彼らの共通見解だった。となると、この世の伝染病の発生源はおおよそ中国とインドに相違なく、その拡散の中心となったのがオスマン帝国ヒジャーズ州ということになる。そして、オスマン帝国の各地で奮励する医師や検疫官たちもまた、キリスト教徒であれ、イスラーム教徒であれ、ユダヤ教徒であれ、遺憾ながらもこの見解が医学的に正鵠を射ていることを受け入れざるを得なかった。その一方で、とくに若いイスラーム教徒の医師などはコレラに関する列強諸国の主張に反発し、非西欧圏の国々や王朝を思想的、精神的、そして軍事的に責め苛むためヨーロッパ人が考え出した政治的なプロパガンダに過ぎないと考えていた。事実としてイギリスなどは「貴国が我が国の国民であるインド人とその巡礼者を伝染病から守れないのであれば、我が国が彼らを保護せざるを得ない!」と主張して憚らず、アブデュルハミト二世を筆頭にオスマン帝国の人々は、それが帝国の医療技術に対する蔑視を超えた軍事的脅迫でもあることに気がついてもいた。

「だからこそ君の叔父さまは」とヌーリーは妻の目をじっと覗き込みながら言った。彼がアブデュルハミトを「叔父」と呼んだのはこれがはじめてだった。

「ヒジャーズ州の検疫局に多大な予算をつぎ込み、紅海の入り口に浮かぶカマラン島に新しい検疫設備を備えた軍事施設と埠頭を建設したうえに、帝国でもよりすぐりの医師たちを送り込んだんだ」

オスマン帝国イエメン州の紅海のとば口に浮かぶカマラン島の検疫所は、たしかに収容人口、敷地面積ともに当時世界最大の検疫施設だった。巡礼月の最中に発生したコレラ封じ込めのためにヒジャーズに赴いた七年前の記憶を辿るにつれ、ヌーリーは感情を抑えきれず目を潤ませた。赴任してすぐ目にしたのは、イギリスの貨物船のぼろぼろの船室や貨物庫、はては石炭庫に詰め込まれてやって来るインドやジャワからの巡礼者たち——実のところインドの港を発った船であれば、巡礼者に限らず旅客はみな同じような境遇にあった——の姿だった。カラチやムンバイ、コルカタにあるイギリスの旅行代理店は巡礼者たちに往復チケットの購入を義務付けてはいたものの、インドからの巡礼者の実に五分の一が途中で命を失い、二度と故国の土を踏めなかった。

たとえばムンバイ－ジェッダ航路の四百人乗り客船は、高い船賃を払った巡礼者たちを千二百人も、貨物庫まで開放して満載していたし、中には船の欄干目いっぱいまで巡礼者を乗せ、操舵室の天井の上やそのほか常人には思い至らぬような場所にまで彼らを詰め込む貪欲な船長も少なくなかった。

「こうした巡礼船では、なんとか立っている場所を見つけるのがやっとで、身を縮めても座る場所はほとんど見つからないし、また運よく座ったり丸まって寝転がったりしていた者も、ひとたび立ち上がろうものなら二度と座ることも、横になることもできなくなってしまうんだ」

ヌーリーは身を丸めて座り込む巡礼者の姿を真似ながら、妻にそう説明した。

あちこち塗装が剝がれ日に焼け、いまにも沈みそうな錆だらけの巡礼船に検疫局の船が接舷するたび、ヌーリー医師は甲板や舷窓から注がれる無数の男たちの視線にたじろいだものだ。いざ兵士を伴って検査のため乗船すれば、一切の隙間なく横たわり、あるいは座り込む巡礼者たちが視界を埋め尽くし、さきほど外から見えていた大群衆の優に三倍は巡礼者が乗っていることが明らかになる。そして、彼らインドからの巡礼者たちはみな一様に疲れ果て、その多くがすでに病気にかかっているのだった。

船に乗り込むとまずは船長に会うためにこれらの悲惨な巡礼者たちを掻き分け、ときには兵士の手を借りて押しのけて進まねばならない。

「ああいう巡礼船の大半は、客船ではなく貨物船なんだ」

妻の疑問の眼差しにヌーリーはそう答えた。腐敗臭の漂う船倉へ下りていくと、窓ひとつなく果てしない暗闇には恐怖に震える何百人という巡礼者たちが詰め込まれ、彼らが身じろぎするまではそれが人間であると気がつかないほどだった。ようやく正気づくとすぐにうめき声や祈りの声が耳に届くようになって、彼らが静かに、しかし好奇心いっぱいに自分を見つめていることに気づかされるのだった。船倉はあまりに暗いため、検疫医たちは日没後に下へ下りることを禁じられていた。

「でも、ここまでにしておこう。これ以上、君を怖がらせたくないから！」

ヌーリー医師がそう言うと、パーキーゼ姫は思わず声をあげた。

「隠しごとはおよしになって！」

どうやら妻が、巡礼者たちがただの無力な貧者だと思っているらしいことに思い当たったヌーリー医師は、「彼らメッカ巡礼者たちは、祖国にいればむしろ裕福な人たちなんだよ」とその実態を明かした。巡礼のために田畑や家を売り払い、あるいは何年もの間、爪に火を点すように暮らして貯金し、中には巡礼の困難と費用も顧みず二回目の巡礼行に出る者さえいるのだ。蒸気船の普及に伴って旅費が安価になったここ二十年の間に、ヒジャーズ州への巡礼者数はそれまでの数倍の二十五万人近くに膨れ上がった。東はジャワから西はモロッコまで、世界中のイスラーム教徒の男たちが一堂に会し、互いを知り、交流する機会を得た史上はじめての二十年間とも言える。

「彼らが巡礼者のために張られた天幕や日傘の下に集まっている光景は、それは壮大でね、きっとイスラーム教とカリフの威光を切り札にしたい君の叔父さまが見たら、大喜びなさるはずだよ」

「叔父さまの株を上げたいのね。そういうあなたのお気持ちは嬉しいわ。少なくとも、わたくしたちを引き会わせてくださったことには感謝しなくてはいけないかしら？」

「その叔父さまが殺人事件を解決しろと仰って僕をミンゲル島へやるんだよ。君が言ったみたいにボンコウスキー先生を殺したのが陛下とは思えないな」

「あら、そう思われるのならもう二度と申しませんわ！　ところで、さきほどの巡礼のお話の中で一番、痛ましいところはまだ話してくださいませんの？」

「話したら最後、君を怖がらせてしまうのが心配なんだ。そんなことで君の愛を失いたくない」

「その逆ですわ！　帝国でも一等、むつかしい地域で戦われてきた方だからこそ、あなたが愛おしいのですもの。さあ、その痛ましいお話を聞かせてくださいな」

二人は上甲板へ上がると、そこでヌーリーは宮殿住まいだった妻にアラビア海を行き来する船のぼろぼろの便所について話しはじめた。魚用の船倉に人々を満載するくらいだから、巡礼船の便所はもとより数が足りず、それも壊れているか、そうでなくとも初日から使われすぎ、あるいは使い方に無知な者によって詰まってしまうのが常だった。こうした事態に慣れているヨーロッパ出身の船長たちは両舷にロープで結わえて吊り下げた足場板で間に合わせの便所を賄ったものの、それでもインドからヒジャーズ州へ向かうあいだ長蛇の列は絶えず、諍いが起きたり、巡礼者の中には波が高い晩に用を足していてアラビア海へ落ち、そのままサメに食われてしまう者さえいた。賢明かつ経験豊かな巡礼者たちは即席の便所へは行かず船倉に留まり、旅立ちにあたって携えてきた便器やバケツに用を足し、船倉の窓から汚物を捨てることにしていた。しかし、時化の日には窓が開けられず便器やバケツの汚物があふれ、船倉の隅でコレラで静かに息を引き取った巡礼者の遺体の腐臭とともに悪臭を放つのだった。

そこまで話してヌーリー医師がふいに口を噤んでしまったので、しばらくしてパーキーゼ姫は

「後生ですから、お話を続けてください！」とせがんだ。

二人は船室へ戻ると、ヌーリーは思ったよりも動揺していない妻に北アフリカからの巡礼者たちの話をはじめた。アレクサンドリアやトリポリのような港町から盛大な送別式と祈禱に見送られ、スエズ運河を越えてメッカを目指す北アフリカからの巡礼行は、インドからのそれとは比較にならないほど快適であるものの、巡礼船に伝染病が蔓延しているのは変わらない。羽目を外しすぎて検疫規則を守らないためだ。西から聖都を目指す彼らはみな富裕で、使用人に甲板にテーブルを運ばせるとオリーヴやチーズ、ピタパンに舌鼓を打ち、中には焼台を持ち出して肉を焼きはじめる者さえいる。

「あるときイギリスの検疫官がそうしたテーブルやら焼台やらを兵隊に命じて海に捨てさせたせいで乱闘騒ぎになったこともあるんだ」

そう話した上でヌーリー医師は妻に尋ねた。

「ねえ僕の殿下、この船の場合、誰が、どんな間違いを犯したのだと思う？」

パーキーゼ姫は夫の質問を正しく理解し、こう答えた。

「検疫中の船で果物や青物を許可なく食べるのは禁止ということですね！」

「だが、たとえイギリスの検疫官であっても、他人の持ち物を海に捨てる権利はないと思わないかい！」

ヌーリーは教師のように慎重な口調で言った。

「検疫官の任務は兵士の腕っぷしにものを言わせて禁則事項に従わせることだけではないんだ。それどころか、人々がその禁則に自ら従ってくれるよう説得することこそが、その使命と言ってもいい。焼台を海に捨てられた巡礼者たちは、粗暴で礼儀を弁えないイギリス人に敵意を抱いて頑なになり、その言うことを何一つ聞き入れなくなってしまい、挙句に検疫体制が破綻をきたしてしまう。ムンバイではイギリスの当局者の厳格かつ侮蔑的な態度に対して暴動が発生したほどなんだ。患者を運ぶ車に石が投げられ、医者たちは襲われ、イギリスの官吏たちが通りで殺されてしまったんだよ。彼の地ではガンジス川を介してコレラが蔓延していったのだけれど、イギリス政府はまた暴動を起こされてはたまらないと、もう何も言わなくなってしまったというわけさ」

「でしたら、ミンゲル島でのお仕事を終えたあとはムンバイへは寄らず、中国へ行った方がよさそうですわね」

パーキーゼ姫はそう話を締めくくった。

10章

ヌーリー医師とパーキーゼ姫は抱きしめあったまま眠り、朝方に船のピストンの音が弱まった頃合いに甲板へ出た。右舷から差しはじめた曙光に照らされ群青に染まる水平線に、ミンゲル島の黒い島影が見えた。軽やかな海風に二人は目を細め、やがて峻厳として、しかしどこか暗然たる島がはっきりと姿を現した。

朝日は、ベヤズ（白）山から島の東側に沿って急峻かつ荒々しい頂をそびやかす山脈と、剝き出しの岩場とを桃色に照らしあげる一方、山嶺の西側には濃い紫色や、ところによっては暗闇そのものといった影を落としていた。アズィズィィェ号が島に接近するにつれ、一八四〇年代以降に島へやって来た画家たちが熱心に描き、あるいは自らの旅行記に詩情たっぷりに描写した光景が、なおさらに神秘的な様相で迫ってきた。

やがてアラブ灯台が肉眼でも見分けられるようになると、船長は舳先を港へ向けた。たちまち、ある者は「物語から抜け落ちたような」と評し、また別の者は「神話のごとくして空恐ろしくさえある」と綴った美景が立ち現れた。

薄桃色と白色のミンゲル大理石で建てられた壮大な城塞と、不思議な形の帽子をかぶったような城塔に、その後背に佇む同じ石材で建てられた施設群や橋が映え、先だって寄港した折よりもなお玄妙な印象がある。剝き出しの岩場に生える緑、赤い煉瓦積みの建物や白い壁が見えるに及び、パーキーゼ姫とヌーリー医師には街全体が不可思議な光に照らし出されているように感じられた。気がつけば、皇女の警護を担当するキャーミル上級大尉も甲板に上がってきていて、美景に魅入られるあまりか「胸高鳴る思いであります、皇女殿下。小官は生まれも育ちもここアルカズなものでありますから！」と口にした。

「それは素晴らしい偶然ですな」

ヌーリー医師がそう言うと、キャーミル上級大尉は許可なくパーキーゼ姫に話しかけた無礼に思い当たったのか、ヌーリー医師へ顔を向けこう答えた。

「もしかしたら偶然ではないのかもしれません。至大なる我らが皇帝陛下におかれては、小官がミンゲルの生まれであることをご存じのはずですので、そのおかげで此度（このたび）の代表団に私をお加え下すったのやもしれません」

「たしかに、我らが皇帝陛下は万事に関心をお寄せになり、何事にも用心を怠られませんからな！」

するとパーキーゼ姫がキャーミルに問うた。

「大尉の島での一番のお気に入りはなんですの？」

キャーミル上級大尉はあくまで如才なく答えた。

「すべて、であります、殿下。もちろん小官が知る限りにおけるすべて、ではありますが！」

アズィズィイェ号は、庶民たちがイスタンブルはボスポラス海峡に浮かぶ同名の小島にあやかって乙女塔などと通称し（イスタンブルのアジア岸の海上に同名の見張り塔が立つ小島がある）、一時期は検疫島として用いられた小島と、その上に建つヴェネツィア統治時代の施設を通り過ぎた。いまやミンゲル島最大の街であるアルカズ市やその丘々、家々の屋根や桃色の壁、さらにはヤシの木の緑や、日除けの青さえ見分けがつくようになり、街の歴史を象徴する三つの円蓋も姿を現した。すなわち東から順に並ぶ聖アントワーヌ・カトリック教会、聖トリアダ正教会、そしてこれらに比してやや低い街の西の丘のとっかかりに建つイェニ・モスクの大円蓋が、一直線に並んで見えたのである。ヨーロッパの画家たちによって幾度となく描かれ、つとに名高いこの三つの円蓋の描く島のシルエットは波に揺られて上下し、船上の旅客たちの視線はそれを追いかけるのに大忙しである。しかし、なんといってもベヤズ山と並んでこの街の風景を支配するのは、十字軍が築いた大城塞だ。東地中海世界にあって、この海域を航行する船の行く手を遮るかのように海から屹立する桃色がかったこの城塞こそが、それを眺める者に物語にしか痕跡を求められない古代からこの島には人類が暮らし、立ち働き、相争い、容赦なく殺し合ってきた歴史を知らしめてきたのである。

さらに小さな民家や美しい樹木まで見えるようになると、にわかに街路や広場に息づく人々の生活が感じられるようになった。総督府の円柱状の欄干が並ぶバルコニーや、その少し向こうにある真新しい郵便局とギリシア人中等学校、あるいはいまだ建設中の時計塔の側壁もよく見える。船長が船足を緩めると、ふいに訪れたしじまの中で旅客たちは、この島では陽光も、ヤシやイチジクの緑も、海の紺碧も、ほかとは懸絶（けんぜつ）した美を呈する事実を嚙みしめていた。オレンジの花の芳香を吸い込んだパーキーゼ姫は、自分たちがペストが蔓延し血みどろの政争がはじまろうとしている島ではなく、日の光を浴びて何世紀も微睡みを続ける平和で小さな港町へ降り立とうとしているような錯覚を覚えた。

しかし、朝日に照らし出されてみると、市街地には思ったほどの活気が感じられなかった。海際まで迫る丘の斜面に肩を並べるお屋敷街(まち)や、桃色がかった石で建てられた家々の窓は閉ざされ、日除けも下ろされたままなのだ。港にもフランスとイタリアの貨物船が二隻と、帆を立てた小舟が数艘いるきり。ヌーリー医師の見たところ、船には検疫中であることを示す検疫旗は揚がっておらず、浜でも伝染病対策が講じられている様子はない。アズィズィイェ号の左舷、つまり西側にはつぎはぎだらけの半ば打ち捨てられたかのような桟橋や廃墟、あるいは新旧の税関施設や救貧院、それに崩れかけた家々が連なっていた。ヌーリー医師は、この貧しい地域こそがペスト流行の中心地になるかもしれないと考え、記憶に留めた。

一方のパーキーゼ姫は、ヌーリー医師のすぐ隣で紺碧の海の底に見える岩々や、掌ほどの大きさの棘を生やした素早い魚、あるいは優雅な花を思い起こさせる緑や群青の海藻を、まるで思い出を辿るような具合に眺めていた。凪いだ鏡のような海面には桃色と白色を呈する都市が映りこみ、ところどころに家々の黄色がかった橙色や樹木の一色(ひとしき)ならざる緑色、あるいは城塞の鋭い尖塔や、教会やモスクの円蓋屋根の鉛色がきらめいている。ヌーリー医師とパーキーゼ姫がアズィズィイェ号の舳先が海を割る波音に耳を澄ませていると、ふいの静けさが訪れ、すると甲板に佇む彼らの耳にまで街の鶏の啼き声や犬たちの無駄吠え、ロバのいななきが聞こえてきた。

船長は汽笛を二回、鳴らした。イスタンブルからの週に一回の定期船であれ、イズミルやアレクサンドリア、あるいはテッサロニキからの臨時便であれ、船の汽笛というのはミンゲル島の人々にとって常に大いなる関心事であった。アズィズィイェ号の汽笛は、いつものように州都アルカズの二つの丘の間に木霊した。キャーミル上級大尉には、子供のころに駆け回った街路で住人たちが動き出すのが手に取るように感じられたものだ。ホテルや旅行代理店、レストランやナイトクラブ、あるいは珈琲店などが海沿いに軒を連ねる桟橋大通りを一台の馬車が走り、郵便局や総督府が所在する坂の上のハミディイェ大通りでは街路樹の向こうにオスマン帝国の国旗がはためいていた。海と並行して走るこの二本の目抜き通りをつなぐ短いながらも急勾配のイスタンブル大通りにも、ちらほらと人出が見えた。キャーミルは、通行人のシャッポやトルコ帽が遠くからとはいえ、はっきりと見えるのが無性に愉快だった。

　島に最後に帰省したときに見かけたオスマン帝国銀行やトーマス・クック社の看板は以前のままだったが、ホテルの屋根にでかでかとスプレンディド・パレスと記された看板が新たに加わっていた。子供時代を過ごした実家は海からは見えなかったが、家から商店街へ下りていく坂の入り口に佇むソフ・サーイム・パシャ・モスクの背の低いミナレット（モスクに付属し、礼拝を呼びかけるための尖塔）は見分けられた。

　アルカズ港はほぼ完璧な三日月形をなす湾に拓かれている。この天然の三日月の南東部の岩場に位置するのが、十字軍によって築かれた壮大な城塞であり、往時にはマルタ島やボドルムの街の城塞と同様、それ自体が街と駐屯地を兼ね備えたアルカズ城塞である。しかし、巨大な城を備え天然の良港があるにもかかわらず、アルカズ市には大型船が発着できる埠頭は築かれていない。三十年ほど前、ミンゲル大理石の黄金時代に石材を積み込むため急造された埠頭群もあるにはあったが、現在の大型客船の発着には間に合うほどのものでもないし、七年前に埠頭の一つに接舷しようとしたロシア船が岩場で座礁して以来、大型汽船は港への接舷が禁止されている。

そういうわけでアズィズィイェ号は、ほかの客船と同じように湾のすぐ外に錨を下ろし、迎えの艀（はしけ）を待つことにした。キャーミルは子供のころから、この瞬間が大好きだった。「蒸気船（ヴァプール）」とフランス語で呼ばれた煙を吐く船こそが、この島に郵便物や旅客はもちろんのこと、店々に新商品を運び、なにより新しい物語と興奮をもたらしてくれるからだ。この島の船頭（ふながしら）たちは専属の荷運び人と櫂漕ぎから成る徒党を率いていて、より多くの客と荷物を浜揚げし、なによりも多くのチップにあやかろうと徒党同士で互いに鎬（しのぎ）を削っている。

マフムトの息子キャーミルは軍の中等学校で学んでいたころ、汽笛が聞こえるやいなや同級生たちや、ほかの老若問わない島民たちと同じように港へ下りて行って、埠頭に群がる人だかりを見物したものだ。船頭同士が張り合っているのを知る子供たちは、どの艀が真っ先に湾口の汽船に辿りつくだろうかと、ゾフィリ菓子店のアーモンド入りクラービィェとか、クルミとバラ水入りのミンゲル・チョレキを賭けたものだ。波が高い日には、観衆たちがはらはら見守るなか、艀たちは高波の影に消えては現れを繰り返し、波に揺られながら汽船へと向かうのだった。その間にも、陸では船から降りてくる人々を迎えに来た親類や家族、あるいは下働きや荷運び人たちと、これから島を去る人々が相混ざり、ようやく艀が戻ってくればホテルの従業員やガイド、荷運び人たち、あるいは有象無象の詐欺師たちが旅行客たちに群がり、荷物を勝手に運びはじめ、さらには御者やスリ、無宿人まで仕事にありつこうと集まって来る。総督の命令で船を迎えるべく遣わされた兵士たちもこの混乱を収めることができず、埠頭では押し合いへし合いの揉め事が絶えないのだった。

キャーミル上級大尉はそうした光景を思い出しつつも、夫につかまりながら恐るおそるアズィズィイェ号から艀へ移るパーキーゼ姫の警護に抜かりなかったが、埠頭の人だかりや土埃、あるいは騒音が皇女を不安にさせるのではないかと気を揉んだ。昔はヨーロッパ人の旅行者や富裕なアラブ人を見世物で楽しませている隙に金をすろうとする不届きな子供たちもいた。ああいった手合いが皇女を煩わせるかもしれない。ところが、いざ艀が近づいていくと波止場は驚くほど整えられていた。つまり、島全体がオスマン帝国の皇女の来島に特別な関心を払っているということだ。

サーミー総督はここ三年、島から出ていないものの、イスタンブルの情勢については噂や新聞、あるいは島と行き来する友人たちを介してよく把握していて、あの高官が馬鹿をしでかして失脚したとか、某大臣がかくかくしかじか悪知恵を働かせて陛下に取り入ったとか、あるいは今上陛下の年頃の姫君が誰それの息子と結婚したとか、はては陛下の最近の失策がどのようなものか、誰がどの国への大使に任ぜられたのか等々を、やや遅れてではあるもののみな承知していた。だから彼はアブデュルハミト二世がチュラアーン宮殿の片隅に幽閉している「ご乱心めされた」兄ムラト五世の三人娘が、さほど位階も高くない月並みの男たちに降嫁させられたことも耳にしていたし、公式発表については新聞で目を通してもいた。当然、先帝の三女の夫が輝かしい経歴を持つ検疫の専門家であることも把握していたのである。

サーミー総督は帝都の外へ出た史上初の皇女を迎えるのにふさわしい歓迎式典を催すべく、帝国軍駐屯地の司令官に軍楽隊を港へ寄こすよう依頼していた。そもそもミンゲル島駐屯軍の将校の大半は「部隊上がり（アライル）」であったため教育も浅く、読み書きもままならない年寄りばかりであった。そのうえ、検疫措置の失敗からこの島で起こったかの有名な「巡礼船事件」のあとには、アブデュルハミト二世はミンゲル駐屯地にわざわざダマスカスからトルコ語を解さないアラブ人兵士を二連隊、送り込んでもいた。軍規違反がたたってミンゲル島へ左遷されたある大尉が、退屈を紛らわせるべく帝都にあるのと同じような、ただしもっとささやかな西欧式の軍楽隊を組織したのは二年前のことである。この大尉は昨年、帝都帰還を許されたものの、アブデュルハミト帝即位二十五周年式典を計画していたサーミー総督は駐屯軍に軍楽隊の存続を要請し、かくして軍楽隊はギリシア人学校の音楽教師アンドレアスの助力を得てリハーサルを重ねていた。

その甲斐あってパーキーゼ姫とヌーリー医師がいざミンゲル島へ降り立ったのと同時に、まずは今上帝の父アブデュルメジド帝のために作曲されたメジディィェ行進曲が、ついでアブデュルハミトのために作曲されたハミディィェ行進曲が演奏されたのである。船を見物しようと港へ下りてきた失業者や野次馬、荷運び人、あるいは式典を遠巻きに見守る御者や商店主、商人や通信士、はては窓やバルコニーから眺める住民たち——行進曲は伝染病の恐怖に鬱々としていた彼らをひとときなりとはいえ元気づけ、喜ばせた。一方、港沿いに連なるホテルの中庭やテラスでお茶を飲んでいたヨーロッパ人や裕福な島民たちは立ち上がって、いったい全体どうして行進曲なぞが演奏されているのかを突き止めようとした。そうこうするうちに三曲目がはじまった。それはアブデュルハミト帝の八人の皇子のうちもっとも人気があり、音楽とピアノの天才と称えられたブルハネッティン皇子が、まだ子供のころに作曲した海軍行進曲だった。

長いこと静かで平和に時を閲(けみ)してきたはずのミンゲル島と州都アルカズも、ここ二年ほどは住民同士の衝突や殺人、そのほかさまざまな不幸が絶えず、疲弊しており、ついには島民の漠たる不安を逆撫でするかのようにペスト禍の噂まで流れている。このミンゲル島でも、帝国の他の地中海の島々と同じようなキリスト教徒とイスラーム教徒の争いが避けられない政治情勢になりつつあるものの、それを理解してなおアルカズ市民たちは争いを望んではいなかった。だからこそ彼らは政府のだった。
が、つまりはミンゲル州総督府がしっかりと情勢の手綱を握ることを期待しているのだ——サーミー総督は行進曲を聞きながらも、集まったキリスト教徒とイスラーム教徒が一様に疲弊した様子で、しかし互いにごく穏やかな視線を交わし合うさまを目の当たりにして、ひどく楽天的にそう考えたのだった。

サーミー総督は、港へ降り立ったヌーリー医師に挨拶ののち自己紹介をした。叔父であるアブデュルハミト二世の疑いを招くことなくパーキーゼ姫に接するにはどうすればよいかわからなかったので、夫の方の態度を見ながら話を合わせるのが得策だと判断したのだ。オスマン家の姫君と結婚して王配となったヌーリーは、大仰な政府の式典や果てなき賞賛とお追従で迎えられることには慣れっこであったものの、波に揺られる艀から波止場に降りると同時に行進曲に迎えられたことには驚きを禁じ得なかった。サーミー総督は長々と御成婚についての祝辞を述べるようなこともしなかったため、ヌーリー医師とパーキーゼ姫はすぐにギリシア語やフランス語、トルコ語、アラビア語、ミンゲル語が飛び交う群衆に取り囲まれた。総督はボンコウスキーと助手のイリアス医師にあてがったあの防弾装甲の四輪馬車を用意し、新たに経験豊富な護衛も二人、手配していた。桟橋大通りを進む馬車を、道行くシャッポやトルコ帽姿の通行人たちがしげしげと眺めていたのも、実はもとはやくざ者で、厳めしい口髭を生やしたこの護衛たちが目を引いたからにほかならない。通行人のうちイズミル、テッサロニキ、ベイルートのような大都会のみならず、田舎のどこでも見かけるようになったネクタイにシャッポ姿の男たちは、例外なくキリスト教徒である。ヌーリー医師が長い経験を通じてようやく理解したこの事実を、パーキーゼ姫は直観的に悟ったらしく、イスラーム教徒たちはこうした表通りや大ホテルではなく、裏通りやもっと別の界隈で暮らしているのだろうとたちどころに理解したのであった。ヌーリー医師はこの街がもうすぐ疫病にあえぎ、幾多の災難に見舞われるであろうことを予感したものの口には出さず、いまのところは心のうちに秘めておくことにした。

二人は装甲馬車の窓から、イスタンブル大通り沿いに並ぶ欧風の建物やホテル、食堂や旅行代理店のオフィス、あるいは大商店などを興味津々に眺めやった。大通りの東側には、商店や布地店、仕立屋や靴屋、小間物屋や書店——ミンゲル島唯一のこのメディィ書店ではギリシア語とフランス語、トルコ語の書籍を扱っていた——あるいはイズミルやテッサロニキから仕入れた食器や家具、布地などを扱う商店が軒を連ねている。店々のショーウィンドウは陽光から商品を守るため色とりどりの縞模様の日除けテントを目いっぱいまで下ろしていた。二人はヤシやアカマツ、レモン、ボダイジュ等々の樹木はもちろん、鬱蒼と緑生い茂る庭園や、その草木の種類の豊かさに目を見張り、青や桃色、ときには紫色のバラの芳香にむせ返りそうになった。岩山を回り込むように蛇行しながら丘の上へ続き、あるいは渓谷に沿って通され、そうかと思えば街のいずこともしれないどこかへ下りていく、ところどころに階段が設けられた街路にすっかり魅せられ、道の左右に建つミナレットが一本きりのモスクや小さな教会や、石造の基礎の上に木造の出窓が張り出すツタに覆われた民家、ゴシック様式の窓枠を備えるヴェネツィア統治時代の建物や、赤煉瓦の積まれたビザンツ帝国時代の水道橋に、ヌーリー医師とパーキーゼ姫の目は釘付けだった。玄関先や窓辺から通りを行く人々を眠たげに眺める老人たちや気楽そうな猫たちは、二人に自分たちが想像もつかない中国などよりもよほど身近な世界にやって来たことを教えてくれる反面、伝染病によってひと気の失せた街路や、あらゆるものが小ぶりに作られた街並み、なによりひしひしと感じられるペストへの恐怖が、アルカズの街をお伽話の中から抜け落ちたような不可思議な場所に感じさせるのだった。

「ここがお気に召さなければ、別の場所も用意してございます」

サーミー総督は大急ぎで準備をさせたという総督府の賓客室へ二人を案内しながら言った。パーキーゼ姫とヌーリー医師は総督や政庁のすぐそばに滞在できることを知って胸を撫でおろした。

ミンゲル州総督府は円柱やアーチ、出窓、バルコニーなどを備えた二階建ての堂々たる建物で、七年前の一八九四年、ちょうどアルメニア人の反乱やごろつきを武力によって鎮圧していた時期にアブデュルハミト帝が認めた特別予算によって建てられた。街の中心街をシャッポをかぶってギリシア語で話しながら買い物をする裕福な紳士たちや、ミンゲル大理石の加工組合が閉鎖されてのち職に就くでもなくハミディイェ大通りや桟橋で時間を潰す人々、あるいはアルカズ市へ出て来た村人などは、このネオクラシック様式の庁舎にいたく感動したものだ。それというのも、曲線と装飾に満ちた優雅なファサードや、民衆に語り掛けるのにおあつらえ向きの大きなバルコニー、白い円柱があしらわれ正面階段が出迎えるエントランスなどを見ていると、いまや解体されつつあるかに見える帝国はいまだ健在だと信じられたし、イスラーム教徒であると同時に現代的でもあろうとする在り方の正しさを証明するためのひたむきな努力の結晶を目の当たりにする思いがしたからだ。サーミー総督はといえば、自らの執務室と居室があるのと同じ建物に、ほかならぬ皇女と王配を迎えられて大喜びだった。

「バラ石鹸と木の匂いがする」とパーキーゼ姫が手紙に記した二間続きの賓客室へ入ると、彼女は庭に面した窓の前、城塞や港から成るアルカズ市の絶景を恣(ほしいまま)にするところに書き物机が置かれているのに目を留め、ふいに封筒や瀟洒な便箋、同じく美しい銀製のペンセットと、それらを贈ってくれた姉のハティージェ姫の言葉を思い出したのだった。

「大切なパーキーゼ、あなたは中国へ、遠い遠い世界へ、それこそお伽の国へ行くようなものです。あなたが何を見聞きして、どんなことを経験することになるのか想像もつかないわ！　だから、あなたが目にしたものをみんな、わたくしに教えてくれるって約束して！」

婚礼にまつわる心弾む数々の行事をこなしたのち、イスタンブルで過ごした最後の数日間、ハティージェ姫は別れ際に愛する妹にこのレターセットを渡しながらそう言ったものだ。

「ほら見て、わたくしもあなたにいっぱい手紙が書けるよう便箋を二巻きも残してあるの！　だからあなたもこのハティージェお姉さまに毎日、手紙を書いてちょうだいね！」

パーキーゼ姫は見聞きすることはすべて、心から愛する姉に書き送ると約束した。そして二人の姫君は抱きしめあい、少しだけ涙をこぼしたのだった。

11章

パーキーゼ姫が手紙をしたためはじめたその頃、賓客室の書き物机の前の窓の、ちょうど二階下の地下貯蔵庫には厨房から運び込まれた氷が置かれ、その中にボンコウスキー衛生総監の遺体が安置されていた。殺人事件の後、官吏たちはまずは遺体をテオドロプロス病院へ運んだものの院内がペスト患者であふれているのを知って総督の指示を仰ぎ、総督府へ運び込んだのだ。サーミー総督には、衛生総監たるボンコウスキー・パシャの葬式を盛大に催すことで島内の反対派やイスタンブルの官僚たちを宥めつつ、併せて下手人たちへの示威としようという目論見があったのだ。

総督はボンコウスキー殺害の報に接するやすぐさまフリソポリティッサ広場へ赴いたものの、容赦なく痛めつけられた血だらけの遺体と、面相も判別できぬほど損傷した顔面を見て深く心を痛め、総督府に帰るやただちに捜査を命じた。ヌーリー医師たちが島へ着くまでの二日の間に、三つのグループから成る二十人近い容疑者が拘留された。

まずヌーリー医師、マズハル治安監督部長、そしてサーミー総督は総督執務室に集まり、イスタンブルの皇帝からの電報を吟味しておくことにした。

「此度の殺人事件の背後には陰謀が張り巡らされている、それが私の意見です」

開口一番、総督は断言した。

「ですから、ボンコウスキー閣下殺害の犯人を明らかにし、殺人とその背後の計画を日の下に引きずり出さぬことには、この伝染病を食い止めることもままなりません。陛下もそのようにお考えだからこそ、王配殿下に事件捜査と検疫という二つの任をお命じになられたのではないかと。そもそも人間は、あらゆる物事の政治的側面に目を向けぬことには、子供のようにいいように扱われてしまうものです。この島においては各国の領事たちが殿下をそのようにあしらおうとすることでしょう」

「私がヒジャーズ州に敷いた検疫令も、半ばまでは政治的な事業でしたよ」

「貴重なご意見、感謝いたします。一見すれば、政治性などなさそうなことでも、その下には悪意と企みが満ちているものですからな。五年前、私がまだ島へ来たばかりのころも、この執務室のこの椅子に座っているだけで、さまざまな問題や諍いのことが耳に届いたものです。あのころ汽船を迎えに行く艀の櫂漕ぎや荷運び人たちの徒党は、それぞれが外国の海運会社に支配されていました。たとえばロイド商船は漕手頭(そうしゅがしら)の〝剣髭〟アレコとその徒党や荷運び人を、パンタレオン社のオフィスでは船頭コズマスとその一党をそれぞれに子飼いにして、おのおの彼らにしか仕事を振らなかったのです。そしてもっとも大きなトーマス・クック社の代表が、この島のギリシア系名族でもあるテオドロプロス一家です。彼らも船頭イステパノスの一党と手を組んでおりました。この島では、こうした海運会社のミンゲル島代表を務めるのは富裕なギリシア正教徒たちばかりで、そして彼らは同時に列強各国の副領事をも兼任しておるのです。たとえばキプロス島出身のアンドン・ハンブリスはメサジュリ・マリティーム郵船の代表とフランス副領事を兼任し、いまもその職にあります。ロイド商船のクレタ島出身のムッシュー・フラングリはオーストリア＝ハンガリー帝国、およびドイツの副領事、フレスィネ社のムッシュー・タケラはイタリア副領事といった具合です。連中は見栄のために自分を〝領事〟と呼ばせたがりますがね。そして、イスラーム教徒の船頭であるセイトの一党を粗暴で無知だと決めつけては、さまざまな言い訳のもと仕事を与えようとしなかったのです。しかし、オスマン家の御旗を掲げる帝国船籍の船であろうとあるまいとアルカズ市へやって来た船であるからには、その荷降ろしはすべての船乗りと荷運び人に公平に割り振られるべきです。それだというのにイスラーム教徒の船乗りたちだけがほとんど仕事にありつけず、艀を売らねばならぬほど困窮していたのです。そこで私はイスラーム教徒の荷運び人たちの保護に乗り出したのですが、領事どもは陛下と宮内省宛てに私を悪しざまに非難する書簡を送りつけ、島の各新聞社に〝政府自らが分離主義を助長するのか、一つの民族のみを優遇するのなら帝国は瓦解しかねない〟などと書き立てさせたのです。……殿下もそのようにお考えになりますか？」

「同意せざるを得ない部分もあるにはありますが……。すべては程度の問題かと存じます」

「しかし、彼らはまったくもって計画的にキリスト教徒のみを保護しているのですぞ。幸いなことに皇帝陛下は私についての戯言をご一笑に付せられたご様子です。他の州総督たちの首が挿げ替えられていくなか、私だけはここミンゲル州の総督職に留め置かれているのが、なによりの証拠でしょう？　陛下は、私が領事どもの流言に惑わされなかったのを良しとなされたのでしょうな。此度の衛生総監ボンコウスキー閣下殺害はおそらく、総督である私と、あの不吉な巡礼船事件に対する復讐なのだと思います。私見ではありますが、この殺人事件の後ろにいるのはハムドゥッラー導師の義弟ラーミズと、その部下でギリシア正教徒の村々を襲っているアルバニア出身の山賊メモだと思われます。キリスト教徒の医者を目の敵にし、キリスト教徒とイスラーム教徒の間に諍いを起こすためならば何でもする連中です。奴らの望むような争いが起これば、自分たちイスラーム教徒の立場が悪くなるとは思いつきもしないのです。誰が殺害の指示を出したのかも、その実行犯も、そして愚かな頭の中にある計画も、近いうち詳らか(つまび)となるはずです。マズハル部長が監獄で洗いざらい吐かせてくれるでしょうからな。いま私が挙げた連中の名前が出てくるのは確実です」

「ですが総督閣下、はなから犯人を決めつけてかかるのはいかがなものでしょう」

「陛下は一刻も早く下手人を挙げることをご所望のはずです。良からぬことを企む連中をすぐさま誅罰せぬことには帝国に害が及び、そもそも検疫措置の実行もままならないと、そうお考えのことでしょう」

「ですが容疑者を捕縛なさるからには、真の実行犯か、さもなくば殺人を計画した者であるという確証がなければ」

するとと総督はこう答えた。

「私は論理的に考えた末に、ギリシア民族主義者たちはこの殺人事件には関わっていないと結論づけたのです！　島のギリシア人たちは、誰一人としてペストで死にたいなどとは思っておりません。ボンコウスキー閣下が疫病を終息させてくれるよう願っていた彼らが閣下を殺そうなどとは考えますまい。あなたはお若いながらも傑出した医師として、陛下のご信頼を得られた御仁でいらっしゃる。崇高なる帝国のため、歯に衣着せず申し上げますが、皇帝陛下はボンコウスキー閣下というキリスト教徒の医師を派遣なさいました。しかし、彼は殺された。大変に痛ましいことです。ついで皇帝陛下は、イスラーム教徒の医師であるあなたを送ってよこされた。私は細心の注意を払ってあなたをお守りいたしますし、あらゆる対策も講じましょう。ですから、どうかあなたも私の言葉に耳を傾けていただきたい」

「もちろん傾聴いたしますとも」

「では明日の葬儀で誰かがあなたに近づいてきたとしても、それがどんな理由であれ、決して何も答えないでいただきたい。領事たちだけではありません、新聞記者やギリシア正教徒であれ、イスラーム教徒であれ、誰であろうともです。ギリシア語新聞は例外なくギリシア王国の領事の命令に服しています。ギリシア王国の最終目的は、いざミンゲル島で両教徒の争いがはじまったなら、国際社会の支持を取りつけてこの島を自国のものとするか、さもなければクレタ島のように帝国から奪うことなのです。そのためにはでっち上げの記事などいくらでも書くことでしょう。こちらが〝嘘っぱちの記事を書いてギリシア王国のために活動している〟と訴えても無駄です。彼らはすぐにもイスタンブルの大使宛てに陳情の電報を打つでしょうから。電報を受け取ったギリシア王国大使はすぐざま大宰相府と宮内省に訴え出ます。そうすると帝国政府は彼らを宥めねばならず、最終的にはこの私に〝ギリシア語新聞の記者たちには好きにさせておけ〟という暗号電文が返ってくるのです。私がいくら出版停止を命じたところで、新聞社も印刷所も記者もしばらくすると名前を変えて出版を再開するのが常なのです。そうは申しましても、ここミンゲル島はテッサロニキやイズミル、イスタンブルのように厳しい土地柄というわけでもありません。さきほどのギリシア系の記者たちにしたところで、そこいらで出会えば冗談を飛ばし合い、私も〝今回はご愁傷さまだったね〟と声をかけてやれる程度には気の置けない話をする仲でもあるのです。それにトルコ語新聞も含め、すべての新聞社には治安監督部の密偵と情報提供者が配置されておりますしね。ですが、もし領事の誰かが〝この島は正教徒人口の方が多いのですよ〟などと話しかけてきたならば、きっぱりと否定してください。キリスト教徒、イスラーム教徒人口はほぼ同数なのですから。ミンゲル島はもともと、地中海多島州（現在のギリシア南部とアナトリア西部、キプロス島などの島嶼部を含んだオスマン帝国の旧州）に属する県に過ぎなかったのですが、パーキーゼ殿下のご祖父にあたる故アブデュルメジド陛下の勅令によって恩恵改革がはじまって間もなく独立した州に格上げされました。それというのも、もともとミンゲル島は流刑地で、帝国各地のさまざまな反抗的な部族や、批判ばかりに熱心な神秘主義教団員たちが島北の山脈の谷間へ送られる島だったのです。流刑地とされた二百年ほどの間に行われたある種の強制移住の痕跡が、いまも島のいたるところに残っております。一八五二年にイギリスとフランスから流罪の中止を求められたため、アブデュルメジド陛下は奴らの意表を突くべく、この島を県から州へ変更なされました。もちろん島民たちは、州に格上げされたのを喜びました。正教徒がイスラーム教徒より少しだけ多いというのは事実ではありますが、そんなことはどうでもよろしいのです。この島では正教徒もカトリック教徒も、等しくミンゲル人なのです。ビザンツ帝国の支配下に入るまでは、島民たちは家ではギリシア語ではなくミンゲル語を話していました。いまでも大半の者が、ミンゲル語を解します。あの考古学者のセリム・サーヒル氏が洞窟から女神像を発掘するためこの島を訪れておりますが、彼の言を借りれば、ミンゲル人は何千年も昔に現在のアラル海北方の原住地を追われた種族の子孫なのだそうです。私に言わせればミンゲル島にとっての真の幸運とは、民衆の大半が家々や市場では、いまでもミンゲル語を話していることの方です。正教徒とはいえ、家内ではギリシア語ではなく別の言葉を話している島民たちが進んでギリシア王国の庇護下に入りたがるとも思えませんからな。私が危険視しているのはビザンツ帝国期以来、ギリシア人としてこの島に暮らし、家でもギリシア語を話す名族たちや、ギリシア王国、とくにアテネから新たに移住してきた新しい世代のギリシア人たちの方です。ああいう輩はみな同じような考え方をするものです。ここ数カ月というものクレタ島やギリシア本土からはギリシア系のならず者たちも渡ってきています。クレタ島での成功に味をしめたのでしょうな。奴らは島の北部のギリシア正教徒の村落に入り込み、税金をオスマン帝国の官吏にではなく自分たちに納めろと放言したり、なにかと騒ぎを起こしたりするのです。明日の葬儀では彼らを一人ひとり、紹介して差し上げられるかと」

「では総督閣下、ボンコウスキーさまと同じくらい尊敬を集めるイリアス医師まで投獄なさったのは、はたして正しいご判断でしょうか?」

「イリアス医師のみならず薬剤師のニキフォロスも拘禁いたしました! もちろん彼らの無実は私も疑っておりません。ですが、ボンコウスキー閣下が亡くなる直前に長いこと話し込んでいたのは、ほかならぬニキフォロスです。投獄するには十分な理由かと」

「ですが、ギリシア正教徒たちの心情を損ねてしまっては、検疫令の発令さえままならなくなります」

「イリアス医師の方はボンコウスキー閣下が郵便局から遁走なさった際、目撃者たちと一緒でした。ですから彼が犯人ということはないでしょうが、ひどく狼狽しているのです。自由にすればすぐにもイスタンブルへ逃げ帰ってしまいかねない。それに彼は最重要の目撃者でもあります。犯人どもの手に落ちれば殺されてしまいかねません。いまでさえ、何も言わぬようイリアス医師を脅す者がいるくらいなのです」

「誰です？」

サーミー総督はちらりと治安監督部長に目配せしてから答えた。

「領事たちの怠慢により検疫委員会は明日まで開催できないでしょう。そもそもオスマン帝国の臣民は他国の領事職に就けない決まりなので、実際には副領事どまりなのですが、私が〝副領事〟という言葉を口にするだけでへそを曲げる始末でして。ペスト流行などという戯言を吹聴したのは、分を弁えぬあの政商どもに相違ございません」

サーミー総督はこのときすでに、アブデュルハミト帝即位二十五周年を記念して昨年、開院予定だったものの工事が終わらず、什器もほとんど入っていなかったハミディィェ病院の開院を命じていた。

「なに、明日にはニキフォロスもイリアス医師も解放されますよ」

総督はなんでもないことだとばかりに言った。

「王配殿下も明日にはイリアス医師とともにご自由に患者の診察に出られますとも」

12章

外出すればペストに罹患しかねない――それを最初に実感したのは、ほかならぬパーキーゼ姫だった。皇女はキャーミル上級大尉に自分は総督府から出ないので、夫の傍らを離れぬよう頼んだのもそのためだ。あらかじめ断っておくと、このキャーミル上級大尉こそが、今日のミンゲル史の教科書に書かれているそのままの歴史をなぞってくれることだろうから、必要な箇所についてはいくらか訂正を加えながら、ミンゲル島をして「世界史の中心舞台」とならしめた物語を紐解いていくこととしよう。

一八七〇年生まれのキャーミル上級大尉の位階は、残念ながら年齢に比してはやや低かった。港からもその桃色の煉瓦壁が望めるアルカズ島の軍幼年学校を卒業した際、四十五名の生徒の中で三番の成績だった彼はイズミルの軍中等学校へ進む。在校中のある夏、帰島すると父が亡くなっていた。それ以来、島へ帰ってくればまずはじめに父の墓参りへ行くようになった。その二年後に帰郷すると、母はハーズムという男と再婚していた。キャーミルは太っているくせに皮相的なこのハーズム氏と折り合いが悪く、彼が死ぬまでの二年はイスタンブルで夏季休暇を過ごした。ふたたび帰省したときには、母に毎年夏に必ず帰って来るよう約束させられた。四年前の一八九七年、トルコ・ギリシア戦争で勲章を授与されるまでは、キャーミルに目立った軍功はなかった。母は、夏のはじめに息子の帰りを待ちわびていたところ、唐突に裏庭から本人が姿を現したので肝をつぶし、ついで勲章を見て出征していたのだとようやく得心したのだった。

キャーミルは総督府の庁舎内で待機し、あるいはヌーリー医師に付き添っているとき以外は、子供時代に遊んだ界隈を歩き回り、あるいは母親と一緒に過ごしていた。母親はキャーミルが帰って来た最初の日のうちに、ここ一年ばかりの噂話をあまさず息子に伝え、誰が誰とどうして結婚したのかを滔々と語り聞かせたのだけれど、その合間に息子に結婚する気があるのかどうかを訊くのも忘れなかった。

「結婚する気はあるよ！　でも適当な娘はいるかな？」

しまいにキャーミルは音を上げてそう言った。

「いますとも！　でも、その娘と会って、気に入ってもらえなけりゃ話にならないわ」

「ごもっとも！　で、その娘ってのは誰だい？」

前向きな返事を聞いた母親のサーティィェ婦人は「可哀そうに息子や、よっぽど寂しかったんだね！」と言うが早いか、息子の隣に席を移してその頰に接吻した。

十年前、同じように尋ねられたときは、世話人を介して結婚するのは嫌だとはっきりと断ったのだ。士官学校を卒業した将校仲間たちと同じくキャーミルもまた理想家肌で、女性たちが頭や顔をアラブ人のように過度に隠すのには反対であったし、妻を四人も娶る田舎紳士や、若い娘を娶る金持ち老人が大嫌いだった。この時代の青年将校たちの例に漏れず、幾世紀にもわたり連戦連勝であったはずのオスマン帝国が、西欧諸国に抗し得ず急速に弱体化しているのは、こうした旧態依然とした悪弊のせいだと考えていたからだ。どちらかといえば西欧的なこうした考え方は、キャーミルがミンゲル島生まれの東地中海人としてギリシア正教徒たちと親しく交わってきたことに由来するだろう。士官学校では革命主義的な学生たちが書いた皇帝に批判的な檄文を読んだこともあれば、同級生たちから借りたナポレオンの伝記を一晩で読了し、フランス大革命の英雄たちが叫んだ「自由、平等、博愛！」が何を意味するのかを理解するに及び、時とともに彼らの思想には大いに感化されもした。

しかし、辺境の孤独な任地で酒に慰めを見出すしかない夜や、とにかく気がふさぐときなどには、キャーミルも女をその腕に抱きしめ愛を交わすために空しく奮闘したものだ。そして、恋が実らず鬱々とするときには、ふと高邁な理想を忘れてしまうこともままあった。こうしてキャーミルは、二十五を待たずに「あそこの未亡人は身持ちが固いからお前にお似合いだぞ」云々という助言に耳をそばだてるようになっていったのである。

キャーミルが実際にその手の薦めを受けたのは、モースルの街に駐屯していた二十三歳のときのことだ。自分よりも十二歳年嵩の、トルコ語をぽつぽつと話すことのできるアラブ人の寡婦と結婚したのだ。当然ながら、母親に話したことはない。それは将校や官僚たちが任地を去る際には「あとは自由にしろ」と言いおいてすぐにも相手を忘れてしまうような類の結婚で、それは経験豊かなキャーミルの妻も承知の上でのことだった。だからキャーミルはいざ帝都帰還を命じられても、それほど後ろめたさを感じず美しいアイシェと離縁したのだけれど、のちのちまで彼女のつぶらな瞳や気づかわしげで優しい眼差し、なにより力強く美しいその肢体を恋しく思い返したものだ。

当時、独身の官吏や軍人たちは帝国の地方都市や駐屯地へ赴任すると、まずは相手をしてくれる女たちがどの界隈に屯しているのか調べ、併せて梅毒や淋病に備えて医者とも友誼を結ぶのにことのほか熱心だった。辺境へ送られ、唯一の望みといえば帝都イスタンブルへの帰還のみという将校や法務官、官吏たちは、田舎町にあってはまたたく間に友人となった。オスマン帝国の官僚機構というのは、都市から都市へ渡り歩く公僕たちが作り上げた国家のように巨大な代物であったから、こうした一時婚は独身者たちから成るその世界が考案したある種の解決策であったわけだ。しかしキャーミルは一時婚の存在を知り、広大無辺の帝国の各地で腐敗や退廃、そのほかのさまざまな醜悪さを目の当たりにするにつけ、なおさら深い孤独に苛まれるようになっていった。彼のような僻地の軍人たちの使命とは、国家という船を浮かべ続けることであったはずが、彼の見たその船は沈みかけており、しかも沈没を食い止める手段もほとんど残されてはいなかった。そして、帝国という大船が沈んだときもっとも苦しめられるのは、ほかならぬ彼ら公僕なのだ。ところが、広大な帝国領土の全体像を思い描くのが難しいように、たいていの官吏、軍人たちは帝国の滅亡を想像することさえできないようだった。

一時婚というひとときの幸せに身を委ねるのはあくまで次善の策に過ぎなかったものの、キャーミルが見たところ、帝国の東西を駆け巡り大陸から大陸へ、戦場から戦場へと渡り歩きつつも結婚生活を維持し、幸福な家庭を築いている将校に会ったことはほとんどなかった。それでもなお、共に幸も不幸も分かち合い、愛を交わし、昔の両親のように包み隠さず何でも話し合えるような恋人がいればと、夢見ずにはいられなかった。

それからしばらく母子が口を噤んだまま長椅子にかけていると、ふいに庭木にカラスが盛大な音を立てて舞い降りた。子供時代と変わらないその音を聞きながらキャーミルがもう一度、「真剣だよ」と言うと、サーティィェ婦人がこう教えた。

「五日前に亡くなった看守の娘さんのゼイネプは、お前にぴったりだよ」

それからサーティィェ婦人は延々とゼイネプを褒めそやしたものの、母が若い娘と見ればきまって「それはもう美人でね！」と評するのを知っているキャーミルは話半分で聞き流した。ところがこの日以来、帰宅するたびにゼイネプの話ばかり聞かされるので、キャーミルもついには彼女のことが気になりはじめたのであった。

ついには愛読書——ミザンジュ・ムラトがフランス革命と自由について書いた古い本で、毎夏、島へ帰るたびに幾度となく読み直すことにしていたのだ——をめくりながらもゼイネプを想うようになった。キャーミルは軍人としての経歴を損なわぬようにと、ジュネーヴで発行され、ひそかにイスタンブルへ送られ販売されたこの古い書物を決して島からは持ち出さず、そこに綴られた思想についても誰にも話さぬようにしていた。

13章

隘路を縫ってミンゲル州検疫局へ向かう装甲四輪馬車に揺られながらも、ヌーリー医師はこの街にペスト禍が吹き荒れようとしているとはいまだ信じられず、むしろなんの変哲もない田舎の日常に居合わせているだけだという錯覚を拭えずにいた。海へ下る坂道沿いに連なる背の低い家壁の向こうの庭々からは小鳥の囀(さえず)りが聞こえ、月桂樹やヨモギが香っていて、とくにほかの帝国都市ではついぞ見かけたことのない巨木群が木陰を差しかけるさまに感嘆した。

ヌーリー医師はもう十年以上もオスマン帝国の検疫局に奉職し、行き来するだけで何週間もかかる遠く離れた州や都市、あるいは小さな街々へ疫病を食い止めるべく足を運んできた。本来、地方での疫病発生をイスタンブルへ知らせるのは在地の検疫局の職員であるべきなのだが、重大かつ急を要するはずのそうした通報を行うのは、たいていは地元の個人医院や小さな病院、診療所などで働くギリシア正教徒の医師たちであった。検疫局の職員たちはみな、帝都のお気に召さない報告というのはそれがどんなものであれ報告者の責任にされるということを承知していたため、急ぐということがなかったのである。

これに対してミンゲル州検疫局長であるニコス医師は、総督府にも、またイスタンブルの中央政府にも顔が利くとあって、当初は疫禍に無関心であった総督の頭越しに緊急電文を打つことに成功し、かくして衛生総監であるボンコウスキーが派遣される運びとなったのであった。後からこの電報について知らされた総督は、ニコス医師がクレタ島出身ということもあって、密かにギリシア民族主義を信奉し、ただの夏下痢をオスマン帝国の重大な瑕疵のように大袈裟に喧伝するつもりではないかと疑っていた。

一方、四輪馬車の到着を出迎えたニコス医師がたくわえた山羊のような顎鬚を見た瞬間、ヌーリー医師はすぐに彼のことを思い出して思わず口の端を持ちあげた。

「九年前、スィノプ駐屯地の全兵員のシラミ駆除をした折にお会いしましたね。……それに七年前にイスタンブルのウスキュダル地区でコレラが出たときにもご一緒しました」

検疫局長のニコス医師はヌーリー医師が王配であるのを慮ってあくまで慇懃な挨拶で答えると、検疫局の屋内に招き入れ、白壁に円蓋をいただく部屋へと案内した。

「わたくしはテッサロニキ、ついでクレタの検疫局長を務めたのちこの島へ赴任いたしました。わたくしはミンゲル島の出身ではありません。ですから、ミンゲル語も知りませんし、学んだこともございません。それでも、この島を愛しております」

ミンゲル州検疫局の建物は、四百年以上前のヴェネツィア統治時代から残るゴシック様式の石造建築で、もともとはヴェネツィア共和国の統領のために建てられた宮殿の一部だった。オスマン帝国期に入ってからは、十七世紀から十八世紀ごろにかけてごく原始的な軍病院として用いられたこともある。

「それは、ミンゲル語を学ぼうとなさったものの、習得できなかったということですか？」

「……というよりも、なにもできなかったというのが正確なところです。ミンゲル語を教えられる者さえ見つけられなかったのです。なにせミンゲル語に関心を寄せれば、治安監督部からミンゲル民族主義者の烙印を押されかねませんから。くわえてミンゲル語というのは古く、原初的な形態を残す難解きわまりない言語でもありますし」

そこで会話が途切れ、ヌーリー医師は改めて室内を見回し、掃除も整理整頓も行き届いたファイルやキャビネットに感銘を受けてこう言った。

「ここは私がこれまで見た中で、もっとも秩序だった検疫局です」

そこでニコス医師は、先代のエディルネ出身の検疫局長が暇をもてあますあまり、この古い建物の裏庭に拓いた小さな植物園をヌーリーに見せることにした。疫禍も騒擾もない幸せな時代のことで、ニコス医師は先代局長が用務員と一緒に鳥の嘴のように尖った注ぎ口の園芸用バケツを携えて、鉢植えの小さなヤシやナツメヤシ、あるいはタマリンドの木々、はてはヒヤシンスやミモザ、ユリの苗にどんな風に水やりをしていたかを、楽しそうに話して聞かせたのち、今度はよく整理された厚紙のファイルを取り出してみせた。この二年、検疫局にはほとんど仕事がなかったため、イスタンブルから届いた古い書簡や電報を主題ごとに分類したのだという。

これまで帝国各地の検疫局の財政難とその窮状を目の当たりにしてきたヌーリー医師は、ニコスの勤勉さとたゆまぬ努力に三嘆しつつ、実にオスマン帝国の官吏らしい几帳面さで分類されたファイルの山からここ三十年ほどの間に島内で起きた不審な死亡事件や、死因の特定に至っていない死亡記録、それに動物の病気や流行り病、アルカズ市と農村部の衛生状態についてのファイルを抜き出すと、大半はフランス語で書かれたそれらに、まるで長い韻文の物語詩に収められた四行詩を端から詠みあげるような具合に猛然と目を通していった。

　そもそもオスマン帝国に検疫行政制度が構築されたのはこの物語のちょうど七十年前、イスタンブルを震撼させた最初のコレラの大流行が起こった一八三一年のことである。当初、男性のみならず女性に対しても診察を行うことや、遺体への石灰消毒などの検疫措置には反発が強く（イスラーム教徒は審判の日の復活を期すため、遺体の汚損や損壊に強い忌避感を持つ）、根も葉もない噂が流れ、議論は紛糾し、ひどい混乱に陥ってしまった。一八三八年、時の帝王マフムト二世は帝国内のイスラーム法を司る宗務長官から、検疫がイスラーム教の教えに適う行為であることを保証する宗教法的見解を受け取り、政府の官報である『諸事暦』紙上でその有効性を訴える記事と共に発表させ、併せてヨーロッパから専門医を招聘した。さらにマフムト二世は、これらの改革についての助言を仰ぐため帝都駐在の各国大使を加えた委員会も設立する。大使、帝国の官僚たち、そしてキリスト教徒の医師たちが成員を務めたこの集まりこそが帝国史上最初の検疫委員会であり、のちの保健省の雛形となった。やがてこの委員会の監督のもと帝国全州、とくに海港都市には保健省の支局が開かれ、七十年をかけて検疫局という一つの官僚機構へまとめられていったのである。

　ヌーリー医師は自らも検疫医として長く働いてきた経験から、ニコス医師が検疫局という組織に誇りを抱いていることをすぐさま理解し、率直にこう尋ねた。

「あなたは誰がボンコウスキーさまを殺したと思いますか？」

「ジャン＝ピエール医師の物語を知っている者の犯行でしょう」

　ニコスはすぐさまそう答えた。すでにボンコウスキー殺害について思い巡らせ、周到な答えを準備していたのは明らかだ。

「〝彼を殺したのは検疫に反対する野蛮なイスラーム教徒だ〟ということにしたい何者かが、ボンコウスキー閣下を手にかけたのだと思います」

キリスト教徒であれ、ユダヤ教徒であれ、イスラーム教徒であれ、帝国の検疫局に属する医師でジャン＝ピエール医師の悲劇について知らない者はない。それは半世紀ほど前の出来事で、キリスト教徒やユダヤ教徒の医師、医務官が疫禍のイスラーム教徒地区へ入る際に、決して犯してはならない禁忌を学ぶために語り継いできた教訓譚だ。一八四二年、アナトリアの黒海内陸の都市アマスヤでペストが発生した。いまだ若きアブデュルメジド帝は近代的な検疫措置を実施すべく、父マフムト二世がパリから招いた高名な医師を現地へ派遣する。その一人が、ヴォルテールやディドロを読み耽り、つまりは宗教というものに懐疑的であったフランス人医師ジャン＝ピエールである。

「先入観を捨て論理的に考えれば、あらゆる人間は平等であり、従って基本的には似たような物の考え方や信仰心を持つに至ることは自明の理です」

同伴するイスラーム教徒の官吏たちは、そう主張するフランス人医師に失笑し、ときに揶揄したが、彼はいっかな気にしなかった。ところが、そのうちに民衆の方から「イスラーム教徒の医師を送ってくれ！」という声があがり、県知事と官吏たちが築こうとした検疫体制に反対するようになる。ジャン＝ピエール医師は民衆の反応に驚きこそしたもののあきらめず、それどころか「現代科学と現代医学の前には、キリスト教徒、イスラーム教徒の別など無意味です！」と演説をぶち、講釈を垂れた末に、イスラーム教徒の女性の診察へ向かった。

しかし、すでにアマスヤの富裕層やキリスト教徒たちは街を去り、商店どころかパン焼き窯さえ閉鎖され、空腹と怒りを託つイスラーム教徒たちは、フランス人医師に門戸を閉ざした。診察さえままならないうちにペストはさらに広がり、ジャン＝ピエール医師は仕方なく兵士たちに家々の扉をこじ開けさせ、力ずくで母子を引き離し、感染の疑われる家屋には勝手に外出せぬよう歩哨を配し、ときに家族ごと隔離し、死者には石灰を振り撒かせ、ついには検疫令に服さぬ者たちの逮捕をはじめた。いくら文句を言われても、ジャン＝ピエール医師は皇帝アブデュルメジドの許可と命令のもとに行っているのだと強弁して取り合わなかった。そしてある雨の晩、街の郊外を歩いていたジャン＝ピエール医師は突如「行方不明」になってしまうのである。

その晩、ジャン＝ピエール医師が殺されたことは明らかであったものの、この話をするとき検疫医たちは理想家肌のフランス人検疫医がいまにもどこかそこいらの角からふっと姿を現すかもしれないとばかりに悲しそうに笑って、「行方不明」になったのだと繰り返すのが常だった。

「いまではキリスト教徒の検疫医たちは拳銃を持たずには、イスラーム教徒地区へ入らなくなってしまいました」

ヌーリー医師はニコス検疫局長に重ねて尋ねた。

「この島にイスラーム教徒の医師は？」

「二人おりましたが、一人はハミディイェ病院が一向に完成しないので昨年イスタンブルへ帰ってしまいました。彼も島の娘を娶っていれば残ってくれたでしょうが。もう一人のフェリト先生はいまもハミディイェ病院に詰めています」

この一世紀の間に帝国が抱える問題を何とかしようという善意によって導入され、西欧の思想を礎として築かれたものの、結局はなんの解決ももたらさなかった諸々の組織の例に漏れず、検疫局もまた国家のお荷物と化して久しい。各州の総督府にさまざまな事務員や兵士、あるいは用務員の口が新設され、医師を含む多くの職員が採用されはしたものの、給与の未払いが恒常化し、職員たちは就業規則をねじ曲げて薬局や薬草店で患者を待ちながらほかの仕事で糊口をしのいでいるのが現状だ。

一九〇一年のオスマン帝国政府に属する医務官はたったの二百七十三名で、その大半はギリシア正教徒であったため、とくにイスラーム教徒が多く暮らす地域では医師は不足しがちで、よしんばいたとしてもいざ伝染病が発生したなら勇気と献身、ときに英雄的行為さえ必要とされる検疫医に志願する者は稀だった。まして貧困地区まで足を運び、検疫措置に異を唱える信心深いイスラーム教徒たちを説得して遺骸に石灰を撒き、その妻や娘にまで診察をできるような経験豊かで、しかもイスラーム教徒の医師となると皆無であった。さらに言えば、この六十五年ほどの間に検疫局に入った人々はすぐにも「皇帝陛下や外務大臣が自分たち検疫局員に求めているのは疫病の封じ込めにあらず、疫病が出たという噂の封じ込めなのだ」と弁えるようになっていくのが普通だった。検疫局が当初、外務省傘下の組織として発足したことからして、検疫行政が孕む国際的な政治性をよく表しているだろう。

「ミンゲル島はこれまで三回、コレラ流行を経験いたしました！」

検疫局長のニコス医師は、話題を変えたいとでもいうようにそう言った。

「一八三八年、一八六七年、一八八六年に、それぞれ小規模な流行があったのです。ミンゲル島は商業航路から外れておりますので、ここ十年ほどは島外から疫病が入ってくることはありませんでした。もっとも、そのせいでイスタンブルからすっかり忘れられてしまったようで、こちらがいくら嘆願書を送っても保健評議会は増員の医者を寄こしてくれないのです。ようやく〝若い医師の某氏が次の船で赴任予定！〟と電報を受けて大喜びで埠頭へ下りていったことも一度ならずございましたが、そのたびにメサジュリ・マリティーム社の定期船からは誰も降りてきませんでした。任命された医師が辞退してイスタンブルに居残っていたり、あるいは宮中の友人知己に頼んで赴任直前に辞令を取り消してもらったりしていたのです」

「仰りたいことはわかりました。ですがご覧下さい、皇帝陛下はついにイスラーム教徒の医師をこの島へ派遣なさいましたぞ。ほら、私がこうしてやって来たのですからね」

「ヌーリー殿下はきっと信じて下さらんでしょうが、検疫局には石灰を買うための資金さえないのです。総督閣下に無心し、また駐屯地の司令官殿にも頼み込んで買い集め、さらには検疫税を上げて予算を確保してなんとか必要な原料や薬剤を賄おうとしているような有様でして」

国際的な慣習法として、各国の検疫担当者は任務遂行のため、対象となる船や旅客に必要経費を請求する権利を有してきた。イタリア語の四十日間（クアランテーナ）を語源とする検疫の要諦は、疫病を他者にうつさせぬよう病人を隔離することだ。さまざまな伝染病に晒されてきた東地中海およびヨーロッパ諸地域では、何世紀にもわたる経験を踏まえつつ伝染病の種類に応じて隔離期間を四十日から二週間へ、あるいは地域によってはさらに短縮していった。フランス人医師パスツールによって病原菌の存在が証明されてから四十年、検疫の手順はさらに細分化しつつあった。港や船における感染の有無に応じた貨物や旅客の輸送方法の差別化、どの船に「汚染」を示す黄色い検疫旗を掲げるか、隔離日数、そして検疫税に絶えず変更が加えられていったのが、まさにこの物語の時代なのである。

もっとも、いくら細々とした規制が定められたところで、その成否が実際に船に乗り込む検疫医の裁量に大きく依存している点は変わらない。たとえばニコス医師のような検疫医が、ドイツ帝国船籍のロイド郵船の貨物船に兵士を伴って乗船したとしよう。彼はたとえ感染者がいようとも賄賂を受け取ってそれを見逃すこともできる。検疫医のこうしたお目こぼしによって船は五日間か一週間早くイスタンブルへ到着し、かくして商人たちを破産させずに済むというわけだ。その反対に、たとえばアルカズ港へ近づくあらゆる船舶に対して検疫を実施し、ごく些細なものであれ疫病の兆候を見つけては、その旨を報告書に書きでもしようものなら、旅客と貨物の上陸は禁じられ、島の商店主たちはたちまち干上がってしまう。

あるいは、何年もかけて貯金し、家まで売り払って二ヵ月に及ぶ辛い巡礼に耐えてきた巡礼者を、彼がどんなに拒否し、凄み、泣きわめき、怒り狂おうとも、指先一つで船から降ろし仲間から引き離して下船させ、隔離キャンプのテントへ放り込んで、その巡礼行を台無しにすることさえできるのだ。ヌーリー医師も、辺境の港町で生活苦にあえぐ検疫官たちが意趣返しとばかりに金持ちを脅しつけて従わせたり、ちょっと成功している商店主を懲らしめるためだけに権力を振るうさまをじかに見てきた。しかし、検疫官たちにとってその権力は、生きていくだけの糧を得るのに必須のものでもあるのだ。

ヌーリー医師はニコス医師に「最後に給金が払われたのはいつですか」と尋ねたい気持ちをぐっと堪え、国家の財政的窮状と人員不足に愚痴をこぼす官吏や医師たちに対して総督たちが取り繕う、あのいかにも偉そうな態度で応じることにした。

「ヒジャーズ州でも石灰が見つからず、かわりに砕いた炭を便所や不潔な場所に撒くことで対処したのですよ」

「ですが、ここまで感染が広がってしまったいま、石灰消毒は有効な手立てとなるのでしょうか？すでに石灰乳を作るときは通常のように消石灰と水を一対十ではなく、水を二十、三十と増やして混ぜるようにしているのです」

「消毒液として使えそうなものはほかに何がありますか？」

「目玉石、ミンゲル人たちは〝キプロス礬（ばん）〟とも呼びますが、要は硫酸銅ですな、こちらは蓄えがあったと思います。薬剤師のニキフォロスのところにも少しはあるはずです。ですが到底、足りません。あとはフェノールと、イスタンブルでは昇汞（しょうこう）と呼ばれている塩化水銀も少し。細菌だ、伝染病だと口を酸っぱくして言ったところで、イスラーム教徒たちには〝金貨でも銀貨でも、とにかく硬貨を酢で消毒しておけば大丈夫だろう〟くらいの認識しかありません。硫黄と硝石を混ぜたお香は広く用いられていますが、効用は定かではありません。しかも、そのお香でさえチテ地区やバユルラル地区の導師たちが作った護符には敵わないと考えられております。とにかく大量の消毒液が要りようになるのは間違いありません」

ヌーリー医師は、話を本筋に戻そうとこう切り出した。

「ボンコウスキーさまが殺されたいまとなっては、イスラーム教徒地区へ赴く者は消毒液を散布する消毒士であれ、あるいは医師であれ、ひどく手こずることでしょうね」

「医学校でボンコウスキー閣下の生理化学と鉱物化学の授業に出席したことがあります。閣下が保健省の衛生総監になられたのは私がレバノンに赴任しているころでしたなあ。あんな偉大な方がこんな小島で命を落とされるとは！　ヌーリーさまも往診の際には〝私はイスラーム教徒だ〟などとは名乗らず、そこにいらっしゃる大尉殿のような護衛を必ずお連れ下さいませ」

「ご心配には及びません、気をつけておりますから。ですが相手の狙いが検疫の〝サボタージュ〟であるのなら、あなたこそ用心せねばなりませんよ。ところで、我々が気をつけるべき悪意ある者がいるとしたら、それはいったい誰でしょう？」

「賢明なる総督閣下は、ハムドゥッラー導師の義理の弟であるラーミズを即刻、投獄なさいました。総督閣下はあらゆる修道場の導師たちの中でもハムドゥッラー導師を一番、恐れていらっしゃいます。ラーミズがこれまで野放しにされていたのも、そのせいなのです。ボンコウスキー閣下を手にかけた者も、すべてラーミズのせいにされるだろうと見込んで犯行に及んだのでしょう」

「ですが、この殺人事件には偶発的な側面もあります。ボンコウスキーさまがご自分の意志で郵便局に居合わせた皆の前から姿をくらませたことはご存じでしょうな。ラーミズ某であれ、ほかの誰であれ、犯人がそこまで予測できたとは思えません」

「閣下をたまたま目撃した何者かが、彼を殺せばイスラーム教徒が疑われるだろうと咄嗟に思いついて犯行に及んだという可能性もありますぞ。この島には、イスラーム教徒たちとトルコ語で会話するのさえ忌避するようなギリシア人医師もいるのです」

「イスラーム教徒たちが、融通が利かず粗雑かつ見下すような態度をとるキリスト教徒の医師たちを批判するのも故のないことではありません」

ヌーリー医師はそう言ってから慎重にこう付け加えた。

「もちろん、あなたが仰ったようにただ無知ゆえに検疫に反発しているという面もありますが」

「実際にそうなのですよ。ただし、ただ批判するのと、誰かを殺してでも抗おうとするのとは、まったく違います。ボンコウスキー閣下とイリアス医師がイスラーム教徒地区へ行ったのは診察と治療のためであって、検疫隔離のためではありませんでした。当然、家に踏み込んだり、扉を破壊したりはなさっておりませんし、暴力を振るうような兵隊さえ連れてはおりませんでした。どうしてイスラーム教徒が、自分には一切、危害を加えていないボンコウスキー閣下を殺す必要がありましょうか？　それなのに、イスラーム教徒が犯人だと疑われるのはおかしいと思われませんか？　もっとも、私から申し上げられるのは微に入り細を穿った推論だけですが！」

「つまり？」

「下手人が誰か、私にはわかりません……。しかし、その冷酷な人物はミンゲル民族が消え、忘れ去られていくのに耐えられないのでしょう。私もミンゲル島を愛しておりますから、そうした人々の気持ちはわかります」

「あなたは、ミンゲル島民が一つの民族だとお考えなのですか？」

ヌーリー医師の問いにニコス医師はこう答えた。

「そのようなご質問をなさったことが知られれば、治安監督部長に有無を言わさず牢獄へ放り込まれ、万力で拷問されてしまいますぞ。そうですね、島民の一部は自宅で古いミンゲル語を話してはおりますが、それはかろうじて市場で買い物ができるという程度のものでしかありません」

14章

ヌーリー医師が総督府の賓客室に戻ると、戸口でキャーミル上級大尉と鉢合わせになった。ついさきほどパーキーゼ姫が書き終えて封をした最初の手紙を郵便局へ届けに行くところのようだった。

その晩、夫妻は結婚してからはじめて二人きりで食事をとった。総督府の料理人が置いていったボレキ（野菜や肉、チーズなどを入れて焼いたパイ）とヨーグルトの盆をつまみながらも、検疫措置の実現に至るまでの厳しい条件や、ペスト蔓延の恐怖、そして室内に置かれたネズミ罠の存在が、二人の不安を誘った。新婚当初の愉快で安逸とした日々が終わりを告げたことを、二人とも肌で感じていたのだ。日が落ちると、総督府の庁舎やハミディイェ大通り沿いのホテル街、波止場周辺のガス灯に火が入った。街路がとっぷりと暗闇に沈む頃合い、ヌーリー医師とパーキーゼ姫は窓辺から神秘的なアルカズの街を眺めながら、浜に寄せる軽やかな波音や総督府の庭をうろつくハリネズミやセミの啼き声に耳を傾けた。

翌朝、解放されたイリアス医師は検疫局でヌーリー医師と会うと、こう話しはじめた。

「ボンコウスキーさまは私にとって父親よりも近しい方でした……。どうして誰も、私が容疑者として投獄されたら最後、私まで閣下の殺害に責任があると疑われかねないことに思い当たらなかったのでしょうか？」

「なにはともあれ、解放されたことを喜びましょう！」

「でも、イスタンブルの各紙は私にも責任があると書き立てるに違いありません。嫌疑を晴らすために一刻も早くイスタンブルへ戻らねば。皇帝陛下は私がこの島で足止めを食らっていることをご承知なのでしょうか？」

イスタンブル出身のイリアス医師はボンコウスキーの助手に任命されるまでは、目立たない内科医でしかなかった。衛生総監補佐となって帝国じゅうを駆け巡るうちに名を上げ、伝染病や公衆衛生学、あるいは保健学に関する論考を新聞に寄稿するようになり、高給に恵まれた結果、五年前にはイスタンブルの富裕なギリシア系名家の末娘デスピナと結婚した。さらにボンコウスキーの推薦でアブデュルハミト二世からメジディィェ勲章を授与されもした。しかし、師に等しいボンコウスキーが惨殺されたことで、彼の冒険と名誉、そして幸福に満ちた人生は一瞬で終わりを告げてしまったわけだ。

ヌーリー医師は、イリアス医師がボンコウスキーに連れられて皇帝の御前に幾度となく伺候し、おそらくは自分などよりもアブデュルハミト帝の覚えめでたいことを勘案しつつ——皇帝の姪姫と結婚したにもかかわらずヌーリー医師は皇帝に三度しか拝謁したことがなかった——こう言った。

「もちろん陛下はあなたがこの島に残り、この悪魔の所業の背後にいるのが何者か暴くためご尽力なさることをお望みでしょう」

イリアス医師のもとに〝今度はお前の番だ〟と書かれた無記名のメモが届けられたのは、その日の午後だった。

サーミー総督は恐怖に震えるイリアス医師を「これを書いた悪党どもは、検疫に反発する商工業者どもに違いありません」と宥め、メモ書きが届けられた廃屋同然の客人館を引き払わせ、駐屯地の客人館へ移らせた。駐屯地は、そこかしこにネズミ罠が置かれているためペスト罹患の危険性も他所よりはましで、なによりも殺人犯の手も及ぶまいと思われたのだ。

ヌーリー医師とイリアス医師は総督と検疫委員会の意向を受け、放免されたその日のうちに装甲四輪馬車でアルカズ市の中心にあるハミディイェ病院とテオドロプロス病院を視察することになった。ハミディイェ病院は公的にはいまだ開院に至っておらず、規模も小さく医療機器も少ないため、軍人とごく限られたイスラーム教徒たちに限って受け入れていた。テオドロプロス病院の方はもともと、ミンゲル大理石の売買が島を潤していたころに石材貿易で財を成したイズミル出身ギリシア人ストラティス・テオドロプロスの一族の出資によって建てられ、三十床を備え、いまでは島のギリシア正教徒共同体の出資で運営されていた。いずれの病院も貧者や身寄りのない者たちも受け入れをはじめていた。ちなみにテオドロプロス病院は香しいレモン畑と城塞を見晴らす眺望を誇ることでもつとに知られた名院でもあったのだけれど、ペストが広がったいま、両院には医者にかかることもままならず行き場を失ったイスラーム教徒たちが詰め掛けるようになっていた。

そんなわけでヌーリー医師がキャーミル上級大尉と総督の付けた護衛たちを伴って訪問したときも、テオドロプロス病院はひどく混雑していた。ペスト患者たちが病院へやって来るようになった三日前から、その数は徐々に増え、病院でもっとも大きな病室はペスト患者とそれ以外の患者を隔離するため目隠し布で半分に仕切られるようになったが、その隔離区画はまたたく間に拡大し、患者たちは病室にぎゅうぎゅうに詰め込まれていた。金も身寄りもなく、なにより年老いた彼らの大半は一週間と経たず、来世へと旅立つことだろう。

「喘息や心臓に病を抱える一般患者やその家族と、絶望と恐怖にとりつかれたペスト患者との間でベッドの取り合いがはじまっています」

ヌーリー医師とイリアス医師にそう説明したミハイリス院長は、互いに和やかな自己紹介を済ませると「つい先ごろまで、これはペストではないと信じて疑いもしませんでした」と告白した。はじめのうちこそ細菌研究所からの検査結果を待ったものの、患者の症状が発熱に嘔吐、倦怠感に衰弱というコレラの症状と類似していたため、ペストだとは思い至らなかったのだという。

「七年前、イズミト市でコレラが流行した折、私も居合わせたのですが」

ミハイリス院長の口調には災厄への覚悟と嘆きがないまぜになったような響きがあった。ミハイリス医師は常に厳格な態度を崩さなかったが、いついかなるときも患者を安心させる「心配しないで、治療法はあるのだから！」とでも言いたげな表情を浮かべていて、ペスト患者たちも彼を信頼しきっている様子だった。患者たちは彼にならい首元や脇、脚の付け根などに浮く膿の詰まった横痃を見せ、あるいは苦痛にあえぎながらその名を呼ぶのだ。このときテオドロプロス病院の大病室にはもう一人、アレクサンドロス医師の姿もあった。

「いつもは眠っていて、数分ほど正気づくときは決まってうめき声をあげて泣きわめくあの老人、彼はもともと漁師なのです。二日前に入院してきました」

ヌーリー医師にそう教えたのは、この怒り眉が特徴的な若いアレクサンドロス医師だった。彼によると、漁師たちが使う桟橋やその住まいはミンゲル大理石の積み込みに使われていた埠頭の近辺に集中しているらしい。また病室担当の用務員は、昏倒していまにも死にそうな老人を示し「涙を浮かべて隣に座っているのは奥さんじゃなくって、妹さんなんです。あのご老人、初日はずっと吐いていて、昨日からほかの患者と同じようにうわ言が出るようになりました」と説明した。高熱とうわ言はすべての患者に共通する症状だった。ヌーリー、イリアスの両医師が診察を行う間、港湾で荷運び人をしていたという男がベッドから抜け出そうとしたもののまっすぐ歩けず、酔っ払いのような千鳥足で転んだ挙句に回れ右をしてベッドへ戻っていった。イリアス医師はこの負けん気の強い患者を時間をかけて診察し、気分を寛がせ新鮮な空気を吸わせようと、わざわざ窓から見えるアルカズ城塞の尖塔を眺めさせさえした。

患者たちは例外なく目の充血と奇妙な痙攣、そして耐え難い頭痛を患っていた。もっとも、不安感や恐怖に苛まれる患者もいれば、このとき病室の窓際に座っていた税関職員のように頭を絶えず左右に振っている者もいるかと思えば、ハミディィェ大通り沿いに陶器店を所有する親方のように涙を浮かべ、すぐにもベッドから出たいとでもいうようにときおりびくりと起き上がるような痙攣を繰り返す者など、症状はさまざまであった。大半の患者の首筋や耳の後ろ、脇の下や鼠径部には癤（せつ）や小指の半分ほどの長さの横痃——ヨーロッパ人がペスト腫れ（ブボン）と呼ぶものだ——が確認できた。しかし、高熱や眠気、衰弱に見舞われず、癤や横痃が出ていないにもかかわらず、突然ばたりと倒れて急死する患者や、その逆にけろりと回復する患者もいるのだという。

タイル職人だという骨と皮ばかりに痩せ細ったある患者は、口内が乾いてうまく話せなくなっていた。彼に限らず何人かの患者たちは何かを訴えようと必死で、ヌーリー医師とイリアス医師もそれを聞き分けようと努めた。横痃を針で刺して膿を圧出するのは、ひとときなりとはいえ苦痛を和らげ、結果として体力を温存させる効果が期待できた。そのため必要のない患者でさえ除膿を望んだものの、それが根本的な治療となるわけではなかった。痙攣の発作や譫妄状態に陥った患者のシーツは見る間に汗と吐瀉物にまみれ、苦痛に身もだえするにつれ身体に巻きつき、まるで皮膚の一部のように患者に張りついてしまう。大病室には、そんな患者たちのうなり声や、ときどき苦痛に耐えかねて発せられる叫び声、あるいは消耗しきったため息が混ざり合って、まるで一つの咆哮のように響きわたるのだった。医師たちがこの病気をコレラと混同したのは、患者たちが常に喉の渇きを訴えたためでもある。病院の入り口に設置された大鍋でひっきりなしに沸かされる湯から立ち上った蒸気が、病室内に木霊する咆哮と入り混じり病棟には死の匂いが充満していた。

ヒジャーズ州にいたころ、ヌーリー医師はインドやジャワ、そのほかアジア各地からやって来る巡礼者たちの貧しさや無教養に接し、そんな彼らがイギリス人たちの前では人間扱いされないのを目撃するに及び、自分だけがフランス語を修め教育を受けた人間であることに後ろめたさを覚えたものだが、いまこの大病室にいると、死病に冒されたことを知っている患者たちを相手に偽りの慰めを口にする以外、なにもできないと無力感に苛まれた。

そのあとに訪れたハミディイェ病院でも状況は似たようなものであったが、自身の窮状や罹患の恐怖にもめげず、患者たち一人ひとりに向き合い、底意なく憐憫の情を見せるイリアス医師の態度は、ヌーリー医師の印象に強く残った。やがて二人きりになるとイリアス医師が言った。

「この疫病はそう長く続かないと思います。もっとも、終息するよりも私が殺されるのが先でしょうが。どうかお願いです、陛下が私のイスタンブル帰還をお許しくださるよう取りはからって下さいませ！」

病院視察ののち二人を乗せた馬車は、後ろにキャーミル上級大尉や総督の部下たちをぞろぞろと従えてニキフォロスの薬局へ向かいつつ、御者には少し遠回りするよう言って街の様子も検分した。驚いたことにホテルが立ち並ぶ波止場周辺へ下っていく界隈では、いまだ以前と変わりのない欧風の暮らしが続けられていた。珈琲店や食堂、理髪店は客であふれ、卓を囲んで冗談を飛ばして笑い合い、あるいは漁の様子や商売の計画を話し合う島民たちの姿は、いっそ不気味なほどだった。ヌーリー医師は、海へ下っていくヴァヴラ地区の埃っぽい荒れた街路を駆け回る子供たちを見ているうちに自分が遠く暑い東方の国にでもいるような心地がして、フリソポリティッサ地区に入ってマツやスズカケが木陰を作る広々とした庭で微睡む住民たちを見るにつけ、南欧のどこかの裏通りに迷い込んだような錯覚を覚えた。

薬剤師ニキフォロスは「安らかな眠りを」と冥福を祈ったのち、ボンコウスキーは彼自らの商業特権や会社を所有していたので、ニキフォロスの商売からは取り分を受け取っていなかったと説明をはじめた。

率直なニキフォロスに対し、ヌーリー医師もまた歯に衣着せずに尋ねた。

「ボンコウスキーさまを殺して、誰がどのような得をするか心当たりはありますか？」

「すべての殺人がなにかの利益のために行われるとは限りません。ときに人は不公正や絶望から、ときにまったく無計画かつ偶発的に、人を殺めてしまうものですから。巡礼船事件のあと総督閣下に監獄へ送られたチフテレル村やネビーレレル村の者たち、それにテルカプチュラル修道場の門徒たちは検疫官や医者を憎悪しております。たとえば、そんな彼らの一人が卵を売りに村からヴァヴラ地区へ出てきたとしましょう。そこでボンコウスキー閣下を見かけて、思わず拉致監禁したという可能性もあります。私は敬愛するわが旧友に〝ゲルメ地区やヴァヴラ地区の実情を見るべきだ〟と言ってしまったのです。下手人たちは私がそう勧めたことも承知していたに違いありません。だからわざわざ閣下の遺体をこの界隈まで運んできて捨てたのです。おそらくは、この私を容疑者の一人にしようと企んで」

「たしかに、あなたは容疑者の一人ですね！」

そう返したヌーリー医師にニキフォロスは「これは陰謀です」と答えてイリアス医師に視線を向けた。すると今度はイリアス医師が言った。

「私はボンコウスキー閣下に〝そうした地区にはお一人では行かぬように〟と警告いたしました。疫病終息のために赴いた各州の街々でも、閣下は総督府の担当官や検疫局長の案内に満足がいかないと一人で出かけてしまわれることがありましたので」

「と仰いますと？」

「州総督や県知事、あるいは商工会議所や富裕な名士たちはみな、検疫措置を歓迎しません。生あるうちに自らの平穏な暮らしをむざむざと奪われたいと願う者などいませんから。ですから彼らは、自分の快適な生活を壊しかねない証拠を否定し、死因が疫病であるとは認めず、病死者に憤懣をぶつけさえします。とはいえ、さしもの彼らも、いざ噂に聞く衛生総監ボンコウスキーさまとその助手を前にすれば、事態の深刻さを認めてくれるものです。ところが、この島では状況が異なりました。なにせこの島に着いてからというもの、私と閣下は誰とも話すらろくにできていないのですから」

「ですが、検疫は皇帝陛下御自ら(おんみずか)のご発案で、その実行をお命じになられた対応策なのですよ」

ヌーリー医師に答えたのはニキフォロスだった。

「お二人がアズィズィイェ号から下船されたのは五日前の真夜中でしたが、ボンコウスキー閣下はかねてより全島規模の検疫措置を導入するのは困難を極めるだろうと心配しておいででした。誰もが死者を隠匿し、疫病の流行を頑なに認めようとしないからです。そしていまや相手方には、検疫医を殺害するほどの覚悟があることまで明らかとなったのです。さらなる暗殺を警戒すべきでしょうな」

薬剤師ニキフォロスとイリアス医師の怯えぶりにやや感化され、気おくれを覚えつつも、ヌーリーは「ご心配には及びますまい！」と言い放った。二人がかほどにイスラーム教徒を恐れるのは、彼らがキリスト教徒であるからだとも理解していたからだ。さて、終幕に向けてミンゲル島の歴史そのものをなぞっていくのが本書の目的であるから、ここで先んじて未来の出来事に言及しておいても差し支えはないだろう。つまり、ヌーリー医師のこのときの直観は、まさに正鵠を射ていたのである。それというのも薬剤師ニキフォロスも、イスタンブルにいる画家も、そしてイリアス医師さえも、憐れむべきかな、政治的な理由によって殺害される運命にあるのだから。

このあと、ニキフォロスは店で商っている贈答品を一つひとつ紹介しつつ、おもむろにラ・ローズ・デュ・ミンゲールとラ・ローズ・デュ・ルヴァンのガラス容器に貼られたラベルをヌーリー医師に見せた。思惑どおりに話を運びながら彼は、それはボンコウスキーの旧友であるアルメニア人画家オスガン・カレムジヤンが描いたものだと説明したうえで、サーミー総督に押収された宣伝布（せんでんふ）に水を向けた。

「何を誤解なさったのか、総督閣下はその布切れをなにかの旗印と勘違いなさったようなのです！」

サーミー総督は、ニキフォロスの薬局から総督府の執務室へ戻ってきたヌーリー医師とイリアス医師に「検疫委員会が招集された暁には宣伝布をニキフォロスに返却いたしましょう」と答えたものの、その直後に総督の書記官の一人が急死したという報告が入り、会話は中断されてしまった。

同日夕刻、小ぶりながら瀟洒な佇まいの聖アントワーヌ教会にてボンコウスキーの葬儀が行われた。皇帝から弔電が送られ、イスタンブル各紙もその事績を激賞したものの弔問客はわずかで、ギリシア正教徒の記者たちは一人として姿を現さなかった。衛生総監の家族はペスト禍のため来島が叶わず、島のカトリック教区から老齢の信徒が数名と、ボンコウスキーと同じようにポーランド王国軍からオスマン帝国軍へ転籍したある将校の息子で、いまはミンゲル島で暮らす男が一人、参列したきりだった。参列者の中でもっとも途方に暮れていたのは、教会の庭の赤いバラに囲まれたボンコウスキーの墓前で泣き崩れたイリアス医師その人であった。

15章

さて、ここで本書が綴ってきたミンゲル島の歴史と物語をよりよく理解してもらうため、話を三年前まで遡り、サーミー総督に政治的苦境と、個人的不安を強いる巡礼船反乱事件について触れておくことにしよう。

一八九〇年代、インドからの巡礼船とともにメッカ、メディナを介して全世界に広まったコレラを食い止めるべく、列強諸国は帰国した巡礼船に対して十日間の隔離措置を課すことにしていた。とくにイスラーム教徒の暮らす植民地を有する国々は、この二重構えの検疫措置に熱心だった。たとえばヒジャーズ州でオスマン帝国が行っている検疫を信頼していなかったフランスは、植民地アルジェリアへ戻ってきたメサジュリ・マリティーム社の巡礼船ペルセポリス号の乗客に対して、故郷の街や村へ帰る前にもう一度、十日間の検疫を義務づけた。

そしてオスマン帝国も、自国のこととはいえヒジャーズ州検疫局の検疫体制に全幅の信頼を寄せるようなことはせず、〝予防検疫〟と呼ばれる同種の措置を採用していた。イスタンブルの検疫委員会は帝国のあらゆる地域において、黄色い検疫旗の有無にかかわらず帰還した巡礼船すべてに対することの予防検疫の実施を義務づけたのである。

　そもそもが艱難辛苦に満ち、多数の死者を出す大巡礼から無事に帰ったというのに——当時、ムンバイやカラチからの巡礼者の五人に一人が巡礼の途上で死亡するのが当たり前だった——故郷を目前にしてさらに十日間も待機を強いられるとあって、巡礼者たちが蜂起することもしばしばであった。そのため予防検疫の際に軍隊が招集され、大抵の地域の検疫医たちは警察に協力を求めた。ミンゲル島のように検疫局の規模が小さく、また建物が古くて巡礼者たちを収容しきれないような辺境の港町では、巡礼者たちを隔離待機させるための場所を片端から賃借りして確保していたものの、それでもとうてい追いつかず、ボロ船や安船、はては貨物船まで借り上げて対処していた。キオス島やクシャダス市、あるいはテッサロニキにおける予防検疫の場合、こうした隔離対象船を市街地や島から離れたひと気のない入り江や人家のない土地へ移動させ、軍隊から買い上げた軍幕で造った隔離地区へ巡礼者たちを収容することにしていた。

　当然、一刻も早く家に帰りたい巡礼者たちは予防検疫に文句を垂れた。中には巡礼から無事に帰国したものの、この十日の間に死んでしまう者もおり、巡礼者とアルメニア人やユダヤ人の医師たちとの間では諍いや喧嘩が絶えなかった。しかも、強制的に隔離されるのみならず検疫税まで徴収されると聞かされれば、さしもの巡礼者たちも耐え忍ぶばかりではいられず、しかも金に余裕があったり、以前にも巡礼の経験があったりする者は、医者に袖の下を握らせてさっさと検疫を免れてしまうので、これまた隔離された巡礼者たちの神経を逆撫でにするのだった。

　そして三年前、ミンゲル島で起きた巡礼船事件は検疫行政の経験が浅いオスマン帝国の各地で起きた同種の事件のなかでも凄惨を極め、ために検疫という施策そのものに対する大いなる怒りを醸成したことで名高い。事件の発端は、イギリス国旗を掲げたペルシア号がヒジャーズ州からミンゲル島へ帰還したものの、イスタンブルからの電文に従ってアルカズ市への入港が許可されなかったことだった。四十七名の巡礼者たちは検疫局長ニコスも同乗したぼろぼろの貨物船へ放り込まれ、島北の小湾へと連れて行かれた。人の足で越えられるとは思われない岩山と断崖絶壁に囲まれた無人の入り江は、巡礼者たちを隔離するのにもってこいの天然の牢獄ではあったものの、急峻な岩山と断崖が食物や飲料水、薬品の輸送を阻みもした。

折からの嵐で、医師や兵士が待機するテントや医薬品保管用の天幕の設営が遅れ、巡礼者たちは五日もの間、ろくな食物も飲み物も与えられぬまま船内に留め置かれ、嵐のあとの灼熱の陽光に焼かれる羽目になった。たっぷりの顎鬚をたくわえた彼らの大半はオリーヴ園や農園を持つ中年の農夫たちで、あとは父親や祖父の手伝いのために同道した信心深い若者たちがごく少数いるきり、その誰しもが島の外へ出たのも生まれてはじめてだった。つまるところ、チフテレル村やネビーレル村のような島北の農村からやって来た巡礼者たちであったわけだ。

入り江に着いて三日後、彼らがぎゅうぎゅうに詰め込まれた貨物船でコレラが発生した。もともと体力を失い疲労の極みにあった巡礼者たちが病魔に抗えるはずもなく、日に一人、二人と死にはじめる。死者の数は日増しに増えていくというのに、彼らをこんな入り江に置き去りにした肝心の役人や医者は一向に姿を現さない。老齢の巡礼者でさえ、忍耐の限界に達していた。

二人のギリシア人医師が馬の背に揺られて山を越え、隔離キャンプへやって来たのは、それからさらに三日も後のことだった。辺り一面が汚物にまみれ、病原菌に汚染され、伝染病の温床と化しているであろう貨物船へ艀で乗り込んでいって、いきり立つ巡礼者たちを診察するとあっては、彼らも急ぐ気にならなかったのだろう。船に閉じ込められている理由さえ理解していない巡礼者もいたが、そんな者であっても自分が死にゆこうとしていることはよくわかっていた。そのためだろう、幾人かの老齢の巡礼者たちはいまわの際に、奇妙な眼鏡をかけ、山羊のような顎鬚を生やしたキリスト教徒の医師たちにライゾール液やら薬液やらを振りかけられることを頑なに拒否した。しかも、馬で運んできた薬液散布器さえ初日に故障してしまったのである。やがて巡礼者の間で議論が持ち上がった。「死体は貨物船から海に捨てろ」と言う者たちと、「俺たちと血のつながった殉教者だ、故郷の村に埋葬する！」と主張する者たちが争いをはじめ、ただでさえ少ない体力を消耗していった。

コレラは一向に収まらず、それどころか海に捨てられた遺体は魚や鳥が啄むに任せられて埋葬してやることも叶わない。巡礼者たちが蜂起したのは一週間目の終わりのことだった。怒りに任せて兵士二人が海へ放り込まれた。巡礼者たちと——そしてオスマン帝国の支配者であるイスラーム教徒臣民の大半と——同じくまったく泳げなかった兵士の一人が溺死した。この報告を受け、総督と駐屯地司令官は、懲罰作戦を発令した。

やがて若い巡礼者たちが貨物船の錨を上げたものの、船を岩場に着けることができぬまま、老朽船は酔っぱらいさながらにふらふらと外海へさまよい出て、そのまま半日ほど潮に流されたのち、さらに西の入り江で岩礁に乗り上げた。しかし巡礼者たちが、座礁によって浸水がはじまった貨物船を脱出し、無事に村々へ帰ることはなかった。もしも帰郷を果たせていたなら、兵士一名が殉職したとはいえ事件はすぐにも風化したことだろう。ところが、その反対に巡礼者たちは遺体の腐臭が満ちた船に閉じ込められたまま波に打たれて息もままならず、かといって荷物や土産物、それに聖地で汲んだザムザムの泉の水を入れた水筒——コレラ菌でいっぱいだった——をあきらめることもできずにいるうちに、貨物船から脱出する機会を永遠に失ってしまった。サーミー総督の命を受け海岸から巡礼船を監視していた憲兵隊が、岩礁の周囲や断崖の上に陣取り、部隊長たちが貨物船に向け降伏勧告を出す一方、「検疫規則に服し、勝手に船を離れて上陸するな」と警告をはじめてしまったからだ。

巡礼者たちが憲兵隊からの警告の意図を正しく理解していたとは思われない。なぜなら、ふたたび隔離されれば今度こそ死は免れないと恐れおののいていたのだから。彼らにとって「検疫」とは、健康な巡礼者を痛めつけ、病死させてその金を奪うために行われる悪魔のような異教徒たちの巡らせた奸計でしかなかったのである。

それでも、まだいくらかの体力と頭を働かせる余力のある巡礼者たちは、このまま包囲されれば一人ひとり殺されるだけだと見切りをつけ、活路を見出そうとした。

かくして巡礼者の一部が岩礁を飛び伝い、山羊しか登れないような急峻な小径から逃亡を図り、恐れをなした兵士たちが発砲をはじめてしまった。海に放り込まれて溺死した戦友を想う心もあったのか、憲兵隊はミンゲル島を占領しようと攻め寄せた敵国軍を蹴散らすかのような苛烈な銃撃を浴びせた。ようやく兵士たちが落ち着きを取り戻し銃撃をやめるまでゆうに十分を要し、その間に大半の巡礼者が撃たれて倒れた。逃げようとして背後から撃ち殺された者もいたが、自国の島で自国民に向かって発砲した帝国軍の兵士に対して、まるで機関銃に向かって突撃を敢行する愛国的兵士さながらに胸元を開いて見せる巡礼者もいた。

サーミー総督はこの事件について、報道はもとより、それを仄めかすような記事を書くことさえ禁じたため、今日でさえ射殺された巡礼者はもとより、なんとか逃げおおせて村へ戻ることのできた者の数さえ、正確なところはわかっていない。

最終的にサーミー総督は、この歴史的事件の責任者として批判され、無能呼ばわりに甘んじ、さらには悪の首魁とさえ見なされることとなった。アブデュルハミト二世も彼を罰するだろうと思われたが、かわりに駐屯地の年老いた司令官と兵士たちが流刑に処せられた。この頃からサーミー総督の夢には「なんと偉大な総督だろう、慈悲などひとかけらも持ち合わせてはいないのだから！」と言いたげな眼差しで佇む白い顎鬚の男が現れるようになった。総督には彼にかけるべき言葉が思いつかなかった。ただし、夢の外で面と向かって糾弾された際には、ミンゲル島をコレラから守るために巡礼者に軍を差し向けたのは正しい決断であり、国家の財産たる船舶を略取し、兵士を殺害したごろつきに示す慈悲などもとより持ち合わせてはいない、これは兵士の経験不足によって引き起こされた事故に過ぎない、と答えるようにしていた。

やがて総督は我が身を守るためには、さっさと巡礼船事件を風化させるのが一番だと思い定め、事件についての報道がされぬよう細心の注意を払い、一時期はこれに成功したかにも思われた。当初、彼は巡礼の途上で死んだ者は聖典にあるとおり〝殉教者〟となり、イスラーム教徒にとってもっとも尊い位階に達したのだと主張し、アルカズ市を訪れる遺族を総督執務室で迎えては「殉教という甘露を飲んだ方々は、天国への昇天が約束された尊い方々なのです」と口火を切り、「私はあなた方の味方です、何でも力になりますぞ」と約束して償いの意思を示したうえで「しかし、決してギリシア正教徒の新聞記者たちと話して、今回の事故のことをあたら喧伝せぬように」と念押しするのだった。

ついでサーミー総督は、巡礼船事件の記憶がやや薄れてきた頃合いを見計らって、計画の第二段階に着手した。憲兵を村々へ送り込み、巡礼船での蜂起の首謀者と目された十名を拘束して、アルカズ城塞監獄の地下牢へ放り込んだのである。こうして殺された兵士や貨物船を占拠されたことへの復讐を果たした総督は、暴君さながらの高圧的な態度を隠さなくなった。

その結果としてチフテレル村とネビーレル村では総督に対する宗教的な抵抗運動がはじまり、村人たちとテルカプチュラル修道場の門徒たちはそれまでギリシア正教徒の村々を襲っていた山賊メモ一党に支援をはじめた。テルカプチュラル修道場は、島でもっとも影響力のあるハリーフィーイェ教団の指導者ハムドゥッラー導師の影響下にあるというのがもっぱらの評判であった。

くわえて、ギリシア王国の支持者やギリシア民族主義者の記者たちが、なにかにつけてイスラーム教徒の当局者と民衆の間に生じたこの不和を煽ろうとするのも、サーミー総督の悩みの種だった。たとえば、懇意のギリシア語新聞『新しい島（ネオ・ニシ）』紙のインタビューに答えた折、総督は「貧しい巡礼者が故郷の村に泉亭を建てた」と答えたのだけれど、ギリシア正教徒の記者マノリスは普段は誰も気にも留めない「貧しい巡礼者」という表現を取り上げ、論客じみた筆致でこう書き立てたのである。「しかし、実のところ巡礼者たちは貧しくなどない。それどころか島の裕福なイスラーム教徒はみな、現代的な商業に通暁している。そんな彼らではあるが、全財産を売り払って大巡礼へ出立したために道半ばで病魔に倒れる者も少なくない。この島ではイスラーム教徒住民の教育水準は、正教徒に比して著しく低い。思うに、イスラーム教徒の村人たちは彼方の砂漠へ向かう英国船に乗るために大枚をはたくよりも、資金を結集して高校を建てるなり、倒壊寸前の地元のモスクのミナレットを修繕するなりした方が、よほど理に適っているのではあるまいか？」

記事を読んだサーミー総督は息ができぬほどの怒りを覚えた。そもそもモスクよりも学校を重んじるべきというのは、サーミー総督が進めてきた考えであったからだ。イスラーム教徒を見下すマノリス記者の態度も鼻についたが、ようやく風化しつつあった〝巡礼船事件〟にギリシア語新聞がしつこく脚光を当てようとする態度に、総督はまさに怒り心頭に発したのであった。

16章

検疫委員会を明日に控えたその日、ヌーリー医師が朝早くにハミディィェ病院へ着くと、玄関でイスラーム教徒の家族と、総督府でよく見かける役人が何事か言い争っていた。病気になった蹄鉄職人を例の病人ですし詰めの大部屋のベッドへ収容しようとしているらしい。

この三日の間に、一日に運び込まれる患者の数は倍になり、以前であれば医者たちが「ジフテリア」や「百日咳」と書き込んだであろう死因の欄が「ペスト」で埋め尽くされるようになっていた。二日前には駐屯地から追加のベッドが運び込まれたものの、それもいまにも満床となりそうな有様で、イリアス医師とミンゲル島唯一のイスラーム教徒の医者であるフェリト医師はベッドからベッドへと駆け回っては患者を着替えさせ、横痃を切開して膿を出すのに大忙しだった。

顔見知りになった若者がヌーリー医師を呼ぶ声がした。ヌーリーがやって来ても、熱に浮かされ汗まみれのままうわ言を繰り返す彼の年老いた母親は、医者が来たことさえわからない様子だ。窓を開けるヌーリー医師の脳裏に「こんなことを続けていて患者は良くなるのだろうか？」という思いがよぎった。彼に限らず医師たちはみな同じように自問しながら、しかし患者たちの苦しみを和らげようと罹患の恐怖にもめげずに治療を続けていた。

各病室の隅に置かれた手を消毒するための薬液ポンプの前では、たまたま行き会った医師たちが立ち話に興ずるのが常であったが、あるときフェリト医師が酢の満たされたその容器を指さしながら微笑を浮かべ、ヌーリー医師に言った。

「こんなことをしたところで効果があるとは思われないのですが、さりとてほかに手立てもないですからなあ！　テッサロニキ出身のアレクサンドロス医師が熱を出しました。痙攣がはじまったので帰宅させましたが、もし明日も熱が下がらないようなら登院せぬよう助言しておきました」

ヌーリー医師もテオドロプロス病院の若い医師アレクサンドロスが全身全霊をそそいで治療に当たり、ひるむ様子もなく患者たちに近寄っていくのを幾度も目撃していた。すると脇からイリアス医師が応じた。

「医師も看護師もコレラの経験はありますが、相手がペストとなるとどのように身を守るべきかわからないのです。ペスト患者は前触れなく咳をしますからね。すぐにも感染してしまいかねません。これは医師たちが必ず向き合わねばならない大問題です」

検疫委員会当日、会議前に装甲四輪馬車でアルカズ市の東端のオラ地区に位置するテオドロプロス病院へ向かう道すがら、ヌーリー医師もイリアス医師も一言も口をきかなかった。裏通りは思っていた以上に感染者と死者であふれ、しかしいまだ数多くの住民たちが息をひそめるように怯えながら暮らし続けているのがひしひしと感じられた。街には徐々に死の匂いが満ちつつあったものの、二人の医師にはお馴染みの過度な「パニック」の兆候は見て取れなかった。アーモンド入りクラービイェとバラ水入りチョレキで名高いゾフィリ菓子店には一人も客が入っておらず、パナヨト理髪店の籐椅子にも、毎朝剃刀を当てにやって来る食堂主のディミステニの姿しかなかった。ハミディィェ大通り沿いやハミディィェ広場に並ぶ、食堂や商店、珈琲店なども店を開けていた。馬車が広場へ近づいていくと裏通りに面した小さな庭が窓から見えた。庭では浅黒く日焼けした子供が泣きじゃくっており、その向こうにお悔やみを言いに訪ねて来たらしい女たちが抱き合って座り込んでいた。

テオドロプロス病院の入り口にできた人だかりを見て、ヌーリー医師とイリアス医師は空恐ろしいものを感じた。もはや想定を超えてペストが蔓延しているのは明らかだ。住民たちもまた、皇帝が衛生総監のボンコウスキーが殺害されるや否やかわりの医者を送り込んできたことを知り、疫病の正体がペストだと確信しつつあるのだろう。

大病室は前にもまして秩序を失いつつあり、恐怖と新たな患者がひしめき合っていた。二日前にいたずっと眠っている老人も、港の荷運び人も死んで埋葬され、いまはそのベッドにギリシア正教徒の女が横たわっている。その女に二人の男が付き添っているのを見たヌーリー医師は、思わず声を荒げた。

「今後は、家族や近親者を院内に入れないように！」

その日、ミハイリス院長は病院の全医師を地下の空き部屋に集め、注意を促した。

続いてヌーリー医師が「中国では診察中や横痃の切開時に患者が唐突に病変し、その際のくしゃみや嘔吐、唾の飛散による二次感染が相次ぎ、多くの医師が命を落としています」と説明した。

そのうえで彼は、ヴェネツィア国際公衆衛生学会議でイギリス人医師から聞いた話を繰り返した。

「ムンバイでジフテリアと誤診されたペスト患者が、死の間際に最後の〝譫妄状態〟に陥った際に咳き込み、その唾液がある看護師の目に入ってしまったのです。すぐに大量のジフテリア用の抗菌薬で洗浄したものの、結局彼女は三十時間後に発症し、四日後に亡くなってしまったのだそうです」

するとすぐに三十時間という潜伏期間についての議論がはじまった。

「それは、細菌が体内に侵入し倦怠感や悪寒、頭痛、発熱、嘔吐などの症状が現れるまでの時間が三十時間ということでしょうか?」

この質問にはイリアス医師が答えた。

「イズミルでは患者によって発症までの時間はまちまちでした。ペストに感染した者と感染させた者の見分けがつかない以上、疫病は静かに、しかし急速に蔓延するのです。そして、ちょうどネズミたちと同じような具合に街のそこかしこで、市民たちの急死がはじまるのです」

検疫局長のニコス医師が慨嘆した。

「残念ながら、そうした事態がいままさに起きているというわけですな!」

ヌーリー医師にはその言葉が、伝染病に十分な対応をしてこなかったサーミー総督やイスタンブル政府、そして医師たちに対する批判に聞こえた。ついでイリアス医師が発言した。

「ことここに至っては、市場や商店をすべて閉鎖すべきです」

これに答えたのはヌーリー医師だった。

「私の意見も同様です。今日にも完全外出禁止令を出すべきです。ですが、これだけ感染が広がっていては、家の中で発症して死ぬ者も出るでしょう。島民もはじめのうちは外出禁止令に従うでしょうが、家内で死者が出はじめれば禁令など無意味だと言い出しかねません」

「そこまで悲観なさらずとも」

イリアス医師がそうヌーリーを慰めたのを皮切りに、皆が一斉に話しはじめた。パーキーゼ姫の手紙に書かれているように、ミンゲル島における真の検疫委員会はまさにこの日、テオドロプロス病院の地下室ではじまったとも言えるだろう。やがて満場一致で、イスタンブルに医者――可能であればイスラーム教徒の――と医薬品の支援を要請することが決められた。すでにペストは市内全域に広がりつつあるが、とくにイスラーム教徒の暮らすヴァヴラ、ゲルメ両地区における感染封じ込めは困難を極めることが予想された。これに関して一人の医師がイリアス医師に尋ねた。

「ボンコウスキー衛生総監閣下ならば、どのような対策を講じたでしょう？」

「ボンコウスキー閣下は感染者の隔離措置と外出禁止の効果を固く信じていらっしゃいました。ネズミの駆除では足りないと仰せで、ときには兵士たちの武力を頼りに住人を退去させた感染家屋の焼却も有効な手段となり得ると考えておいででした。七年前、イスタンブルのウスキュダル地区やイズミト市で起こったコレラ流行が最終的に鎮静化したのは、住民を退去させ家々を焼き、ときに地区ごと灰にしたからこそであったのは、皇帝陛下もよくご存じのことです」

話題がアブデュルハミト二世に及んだことで、医師たちは密告者の生贄にはなるまいと、もはやお馴染みとなった沈黙に沈み、しかして会合は終わりを告げたのであった。

17章

ミンゲル州中央郵便局の開局は、二十年前まで遡る。当時、十一歳だったキャーミル上級大尉は華々しい開局式の様子を——途中で正教徒の教師が海に落ちて溺死したことも含めて——いまでもよく覚えている。それ以前、電信局は総督府庁舎内の秘密めいた奥の間に、小包の配送が主な業務であった郵便局は税関とひと続きの建物に、それぞれ入っていた。そして、幼いキャーミルはどちらにも足を踏み入れたことがなかった。

中央郵便局が開くとキャーミルは、その壮麗な玄関を一目見ようとなにかと口実をもうけては父にくっついていたり、それがだめでもあれこれの策を講じて郵便局へ行こうと躍起になった。額装された料金表や切手の貼られた色とりどりの封筒、絵葉書の見本集、アラビア文字の数字と外国の数字が一緒に書かれた切手シート、種々多様なプレート類、そして郵送のためのオスマン帝国の地図——局内には実にさまざまなものがひしめいていた。もっとも、帝国地図はいまだ国境線が書き直されておらず、国外料金を求める係員と、古い地図にあるとおりの「国内」料金で済ませようとする客の間に口論が生じることもしばしばであった。

帝国郵政省と電信庁が合併したのはこの物語の三十年前、帝国の領土がもっと広大だったアブデュルアズィズ帝の治世中だった。ミンゲル島を疎んでいたとも伝わるこの皇帝は一八七〇年代に各地に中央郵便局の設置を進めたものの、ミンゲル島ではアブデュルハミト二世の時代にようやく開局に漕ぎつけた。ミンゲル州都アルカズ市の中心街に病院や警察署、橋、軍事学校などを作らせたのも同じアブデュルハミト二世であったから、ミンゲル人がアブデュルハミト贔屓であるという巷説もまったくの誇張とは言えない。

キャーミルはいまでも、郵便局の大玄関を遠巻きに眺め、あるいはその階段を上るたび、子供のころと同じような高揚感を覚える。子供のキャーミルにとってはイスタンブルやテッサロニキ、イズミルなどからやって来た船から持ち出された荷袋が郵便局へ着く瞬間こそが、この世でもっとも重要な時間に思えたものだ。手紙の到着を待ちわびる紳士や小包や箱でなにかを購入したらしい商店主、「荷物が届いたか郵便局へ行って確かめてきなさい」と遣わされた屋敷の管理人たちや家政婦、下僕たち、あるいは書記官や役人たちがこぞって郵便局の玄関階段の下に集うのだ。

書留で送られてきた郵便物は本来、封筒の住所を確認しながら局員が一通ずつ配達すべきところであるが、書留郵便は高額なうえ配達まで時間もかかるので、当時は郵便局へ人をやって受け取るのが一般的だった。そのためこの時代の人々はみな住所を自分の好きなように書き、中には手紙がちゃんと届くよう祈禱文を添える人まであった。

窓口に集まる人だかりのほとんどは物見高さにつられてやって来た住民や子供たちで、みな一様に税関職員が封を開けて確認を終えた郵便袋や小包が局の裏口から運び込まれ、それらが受取人へ渡されていく様子を眺めるのが目当てだった。また、郵便物を積んだ馬車がアルカズ港からゆっくりと坂を上って来る際にも、その後ろには子供たちが走ってついていくのが常であった。大理石貿易で潤っていたころ、トリエステからさまざまな島を経由してミンゲル島へ寄港するモンテベッロ号という船があった。キャーミルは、その船の独特の消印や色鮮やかな時刻表、さらには自前の配達車が遠く離れた村々へ郵便物を届けに向かうさまが大好きだった。

郵便物が郵便局へ届くと、たいていの場合は年取った正教徒局員がアブデュルハミト帝の花押があしらわれた玄関の階段の上まで出てきて、一人ひとりの名前を読みあげながら手紙や荷物を渡していく。そうして、手許に残った郵便物の宛て名をふたたび大声で何回か呼ばわったのち観衆に向けて「彼らにお伝えください、手紙が来ておりますので受け取りにお越しくださいと!」と声を張り上げる。さらに待ちわびた郵便が来なかった者たちには「本日はあなた方宛ての郵便物はございません。次の便は木曜日の朝、テッサロニキからの船です」などと周知して屋内へ戻っていくのだった。

疫病が流行りはじめると、この中央郵便局の玄関扉の前にもライゾール消毒液を収めたポンプを背負った職員が一人、配置されるようになった。しかし、その日郵便局へ足を踏み入れたキャーミル上級大尉を魅了したのは、以前と同じ場所に掛けられたテータ社の大時計であった。

キャーミルは広いホールに響く自分の足音を聞きながら、窓口の前や、手紙や小包をやり取りしている職員たちにちらりと目をやった。背の高い者でも肘を置くのがやっとという高いカウンターには酢の入った鉢が置かれ、ホール全体を心地よい香りで満たしている。ヌーリー医師から教わったおかげで、キャーミルはそれがあくまでコレラ対策にしかならず、しかしいまできることはそれくらいしかないのだと知っていた。なお、このときキャーミルが佇んでいた場所は、まったくの偶然ながら、裏口から姿を消してしまう直前にボンコウスキーが立っていたのとまったく同じ場所であったということも、読者諸君には伝えておこう。

島民の例に漏れずディミトリス郵便局長も、アズィズィイェ号から下船したキャーミル上級大尉を見知っていたし、成婚したばかりというムラト五世の三人の姫君についてのあれこれの噂話は耳にしていたので、いざキャーミルから渡された封筒の重さを量りながら、封蠟の上に印章が押されたずっしり重く分厚いそれが、皇女その人の書簡であることに気づき、気をそそられた。

国内の港町から別の港町への手紙の送料は二十パラ（オスマン帝国の通貨単位。四十パラで一クルシュ、百クルシュで一リラとなる）、切手一枚で事足りたのでキャーミル上級大尉自身も幾度となく港町からイスタンブル宛ての手紙を送ったことがあった。一方、辺境の街の鉄道駅に併設されたひと部屋きりの小さな郵便局などでは、この二十パラ切手を扱っていないことがよくあるため、そんなときは郵便局員が注意深く一クルシュ切手を半分に切り、封筒に貼るのだった。料金表を見ながらパーキーゼ姫の書留郵便の送料を計算し終えたディミトリス局長は、書留郵便の通常料金四十パラに加え、配達保険料一クルシュ、配達完了通知のためにさらに一クルシュを請求した。

この時点ではキャーミル上級大尉もまた「疫病はすぐにも終息し、ふたたびアズィズィイェ号で中国へ向かうのだろう」と考えていたらしい。だからパーキーゼ姫から「なぜ配達完了通知の料金を支払わなかったのです？」と下問された際にも、率直にそう答えたのだった。私たちからすれば、このときの彼の言葉は驚愕に値する。なにせ、この年若い上級大尉が、あといくばくも経たぬうちにミンゲル史上、類を見ない重大な役割を自らが担うことなど予期していなかった事実を示すからである。

さて、話を郵便局内にいるキャーミルに戻せば、彼はディミトリス局長が青で刷られた繊細な版画にアブデュルハミト帝の花押と月星旗が添えられた一クルシュ切手を、容器からブラシで掬いとった糊で封筒に貼りつけ、ミンゲル中央郵便局の消印を二回、捺すのを確認したうえで、壁の大時計に目をやった。

キャーミルがのちに語ったところによれば、彼がかくもこの郵便局に惹きつけられるのは、このテータ社の大時計あったればこそなのだという。僻遠の地から故郷を想うたび、彼の脳裏にはこの大時計が思い浮かんだのだそうだ。自分でもなぜ大時計にかほど心惹かれたのかはわからなかったが、父親が玄関の上にあしらわれたアブデュルハミト帝の花押を恭しく息子に見せたのち、同様の敬意と感謝を込めてこの大時計を指さしたのは、二十年前この郵便局にはじめて足を踏み入れた日のことだった。父が「これも皇帝陛下からの賜り物なんだぞ」と言って示したのが、オスマン帝国の切手と同じようにアラビア文字とラテン文字の両方で時刻が書かれたこの時計だった。

「ヨーロッパ人は私たちイスラーム教徒のように日の出と日の入りの時刻を十二時とは言わず、昼に太陽が天頂する時間を十二時と呼ぶんだ」

その日、父からそう教わった幼いキャーミルは、正午に教会の鐘が鳴ることにはたと思い当たり、すでにその存在を認知しながら、その理由を知らぬままの知識がこの世にあるのだと悟った。今日の我々であれば形而上学的とでも評し得る懸念を、幼心に抱いたのである。――じゃあ、二つの異なった時計が互いに異なった文字で、でも同じ瞬間を示すことは可能なのかな？　アブデュルハミト陛下は即位してから帝国の全州の州都に時計塔を建設させていて、帝国のあらゆる場所で同じ時刻を示させるようお命じなのに、どうして時計の数字はアラビア文字とラテン文字の両方で書かせたのだろう？

キャーミルは最近、フランス革命と自由について論じるあの本の古びてほつれたページを、毎年夏にそうしてきたように適当にめくっては拾い読みしながらも、幼い日に感じたのと同様の「形而上学的」な懸念に捕らわれることがあった。

当のキャーミル上級大尉は、郵便局から検疫委員会が開かれる総督府へ戻る道すがら、皇帝即位二十五周年を記念すべく着工されながら、いまだ完成を見ない時計塔とその周辺の通りを、まるで迷子のようにぼんやりと、しかしアルカズの街並みに見惚れながら歩きだしたのだった。

18章

五月一日午後二時、ミンゲル島検疫委員会は、議長を含め十九名が参席するなか、サーミー総督の演説によって開会した。

過去二十五年の間、ミンゲル島では深刻な疫禍は発生しておらず、従って紙の上にただ名前が載っているに過ぎなかった検疫委員会にとっては、これがはじめての実質的な会合となった。ギリシア正教徒の指導者であり、聖トリアダ教会の司祭であるたっぷりとした顎鬚のコンスタンディノス・ラネラス、聖ヨルギ教会の司祭であり、いつも苦しそうに息をしているイスタヴラキスの二人は、最上級のチュニックに円帽子、儀式用の大帯を身に着け、大きな十字架を首から提げての参加だった。

同じ島暮らしとあって、イリアス医師とヌーリー医師を除く委員たちはみな顔見知りだった。たとえばどこかの娘を巡って各地区の信徒たちの間で諍いが起こったときなどには、関係者の話に耳を傾け、誰も監獄には送らずに譴責（けんせき）程度で穏便に済ませるため、いま木製のテーブルにつく委員の幾人かがこの大会議室に集うことも少なからずあったし、島内の街々に新たに無線を引くに際しては島民たちの資金援助が欠かせないと固く信じているサーミー総督が、皇帝陛下へのお涙頂戴の愛を滔々と説いてみせたときも、やはり委員の何人かがこの部屋に呼び出された。

各宗教や宗派の指導者たち、薬剤師たち、各国領事たち、あるいは駐屯地の軍人たち――委員たちはみな、疫禍がもっとも深刻なのは港の西の丘陵地帯に広がるイスラーム教徒地区であり、さらなる感染拡大を食い止めるためにはこれらゲルメ、チテ、カディルレルの三つの地区を封鎖する必要があると、歯に衣着せずに主張した。たしかにこの三地区からは日に四、五人の死者が出ているにもかかわらず、感染の疑いがある住民はいまだなんの制限もなく街をうろついていた。

委員会のはじまる前、額を寄せ合ってひそひそと話し合っていた彼らはまた、ボンコウスキー衛生総監の暗殺がどの程度、政治的な思惑によるものか見極めておく必要があるという点でも意見の一致を見ていた。名指しこそ避けつつ、仄めかす程度には互いに罪を擦りつけようとする委員たちの中にあってただ一人、フランス領事のムッシュー・アンドンだけは、会議の開始を待つほかの領事や書記官、司祭たちに対して堂々とこう言ってのけた。

「これは頭のおかしい狂信者どもが、現代科学と医学、そして西欧文明に対して仕掛けた攻撃です。総督閣下がすぐにも暗殺犯を捕縛し、その計画を白日のもとに晒さぬ限り、西欧諸国に対し反意ありと見なされかねませんよ」

サーミー総督はすぐさま、独断専行の気があるフランス領事を抑え、決を取った。

総督が先を急いだのは、前日の晩にイスタンブルの帝国保健省からミンゲル島検疫委員会で決定すべき事項が電送されてきていたからだ。日々、更新される検疫措置の細目は、もともとは国際保健機関からイスタンブル政府宛てに送られてきたもので、ミンゲル島検疫委員会の役割はそれらの国際的な細則を島内の実情に合わせながら公布、実施することだった。

まず、全学校の休校措置について異論は出なかった。すでに大半の家庭は子供を学校へやっておらず、いま学校の校庭やら中庭に残っているのは、疫病にさえ無関心な不幸な家庭の子供たちだけだった。一方、公共機関のうちどの部局の運営を維持し、あるいは開局時間を短縮するかについての判断は、各部局長たちに一任されることになった。そしてアレクサンドリア、北アフリカ沿岸、スエズ運河、東地中海域の島嶼、そのほか東洋から来るすべての船舶に対して、二日後の朝から検疫隔離を実行する旨も決定された。これらの船の乗客乗員は「感染確実」と見なし上陸前に五日間、また島を発つ船も同様に出航前に五日間、隔離措置の対象となる。

島内への持ち込みや店舗での販売を禁じる物資を選定し、おのおのの品目について多数決で可否を決めていく作業は――コレラ禍のときも同様であったけれど――長い時間を要した。

「総督閣下、禁止項目はなるべく多くした方がよいでしょう。禁止事項が多ければ多いほど、伝染病もそれだけ早く終息するというものです」

普段は無口なドイツ領事のフラングリがそう言った。官僚をはじめとして公僕というものの性なのか、委員たちは何かを禁止するという行為自体にある種の快感を覚えているらしかった。それを察したサーミー総督は、眉を吊り上げてこう返すに留めた。

「心配するには及びませんぞ、フラングリ領事！　禁止事項を発布するための看板を街じゅうの辻に立てれば、それだけでみな竦みあがり、兵士や警官に命じられずとも検疫令に服することでしょうよ」

打って変わって、遺体は石灰消毒ののち総督府の監督下でのみ埋葬を許可する、という決定を巡っては賛否が分かれた。

「遺体の石灰消毒は、偏見に満ちた貧しいイスラーム教徒地区では実施が難しいでしょう。騒ぎが起こるかもしれません。イスラーム教徒地区に赴く際には、イスラーム教徒の医師と、検疫局の護衛ではなく駐屯地の兵士たちにも同伴を願えますでしょうか」

老齢のギリシア人医師タソスがそう発言したのを皮切りに、医師を守るため駐屯地の兵士を招請するか否かという話し合いがはじまった。その間、サーミー総督は口を噤んだままだった。彼ははじめから、病人の出た家に消毒液を散布し、死体に石灰消毒を施す程度のことが実行できないような州政府が、疫病を封じ込めるのなど不可能だと考えていたからだ。

こうして伝染病による病死者の身の回りの品々を消毒すべしとするイスタンブルからの通達が、まず追認された。消毒に使用する消毒液の販売価格は市当局によって公表され、裏取引は許されない。検疫官の承認なしに死者の所持品に触れるのはもちろん、その売買や使用も禁止され、そもそも死者の出た家への立ち入りも消毒が済むまでは禁じられ、併せてすべての骨董品店も消毒ののち閉店される。

「ですが消防員や検疫局の職員はもちろん、ライゾール液をはじめ散布用消毒液も足りないのでは?」

会議でへとへとはいえ領事や医師たちからはなおも疑義や反対の声があがったものの、サーミー総督はほとんど取り合わず、さっさと書記官たちに命令書の作成に取りかかるよう命じた。ネズミ駆除の奨励、イズミルやテッサロニキ、そしてイスタンブルからのネズミ罠と殺鼠剤の取り寄せ、そして捕獲したネズミは総督府が一匹六クルシュで買い取る旨が、次々と可決されていった。

ネズミ駆除の効果に疑わしげな検疫委員たちに対しては、ヌーリー医師が慎重に説明を行った。

「まずすべきことは、ネズミの動きを封殺することなのです。インドにおいて内陸部までペストが飛び火したのは、疫禍を恐れた人々が逃げ出したからではありません。ネズミたちが村々へ広がっていく速度に比例してのことです。鉄道の通っている地域では、ネズミやノミが列車に乗り、急速な感染拡大が起こりました。しかし、人々が自発的にネズミを避け、当局者と一丸となって戦い、船舶でもネズミが駆除されると、疫禍も鈍化していき、ついには終息したのです」

ヌーリー医師はここで委員たちに、もうひとつの厳しい現実を思い出させた。

「ペスト菌はたしかに発見されました。ですが、有効なワクチンはいまだありません。ムンバイの病院では腺ペストに冒された患者にさまざまな種類のワクチンが投与されましたが、一度罹患した者を快癒させるには至りませんでした。換言すれば、いざペスト菌に感染したら最後、肉体の頑健さに応じて生き残るか——あるいはそもそも罹患しない者もおりますが——さもなくば五日以内に死亡するかのどちらかなのです。さらにネズミを駆除しおおせたとしても、人間の唾液や痰、血液を介してヒト–ヒト感染が起こる例も、稀にではありますが確認されています。不確実なことばかりのうえ、治療薬もない現状では、もっとも現代的かつ知識豊富な検疫医でさえ、罹患者を昔ながらの隔離施設や隔離室へ送る以外——四百年前にヴェネツィア人たちが隔離院（ラザレット）と呼び、我がオスマン帝国ではかつて庇保所（タハッフズハーネ）と呼ばれた場所です——為す術がないのです。イギリス人たちはロンドンにはもはや隔離施設も防疫線も不要だと言いながら、インドでは軍隊を使ってそれを強制しているのがなによりの証です」

委員たちの当惑を見て取ったヌーリー医師は、もっと身近な例を出すことにした。ちょうど列席者たちの間に古式ゆかしい香炉が順々に回されており――ヌーリー医師も自分の前まで回ってきた香炉を使うふりをしながら、何年も前に同種の、しかしもっと美しい香炉をパリのギャルリー・コルベールで買ったことをふと思い出したものだ――いまはちょうどサーミー総督が、さきほど役人が郵便局から持ち帰ったばかりの手紙に香煙をあてて殺菌しているところだった。

「皆さん、私も皆さんと同じように届いた書類ですとか、購入した新聞ですとか、あるいは小銭ですとかを香炉で清めることがあります。ヴェネツィアでの国際会議では〝たとえ感染地から送られてきたものであっても、書類や手紙、書籍までわざわざ消毒する必要はない〟と結論づけられたのを知っているにもかかわらず、です。私は患者や病院の庭で途方に暮れる貧者、生きる望みに縋る人々に〝お香なんて何の役にも立たないぞ!〟などと伝えようとは思いません。皆さんも、どうかそのように振舞ってくださいますよう! 〝お香なんぞ意味がない〟と聞かされたなら、人々は今度は、では消毒薬散布も無意味なのだろう、と考えるようになってしまうからです」

「そもそも祈禱文や護符しか信じないような連中ですがね!」

誰かがフランス語で馬鹿にするように言った。

ヌーリー医師は、現代医学でさえ接触感染について解明できていないことが多いという恐るべき事実を知らしめるべく、香港の中国人医師の話をすることにした。

「香港の東華病院のとある中国人医師は、ペストはネズミやノミを媒介しない限り決して感染しないと信じ込んでいました。彼はそれを証明すべく〝当院は清潔そのものです〟と言ってペスト患者たちと同じ病棟で寝起きしはじめました。たしかにネズミもノミもいなかったのですが、その医師は三日後にペストで死にました」

一同の顔に見るも明らかな恐怖が浮かんだ。

「私見ではありますが、たとえば硬貨を酢につけたところで消毒効果は期待できないと思います。ところが、香港の医師の中にはいまでも患者の脈を計る前に指先を酢に浸す者がおります。それが患者や医師にある種の慰めを与える限り、こうした対策を頭から間違いだと決めつけてはならないのです。かくのごとき希望がなければ、感染地に兵士を何個大隊送り込もうとも、禁則事項は決して守られません。検疫隔離措置の有効性を島民に信じてもらわないことには、防疫体制の構築は不可能なのです。民衆を教化し、身を守る技術を習得させる、それこそが検疫というものです」

「失礼、そうなると兵士の力は必要ないと仰るのですな？　しかし、兵士がいないのに連中が耳を傾けるものでしょうか？」

混ぜ返すようにドイツ領事が言うと、フランス領事が同調した。

「軍への恐怖があったればこそ、民衆は検疫令に従うのです。防疫線や禁則事項に敬意を払ってそうするのではありませんよ。チテやゲルメ、カディルレルのような地区の連中は、キリスト教徒の医師と見れば、たとえその医者が機転を利かせて診療鞄を敢えて隠さず堂々とやって来たのだとしても、襲いかかりかねない。あのラーミズの悪党めを監獄へ放り込んだのは正しい。どうか奴を外へ出さないでいただきたい」

「領事諸兄におかれては、修道場であれ、どの地区の信徒集団であれ、あるいは個人に対してであっても、いかなる先入観も抱かぬよう願います」

サーミー総督は「先入観」をフランス語で言い、さらにこう続けた。

「恐れることはありません。あらゆる対策を講じますので」

するとフランス領事が言い返した。

「であればカディルレル、チテ、ゲルメの三地区の住民の出入りは一刻も早く禁じるべきですな。なにせ死者を出した家から、その死者の服を着た遺族がハミディイェ大通りやハミディイェ橋、商店街に店々、港等々、とにかく雑踏へ出て闊歩しているのですから。さっさと防疫線を張らぬことには、一週間後には全島民がペストにかかりかねない」

「すでにみなペストにかかっているかもしれませんぞ」

そう言うや十字架(イスタヴロス)を取り出して祈りはじめたイスタヴラキス司祭を尻目に、サーミー総督が言った。

「ハムドゥッラー導師に関しては、確信をもって申し上げますが、彼は護符や祈禱文を配っておりませんし、ほかの偽導師のように哀れな病人たちの手やら胸やらに筆で祈禱文を直接書きつけるような真似もしておりません!」

暗に、各イスラーム神秘主義教団の導師たちが総督府の監視下にある事実を聞かされた領事たちが少しばかり落ち着きを取り戻した様子を見て、サーミー総督はこう続けた。

「明日、検疫令が発令されたなら、人々は私たちの決定に喜んで従うことでしょう。昨日は六人が死にました。五人がイスラーム教徒、一人はギリシア正教徒でした。ですがこの数字も、今日この場で下した私たちの決定によって減っていくはず。イズミルでも同様だったと伺っております」

「しかし総督閣下、もし市民が検疫令を嫌って服さぬとなったらどうなさるおつもりです? 巡礼者たちになさったように、市民たちにも兵士の銃口を向けさせるのですか?」

総督はフランス領事の問いには答えず、さきほど自身の好みにあわせて香炉でたっぷりと香り付けをした――そうすることで痛ましい知らせを少しでも和らげたかったのだ――メモ書きを悲しげな声で読みあげた。

「皆さん、我らが敬愛するテッサロニキ出身の若き医師アレクサンドロス殿がついさきほど亡くなりました。死因は……」

「……ペスト以外にない」

検疫局長のニコスが総督の言葉を引き継ぎ、フランス領事も声をあげた。

「ことのはじまりからペスト禍であると認めていらっしゃったなら、あなたがいま涙ながらに語るアレクサンドロス医師の死も避けられたものを」

「皆さん、どうかご理解ください。ペストは政府の責任ではないのです！」

検疫委員たちはなおも議論を続けようとしたが、サーミー総督は「会議は明日の朝に再開した方が賢明でしょう！」と宣言し、委員たちが恐怖に駆られる前に閉会を告げた。そうして席を立つと、彼にしては小幅な足取りで、しかし足早に大会議室を後にしたのだった。

19章

会議室を出たサーミー総督は、そこではじめて続き部屋に会議が長引いたときのためのあれこれの準備がされていたことに気がついた。検疫委員会は夜遅くまでかかるだろうと考えた書記官たちが、ガスランプを用意し、机には花や葉の模様が描かれた瀟洒な洋ナシ形の灯油ランプを置き、さらには司令官の命令で駐屯地の竈で焼かれているオリーヴとタイム入りのパンを委員たちのために用意してくれていたのだ。大階段を下りていくと、総督府の中庭には書記官や憲兵、領事たちそれぞれの随員や護衛、新聞記者や兵士、それに年若い聖職者たちが集まっていた。壁際の椅子やベンチに座っている者もいるが、大半は立ったままで、辺りには消防士たちが執拗に散布した鼻を突く四塩化炭素の臭いが漂っていた。

サーミー総督は執務室の椅子に腰を落ちつけ、書記官が置いていったメモ書きを斜め読みした。イスラーム教徒とキリスト教徒とを問わず、離島する船に乗せてほしいという島の主だった者たちから寄せられた嘆願書だった。つまり、乗船チケットは早くも売り切れ、すでに島を脱出した人々がいるということだ。そう思い当たってサーミー総督は慄然とした。さきほど総督府の中庭や玄関前に屯していた人々の中には、乗船チケットを求める富家の使用人や屋敷の管理人、門番が交じっていたのだ。

次に総督は机の上の暗号電報に目をやった。解読係に平文にさせずとも内容はわかっている。ミンゲル島へ来ようとしている妻のエスマからの電文だ。しかし、ボンコウスキー殺害事件やミンゲル島でのペスト流行の知らせは、イスタンブルのウスキュダル地区にある屋敷へは届いていないのだろうか？　それともエスマは、夫ひとりを困難な状況に取り残すまいと勇気を振り絞ったのだろうか？　総督の脳裏に妻の辛抱強く、なにより慈しみあふれる眼差しがよぎった。

サーミーがミンゲル州総督に任じられたのはかれこれ五年も前のことである。サーミー自身はアルバニアの生まれで、若いころとくにあてもなくエジプトを訪れ、書記官やさまざまな秘書官、あるいは通訳官――サーミーはフランス語に堪能だった――として副王家（ムハンマド・アリー朝エジプトの王家のこと。一九一四年までは公的にはオスマン帝国治下にあったため副王を名乗った。サーミーと同じくアルバニア系の出自を持つ）に仕え、持ち前の賢明さで出世を重ねて、やがて帝都イスタンブルへ召し上げられた。エジプト王国ではなく、その宗主国であるオスマン帝国に直接仕えるようになった彼は、郡長、県知事、そして州総督としてアレッポやスコピエ、ベイルートなどの各地へ赴き、地方行政官として活躍する。その後、クブルスル（キプロス出身の）・キャーミル・パシャと親しかった縁で、十五年前に彼が大宰相になるのと同時に中央政府に出仕した。その後、理由もわからぬまま大臣を罷免され、ふたたび総督として帝国各地を遍歴することとなった。サーミーは、罷免されたのは根も葉もない流言のせいであり、アブデュルハミト陛下はそんなことはすぐにお忘れになり、いずれ中央へ復職させてくださるだろうと信じていた。任期満了を待たずに罷免され、別の役職や任地への転属を命じられるのは帝国の総督たちの常であったし、むしろそうされていない事実こそがアブデュルハミト帝がサーミーのことを忘れていない、なによりの証だと考えたのである。

しかし、ミンゲル州総督に任じられたとき妻のエスマは夫に同道しなかった。ここ数年、夫の任地が変わるたびに大枚をはたいて引っ越し、新居を整えたと思いきやまたすぐに転属させられるという暮らしは夫婦の間に暗い影を差しかけ、元来は勤勉かつ努力家であるエスマもついには辟易して不平をこぼすようになっていった。ほとんどトルコ語の通じない辺境の都市で引っ越しを差配し、新居をかい繕いながら一人きりで過ごす心労が積った結果、エスマはとうとう「きっとその島に着く前に、別の任地へ行くよう命令されるに決まっています！」と言って、ミンゲル島へは来なかったのである。ところが、期せずしてミンゲル州総督の任期は五年に及んだ。この間、サーミーは何カ月も会えないエスマに隔意を深め、また寂しさに耐えかねたこともあって、ギリシア人高校の歴史教師マリカと——島民の多くが噂するとおりに——〝秘密の関係〟を持つようになった。

もちろん妻エスマとすでに嫁に出した二人の娘は恋しかったが、サーミー総督は〝決して来島せぬように〟と暗号電文を打たせると、日が沈んで辺りが暗くなるのをじっと待った。いまごろ波止場周辺は離島する船のチケットを求める者や、なんとかして島を出ようと港へ下りてきた人々でごった返していることだろう。州広場の人だかりが散り、馬車もすべて去ったのを見届け、ようやくサーミー総督は総督府の裏口から退庁した。通りにはまだ新しい馬糞の臭いが立ち込めていたが、島民の多くと同じく総督もこの臭いが嫌いではなかった。大通り沿いの街灯には、いまだ火が入れられていなかった。もっとも、いつも怠慢な市役所の職員たちは、たとえ街灯が灯っていたところで、向かいから歩いてくるのが総督その人とは気づかなかったことだろう。

子供たちと一緒に帰宅する女性や、繁華街を行き来する物乞い、ぶつぶつと独り言をつぶやきながら歩く人々、それに目に涙を浮かべてさめざめと泣く老人たち。大店（おおだな）であるダフニ商店の入り口には、イズミルからネズミ罠が入荷した旨が書かれていたが、肝心の店は閉められたままだった。商店の大半が固く錠を下ろしているのを見ても、サーミーに驚きはなかった。情報提供者たちから、抜け目のない肉屋や青物商が、敷物屋や縫物屋よろしく店の商品をすべてどこかに隠匿しているという報告を受けていたからだ。しかし、茹でた肉と炒めたオリーヴ油の香る炊き出し所はまだ開いていて、港の周辺にはぼんやりと通行人を眺める老人や失業者など、いまだ相応の人出があった。この界隈の人々は一見、何事もなく暮らしているように見える。もちろん、ペストに恐れおののく者もいるにはいたが、少なくとも総督の目には留まらなかった。背後につき従う護衛たちの反応から、ときおりサーミーの正体に気がつく者もいたようであるが、彼は夜の帳（とばり）が下りる直前、日暮れどきにこうしてお忍びで街を歩くのを好んだ。

　フリソポリティッサ広場の暗がりには、装飾の控えめな二輪馬車と、総督府付の古参の御者ゼケリヤーが待機していた。広場に面した老ニキフォロスの薬局は閉鎖されていた。サーミー総督は広場に私服警官が配置されているのは知っていたものの、どこにいるかまではわからなかった。治安監督部のマズハル部長は生え抜きの能吏であり、警官と密偵たちをよく訓練してくれた。こうした困難な状況下にあって、彼とマリカの密会が政治的、国際的に取り沙汰されずに済んでいるのも、マズハル部長が噂を広めようとする者たちを罰しているおかげだ。もっとも、サーミー総督はときどき、マズハル部長が宮内省へ直接、電報を打っているのではないかと疑心暗鬼に捕らわれることもあったのだけれど。

　サーミー総督はこの小さな広場から二輪馬車に乗り込んだ。マリカの家までは馬車が入り用になるほどの距離ではないのだが、冬に雨が降れば泥道と化す通りを歩いてきた長靴のまま、寡婦である彼女の家に上がり、泥まみれにするのを避けようと馬車を使いはじめたのがきっかけで、いまではそれが習慣となって夏でもそうするようになったのだ。いつものように古いギリシア正教徒の名家ミミヤノス一族の豪奢な邸宅の前庭を回り込み、ペタリス地区の裏通りを抜け、この日は普段のようにトチノキの木陰ではなく、港に臨む酒場の入り口が立ち並ぶ広場で馬車を降りた。ロマンティカ酒店にも、ほかの二軒にも客の姿はなく、レストラン・ブズキの入り口では客の掌にライゾール液がかけられていた。こちらに気づいたらしき人々の視線など意に介さず、サーミー総督はマリカの家を目指した。

深刻なペスト禍によって死がすぐそばに感じられるからだろうか、すでに誰もが知っているマリカとの逢瀬を隠そうとするのが、馬鹿らしく思えたのだ。それでも普段どおりに裏口から入ると、狐が入って来たとでも思ったのか、一瞬、恐慌状態に陥った鶏たちがひとしきり啼きわめき、ふいに静まるとじっとサーミーを見つめた。平屋のマリカの家へ近づいていくと、裏手に当たる台所の勝手口がひとりでにそっと開いた。これもいつもと同じだった。これまたいつもどおりの台所の湿気とカビ、そして濡れた石の香りがサーミーの鼻腔をくすぐった。愛と、罪悪感の匂いだ。

サーミーとマリカは焦がれるままに抱擁を交わし、そのまま隣室へ行って愛し合った。マリカはいつものように自分の存在そのものを賭すかのように激しく求め、サーミーは慎重な行政官らしくその過激さを和らげ、手綱を握ろうと務めた。ところが、この日のマリカははぐれてしまった母親に再会した子供のように、彼を力いっぱい抱擁して離さないのだった！　凶報ずくめの一日を過ごしたいま、空腹などよりも孤独の方が恐ろしくて、サーミーもまた心の赴くままマリカと長いこと愛を交わしたのだった。

「山の手のオラやフリスヴォス地区の住民たちは屋敷を閉めて島を去ってしまったよ。毎年、春になるとやって来るアンゲロス家やイズミルのナジ閣下のご子息は、上(かみ)トゥルンチラル地区の屋敷を管理人に準備させていたのをわざわざ電報を打ってやめさせてしまった。いまは甥っ子たちのための乗船チケットを血眼になって探しているよ。石切り場の棟梁のサバハッティンも島を出たがっているようで、チケットを探している」

しばらくして食卓についたサーミーがそう伝えると、マリカは通りを二本上がった坂の上のカルカヴィツァス家のことを教えてくれた。テッサロニキ出身で、大理石輸出業で財を成したこの一家の奥方は復活大祭(パスハ)を控えたころに宮殿と見まがう豪邸に入り、執事や姉妹と連れ立ってお気に入りの旧市街商店街へ下りていって香辛料店や薬草師アリフの有名な薬草店、それにゾフィリ菓子店などで買い物を楽しみ、鶏肉店へ立ち寄ったのだという。

「すると鶏肉店のご主人が店の隅で気絶したように眠ってらして、その首元に横痃が浮かんでいるのが見えたんだそうです。それで奥方さまは踵を返して、そのまま自分の地区へ帰るが早いか、屋敷を閉じさせて、あくる朝には船に乗ってテッサロニキに帰ってしまったのですって」

「いや、彼女はテッサロニキには帰れていないようだよ。ロイド社やメサジュリ・マリティーム社の臨時便のチケットを手に入れたいという嘆願が来ていたからな。いつもなら総督の私ではなく、領事たちに泣きつくところだろうに」

それきり二人は口を噤んでしまった。マリカという女性には、純朴さの中にどこか粛然としたところがあった。四十手前で背が高く、その肌はサーミーの母のように白く、たっぷりとした髪は薄茶色で、優雅にすっと鼻梁の通った鼻を備えていた。それはサーミーがときおり見入ってしまうほど美しい鼻だった。

マリカは、部屋の隅に用意しておいた料理をサーミーの前に置きながら「鶏とプラムはうちの庭で採れたものだけど、パンは十日ほど前に駐屯地のパン焼き窯から持ってこられたものですの。駐屯地で焼かれたチョレキは本当においしいんですよ!」と言って、こう尋ねた。

「ねえ閣下、ペストは食べ物からもうつるのかしら?」

「さてね! 私のために鶏まで絞めなくてもよかったのに!」

サーミーは血なまぐさい話はうんざりだとばかりにそうこぼしたのち、自分でも驚くほどの率直さでマリカに切り出した。

「数日中に検疫令が発令され、隔離措置がはじまる。そうでもしないと、イギリスやフランスはアルカズ港へ出入りするあらゆる船舶の乗客、貨物に五日間の隔離を要求するだろう。ちょうどイズミルでそうしたようにね。そうなれば島から離れるのはいまよりもっと難しくなるし、なにより金もかかるようになるだろう。検疫がはじまったら各郵船の船も減便するに違いない。それを見越した連中が我先に旅行代理店に詰めかけたせいでチケットも売り切れてしまった。明日の正午に島を発つメサジュリ・マリティーム社のテッサロニキ行の便のチケットを三枚、君とお兄さん、それに姪っ子の分を押さえてあるんだ」

実際にチケットを取ったわけではなかったが、どこかに三、四枚は余りがあるのを知っていたのだ。

「どういうことです、閣下?」

「敬愛すべきマリカ、もし明日までに旅支度が済まないというのなら、明後日のパンタレオン社の船のチケットも用意できる。おそらく、それが検疫なしで発てる最後の便になる」

「でも私の閣下、あなたは？　あなたはいついらっしゃるんです？」

「何を言い出すやら！　私はこの災厄が終わるまで、この島で総督閣下をやらないといけないのだよ」

ふいに訪れたしじまの中でサーミーは、マリカの表情を窺おうとしたものの、彼女の顔は暗闇に沈んだままだった。

「私の居場所はあなたのおそばだけです」

「冗談で言っているんじゃないんだよ。奴らはあの高名なボンコウスキー閣下さえ殺したのだ」

「閣下は誰が殺したとお考えなのです？」

「もちろん、不幸な偶然という可能性も捨てきれない。しかし、ペストが広まってイスラーム教徒とキリスト教徒が互いに争うようになれば自分たちが入り込む余地が生まれるだろうと、そう考える連中がボンコウスキー閣下やイリアス医師を脅迫したのは事実だ。敬愛すべき衛生総監閣下は客人館にいるときでさえ、危険を感じていらしたようだからね」

「私は閣下さえそばにいれば、なにも怖くありませんけれど」

「だが、恐れるべきだ！」

サーミーはそう言うと恋人の膝に手を置いた。

「領事たち、商工会議所、そして私の宗教に属する導師たちは、あらゆる禁則事項に異を唱えることだろう。だから、この疫病はもっと蔓延するに違いない。一方で疫禍と戦いながら、もう一方では殺人者からも逃げなければならなくなるのだよ」

「そんなに悲観なさらないで、私の閣下。私はあなたのお決めになったことに従います。これからは食べるものにも気をつけますし、扉にも鍵をかけますから誰も入ってこられません。なにも起きませんわ」

「パンを持ってくる者は？　水を持ってくる者は？　君の兄や姪、あるいはプラムやサクランボをお裾分けにくる人や、あるいは君が気にかけてやっている隣人の子供は？　彼らは家に入れるだろう？　それとも、私まで締め出されてしまうのかな？　私がペスト菌を持ち込むことだってあり得るからな」

「閣下、あなたが感染なさったときは私もご一緒します。辛い日にあなたを招き入れないくらいなら、いっそ死んだ方がましですもの」

しかし総督はあくまで邪険に答えた。

「この島は終末の日さながらの災厄に見舞われる。……終末の日、母は息子を、娘は父を、妻は夫を見分けられなくなると聖典に書かれているとおりにね……」

「でも、閣下のお申し出は私への侮辱も同じです」

「君ならそう言うだろうと思っていたが」

「では、どうしてしつこく島を出ろと仰って私を苦しめるのです？」

サーミー総督はマリカの最後の言葉に怒りよりも、いつもの小さな言い争いと、それに続くじゃれ合いを予感させる響きを聞き分けて、密かに胸を撫でおろした。もしマリカがイスラーム教徒であったなら、一部の総督たちがしているように、イスタンブルの屋敷の妻には告げず、現地で彼女を第二夫人として迎えたことだろう。かといって、ここ数年はキリスト教徒がイスラーム教に改宗するたび、領事や大使たちが「強制されたのだ」と騒ぎ立てるようになったため、いまさらマリカが改宗するのも難しい。閣下(パシャ)と呼ばれるサーミーの地位は帝国の巨大な官僚機構の中にあってなお非常に高く、常に大袈裟に伝えられる報せでイスタンブル政府のいらぬ疑念を掻き立て、政治的苦境に立たされることを、サーミー総督は恐れていた。

「ああ、私の閣下、ではどうすれば？　私たちにいったいどんな咎があるのです？　どうすべきなのでしょう？」

「君は私の言葉と政府の発表に耳を傾け、従っていればよろしい。噂を信じてはいけないよ。州政府は状況をちゃんと把握しているのだから」

「ですが、みなが何と噂しているかご存じないのですか！」

マリカがサーミーの言葉を遮った。

「では教えておくれ」

サーミーは背筋を伸ばしてそう言った。

「ペストを島へ持ち込んだのはボンコウスキーさまだと噂されています。彼が殺されたから疫病が迷子になって街を歩き回っているんだ、みんな死んでしまうだろうって」

「ほかにはどんな噂が？」

「残念なことですけれど〝疫病なんて存在しない〟と強弁する人たちもおります。ギリシア正教徒の中にさえいるんです」

「いまは私も疫病の存在を疑ってはいないよ。ほかには？」

「疫病はアズィズィイェ号が運んで来たんだと言う人たちもいます！　ネズミたちが乗ってやって来たのはあの船だって」

「なるほど、ほかには？」

「皇帝陛下の姫君はとても美しい方なんだとか！　そうなんですの？」

サーミーは国家機密を隠そうとでもするように鋭く答えた。

「私には判断がつかないよ！　第一、君より美しい人などいない」

20章

翌朝、検疫委員会が再開すると、サーミー総督は昨日の決定を受けて執務室の隣に用意させた小部屋を委員たちに披露した。死者や感染家屋を書き込むための地図が広げられ、疫学の知識に則りつつ、どの通りや地区を隔離封鎖すべきかを決定する場となる小部屋である。

ふいに薬剤師ニキフォロスが、慇懃な口調で総督に願い出た。

「私の薬局の宣伝布をご返却いただけますでしょうか。会議には必ず出席し、閣下の望むよう票を投じるとお約束いたしますから」

「ニキフォロス殿、あなたも頑固なお人ですな」

総督はそう言うと小部屋に一つきりの戸棚を開け、宣伝布を取り出し広げて見せた。

「ここにありますよ！　ご覧あれ！」

ヌーリー医師やキャーミル上級大尉、マズハル治安監督部長、司祭たちはみな、ミンゲルバラが縫い取られた赤みがかった桃色の宣伝布をまじまじと眺め、サーミー総督は彼らの表情を注意深く観察しながら言った。

「ニキフォロス殿、みなあなたの宣伝布がお気に召したようですな」

「宣伝布を作るというのはもともと、ボンコウスキー閣下の思いついたことでした」

「そうであればなおさら、あなたがお持ちになるべきだ。しかし、すでに押収品として登録されてしまっているため、私がいくら望んでもいまこの場であなたにお返しすることは叶わないのです。ですので、ペストが去ったのちみなでそれを祝う席上で、あなたにお返しすることにいたしましょう。いまこの場にいらっしゃる先生方、司祭方、兵士諸君が証人です」

「閣下が仰せのとおりですと、その宣伝布はいまだ総督府の所有物というわけですか……。ですが、ミンゲルバラは国民みなのものですぞ」

後世、歴史家たちの間でこのときニキフォロスが口にした「国民みな」という言葉が、オスマン帝国の臣民を指すのか、それともミンゲル島の島民を指すのかを巡って議論が交わされたものだ。

サーミー総督は宣伝布を小部屋の戸棚に戻すと委員会開催時の定席へ腰を下ろし、アルカズ城塞の一部、つまり広大な中庭と一部施設を隔離施設に転用すること、市外に新たな埋葬地を設置すること、それに住民を退去させた家屋の防犯等々の昨日の決定事項をヌーリー医師とイリアス医師とともに書き出していき、次々と票決にかけていった。このとき迅速に下されたいくつかの決定は、このさきの島の運命を決し、またアルカズ市のさまざまな地区の在りようを完膚なきまでに変えてしまうこととなるだろう。検疫令が発令された当初、とくに市民を驚かせたのは「人だかりを作ることの禁止」、「二人以上の人間が隣り合わせになることの禁止」という二つの禁則事項だった。

「金曜日の集団礼拝もありますし、礼拝後の説教師の説教も人気を博していると思うのですが、それらも禁止なさるのですか？」

ロシア領事ミハイロフの問いにサーミー総督が答えた。

「禁止することも可能ではありますが、いますぐに礼拝を禁じるのは控えます。どこの医師であれ、どんな理由があれ、一人でモスクへ来て禊をし、礼拝を行って帰っていく信徒を留めることはできますまい？」

「ですが、モスクの床に敷かれているあの古ぼけた汚い絨毯はあらゆる病気の温床となりますぞ」

ロシア領事の口調に明らかな侮蔑と批判が込められていたせいだろう、ギリシア正教徒のまとめ役であるコンスタンディノス司祭が助け舟を出した。

「お望みとあらば、正教会も日曜日の聖体儀礼を取りやめますが」

疫病がはじまるとギリシア正教会では常よりも少しだけ会衆が減ったものの、その逆にモスクではいつもより信徒が増え、葬儀の際には異様な人出が見られるようになっていた。

「疫病は湾西岸のタシュ埠頭に並ぶクレタ難民たちのバラックで発生しているのでしたな？　どうして私が住んでいるエヨクリマ地区の布団店まで閉鎖する必要があるのです？」

フランス領事アンドンの問いに誰かが「そりゃあんたのとこが駐屯地に近いからだよ！」と答えたものの、他の面々はとくに気に留めなかった。

領事たちが検疫委員会に詰めている間にも、書記官たちによって感染状況や、それに伴って新たに生じた業務が報告され、その逆に委員たちが話し合った数々の議題はさまざまな誤報や批判、そして他愛のない噂話へと小間切れにされながら、商工業者を筆頭に、アルカズ市民たちの間にまたたく間に広まっていった。

これと併せて、前にもまして死者が増えたこともあり、検疫官がやって来て家を封鎖するとか、店の商品が差し押さえられるとか、それを知った貧民やイスラーム教徒住民、それにクレタ難民たちが病死者を隠している等々の噂も流れはじめた。

「死者と、あなた方がいま仰られた葬儀とに、格別の敬意を払うのがイスラーム教徒というものです。遺体を洗い清めもせず礼拝も祈禱もなしに、夜中に泥棒のように埋葬することに同意する信徒などおりますまい」

流言を問題視する領事たちに対してサーミー総督がそう弁解すると、すかさずフランス領事が反論した。

「総督閣下、装甲馬車をご準備くださったなら、すぐにも閣下を軍学校の坂の下の旧タシュ埠頭にお連れして現状をお見せできますぞ！」

「存じ上げておりますとも。あなたは昨夜、ギリシア王国領事のレオニディス殿と旧タシュ埠頭へ行かれましたな。島民ではなくクレタ島からの避難民が住む界隈へ」

するとイギリスのジョルジ領事が混ぜっ返した。

「夜中になると旧タシュ埠頭界隈には死んだネズミの詰まった籠を手に、疫病をふりまくクレタ難民が出没するのだそうですな。総督閣下は、ご覧になられたことがありますか？　誰もかれもがそう噂するものですから、私もそろそろ信じてしまいそうなのですが」

常に冗談を絶やさないことで有名なこのジョルジ領事は、島の領事には珍しく生粋のイギリス人であり、しかも副領事ではなく歴（れっき）とした領事の位にあった。

「ペストをふりまくのは悪魔という噂です、断じてクレタ難民ではありません！」

総督がそう言い返したのを受け、ヌーリー医師も口を開いた。

「昔々、フィレンツェやマルセイユでペストが大流行した際、領主や総督、あるいは市政府が役に立たないと悟ると、街の有力者たちが主となって老若を問わぬ市民たちが志願して、進んで一軒ずつ家を検めていったと言います。街を救おうという一心です。アルカズ市のためにその身を捧げようという勇敢な人々が、この島にもいるはずです」

「テッサロニキ出身のアレクサンドロス医師のようにですか？」

「たしかに私たち委員の中にもそうした勇敢な者はおるでしょうが、互いに相争っている現状では誰も志願などいたしますまい」

「いまの段階で総督が何を呼びかけたところで、イスラーム教徒のために献身しようというキリスト教徒も、またその逆にキリスト教徒に奉仕しようというイスラーム教徒も現れないでしょう。まずは、それが叶う状況へ持っていくための方策を考えねば」

「ですが、正教徒の若者もイスラーム教徒の若者も、おのおのが暮らす正教徒地区とイスラーム教徒地区のためであれば志願するでしょう。これは我がイギリスが、インドで成功を収めつつあるやり方です」

「インドでイギリスがペスト対策に成功したとは、はじめて聞きましたな」

「志願者が出ないのは、そもそもどうして志願せねばならぬかさえ理解されていないような地域であるからして……」

「兵士たちをやって強制的に志願させれば済む話だ！」

「ミハイロフ領事、それを志願とは申しません。ただ兵士が家々を巡っているだけでしょう」

ヌーリー医師が微笑みを浮かべて最後に発言したロシア領事を宥めると、委員たちも口を噤んだ。

次に口を開いたのはマズハル治安監督部長だった。

「アラブ人部隊の兵士たちは、家々に入るのを嫌がるでしょう」

巡礼船事件後、アブデュルハミト二世はミンゲル島に駐屯していた四個連隊分の兵士を司令官ともども帝国各地へ転属させ、かわりとしてシリアの第五軍からトルコ語を解さないアラブ人兵士から成る二個連隊を送り込んだ。ところが彼らの司令官が皇帝から命じられていたのは、島の政策および検疫行政に逆らわぬことと、山岳地帯のギリシア系匪賊の討伐だけであった。

「とはいえ、そう悲観したものでもありません！　兵士たちが一軒ずつ民家を検めるからといって、家内にまで立ち入らせる必要はないのです。武装して表で歩哨に立ち、いざ諍いが生じたなら駆けつければよいだけのこと。火器、弾薬は各員に支給いたしますが」

「アラビア語しか知らないその兵士たちが、なにか誤解して島民に発砲するようなことはないでしょうな？」

そう声をあげたフランス領事に答えたのはサーミー総督だった。

「ミンゲル州において内発的志願によって結成される検疫部隊を、帝国軍の一翼を担う水準に整えるべく、我らが皇帝陛下はイスタンブルからこのキャーミル上級大尉殿を派遣くださいました」

総督はそう言うや、キャーミル上級大尉を示した。

「いまこのときより、この若く勇敢な上級大尉を我らの一員に加えましょう！」

書記官や兵士たちに交じって壁際に腰かけていたキャーミルは急いで立ち上がり、羞恥心に顔を上気させ、年齢の割に階級が低いことに気おくれを覚えつつも、なんとか検疫委員たちに挨拶した。

かくしてキャーミル上級大尉は、検疫隔離措置の実行部隊としてミンゲル州に創設される特別部隊の指揮官となったのである。ことは急を要するため、この特別部隊の兵士の募集はただちに開始されることも決定された。

「イスタンブル政府は、この義勇兵たちの給与を賄うための特別予算も組んでくれています」

サーミー総督の真っ赤な嘘に、イギリスのジョルジ領事が堂々と反論した。

「そして閣下、その特別予算が送金される日は、決して訪れないのでしょうな！」

ジョルジ領事の言葉は委員たちの思いを代弁してもいた。誰も口にこそ出さなかったが、アブデュルハミト帝が心配しているのはほかならぬ自分自身のことだけだと、彼らはすでに予感していたのである。

「明日、各社の定期船や臨時便で島を去る人々が、この疫病をイスタンブルや帝国各地、そしてヨーロッパ全土に広めるのを阻止するのは、この島に暮らす者にとって道義的責任なのです」

サーミー総督が思わずといった態でそう付け加えたのは、委員たちの心に去来した不安や不信感を拭うためであったが、話し終えぬうちから彼らの無言の否の声が聴こえるようだった。いや、当のサーミー総督の心もまた、その否の声を発していた。なぜならイスタンブルから提案された検疫に関する禁則事項は、いずれもミンゲル島の住民ではなく、帝国を疫病から守るためのものにしか思われなかったのだ。

イスタンブルの帝国政府に対する検疫局員たちの鬱憤の矛先は、サーミー総督に向けられた。領事たちや医師たちが強硬に主張したにもかかわらず、この二回目の検疫委員会においてもサーミー総督は感染者の多いイスラーム教徒地区やクレタ難民の住む地域に対する厳格な隔離措置を議決しなかったのだ。そのうえ、彼はすでにボンコウスキー殺害犯としてハムドゥッラー導師の義弟である山賊ラーミズを投獄している。そのため、もしこれ以上、有力な宗教家である導師の怒りを買えば、検疫令そのものをサボタージュするよう信徒たちにけしかけられかねないと恐れていることを、委員たちは承知していた。

一方、イスタンブルからは消毒液散布では対応しきれない汚染地域について、その焼却に関する提案も送られてきていた。これを受けてサーミー総督は、家や家財を焼却される住民への補償を平等に行うため、各宗派の代表者とミンゲル島財務局の職員七名から成る独立委員会を編成する旨を発表した。

「この独立委員会が決定した家屋解体、焼却に対する補償額には、一切の異論を認めぬものといたします」

「予算の中に実際に家を焼かれる哀れな住民たちの手に渡るだけの金が、残っておればよいのですがな！」

ドイツ領事の言葉にフランス領事がこう続けた。

「当局は感染地域の隔離措置さえ断行できないというのに、イスラーム教徒の家の焼却は行うというわけですか、驚きですな」

これに対してニコス検疫局長が口を開いた。

「ボンコウスキー閣下の——彼に安らかな眠りのあらんことを——助手であるイリアス医師が昨日の朝、教えてくださったのですが、七年前にイスタンブルのウスキュダル地区とエディルネ市でコレラが流行した際、それを食い止められたのは汚染地域を焼却したからこそなのだとか。もちろん、我らが皇帝陛下のお許しを得てのことです」

ここまで言ってニコスはイリアス医師を見ながらこう続けた。

「〝感染者地域の焼却は皇帝陛下の意に沿うものである、ボンコウスキー閣下が陛下から直接に伺ったことだ〟と、あなたは昨日、そう教えてくださいましたな！」

「いえ、そうは申しておりません！」

「いまさら否定なさるとは。怖気づいたのですかな？」

否定したイリアス医師にニコス局長は畳みかけたが、ヌーリー医師がイリアスの肩を持つように口を挟んだ。

「いやさ勇気の問題にあらず、程度の問題でありましょう。たとえばムンバイでは、農村部のペストを食い止めるため、便所やゴミ捨て場、そして家屋を焼き払わねばなりませんでした。しかし、農村部から西に十キロ足らずの市の中心部の、比較的に感染者が少ないアパルトマンなどでは、通りや地区に防疫線を設置するだけでも感染速度は鈍化いたしました」

ヌーリー医師は自分の説明を委員たちが飲みこむのを待ち、言葉を継いだ。

「どのような対策であれ、その場所に応じてなされるべきであるということです。ただし、病死者の持ち物やもろもろの汚染物の焼却は、アラビア半島やヒジャーズ州、そしていま現在も中国やインドで広く行われております。また、コレラ流行時に不潔な貧民街が焼き払われ、失業者や弱者、移民や浮浪者が港湾地区や繁華街から姿を消した結果として、むしろ現代的な街並みや衛生的な公園を整備する好機が訪れたと見なす向きもございます」

「私たちは都市開発がしたいわけではありませんぞ！」

反駁したサーミー総督に続き、検疫局長のニコス医師が質問した。

「ですが、このペスト禍は昔ながらの小規模なコレラのように毎夏、流行っては自然と沈静化するという類の疫病ではないかもしれません。殿下、中国でのペスト禍が契機となってイギリス人と中国人の争いが激化したのはなぜなのでしょうか？　彼の地では、イギリス軍の将校や医師たちが街中で惨殺されていると聞きますが、それは本当なのでしょうか？」

「悲しむべきかな、植民地軍の将校たちの険阻な対応こそが事態を悪化させたのです。細菌の存在も、ペストがいかなる病かも知らない無知な村人たちのところへ馬で乗りつけ、家内の女子供にも一切配慮せずに罹患者を探したのもまずければ、感染の疑いがある者は隔離し、感染者を病院へ送り、つまりは家族を引き離そうというまさにそのときにも、彼らはその目的も行先さえ、告げなかったのだとか。そのうちに民衆は病院に連れて行かれたが最後、毒を盛られるとか、疫病というのは言い訳で身体をばらばらに切り刻まれてしまうのだとか、信じ込むようになってしまったのだそうです」

ニコス局長が頷いた。

「島民の中には知識不足や生来の単純さゆえに、あるいはただイギリス人が気に食わないという理由だけで、あらゆることをサボタージュしようとする者もおります。〝モスクこそが我らにとっての病院だ！〟などと唱える者さえいるのです！」

すると今度はロシア領事のミハイロフがヌーリー医師に尋ねた。

「殿下もニコス殿の仰ることにご同意なさいますか？　〝こいつらは科学を否定する馬鹿どもだ〟とわかれば、医師たちは治療をあきらめてしまうのでしょうか？」

「インドでは検疫隔離措置に怒り狂った民衆が、片端からヨーロッパ人や白人を捕まえては〝こいつも医者だ〟といって殺していったのです。さしものイギリス政府も検疫措置を緩和し、暴動は少しは収まったのですが、ペストはむしろ急速に蔓延してしまいました。その結果、イギリスは疫病ではなく、反乱の方を抑え込むのを優先し、こう考えるようになりました。原住民は検疫隔離に反対しているのであるから、我々も彼らが助けを請いに来るまではもう何も手出しすまい……と。こうしてコルカタでのペストは猖獗を極めることとなったのです」

「少し、申し上げてもよろしいでしょうか」

そう言ったのは聖トリアダ教会のコンスタンディノス司祭だった。席上の面々は、この二日間ほとんど口を開かなかったギリシア正教徒たちの指導者に注意深く、しかしあくまで敬意を表しつつ向き直った。コンスタンディノス司祭は慎重な口調で話しはじめた。

「我らのミンゲル島はインドとは異なります。ですから、そのような比較は正確ではございません。この島の素晴らしい住民たちは正教徒であれ、イスラーム教徒であれ知識豊富かつ文明的です。そしてこの災厄の日々にあってなお規律正しく、自発的に皇帝陛下の勅命に服し、総督閣下がその実施にご尽力なさる禁則事項に従うことでしょう」

「ブラボー！」

コンスタンディノス司祭は続けた。

「狂信者たちが反乱を起こすから、諍いが生じるからと言って、医学的に適当とされる対策を講じないのであれば、それこそ終末の日さながらの悲劇に見舞われかねません。ギリシア正教徒の中にも島から逃げ出す者が絶えません。みな疫病に恐れおののいているのです。中には〝ペスト禍などただの噂だ、ギリシア正教徒を島から引き離すことで、独立など望めぬほどの少数派に転落させようと吹聴されただけだ〟などと主張する者もおりますが……」

　ここでサーミー総督が間に入った。

「猊下(げいか)、我らがミンゲル島はオスマン帝国の保護領でもなければ、いかなる他国の植民地でもありません。人口の半分以上がイスラーム教徒であるミンゲル島民は、紛れもなく帝国にとって不可分な臣民であり、キリスト教徒もイスラーム教徒も、死ぬまで皇帝陛下に忠実であるべきです」

　その後、サーミー総督の発言などなかったようにミンゲル島はインドとは異なるという議論がしばらく続き、ヌーリー医師はしまいにこう言った。

「三年前、ムンバイでは疫病によるパニックが起こり、最終的には市の人口の三分の一に当たる約百万人が都市外へ逃散したのです」

　すると、コンスタンディノス司祭が言った。

「いまゲルメ地区とカディルレル地区の感染源である修道場群を隔離しないのなら、ギリシア正教徒はこれまでのように、いえそれどころか一人残らず、島から逃げ出しかねません。遺憾ながら、正教徒たちはいまこのときもミンゲルから脱出しつつあるのですから」

21章

ミンゲル州検疫委員会が閉会しようとしているその頃、イスタンブル大通りと波止場周辺の旅行代理店には、委員会から遣わされた書記官たちによって、日曜日の深夜十二時以降、島を発つすべての船の旅客に五日間の検疫隔離が課せられる旨が通達された。日曜日の深夜までに出航予定の船は二隻のみであったが、期限まではまだ三日と半日ある。その間に島民たちがこぞって島を出ようとするに違いないと予想した各社は早速、電報を打って船を呼び寄せることにした。

「まもなく検疫令が出されればペスト禍は公のものとなり辛い日々がはじまるだろう」――そんな知らせがまたたく間にアルカズ市を巡り、やがて島全体へと広がっていった。切符を買おうとやって来た人々、ついさきほど家の戸締りをして港へ下りてきた者たち、あるいは事の次第をいち早くその目で確かめようと駆けつけた住民たち、はたまた島に残る決意を固めつつも、好奇心に負けて出張ってきた野次馬等々、波止場には驚くべき大群衆が急速に形成されていった。そんな群衆を尻目に旅行鞄や衣装箱を携え、まるで早めに行楽シーズンの旅行を切り上げただけとでも言いたげな佇まいで島を去っていく富裕層の大半はギリシア正教徒だ。たとえばミンゲル大理石の商いで財を成したアルドニ家や、オリーヴ貿易で頭角を現した新興のフリストス家、テッサロニキから仕入れた最上級の刺繍が施された布地やペチコート、キャンバス布などを商うダフニ商店のオーナーであるトマディス——彼はものの一晩のうちに店を整理し、消毒液まみれにされては困る商品を街の外の別宅に移していた——などである。

また、このとき波止場にはモスクを建てたキョル・メフメト・パシャを祖とし、いまはミンゲル島の税関局に勤めるフェヒムや、イスタンブルの屋敷を改装する間、島に滞在しているフェリトザーデ家のジェラルなど、イスラーム教徒の名家子弟も数人、居合わせていた。しかし、アルカズ港で見られたこの大騒ぎも、イスラーム教徒島民の大半にはさしたる影響を及ぼさなかった。私はその理由を、そもそもイスラーム教徒が疫病に対して「宿命論」的態度を取っていたからだと説明するオリエンタリズムの影響を受けた史家たちに与しようとは思わない。なぜならミンゲル島のイスラーム教徒はただ、キリスト教徒に比して貧しく、学がなく、なにより広い世界のことを知らなかったというだけなのだから。

検疫委員会が終わると、すぐに雷雨になり、帰りしなの委員たちは揃ってずぶ濡れになってしまった。アルカズ城塞の尖塔群に触れるのではないかと思われるほど低く垂れこめた黒雲から放たれた稲妻は、死を予感させた。監獄の狭間から外を覗いていた囚人たちの目には、アラブ灯台の前の海上に落ちた雷はまるで遠い記憶の中の光景のように浮世離れして映った。そして、後年まで「洪水」という呼び名で記憶され、ミンゲル島のペスト禍を語るときにはなにかにつけて象徴的な意味を付与されることとなる大雨が、降りはじめたのである。

どしゃ降りの雷雨が家々の雨樋や壁の隙間を流れ下り、通りのまん中を流れる汚水と入り混じって港へと注ぐころ、書記官たちはトルコ語、ギリシア語の新聞各紙に検疫隔離措置の決定を告げる紙面を組ませ、同じ印刷所では新聞と同じ文言と、中央に「ペスト」と「検疫」の大文字が躍る布告書が刷られ、街じゅうの壁に張りだされた。絵入りのよく目立つ布告書も作られ、ネズミの死体を市当局が六クルシュで買い取ることも周知された。

この頃には、旧市街商店街の商店の多くはもぬけの殻になっていた。大半の商店主たちが消毒液散布によって損なわれぬようにと商品を秘匿したためだ。ニコス検疫局長とサーミー総督は情報提供者からそれを知らされ、これを受けてヌーリー医師は屋内商店街のサラチラル門近傍の古物商二店に大柄で経験豊富かつ闘争心旺盛な二人の消毒士を送り込むことにした。この二店が、店の後ろの火除け地の一角に設けられたゴミ捨て場を倉庫がわりに使用し、しかもペストの病死者たちの遺した時計やイコン、煙管(きせる)などの身の回りの品々をはじめ上着や下履き、シーツ、そして疑いなくペスト菌に汚染されている敷布団や毛織の掛布まで、その遺品を商っていたためだ。このほか古物商の店頭には、主のいなくなった家に押し入り家財を奪い、ときに根こそぎにした盗人が安値で売り払った汚染された衣服やキリム、布団や毛織物などの品々も並んでいた。まさに死をふりまく経済循環というわけだ。サーミー総督には、進取の気性に富み、目端の利くことで名高いクレタ島出身のギリシア人店主たちが営むこうした店々は不潔で惨めたらしい病魔の巣窟としか思えなかったものの、これまでは焼却処分を断行した際の民衆の反応を慮って手を付けられずにいた。

顔にマスクをかけ手袋をはめた検疫官たちは、またたく間に二軒の古物商と、数本先の通りに並ぶ小さな商店から日用品や衣服を運び出しては台車いっぱいに積み込むと、アルカズ川沿いにゆっくりとディキリ丘を上っていった。丘の頂では、ほかの検疫官たちがあらかじめ穴を掘らせていた。

汚染の疑われる布や毛織物、リネンなど、とにかくペスト菌を媒介しかねないあらゆる遺品を焼却し、あるいは石灰消毒を施すための二つの大穴である。

疫禍が猛威を振るったはるか昔を思い起こさせるこうした旧態依然とした対策にも、相応の理由があった。島民たちが恐怖に震える手で差し出した遺品を、もともと十分な量のないフェノールやライゾールで長大な時間をかけて消毒するよりも、焼いて灰にする方がはるかに簡単で安価であったのだ。

このときの検疫官たちは守銭奴の商店主の涙ながらの訴えを退けたものの、検疫隔離に対する批判をしたためた当時の陳情書を覗くと、幾人かの商店主に手心を加える検疫官もいたことが窺える。損害補償委員を兼任した検疫官によって、商品を集めて店を空っぽにした上で石灰消毒を受ける際にたっぷりの補償額を記してもらった商店主もいたようである。もっとも大抵は、たとえばエスキ橋周辺の靴工房や皮革工房の職人たちのように、なんの補償も与えられず、検疫官に抵抗し、怒声をあげる以外に術がないのが普通だった。「イスラーム教徒の巡礼者が疫病を持ち込んだのに、検疫はキリスト教徒に対してばかり行われる」という噂が流れはじめたのには、こうした背景があったのである。

一方、背中にポンプ式タンクを背負い、大きなマスクと防水布の外套を着た消毒士は、いかにも恐ろしげな風体であったため、後年まで島の子供たちの想像力を掻き立て、あるいは悪夢に登場したものだ。最初の九名の消毒士に任じられたのは、すでに消火ポンプの扱いについての教練を受けていた消防士たちだった。何年も前、ミンゲル島においてはじめて消毒液を空気圧によって散布する必要が生じた際――平たく言えばポンプで撒いたわけだ――「ポンプ」と聞かされた島民たちが真っ先に思い浮かべたのが消火器を操る消防隊であったため、これ以降、消毒液や薬液の散布はすべて消防士たちに任されるようになったのである。くわえて細菌、民衆の言葉を借りればばい菌が発見されたこの時代、清潔さを保つため要と不要とを問わず、とにかくなにがしかの薬剤を空気中に撒けばよいという考えが流布していたため、ポンプやフスフスと音を立てる最新式の散布器を用いるのが最先端の防疫対策と見なされていたという事実も申し添えておこう。高級品店として有名なバザール・ドゥ・リールの主キリアコスが、テッサロニキから二種類の家庭用消毒ポンプを取り寄せて、売り出したのもそのためである。

感染が広まって以来、大半の政府施設の入り口にも、スプレンディドやレヴァントのような大ホテルの玄関のドアマンたちと同じように、フェノールやライゾールなどの消毒液を噴霧するための消毒役の職員が立つようになった。今日から見れば特筆するような効果は期待できないこうした対策は、一方では島民たちに罹患せぬよう清潔さを保とうという意識を惹起する効果があった反面、他方では、普段から「心配するなよ、ペストなんて大したことないさ！」などと放言する住民たちに、伝染病はポンプを使って化粧品よろしく消毒液をかけるだけで防げるものだというひどく単純な誤解を与える結果ともなった。彼ら消毒士が以前にも、夏下痢を抑えるために島北の街や村へ派遣されていた点も、こうした侮りに拍車をかけたと言えるだろう。

アルカズ市では毎年夏に下痢病が流行するたび、ゆっくりと通りを歩きながらボウフラの湧く汚水溜まりや便所を濃緑色の消毒液で消毒していく老齢の消毒士の姿は、ゲルメ、チテの両地区の住民や、波止場周辺のバラックに暮らす住民たちにとっては見慣れたもので、子供たちも下痢と戦う優しいおじさんを恐れず、それどころか彼の後について嬉々として通りを巡るのだった。住民や商店主たちも老消毒士に「そこの戸を開けておくれ」と言われればそのとおりにし、「見せておくれ」と指示されれば、言われたとおりに家の隅やら穴やらを見せ、消毒に喜んで協力するのが習いだった。

しかしペスト禍がはじまると、誰も散布器を背負った消毒士たちに近寄らなくなった。常ならず大きな黒いマスクや夕日にぴかぴか光るリノリウムの外套を着ていたからなのか、あるいは常に街のどこかで五人ほどは見かけるからなのか、子供たちはもうマスクをした消毒士たちに冗談を飛ばすこともなく、それどころか疫病を運び泉亭や家々のドアノブに擦りつけていく一つ目巨人に出くわしたとでもいうように、泡を食って逃げ出すのが常だった。

青物商や肉屋、そのほか飲食物を商う者やシェルベト屋（果物から作った飲料を商う）、食堂主たちも、消毒士に協力するかわりに、彼らからどうやって店と商品を守るかを考えるようになった。一番の手立ては、目端の利く店主たちがそうしたように、警官や検疫官、あるいは黒装束の消毒士の姿を見かけたら店の鎧戸を決して開けず、一日でも長く商品を消毒液散布から守ることだ。

しかし、誰しもが抜け目なく振舞えるわけではない。たとえば繁華街に店を出すある青物商は、消毒士が来てもレタスやキュウリが自分の菜園で採れたものだと十字架にかけて誓えば、彼らも納得して消毒を免れるだろうと考えていたので——ちなみにこの青物商はのちに拷問を受け、ギリシア民族主義者たちとの関係を自白することになる——いざ真っ黒な外套姿の二人の消毒士が店の棚という棚を消毒しはじめたのを見て怒りのあまり目を回してしまった。同じく、誠意さえ見せれば消毒されずに済むと考えたのは、アルカズ島でもっとも人気のあるシェルベト店を営むコスティだった。医師と黒マスクの消毒士がやって来たら、子供でさえその美味に仰天するご自慢のシェルベトのうちバラ、オレンジ、ビターオレンジ、そしてサクランボ味の四色四杯のシェルベトをこれみよがしに、しかし手早くよそい、次々に飲み干して見せ「私のシェルベトは清潔そのものです！」というメッセージを伝えようと待ち構えていた。ところが検疫官と消毒士たちは、さっさと水差しの中のシェルベトを床に流し、フェノールで消毒をしてしまった。さらに、後から来た別の一団が店に石灰を撒き、店の戸に釘を打って閉鎖し、ペスト禍が終わるまで営業を禁じたのであった。

「あんた方がこぼしたシェルベトは、私が喜んで飲もうじゃないか！　だが、これから先うちの家族の食い扶持をどうやって稼げと言うんだ！」

イスタンブルのユルドゥズ宮殿で帝国全体に目を光らせるアブデュルハミト帝さながらに、総督執務室から刻一刻と変化する消毒の様子を見守っていたサーミー総督は、シェルベト職人のこの言葉を聞かされてイスタンブルに救援を求める電報をもう一通、打つよう命じた。内容も様式も表現も、すべて先信と同じように打つべしという命令を幾度も下された挙句、暗号官はすでに文面を諳んじ、ときたま暗号表を見るだけで打電できるようになっていた。一連の電報でもっとも多く繰り返されたのは、消毒用薬剤、テント、細菌培養器、資金、医師、それに志願者などの表現だった。

一方、ヌーリー医師は、昔のイスタンブルの消防士たちと同じように礼儀正しく、慈悲深いこの島の消毒士たちの身を案じていた。各地の都市で疫禍を目の当たりにしてきたヌーリー医師は、悪疫の無慈悲さに翻弄されるのが、ほかならぬ彼ら消毒士だと知っていたからだ。花に水をやるように軽やかかつ優美な仕草で薬液散布を行う者もいれば、商工業者たちに詫びるかのように消毒作業に従事する者もいるが、もっとも経験豊富な消毒士でさえ「後生だからそこに消毒液をかけないでください、ほかのことならなんでもしますから！」などと泣きつかれては、思わず絆されて消毒器の照準を変えてしまうことだってある。実際、ヌーリー医師は旧市街商店街の裏口で起こった商人と検疫官の諍いに出くわしたこともあった。言い争いが過熱したのだろう、消毒士が薬液を、羽を抜いて燻された鶏肉や、黄色味がかった桃色の皮やモモ肉、臓物、そして血まみれのまな板などに振り撒くのでは飽き足らず、手に持ったホースをさながら銃身のように操り、罰だとでも言わんばかりに店の徒弟と親方にまで振りかけるのを目の当たりにしたのである。アラビアの街々では帝国兵とアラブ人商店主やラクダ飼いとの間の諍いを幾度となく取りなしてきたヌーリー医師は、こうした類の小さな争いが大事に発展せぬよう注意することこそがミンゲル島を救うことにつながるのだと改めて自戒したものだ。

一方、サーミー総督はハムドゥッラー導師のいるハリーフィーイェ教団修道場の消毒作業にことのほか心を砕いていた。間諜に道場の見取り図を描かせたうえで書記官たちに、前もって導師が起居する部屋や儀式が執り行われる場所——本来、儀式場は消毒予定に入っていなかった——客間、聖所とされる糸紡ぎ部屋、羊毛を貯蔵する金庫の置かれた部屋、膳所や庭の便所、そして修道僧たちの僧房に至るまで、その位置を消毒士たちに教え込むよう命じた。

「道場へ入ったら検疫命令書を提示のうえ、先方の許可の有無には構わず速やかに消毒作業に取りかかるのだ。腕ずくで止めようとしてくる者があっても、決して殴り返してはいけない。ことを終え、さっさと敷地の外へ出ること。口論や言い合いも慎むように」

さらに総督府の中庭には第五軍から選りすぐられた偉丈夫の兵士十二名が、色褪せ古びたとはいえ清潔な軍服に身を包み、ライフル銃を肩に担いで任務に備え待機していた。数語とはいえトルコ語を知るアラブ人兵士から選ばれた彼らの指揮は、スィノプ出身で部下と同じく読み書きの覚束ない将校に任された。

マスクをした消毒士と贈り物のネズミ罠を携えた検疫官たちは、小銃を担いだ大柄な兵士たちを伴うことで検疫の実行部隊へとさま変わりしたが、彼らにはヌーリー医師によって派遣されたキャーミル上級大尉がある種のお目付け役として同行した。現代の私たちが修道場内での出来事を仔細に知ることができるのも、彼がヌーリー医師とパーキーゼ姫に報告したおかげである。

消毒部隊はさながら襲撃者のように道場へ踏み込み、門弟や修道僧たちが事態を飲み込むころには、消毒士たちは事前の計画に従って聖なる羊毛を収めた宝物室や膳所、僧房へ通じる中庭の入り口に刺激臭がぷんぷんするライゾール液を雨と降らせていた。

修道場でもっとも古い施設である小さな礼拝所と僧房へ向かおうとしたところで、騒ぎが起こった。修道場を守るお役目の僧や門番たちが、老齢の消毒士を地面に引き倒しあらかじめ削り出して準備していたらしき薪で殴りはじめたのである。悲鳴や怒声を聞きつけた門弟たちはあっという間に激昂し、半裸や剃髪半ばの姿で、ある者などは手斧を持って、僧房から飛び出してきたほかの修道僧たちとともに、乱闘に加わったのである。

アラブ人部隊の指揮官は中庭で衝突が起きたと聞くや、総督の警告を無視して兵士たちに殴り合いに加勢するよう命じた。

ハムドゥッラー導師の声が響きわたったのはその瞬間であった。

「よくぞいらっしゃった、光栄の至りですな！」

導師が病に臥せって眠っていると思っていた弟子たちは、師の声を聞いてすぐに拳を下ろした。さらにハムドゥッラー導師は、アラブ人兵士たちにアラビア語で語りかけた。彼が口にした「なんと言うても信者はみな兄弟」という聖典の私室章の聖句を理解できた者はいなかったが、彼のアラビア語とその声に宿る誠意は、拳を振るって相争うことがいかに無益であるかを悟らせるには十分だった。

一方、実直な消毒士たちは乱闘騒ぎの間も僧房の消毒作業を続けていた。ある人々によれば、ハムドゥッラー導師の逆鱗に触れたのは、ボンコウスキー衛生総監暗殺の嫌疑で義弟ラーミズを投獄されたことではなく——そもそも導師は義弟の潔白を疑っていなかったという——まさにこのときの消毒作業であったという。つまり、彼の穏やかな言葉でみなが争いをやめたにもかかわらず、消毒士たちが修道場の秘蔵たる糸紡ぎ部屋の錠を乱暴に壊して暴き、死骸じみた悪臭を放つライゾール液を情け容赦なく噴霧したからであったというのだ。

聖所にあたる秘蔵に消毒液を散布するなど、ハリーフィーイェ教団修道場にしてみれば到底、受け入れがたい侮辱であったからだろう、のちのちまで島の老人の中には眉をひそめ〝そんなことはあり得ない、それはただの誹謗中傷だ〟と異を唱える者がいたほどだ。当時のサーミー総督もこの老人たちと同じで、これ以上の大事(おおごと)になるのを避けるべく、ただの中傷めいた流言だと強調した。しかし、修道場が侮辱され、聖所をライゾール液で汚されたと考える者たちがいなくなることはなかったし、その反対に、ギリシア語新聞の記者たちを筆頭とする噂好きや各国領事たちからは、総督が修道場を擁護するあまりに十分な薬剤散布を行わなかったのではないかという批判まで噴出したのだった。そして、一連の主張はいずれも、一人の老消防士の目撃談を基としていた。

消毒作業中に僧房の一室に横たわる二人の見習い僧に出くわしましたが、その首筋には横痃が浮き、熱に浮かされ、正気とも思えぬ表情を浮かべていたので、すぐにペストだと察しがつきました

——消毒士を務めた彼のこの発言に基づいて、幾人かの領事たちは修道場のみならず、周辺地区一帯を封鎖するよう総督に圧力をかけ、イスタンブルに同様の電報を打った。しかしサーミー総督は、これ以上ハムドゥッラー導師を激昂させるのは得策ではないと案じ、いまは軽挙せずに流言飛語を抑え込むのが最善の手と心得て、辛抱することにした。また検疫委員会においても、ダマスカス駐屯の第五軍所属のトルコ語もミンゲル語もわからないアラブ人兵士たちでは、検疫の実行部隊として使い物にならないという点で、意見が一致した。

これを受け総督とヌーリー医師は、消毒任務に専従する兵士たちで構成された小部隊、ないしは特務軍を組織するようキャーミル上級大尉に依頼した。キャーミルは過去三日間の消毒にまつわるさまざまな困難にもめげず、二週間猛然と働いた末に十四名の「隊員」を集め、検疫令下で彼自身が指揮を執ることとなる特別部隊を編成した。部隊の指揮所は駐屯地のパン焼き窯の少し先にある兵舎と定められ、倉庫がわりに使われていた部屋は決定のその日の朝から片付けがはじめられた。またアルカズ港の埠頭にあるミンゲル州徴兵事務所の建物の、入ってすぐの大部屋も、この検疫部隊のために提供された。徴兵事務所にはキャーミル上級大尉の執務机が置かれ、検疫部隊への志願者登録が開始された。

「ヴェネツィア統治時代から残るこの瀟洒な建物を、島民はみな誇りに思っています。ギリシア正教徒とイスラーム教徒の別なく給金が支払われ、夜に自宅へ戻ることが許可されるのであれば、みな喜んで臨時部隊に志願することでしょう」

そう言ったニコス検疫局長に、サーミー総督はあくまで謹厳な態度を崩さずに答えた。

「本営が帝国軍の駐屯地内に置かれる点に鑑みれば、オスマン帝国の慣例に従い、この検疫部隊の指揮官は島出身のイスラーム教徒の中から任命されるべきです。我らが皇帝陛下はフランス、イギリスを筆頭とする列強諸国と約定を交わしたあらゆる改革を実行なさり、陛下の叔父上にあたるアブデュルアズィズ帝や、祖父たるマフムト二世帝に倣って国内のキリスト教徒とイスラーム教徒の不平等を取り払うことに善意をもって取り組まれてこられました。その甲斐あって帝国における、そしてここミンゲル島におけるキリスト教徒臣民は、教育水準においても、商工業分野においてもイスラーム教徒を凌駕し、より裕福となりました。しかし、我らが皇帝陛下が列強諸国に対してただ一つ譲歩なさらなかったのは、下士官以上の兵士の位をキリスト教徒には開放しないという点でした。さあ、私たちはいかにして島民を検疫隔離令に服させるかを案じましょう。領事どもとするような口論はやめて」

22章

サーミー総督は、発行中のギリシア語新聞二紙のうち『アデカトス・アルカディ』紙の主幹が投獄中であるため、もう一紙の『新しい島（ネオ・ニシ）』紙の主幹を召喚し、ハムドゥッラー導師の修道場に対する消毒作業の報道記事を一言一句、書き取らせた。以前投獄を経験し、新聞回収の憂き目を幾度となく見せられた若くて理想主義者の記者を迎えたサーミー総督は、まるで流行しているのはただのコレラに過ぎないとでも言わんばかりに「いま乾燥機から出したばかりだから安全だよ！」などといらぬ冗談を織り交ぜつつ乾燥プルーンやクルミ、それにトルコ珈琲を出して歓待し、帰り際には総督府の玄関までわざわざ見送ったうえで、笑顔のままこう脅しつけた。

「現在、私たちはひどい恐怖と災厄を経験している。イスタンブルも世界も、この件には非常に敏感になっている。報道機関の使命は当局を支援することであって、なにか間違えたことを書いていらぬ不幸を招かぬよう注意したまえ」

あくる日、文書作成官が発行した『新しい島』紙を持ってきて、翻訳官に慎重にギリシア語からトルコ語へ翻訳させた記事を大きな声で読みあげた。

はたしてそこには「書いてはならない！」と総督が命じたはずのことが、ぬけぬけと掲載されていた。消毒士と修道僧が薪を持って大乱闘を繰り広げたと誇張交じりに書かれているかと思えば、修道場の聖所である糸紡ぎ部屋が汚され、悪臭を放つ消毒液にまみれたことまでもが、全島に向けて報道されていたのだ。この記事によって、キリスト教徒にもましてイスラーム教徒の間に流言が飛び交うであろうことは想像に難くなかった。これまでのように祈禱文を書き散らす導師たちや、彼らを妄信する村人、怒りに燃えるクレタ難民の若者たちに限らず、イスラーム教徒なら誰しも、いやそれどころか島でも一等「開化的」な紳士たちでさえも、検疫隔離令と総督への反感を募らせるに違いない。

そもそも問題の記事を書いたマノリスは向こう見ずな記者で、三、四年前から市政の問題点や、通りの不潔さ、賄賂の痕跡や役人たちの無知、怠惰をあげつらっては、総督とオスマン帝国の官僚機構に挑みかかってきた人物だ。当時、サーミー総督は忍耐の限界に達しながらも、不寛容の誹りを受けぬよう批判に耐え、仲介者を立てて態度を改めるよう勧告し、新聞の発行禁止を仄めかすに留めた。そのときは、マノリスも少しは態度を和らげ、それで沙汰止みとなったはずだった。ところが、しばらくすると彼は、今度はあの「巡礼船事件」について根掘り葉掘りをはじめたのである。そこでサーミー総督は、自身と検疫官たちの断罪を企図する「計画的かつ組織的」な出版活動に着手した彼を、口実を付けてアルカズ監獄へ投獄した。もっとも、イギリスとフランスの大使たちからの圧力と、それを受けた宮内省からの電文によって最終的にはマノリスを放免せざるを得なかったのだった。

ただし、サーミー総督にとっては、それまで示してきた特別な友誼を踏みにじられたことの方が堪えたようだ。はじめてスプレンディド・パレス・ホテルで出会ったとき、サーミー総督はマノリスの書いた御者と荷運び人の諍いについての記事の出来を褒めちぎり、優れた情報源を賞賛し、総督府の予算から原稿料を払うからと申し出た上で、その記事をトルコ語の『アルカズ事報』に掲載するとともに、今後二回にわたり連載記事を担当するよう頼んだ。次にレストラン・デギュスタスィオンで出くわした際には、総督自らがマノリスを丁重にテーブルへ招き、玉ねぎとボラのスープを振舞ったうえで、彼の新聞は東地中海一だと周囲に聞こえるよう褒めそやしさえしたのだ。

記事を読み終えた総督は、恩知らずのマノリスをじめじめした寒い独房に放り込み、身の程を弁えさせようと決心するとともに、彼が誰に命じられて修道場の消毒や巡礼船事件の記事を書いたのか捜査するよう命じた。私服警官たちは取材文書の置かれたオフィスやホラ地区のマノリス宅を探し回り、父方のおじの家に潜伏していることを突き止めた。中庭でホッブスの『レヴィアタン』を読んでいたマノリスは、有無を言わさず投獄された。ここでようやく溜飲をさげたサーミー総督は、マノリスをアルカズ監獄の西区画に収容するよう命じた。そこがもっとも疫病に罹患しにくく安全な区画であったからだ。

その晩、マリカに会った総督は、いつものような興奮に身を任せはせず、ただその習慣をなぞるかのように身体を重ねたのち、彼女の語る最新の噂話や醜聞に耳を傾けた。その晩、マリカが聞かせてくれた噂話は到底、信じがたいものばかりだった。

「両親を亡くしたキリスト教徒とイスラーム教徒の子供たちが協力して徒党を組んだのだそうです。夜中に善良な市民の家々を訪ねて回るんです。扉を叩かれた家は、彼らに食べ物をあげないといけないんです。そうすれば疫病で死ぬことはなくなるからって」

「その噂は聞いたことがあるが、ノックをするというのは知らなかったよ！」

「その子たちはペストにかからないんだそうです。両親はペストで死んだのに、一緒に眠っていても病気にならなかったからだって」

「君も窓から見かけたと言っていたが、例の真夜中にネズミの死体をあちこちに置いていくずだ袋を背負った男に出くわした者はいないのかね？」

「閣下、私はこの目でその悪魔を見たんですよ。ですが、ご忠告の賜物で、そんな悪魔はいないのだろうって考え直しました。だってマスクをした消毒士たちが姿を現すと、その男の噂を聞かなくなりましたもの」

「つまり、我らが消毒士諸君が一つ目巨人を追い払ったというわけだね！」

「それと、みな疫病を運んできたのは皇女殿下が乗っていらした船だって言っています、閣下はお嘆きになるでしょうけれど」

「となると、君はその嘘っぱちの肩を持つというんだね、私をいたぶるために」

サーミー総督は自分でも驚くほど恨みがましい口調でそう言った。

「でも閣下、わざわざ自分を欺くためだけに、本当ではないことを吹聴する人がいますでしょうか？」

「となると、君はその嘘っぱちを信じているのかね？」

「みな信じているんです！」

「良からぬことを企んでいるから、信じてしまうんだ。皇帝陛下は島民を救うため、中国へ向かっていた船をわざわざ引き返させてまで、貴重な疫学の専門家を送ってくださったのだよ。それなのに、この島のギリシア民族主義者どもときたら、至大なる陛下とその帝国に仇なそうと、そのアズィズィイェ号こそが疫病を運んできたなどと放言する。願わくば、君も噂に振りまわされんでほしいものだ！」

「お許しください、閣下。……そういえば、検疫を逃れた巡礼船事件の反乱者たちが病を持ち込んだと言っている人たちもいます」

「三年前に巡礼者たちが持ち込んだのはコレラであってペストではない！」

「あとは、商店主に〝五リラ払えばすぐにも開店許可が下りる〟と持ちかける総督府のお役人がいるのだそうです」

「屑どもめ！」

「コフニア地区の子供たちは、空き家に侵入する人たちを見たのだそうです。すぐに子供の父親たちが通報したそうですが、お役人も警官も、総督府の衛兵も、誰も来てくれないんですって」

「そんなはずはない、駆けつけないのかね？」

「噂ではお役人も警官も命が惜しくて仕事をしなくなっているのだとか」

「ほかにはどんな噂が？」

「本当は島を脱出する人を乗せるために船がたくさん来る予定なのに、閣下が許可を出さないと文句を言っている人たちがいます」

「どうして私が許可しないと？」

「疫病が広まって、ギリシア正教徒が島から逃げ出すのを待っているんだって……。イギリス軍とフランス軍が島北のケフェリに上陸したという噂も二度ほど、耳にしました」

「なぜまたケフェリなどに。侵攻するなら直接このアルカズ市を攻めるだろうに」

「私の閣下、私にわかるはずないではありませんか？」

「今日は七名も死者が出たっていうのにひどい噂ばかりだ！」

「閣下、兄の仕事のパートナーがメサジュリ・マリティーム社のバグダード号も、その次のペルセポリス号も乗船チケットを取れなかったのです。その人は閣下を敬愛し、真摯な崇拝者なんです。ご自身も名誉を知る方ですし、そもそも私を頼って来るなんてよほどのことですわ」

「では、パンタレオン社の赤煙突の船が本当に来るか確かめておこうか？　抜け目のない旅行代理店は一人分の座席に対して二枚、三枚とチケットを売っているが、私は黙認しているくらいなんだがね」

「実はもう一つ、どこでも耳に入る噂があります。閣下が立腹なさるだろうから、お教えしたくなかったのですけれど。でも、噂では済ませられないのかも」

「どんな噂だね？」

「ハムドゥッラー導師の修道場を消毒したとき、消毒士たちと修道僧たちの間で争いがあったというんです。道場の人たちが検疫措置に従わなかったんだって。それで、消毒ひとつでこんな調子ではペストは収まらないだろうって、みな話しています。ギリシア正教徒たちは島を捨てるだろうって。でも閣下、この島は正教徒がいなければ立ち行きません。イスラーム教徒なくしては成り立たないのと同じです！」

「もちろんだとも。でも、君は心配しなくていい。私たちで、あの導師に身の程を弁えさせてやるからね。第一、ハムドゥッラー導師は、それはそれは温厚なお人だよ」

翌朝、感染地図に死者七名の家と、ペスト菌に汚染された可能性のある感染地域を書き込んでいたヌーリー医師とイリアス医師に、サーミー総督がきっぱりとした口調で言った。

「このままハムドゥッラー導師がイスタンブル政府から見逃され続ける限り、島に本格的な検疫隔離体制を確立し、イスラーム教徒たちに禁則事項を遵守させるのはますます困難になるでしょう。イスラーム教徒が検疫を軽んずるうちに、やがてはキリスト教徒たちも規則を守らなくなってしまう。そうなればインドのようにペストは何年も終息せず、私たちは死に、島も疲弊してしまう。親愛なる先生方、なにもかもが一挙にうまくいかなくなってしまったのは、どうしてなのでしょう？」

答えたのはヌーリー医師だった。

「検疫当初に打った策はどれも順調でした。藁置き場の所有者が逮捕されたのは唯一の例外ですが、あれとて必要なことでした」

御者たちに飼葉を提供していたその藁置き場で、下働きをしていた幼い少年がペストに罹患し、泣きわめき苦しみ抜きながら息を引き取った。みなは涙に暮れ、医師たちは消毒しても使い物にならないので藁山を燃やすことにした。ところが、折悪しく藁置き場の所有者がその藁を積み込みにやって来て、燃やすと聞かされて腹を立て、藁巻きの上に寝そべって火を点けさせなかった。所有者の企てはそのときはうまくいくかとも思われたが、あとになって検疫官たちを妨害し、疫病の拡大を幇助した廉(かど)で拘束されてしまったのだった。

市民が数々の禁則事項に「服従」することこそが検疫措置成功の鍵と信じるサーミー総督は、この日の午後にハムドゥッラー導師の義弟ラーミズに対しての審問をはじめることにした。

「ラーミズとその手を血で汚してきた二人の無頼を、州広場で絞首刑に処すのです。そうすればもっとも傲慢な跳ね返りどもでさえ、この島でもっとも巨大な権力を持つのが誰か、思い知ることでしょう」

まずはじめに意見を述べたのは検疫局長のニコス医師だった。

「私たちは領事ではありませんから〝州政府はキリスト教徒とイスラーム教徒を平等に扱え〟と唱えるつもりはございません！　ですが閣下、私たちの島ではこれまで、ヨーロッパのように見せしめの絞首刑が行われたことは一度としてありません。やんちゃな子供程度であれば震え上がるでしょうが、それが検疫措置にとって吉と出るか凶と出るか、私には判断がつきません」

イリアス医師がこれに続いた。

「総督閣下、公開処刑は検疫にとって有益とは言い難いでしょう。ボンコウスキー閣下は常々、絞首刑も殴打も投獄もすべて、検疫隔離行政はもとより、現代的かつヨーロッパ的生活様式にもそぐわないと仰せでした」

「襲撃を恐れて駐屯地の外へ出られないあなたが、自分を脅かす狂信者どもを擁護なさるのですか」

サーミー総督がそう返すと、イリアス医師も食い下がった。

「閣下、私を脅迫したのがラーミズ一党だというのは確かなのですか」

「確かですとも。そして、今後ここにいる私たちの身に何かあれば、それもまたラーミズ一党の仕業だろうと断言しておきましょう」

「証拠なき断罪や人権侵害は、住民の敵愾心や不服従を呼びかねませんぞ！」とニコス医師が言うと、総督はキャーミル上級大尉に視線を向けて言った。

「義兄が有力な教団の導師であるというただそれだけで、かくも多くの方々があの跳ね返りの恥知らずのならず者に味方するのだから驚きだね」

　このときキャーミル上級大尉は何も答えなかった。その一時間後、サーミー総督と二人きりになるとヌーリー医師はこう切り出した。

「サーミー総督、あなたはよくご存じのことですが、皇帝陛下が私をミンゲル島へ派遣なさったのは、ただ検疫を敷くためのみならず、ボンコウスキーさまの殺害犯を探させるためでもあります」

「存じ上げておりますとも」

「私自身が座長を務めております捜査委員会では、ラーミズを有罪とする証拠は上がっておりません。ボンコウスキーさまが郵便局の裏口から抜け出し、フリソポリティッサ広場でご遺体が発見されるまでの間、当のラーミズは漁師たちの使う埠頭の裏手の公園におり、そのあとパナヨト理髪店で髭を剃ったのち、ホテル・レヴァントのナイトクラブに部下たちと一緒にいたことが多数の証言からはっきりしておりますから」

　すると総督はヌーリー医師をからかうように微笑んだ。

「普段は人前に出てこないラーミズのような輩が、ボンコウスキーさまが殺害されたまさにそのときに、島でももっとも人目につく場所に姿を晒した理由をお考え下さい。そう結論を急ぐこともございますまい。見ていてください、絞首台が州広場に立てられれば、もう誰も検疫令を蔑ろにしなくなるでしょうから」

23章

キャーミル上級大尉は、ラーミズについてさまざまな意見に注意深く耳を傾けながらも、自分の心のうちは明かすまいと口を噤んでいた。実家へ帰るたびに母から聞かされたからだろう、キャーミルは前にもましてラーミズと昔婚約していたゼィネプという娘に興味を持つようになっていた。母親の評はともかくとして、ゼィネプの強情さは、ラーミズとの婚約が破綻したせいに思われた。聞くところによると、看守をしていたゼィネプの父親はラーミズと持参金の値段交渉をし、その一部を二人の息子に与えたのち、いよいよ披露宴の詳細も決まったというところで、あっけなく病死してしまった。婿候補であったラーミズは、義理とはいえ島でもっとも力を持つ修道場の導師の弟であるから、父が亡くなったいま婚約を巡ってあれこれの問題が起こりかねなかった。そのため、ゼィネプは父の死の二日後に結婚をあきらめねばならなくなったのだ。

母によれば、その窮状を脱するため一刻も早く別の誰かに嫁いで、島外へ逃れるというのがゼィネプの望みらしい。だから、再会した息子が見目もよく、将校にまでなったにもかかわらず孤独を嘆いているのを見て、すぐに良縁だと思いついたのだそうだ。

ではここで、ミンゲル島史において長らく激しい議論を呼び、だからこそもっとも愛され、あるいはさまざまに尾ひれが付されるキャーミルとゼイネプのロマンティックな恋物語について、少し筆を割きたい。二人の恋について、その歴史的事実の側面と「ロマンティック」な部分を、分かちておきたいからだ。なにせ歴史物語というのは、それがロマンティックであればあるほどに事実からは遠ざかり、真実味を増せば増すほどに、残念ながらロマンティックではなくなるものなのだから。

二人の恋物語には、ゼイネプがラーミズとの結婚をあきらめるに至った理由に応じて、さまざまな異説がある。キャーミル上級大尉の母親の言を容れるなら、ゼイネプが結婚を取りやめたのは、ラーミズに島北のネビーレル村にすでに妻——二人目の妻だという見方もある——がいるのを知ったからだという。キャーミルもこの話を信じたいとは思ったものの、口さがない人々によれば事実はそうではない。つまり、ゼイネプは当初からラーミズにもう一人妻がいるのを承知していたものの、父や二人の兄に逆らうのが怖くて言い出せなかったというのだ。しかし父が死んだので、ゼイネプはこの懸案を持ち出して結婚に異を唱えた。父がラーミズから受け取った婚資金を兄のハディドとメジドの双子に預けたことはすでに述べたが、兄たちは妹には一銭も渡さなかった。それで若い娘はすっかりへそを曲げ、島を出てイスタンブルへ行くことを夢見るようになってしまったのである。一九〇一年当時、地方都市に住む十七歳のイスラーム教徒の子女にしてはひどく大胆な夢であるが、そんなゼイネプだからこそキャーミルはすっかり参ってしまったのかもしれない。

他方で、ラーミズの支持者たちの主張に従うなら、狂おしいほどに愛し合っていたラーミズとゼイネプを政治的な理由で引き離したのはサーミー総督ということになる。総督はラーミズの鼻を明かすことで、島でもっとも権威ある地位にいるのが自分であることを義兄のハムドゥッラー導師に見せつけると同時に、「カリスマ性と影響力」——これはある男性の歴史家の評である——を兼ね備えたキャーミル上級大尉の手綱を操るための権威を手に入れようとしていたという主張だ。

ところでキャーミルの母サーティイェとゼイネプの母エミーネは、出身地区こそ異なるが五年来の友人で、当然ながらゼイネプのことを十二歳のころからよく知っていた。ゼイネプは当時から美しく、サーティイェは「はてさてキャーミルが娘を気に入るのが先かしら、それともゼイネプがお熱になるのが先かしら？」などと思い描くことはあったが、実際には二人はいまだ会ったことすらなかったのだった。

なにせゼイネプ一家は喪中であるし、街にはペストの大流行を示す兆候が幾つも見られたので、結婚や婿探しを話題にするには時期が悪かった。そこでキャーミルの母サーティイェは、やや遅くなったとはいえ息子をゼイネプの家に弔問に送るのがよいと思いついた。ゼイネプの母エミーネも娘が島を出る以外に一家の名誉を守る手段は残されていないと思い詰めていたし、そもそもギリシア戦争の英雄として勲章を賜った美丈夫に娘を嫁がせられないかと言い出したのは、彼女の方だった。はじめて婚約の話を聞かされたとき、ゼイネプはひどくびっくりしたものである。

こうしてキャーミルは、オスマン帝国の将校服を着こんでゼイネプの家に向かうことになったわけだが、ラーミズが心からゼイネプに懸想していたことを知っていたため、その心中には不安が渦巻いていた。母にせがまれて嫁候補の娘に会いに行くのは、これがはじめてではない。士官学校を卒業して間もないころ、サーティイェ婦人が「島の親戚の娘なのよ！」と言うのでイスタンブルのヴェファ地区のぼろぼろの木造住宅に住む一家を訪ねたことがあったのだ。娘は美人ではなかったが、キャーミルはその家の壁に掛かっていた絵のことだけは何年経っても覚えていた。額縁に入れられたそれが、イスタンブルに来てからついぞ見かけなくなった海の絵だったからだ。

ゼイネプの自宅はイスラーム教徒墓地裏手のバユルラル地区の西の外れにあった。子供のころこの地区の子供たちと、キャーミルの住むアルパラ地区の子供たちとは、互いに徒党を組んで大喧嘩に興じたものだ。パチンコで石やイチジクを弾丸がわりに飛ばし合い、銃剣突撃する軍隊よろしく棍棒で殴り合うのだ。とくにバユルラル地区の子供たちはイスラーム教徒地区の前線を自任していて、アルカズ川対岸のホラや聖トリアダのようなギリシア正教徒地区へ、古(いにしえ)の尖兵隊(アクンジュ)（近世に東欧、中欧などへ小規模な略奪遠征を繰り返したオスマン帝国の軽騎兵）のように殴り込みをかけ、家庭菜園からプラムやサクランボをかすめ取ってくることもあった。そして、冬に川を渡るのが難しくなると、みな自分の地区の通りへと退却していくのだ。

キャーミルが歩いていくと、坂の下から墓地へ上ってくる葬列が見えた。二十人足らずの参列者はみな男で、一様に押し黙っている。半数はトルコ帽をかぶった大人で、もう半分は子供たちだった。葬列の後ろには犬が一匹従っていた。バユルラル地区に入ると、ある家の庭先に一人きりで、まるでなにか罪を犯してしまってそれを恥じるように声も出さずに泣いている子供を見かけた。庭の塀の向こうから通りを用心深く見張る、恐怖を湛えた顰め面の住人たちの視線に幾度となくぶつかったものの、美しい娘との結婚生活を夢見ていたキャーミルはそうした恐怖とは無縁だった。

聖トリアダ教会のブリキを叩くような鐘の音が正午を知らせるのに合わせ、キャーミルも坂を上りはじめた。あらかじめ母親と練ったごく単純な計画に従ってのことだ。

計画では、すでにゼイネプの家を訪ね、母娘と一緒にいる母サーティィェが同じ鐘を合図に「今日はなんて暑いんでしょ」と言って小さな出窓を開ける。そして、なにがしか理由をつけてゼィネプを窓辺に呼びよせ、坂の下からやって来る息子を彼女に見せるのだ。そうなれば、息子もゼィネプの家に上がることができるだろう。

娘たちを魅了する金ボタンに、国章と勲章のついた軍服に身を固めているのだから、恥をかくようなことにはなるまい——キャーミルはそう確信していたものの、坂を上りきり、日当たりのよい窓を開ける母の姿が目に入ると、途端に胸が高鳴った。母は手筈どおり息子を見つけ、家内へ声をかけた。扉が開いたので、キャーミルはこれでゼィネプと会えるだろうと気楽に家の中を覗き込んだ。

ところが彼を中へ招き入れたのは男の子で、上階の食卓にも母サーティィェとエミーネ婦人しかいなかった。エミーネ婦人が夫の死を嘆いて少し泣き、それから気を取り直して「素晴らしい制服が本当にお似合いね」と言ったのを皮切りに、しばらくはネズミのことが話題になった。十日前の朝、女たちは丘の下の地区へ下りる街路が、足の踏み場もないほどのネズミの死体で埋めつくされているのを目の当たりにした。息子からあれこれ聞かされているサーティィェとは異なり、ゼィネプの母親エミーネは、キャーミル母子が信じていないような眉唾物の噂話もあれこれ知っていた。たとえば、ペストをキリスト教徒地区から持ちこんだのは、真っ黒の山羊髭に真っ赤な眼をした黒マント姿の司祭なのだという。その司祭は袋から取り出したネズミの死体をイスラーム教徒地区の家々の庭や通りにばらまき、ペスト菌入りの練薬を泉亭や塀、扉のノブに塗りたくるらしい。ある晩、その司祭に出くわしたカディルレル地区の子供によれば、そいつは一つ目だったのだそうで、目撃した子供は二日の間、恐怖のあまりまともに口さえきけなくなってしまったという。

「でもハムドゥッラー導師さまの護符を手に入れて、それを一つ目のペストの悪魔へ向けて掲げれば、大袋の中のネズミを置かずに尻尾を巻いて去っていくんだそうですよ」

エミーネ婦人は二人の客人にそう力説した。

いずれにせよ母が褒めそやした美人の娘は、家にいないようだった。キャーミルは大人の話に飽きた子供のように窓から群青色の海や新築の家々の並ぶアルカズの街並み、それに樹木のまばらなオリーヴ園を眺めやった。気が張っていたせいだろうか、野戦病院の患者のように猛烈な喉の渇きを覚えた。

「下へ行けばベシルが水をくれるわよ」

息子の様子を察した母のサーティィェに言われ、キャーミルは階段を下りて三和土（たたき）へ下りると、食糧庫とひと続きの台所へ入っていった。

台所は暗く、とても水甕や碗など見つけられまいと思ったそのとき、灯油ランプが灯され、しかしすぐに消えた。一瞬差した明かりの中に女性と思しき影が浮かび、「水はそこよ！（アクヴァ・ヌカル）」というミンゲル語の囁き声が響いた。

ところが、実際に水甕の木蓋を持ち上げて碗によそって水をくれたのは、ベシル少年だった。埃っぽい水で喉を潤し二階へ戻ると、母親が奇妙な表情を浮かべていて、それでキャーミルは階下にいた少女がゼイネプであったとようやく得心した。しばらくの間、キャーミルは垣間見たゼイネプの美しさに思いを馳せたものの、結局彼女が二階へ上がってくることはなかった。

以上が、パーキーゼ姫の書簡が伝えるキャーミルとゼイネプの最初の出会いである。私たちとしてはこの「ヴァージョン」を事実として受け入れておくことにしよう。ちなみにミンゲル島では、はじめて出会ったとき二人が長いこと言葉を交わしたという巷説も知られているけれど、こちらはキャーミル上級大尉自身による創作である。そのためミンゲルの公的な歴史書や教科書にはそちらが載せられ、一九三〇年代にヒトラーやムッソリーニの影響を受けた極右のミンゲル民族主義者が出版した書物などでは大いに支持されもした。なにはともあれ、一九〇一年の時点でキャーミルとゼイネプがトルコ語ではなくミンゲル語で「もっと早くお会いしたかった！」とか、「あらゆるものを、私たちが子供のころに話していたこの言葉で名付け直さねばなりませんね！」とかの、歴史的意義を含み持つ複雑なやり取りが交わされるような邂逅ではなかったということだ。残念ながら！

さらに言えば、一九〇一年の辺境生まれのオスマン帝国軍の将校が、ある少女の歓心を買おうと思ったなら、現地の言葉など用いず、むしろ成功の糧としてきたトルコ語で話したはずだ。これはゼイネプにしても同じで、「アクヴァ・ヌカル（水はそこよ）」というさきほどのミンゲル語の二言にしたところで、はからずも口をついて出たというのが本当のところだろう。ちなみに「水（アクヴァ）」という言葉は、麗しきミンゲル語にあってもとくに古く、美しい語彙であり、ミンゲル語からラテン語やそのほかの西欧諸語に移入された語彙であるのも、周知のことと思う。

24章

オスマン帝国のほかの地域と同様、ミンゲル島でも外国籍の者同士の裁判は各国の領事館で執り行われた。たとえば、フランス国籍保有者であるメディ書店の店主マルセルとイギリス領事であるムッシュー・ジョルジの間の負債を巡る裁判は、原告がマルセルであったためフランス領事館で開かれた。外国籍保有者と帝国臣民間の訴訟であればオスマン帝国の法廷で審理されるが、領事たちが通訳などとして参加することも少なくなかった。州総督が判決の行方を左右する権限を有したのは、イスラーム教徒間の取るに足らない傷害事件や借金や土地を巡る係争に関してのみであったため、サーミー総督はそうした機会を逃さず、裁判官に自分の所見を嬉々として伝えるようにしていた。

そもそも帝国臣民同士の殺人や娘の誘拐など、イスタンブルの新聞が興味を持ち、裁判も長引くであろう事件が起こると、あらゆることを管理下に置こうとするアブデュルハミト帝の命によって、イスタンブルに管轄が移されるのが常だった。たとえば三年ほど前にギリシア正教徒の娘をかどわかし、途中で二人の命を奪った山賊ナーディルの裁判はミンゲル島の領事たちのみならず、イスタンブルの大使たちまでも巻き込んで大騒動に発展した。紙の上で改革すると約したところで、オスマン帝国では旧弊と専制が続いていることを示す事件だとして騒がれたのだ。最終的には、サーミー総督が介入する前に殺人犯はイスタンブルへ移送され、セリミイェ兵営の暗い監獄で絞首刑に処せられた。あるいは昨年、考古学者セリム・サーヒルの警告によって発覚した詐欺師ラモス・テルツァキスの事件。テルツァキスは島からヴィーナス像を密かに持ち出そうとして逮捕されたが、帝国臣民であるにもかかわらず偽造書類を盾に領事館の職員だと強弁した末、イスタンブルの世論の注目を浴び、やはり裁判も帝都で行われることになった。結局、アブデュルハミト二世はこの密輸業者を赦免し、自分の役に立つ情報提供者として遇し、三等メジディイェ勲章と金貨まで賜せた。

此度のボンコウスキー殺害事件もイスタンブル各紙で大きく報じられてはいるものの、いまのところアブデュルハミト帝から、裁判を帝都で開くよう命じられてはいない。サーミー総督の見立てでは、イスタンブルに検疫体制を敷く労や、帝都に投錨する帝国軍の軍艦にペストが飛び火するのを懸念してのことだろう。となると陛下は、殺人犯を人知れず処罰させ、さっさと事件を風化させたいとお望みのはずだ――そう結論づけたサーミー総督は執務室に裁判長を呼び、ヌーリー医師率いる捜査委員会の報告書を待たずに判決を下し、容疑者三名を即刻、有罪とすることこそが大御心に適うと伝えた。

罪状は治安監督部の密偵たちや、秘密警察が何年もかけて集めたラーミズ一党の反政府活動のファイルから適当にでっち上げられた。巡礼船事件に憤る村民たちとの共謀、憲兵に対する抵抗、ギリシア人村落を襲撃する山賊メモへの協力（サーミー総督も隠れてまったく同じことをしていたのだが）等々を、ボンコウスキー殺害の確たる証拠とする一方、事件発生当時にラーミズが別の場所にいた点は、無実の証拠としては取り上げられなかった。訴状では、ラーミズの部下たちは修道場や祈禱文が広まるイスラーム教徒地区に逼塞し、高名な衛生総監が来るのを待ち伏せていたという風に書き換えられたのだ。ラーミズがボンコウスキー殺害を計画したのはひとえに検疫隔離措置を妨害し、しかして島に混乱をもたらし西欧列強を招き入れ、ミンゲル島をクレタ島のように帝国領土から奪うためとされた。実際には正反対の意図で山賊たちを支援していたラーミズは、罪状が読みあげられても答えもせず、最後に発言を求められて、ようやくこう言った。

「これらの誹謗中傷も拷問も、まったくもって政治的ではないな。娘っ子への愛と嫉妬で編まれた靴下みたいな代物だ」

あとでこのラーミズの受け答えを聞いたパーキーゼ姫は、キャーミルとゼイネプの恋の成り行きに興味津々であったこともあって、思わず夫に尋ねたものだ。

「愛というと、ゼイネプのことね！　ねえ、裁判に上級大尉は参加していたのかしら？」

「判決のときはいたけれど、裁判中は見かけなかったよ」

ラーミズの発言は皇女とヌーリー医師を大いに驚かせ、より一層、冷酷なガキ大将のような山賊の印象を強めた。

居室にいるとき、二人はボンコウスキー殺害犯の捜査についてたびたび話し合ったものだ。サーミー総督の指示を受けた捜査委員会の役人たちは、ラーミズの周辺やネビーレル村のテルカプチュラル修道場、あるいはハリーフィーイェ教団修道場関係者や、道場の出入りの商工業者を洗っていたものの、決め手となるような手がかりを見つけられずにいたからだ。

「サーミー総督は政治的な先入観に則って行動する人だから、それ以外の可能性など考慮しないうえ、細々とした事実は気にかけない。つまり捜査手法からして間違えているんだ。それに、総督なりの政治的思考を進めていけば、ボンコウスキーさまを殺した犯人は、ペストの拡大を望むギリシア王国大使レオニディス殿ということにもなりかねないよ！　あるいは、ラーミズのような輩に罪が着せられるだろうと見込んだ、他の領事が黒幕にされる可能性もあるけれどね」

この時期、パーキーゼ姫は叔父のアブデュルハミト帝が耽溺する探偵小説よろしく、殺人事件を解決すべく夫と一緒に知恵を絞っていたのだけれど、まさにその叔父への憎悪がゆえにシャーロック・ホームズには似つかわしくない非論理的な感情に捕らわれることもままあった。そうなると、悪意に満ちた叔父こそが、ボンコウスキー殺害の黒幕に思えてならなくなってしまう。そのせいで一度など、こちらの言い分を受け入れてくれず、ほかならぬ叔父のために秘密警察めいた仕事に従事する夫に、侮蔑の言葉を口にしてしまったこともあった。

「ミドハト閣下（一八二二―一八八四年。大宰相としてオスマン帝国憲法〔いわゆるミドハト憲法〕の発布に尽力したが、アブデュルアズィズ帝暗殺の疑いをかけられ失脚、流刑地にて密殺された）の殺害と同じです。すべてあの人のやったことです。それをあとから別の人の罪にしているだけなんです。それがおわかりにならないなんて、正直に申し上げて呆れ返りますわ！　あなたって本当に純真でいらっしゃるのね」

ヌーリー医師は結婚してからはじめて妻になじられたためひどく傷つき、部屋を飛び出した。考えがまとまらないときは、街を適当に歩き回るに限るという思いもあったし、街路にたゆたう不思議な静寂に耳をそばだてながら散歩し、疫病の兆候や、市民たちが自力で見出したさまざまな感染対策などを実見しておきたかったのだ。いまや市民たちがペストに怯えているのが、木々の葉擦れの音からさえ窺えるかのようだ。二階の窓が開け放たれ、しかし庭の門扉は固く閉ざす家々が並び、疫病と殺害犯が跋扈（ばっこ）しているせいもあってか、通りには重苦しい空気が漂っている。庭に調理道具や衣装箱、水甕などを出したままの家もあれば、庭に出た父親と息子が大工仕事や、なにかの修理をしている家もあった。そこでヌーリー医師は、もしかしたら疫病への備えとして家の内側から釘を打つための準備かもしれないと思い当たった。井戸の滑車やドアノブ、錠前、ガス灯、日干しされているキリム――ヌーリー医師は、ごくありふれて見えるものの中に、誰も気づかないような疫病終息の手がかりを見出そうと努めた。

　そうするうち、ふとヌーリー医師は伝染病を食い止めることと、殺人事件を解決することとの間に横たわる深遠な類似性を、どうにかサーミー総督に理解させられないだろうかと閃いた。そこでヌーリー医師は宵の口に総督府の執務室を訪ねたものの、結局はさきごろの裁判について総督の道徳心を諮（はか）り、その怒りを誘うような問いを発することしかできなかった。

「総督閣下、あの男は本当に犯人なのでしょうか？　もしかして、厳しい取り調べに耐えきれず〝自分がやった〟と言っただけなのではありませんか？」

「あなた宛ての電文や、私自身が賜った勅令電文にあるとおり、一刻も早く殺害犯を見つけることこそが皇帝陛下のお望みなのです。あなたもよくわかっておいでのはずだ！　そのためにこそ、あなたはこの島に送り込まれたのですから。ある州で殺人事件が起きる。それが衆目を集め、イスタンブル政府と皇帝陛下が間に入って来たなら、もう州総督ごときが出る幕はありません。もし私が〝捜しましたが見つけられませんでした！〟などと奏上してごらんなさい、州総督としての不明と統治能力不足を告白したも同じで、すぐにも罷免されてしまうでしょう。悪くすれば、昔日の諸帝たちがそうなさったように、〝見つけられませんでした！〟という返答そのものを、政敵を匿い皇帝の首を取ろうという叛意の表れと取られ、斬首されてしまうかもしれないのですぞ！」

「もうそのような時代ではありますまい。恩恵改革がはじまって以来、私たちが責任を負うているのはおのおのの宗教共同体ではなく、市民社会全体なのですよ。陛下が医師である私を寄こしたのも、まさにそのためでしょう」

「このような重大事における責任者が誰かを決めるべきは、国家です。さもなくば、少数派のキリスト教徒たちばかりが得をすることになりかねません。彼らはすでに取るに足らない細々としたこと、たとえば商店街であるとか、青空市場であるとかを支配しているのですからね。私たちは殺害犯を見つけた。そして、犯人も罪を白状した、それだけです」

「こんなやり方でボンコウスキーさまの殺害犯をでっち上げるのが、陛下の御心に適うとは思いません」

「皇帝陛下が何を求め、何をなさりたいのか、まるで見聞きなさってきたかのような口ぶりですな」

「実はそうなのですよ」

そうヌーリー医師は答えた。

「畏くも陛下におかれましては、ボンコウスキーさま殺害の真犯人とその犯行を、詳細にわたって精査したうえで、確たる証拠に則って発見することこそをお望みです。あたかもシャーロック・ホームズの物語をお読みなるように。殴打も拷問も、陛下のお望みではありません」

「シャーロック・ホームズというのは、どなたですかな？」

「まずは証拠を集め、しかるのち書斎へ戻り、それらを論理的に並べていって殺人事件を解決するイギリス人の探偵です。皇帝陛下は殺人事件をヨーロッパ人たちのように手がかりを見つけた上で、解決なさろうとお考えなのです」

「たしかに陛下はイギリス人を高く評価しておいでですが、イギリス人そのものはお嫌いのはずです。そのこともご考慮下さい」

この晩、総督が口にした最後の言葉には、ある種の預言めいた側面があったことを、読者諸君には覚えておいていただきたい。

25章

「シャーロック・ホームズのように」という言葉で、はたしてアブデュルハミト二世はどのようなことを意図していたのだろうか？　ヌーリー医師はパーキーゼ姫との婚前に、皇帝自身の口からこの表現を聞いたことがあった。

ここで物語の理解の一助となることを期して、アブデュルハミト二世という皇帝について十九世紀後半のオスマン帝国史の専門家であれば誰しもが知る事実を思い出しておきたい。つまり、彼が推理小説に耽溺していたという事実を。帝都イスタンブルはユルドゥズ宮殿から出るのを恐れるアブデュルハミト帝は、世界の主要な新聞雑誌の大半を定期購読しており、新刊はもちろん、目新しい思想についても把握するべく努めたことで知られる。宮殿内には翻訳室が設けられ、職員たちは政治的な記事は言うまでもなく、科学や技術、工学、あるいは医学など、各分野における進展を解説する論考や書籍を、皇帝のために翻訳していた。この時期、ロシアの軍制、ユリウス・カエサル、そして伝染病に関する三冊の書籍が翻訳されているけれど、実のところ翻訳室の翻訳官たちが翻訳に忙殺されていたのは、探偵小説の方であった。

皇帝はウジェーヌ・ベルトル＝グレヴィル、エドガー・アラン・ポー、モーリス・ルブランのような新顔の推理作家たちの未読作品にご執心で、昔から好きなエミール・ガボリオやポンソン・デュ・テライユのような作家の新作の動向をパリ駐在のミュニル大使に報告させ――大使自身の回想録にあるとおり、パリ駐在大使はこのほかにも、デパート・ボン・マルシェで皇帝の下着を買い揃えるという任務も帯びていた――大急ぎで送られてきた書籍がイスタンブルへ届くや否や、職員たちが翻訳に取りかかるのだった。パーキーゼ姫が手紙を送っていた姉のハティージェ姫の夫は宮内省の書記官をしていたが、彼も折にふれてフランス語翻訳を命じられ、ときには皇帝の就寝前の読書時間に間に合わせるべく四苦八苦させられていた。

当然ながら英語翻訳官もいた。あるとき『ストランド・マガジン』に載ったアブデュルハミトその人に関する記事（「赤いスルタン、暴君アブデュルハミト」など！）を翻訳していた職員が、虫が知らせたものか、ふとそのページの裏に載っていたシャーロック・ホームズの「技師の親指」も訳出してみたところ、アブデュルハミト帝は大変に気に入り、コナン・ドイルの作品を追いかけるようになったのである。

宮殿の翻訳官が間に合わないとなると、イスタンブル市内の有名書店を介して専門の翻訳家に声がかかることもあった。アブデュルハミト二世の専制政治を誰よりも憎んだはずの青年トルコ人（十九世紀後半から二十世紀初頭にかけて専制政治の打倒を掲げて活動した活動家の総称。一九〇四年に専制を倒し、第二次立憲政を立てる）たちや革命家、あるいは自由主義者、新聞記者たちは、知らぬ間に当の皇帝のために小説を翻訳していたというわけだ。「皇帝は誰彼構わず投獄し、あらゆることを禁じる暴君だ」と唱える反体制派や、フランス語に堪能でアブデュルハミト二世を「赤いスルタン」という蔑称で呼んだギリシア人やアルメニア人の学生たちも、ある者はなんとなしに事情を察しながら、またある者はただアルメニア系の大出版人であるカラベト・トマヤンのために仕事をしているのだと思い込みながら、皇帝のための小説翻訳に従事した。またアブデュルハミト二世は、『三銃士』や『モンテ・クリスト伯』などの古典的名著を全訳させたうえで、夜の伽語りに供させたが、気になる箇所があると小説全体や、該当する数ページを自ら検閲することもあった。このときの全訳本は一九二三年にトルコ共和国が独立して以降には「アブデュルハミトのために翻訳された」という宣伝文句と共に、検閲削除された箇所はそのままに販売されたものだ。

アブデュルハミト二世の治世は、ちょうどフランスで探偵小説や推理小説が見出され、イギリスでは人気を博し、やがてその翻訳が世界中で読まれていく時期と重なっている。そのため現在イスタンブル大学図書館に収められる五百冊ほどのアブデュルハミト翻訳本コレクションをして「推理小説黎明期の図書館」と称しても、誤りとは言えまい。

その治世から百年を経て、トルコ共和国の現政権がアブデュルハミト二世を専制的ではあったものの、国民から敬愛された民族主義的かつ敬虔な帝王として賞賛し、新しく建てた病院にその名を冠するようになった現在、この皇帝を慕う幾人かの歴史家たちは、彼の所持した推理小説を調査し、その好みを詳らか(つまび)にしてみせた。それによると、三十三年に及ぶ治世を誇ったこの皇帝は推理と謎解きの合間に、たとえばウージェーヌ・シューの『パリの秘密』のようなメロドラマティックな偶然であるとか、グザヴィエ・ド・モンテパンのような安易な恋物語が差し挟まれる展開が嫌いだったようだ。あくまで頭脳明晰な探偵が、国家や警察と力を合わせ、多種多様な目撃証言を注意深く検め、その知性によって犯人を突き止めるという筋書きが、彼の好みだったのである。

なお、アブデュルハミトは自ら小説に目を通していたわけではない。夜になると寝台の少し離れたところに御簾（みす）を立て、その後ろに控える彼の信頼を勝ち得た美声の官吏や、古くからの廷臣に小説を伽語りさせていたからだ。ひところ、伽語りのお役目は皇帝の着替えや装飾を任された御衣（みそ）係が担ったものの、次第に信頼の厚い宮内省の高官に委ねられるようになっていった。やがて眠気が訪れるとアブデュルハミトは「もうよろしい」と声をかけ、すぐに寝入ってしまったという。あるいは、宮廷付きの専門の伽語りともなれば、ややも沈黙が続けばこの世の礎たる皇帝陛下が御寝したのを察して、そっと御簾を押し開け辞去するのが習いだった。一冊の推理小説が終わると、ちょうど自分の気に入った風景画に「御覧（ごらんず）」と朱印を捺させた中国の皇帝たちよろしく、書記官が「御読書済み」と書きつける。疑心暗鬼にとりつかれ、心中に悪意を託つ者の常か、アブデュルハミト二世は記憶力に優れ、そのせいで七年前にすでに読んだはずの小説をふたたび朗読しようとした官吏が宮中を追われ、ついで帝都からダマスカスへ所払いされたほどだ。

ヌーリー医師もこうした話のおおよそは耳にした上で、皇帝に拝謁すべくユルドゥズ宮殿に伺候した。謁見を待つ間に相手をしてくれたのはハティージェ姫の婚約者だった。ニコル教授やシャントメッス教授、そしてボンコウスキー・パシャなど、医学校の教授陣が彼のことを褒め称えていることや、そのおかげで皇帝の同意のもと一向に病状が良くならないムラト五世のお妃に謁見するため後宮（ハレム）への入来が許可されたこと、そしてハレムでパーキーゼ姫と対面したのち詳細な身上調査が行われた結果、ヌーリーと皇女の結婚に許可が下りたこと、さらには皇帝陛下がその結婚を推奨なさっていること等々、さまざまな話を聞かされた。なんでも皇帝は、ヌーリー医師についてあらゆる角度から調査を行わせ、とくにその微生物学や実験設備に関する経験と知識に感銘を受けたのだという。

アブデュルハミト帝に謁見するその日、宮中でヌーリー医師を迎えたハティージェ姫の未来の夫君は慎重な口調でこう教えてくれた。

「今上陛下が直接、お会いになる相手は、世間で思われているよりもずっと少ないのです。大宰相閣下や陸軍大臣閣下、そのほか列強各国の大使たちでさえ、何時間も待たされるほどです。ですから、あなたに与えられた謁見時間は、大変な名誉なのですよ」

それにもかかわらずヌーリー医師は半日待たされた挙句に、いっとき賓客室でもてなされたかと思えば、陛下御自身のお出ましは翌日になるので今晩は宮中に宿泊するべし、と言われた。ヌーリー医師はパーキーゼ姫との結婚生活に想像を逞しくしつつも、これまでユルドゥズ宮殿へ召喚され待ちぼうけを食らった挙句になんの前触れもなく逮捕された若い医師たちのことが脳裏をよぎった。自分もそうなるのだろうか。母も親類縁者たちも、いや医者仲間たちでさえ、ヌーリーが先帝の姫君との結婚に胸高鳴らせて参内し、逮捕されたと聞かされても驚きはしないだろう。

そのうちに侍従が入ってきて「皇帝陛下が謁見をお認めになられました」と告げた。太りじしの侍従について御苑の緩やかな坂道を上り平屋の建物へ入った。辺りは宮廷武官たちや官吏、それに後宮宦官(かんがん)たちでごった返していたが、謁見の間にはタフスィン侍従長の姿があるきりだった。

いよいよ皇帝に見(まみ)えるころには、まだ若いはずのヌーリー医師はすっかりくたびれ、恐れおののいていた。頭の中に聞こえるのは「偉大なハーンにして、至大にして世に並ぶものなきオスマン帝国の帝王たるアブデュルハミト陛下の御前にいるんだぞ」という理性の声だけで、ほかにはなにも思い浮かばない。地につくほど深々と首(こうべ)を垂れて挨拶し、痩せて小ぶりな、しかし体温の高いその手の甲に敬意の接吻を捧げた。「へまをしでかすな」と、繰り返し自分に言い聞かせながら。

アブデュルハミト二世ははじめ、自分の兄の後宮の女たち、とくに孫娘に当たる皇女の病を癒してくれたことに満足しており、しかもそれがニシャンタシュ地区に自らが設立した細菌研究所の努力の賜物であることを嬉しく思うと同時に、此度の病がより良い結果を生む「契機」ともなったのは望外の喜びであると、述べた。のちにヌーリー医師は、パーキーゼ姫にせがまれてこのときのアブデュルハミト帝とのやり取りについて幾度も説明させられたものだ。パーキーゼ姫にとっては、このときのごく短い綸言（りんげん）こそが、叔父アブデュルハミトが宮廷に閉じ込めていた実兄ムラト五世の三女を嫁に出し、もうそれでひと安心だと考えていたことの証である以上に、自分たちに二十五年もの間、幽閉を強いてきた罪の意識などこれっぽっちも抱いていなかったことの証左にほかならないように思われたからだ。

皇帝はヌーリー医師に、宮中で展覧に供した嫁入り道具や持参金に不満がないことを確かめると、彼が本当に興味を持っていたらしき本題を切り出した。つまり、ヒジャーズ州における検疫隔離行政について事細かに下問をはじめたのである。ヌーリー医師にとっては人生を捧げた一大任務であったから、包み隠さず知っている限りのことを答え、皇帝もまた、そうしたヌーリーの真率さを好ましく感じた様子だった。アブデュルハミト帝の視線は柔らかく、疲れているようではあったが好奇心にあふれてもいた。それを見て取ったヌーリー医師は、いまだ心臓は早鐘のように打ってはいたものの、ようやく落ち着きを取り戻し人心地ついたのだった。そこでふと思いついて、インドから巡礼者を運ぶイギリス船の船長の非道ぶりを話しはじめると、どうにも我慢できずにコレラによる病死者の埋葬の難しさや、メッカの太守とその一族が巡礼者に客人館としてあてがっている施設が疫病の発生源になっていることなどを次々と説明していった。ついさきほどまでは諸悪の根源とも思われたアブデュルハミト帝こそが、こうした悪弊を是正し得る唯一の人間であることに、いまさらながら思い当たったヌーリー医師は、矢継ぎ早に改善すべき喫緊の課題を二つ、奏上した。

この世の礎たるオスマン帝国の皇帝は若い医師に「そなたの明朗闊達なることは数々の賞賛とともに耳に入っている！」と、最上級の賛辞を与えた。それはまるで、ヒジャーズ州における疫禍はすべて、皇帝が若い医師に謝意を伝えるためにこそ起こったのだとでも言わんばかりの口ぶりであった。

「さあ、細菌に関してそなたの知っていることを教えなさい」

「あらゆる疾患は、病原菌より生じます」

ヌーリー医師はそう話しはじめた。

「コレラや検疫の専門医たちをイスタンブルに招聘するための予算をお与え下すったのも陛下ご自身であり、陛下がニシャンタシュ地区に設立させた細菌研究所はパリのそれに次ぐ、世界最高峰の研究機関であります」

皇帝が細菌研究所を誇りにしているのは周知のことだったが、はたしてアブデュルハミト二世は自慢げな表情で薄く微笑んだ。そこでヌーリー医師は、フランスから招聘された教授陣の中でも、ニシャンタシュ細菌研究所で教鞭をとるシャントメッス、ニコル両教授からは医師も医学生もみな、ことのほか多くを学んだものだと付け加えた。謁見のほんの三日前、アブデュルハミト帝がフランス語から翻訳された伝染病に関する本を読み、しかもいくつかの箇所では幾度も夜伽係に読み直させるなど、最新の科学的、医学的発明に関心を寄せていたのだが、さきほどそのことを聞かされたヌーリー医師は、ようやく本題に入った。

「陛下、コレラや黄熱病、ハンセン氏病の秘密は細菌、つまりバクテリアにあったわけでありますが、こうした伝染病を沈静化させるためには、実は細菌学だけでは十分ではないのです」

細菌学（バクテリオロジ）というとき、いかにもフランス語らしい発音になってしまったことを後悔しながらも、ヌーリー医師は続けた。

「今日ではとくにイギリス人たちが伝染病に関する知識体系を非常に重視し、これを〝疫学（エピデミオロジ）〟と称し、数多くの発見をなしております」

皇帝が自分の話に注意深く、興味津々に耳を傾け、さらに傍らにいるタフスィン侍従長の眼差しから自分がへまをしでかしていないことを確信したヌーリー医師は、やや興奮した面持ちで話を続けた。

「疫学の基礎は四十五年前、ロンドンでのコレラ大発生の際に築かれました。コレラ禍は激烈を極め、医師たちが通りを巡って感染家屋を封鎖し、死者たちの遺品を焼却処分させようと躍起になるなか、とある一人の医師が街から上がってくるさまざまな情報をロンドンの大きな市街図の上に書き込みはじめたのです。緑色で感染地を書き込んでいくと、すぐにあることに気がつきました。大きな給水ポンプの周辺の家屋の感染率が異常に高かったのです。さらに地図をよく見ますと、ある通りでは全住民が罹患しているのに、近くの別の通りのビール醸造所の労働者たちは誰一人、発症しておりませんでした。この原因を探った結果、労働者たちは地区の給水ポンプではなく醸造所内で煮沸された別の水を飲用していることが明らかになりました。かくしてコレラは、それまで考えられていたように、湿って汚れた瘴気（しょうき）や下水道、あるいは各家庭の個々の井戸からではなく、上水道と給水ポンプを経て市民にもたらされていた水が汚染されていたために発生していたのだと判明したのであります」

ここまで説明してヌーリー医師はこう締めくくった。

「皇帝陛下、新時代の疫学医たちは患者を診察し治療するのではなく、部屋から一歩も出ず書き物机に座り、地図を睨みながら疫病蔓延の秘密を解き明かしたのです！」

「まるでシャーロック・ホームズのように！」

同じく宮殿の外へは滅多に出ないアブデュルハミト二世はそう答えた。

本書にとって重大な意味を持つこの発言は、当然ながらこの時期に皇帝が朗読させていた推理小説の影響によるものに相違ない。しかし、そもそも皇帝がこんな言葉を発した意図は、複雑な問題とはその現場にあらず、事件から遠く離れた机上において、論理に則ってこそ解決されるべきであるということを知らしめたかったからにほかならない。

タフスィン侍従長が皇帝にそっと歩み寄ると同時に、一人の書記官がヌーリー医師に謁見の終了を告げたのは、まさこの重大な発言がなされた直後のことであった。であるからこそ「まるでシャーロック・ホームズのように！」という言葉が、重要な意味を持ったとも言える。ヌーリー医師はじりじりと後ずさりし、心の声に促されるまま掌を額に当てる辞去の礼を行ったのち謁見の間をあとにした。このときの謁見は、のちのちまでヌーリー医師の心に強い印象を残した。

アブデュルハミト陛下が「まるでシャーロック・ホームズのように！」と仰せになられたのは、どのような意図があってのことだったのだろうか？——結婚準備から披露宴まで日もなく、ヌーリー医師もパーキーゼ姫も、皇帝のこの発言についてゆっくり考える時間を持てなかった。パーキーゼ姫の姉であるハティージェ姫の夫は——ヌーリー医師から見れば義理の兄にあたるわけだ——先述のように宮中で小説翻訳に携わる翻訳官の一人であった。となると、それを知っていたアブデュルハミト二世が、三人の姪の末娘の新郎となるヌーリー医師に冗談を言っただけという可能性もある。

いずれにせよ、アルカズ市で疫病対策に追われながら衛生総監の殺害犯を捜す間、ヌーリー医師が幾度となく「シャーロック・ホームズのように」という言葉を思い起こし、「アブデュルハミト帝は、御身も敬愛なされていたボンコウスキーさまを殺した犯人をシャーロック・ホームズのやり方で見つけさせたいに違いない」と考えるようになったのは事実である。

ヌーリー医師とサーミー総督もまた、「シャーロック・ホームズのように」という皇帝の言葉の真意を巡って、幾度となく議論を戦わせることになった。ボンコウスキー殺害事件解決のためにも、また往々にして実際の捜査活動として何をすればよいか決めるためにも、そうせざるを得なかったのだ。二人の議論はつまるところ、サーミー総督が取った捜査方針とその「手法」が誤っていたかどうかという点に帰結した。総督がラーミズと一緒に逮捕された三人のうち一人を拷問にかけ、ボンコウスキー殺害を自供させたためだ。容疑者は梶棒で殴られ、ペンチでいたぶられ、睡眠不足のあまりいつ死ぬともわからず、こうした状況で大半の者がそうするように罪を認め、殺害を命じたのがラーミズだというでっち上げを受け入れることで総督から恩赦を引き出そうとしただけだったのだ。いや、特別の恩赦などをちらつかされずとも——そもそも拷問吏の口から出たでたらめであり、当の総督のあずかり知らぬことだった——ひどく痛めつけられていた容疑者は「夜な夜な通りをさまよい、モスクの中庭や泉亭、塀のたもとや聖者廟、あるいは家々のドアノブにペスト菌を塗りつけていたのも私です」とでも言いかねない様子だった。

パーキーゼ姫が姉に宛てた手紙で述懐するところでは、当初ヌーリー医師はサーミー総督を少々馬鹿にし、でしゃばり癖や大仰な態度を嫌いはしたものの、反面その勤勉さや公僕としての有能さ、なにより責任感には敬意を表していたようだ。ところが、時が経つにつれ彼への信頼は失せ、イスタンブルの裁可を得ずに勝手にラーミズとその部下を処刑するのではないかと、戦々恐々とするようになっていったという。そんなことをすれば最後、ハムドゥッラー導師は検疫令に真っ向から反抗し、州政府の明確な敵になりかねないと危惧したのだ。

列強諸国の影響のもとオスマン帝国の司法制度が西欧化されていた一九〇一年当時の法律に則れば、あらゆる死刑判決はイスタンブルの高等裁判所の同意を必要とした。しかし実際には戦時や反乱、イスタンブルとの連絡の困難さや時間不足など、数々の例外も設けられていた。そして帝国軍は常にどこかで戦争をしているうえ、帝国からの分離独立を掲げる少数民族の反乱に対してはその首謀者たちを絞首刑にすることで鎮圧を試みていたのだから、わざわざイスタンブルの上意など仰がずに、叛徒への教訓として逮捕後あくる日に絞首刑を行い叛徒たちへの見せしめにするというのは、州総督たちにとってはある種の慣行となってさえいた。さらにはイスタンブル政府が承認するとは思われないような処刑であろうとも、真夜中に容疑者をひっそりと絞首刑に処し、しかるのち「国内における法の矛盾が露呈してはことですぞ」とイスタンブル高等裁判所に追認を迫るような総督さえいた。折しもギリシア人、セルビア人、アルメニア人、ブルガリア人たちが分離独立を志していた時期のことであり——一九〇一年にはアラブ人とクルド人はまだこの列に加わっていなかった——その無政府主義者や山賊たちの処刑はイスタンブルの許可なく実施されるのが常態化していたのである。当然ながらイギリスやフランスの大使は、少数民族の権利や人権、思想の自由を盾にアブデュルハミト二世に圧力をかけ法制度改革を迫ったものの、皇帝は「こうした不当かつ残酷な死刑判決は自分が同意したものではない、すぐに総督を解任する」と答えて宥めるのが常であった。つまりアブデュルハミト帝にとっても、帝都にお伺いを立てることなく処刑が実行されている方が都合がよかったわけである。

辺境諸州では、オスマン帝国の官僚や軍人はごく少人数しかいなかったから、こうした処刑は監獄の中庭や駐屯地の牢獄において秘密裡に実行され、しかるのち地元の有力者などに通達されるのが習いだった。ところがサーミー総督は、わずかとはいえイスラーム教徒が多数派を占める島にいる安心感と自信のゆえか、州広場に三架の絞首台を据えると公言したのである。島で最初に公開処刑に処せられるのがイスラーム教徒であるという点は、とくに注意を引いた。さらには「領事たちのために特設の観覧席が作られるらしいぞ」などという噂話を耳にするたび、ヌーリー医師は公開処刑は誤りだと総督を諫めたが、サーミー総督は皮肉たっぷりにこう答えるだけだった。

「おやおやまあまあ。私がボンコウスキー閣下殺害犯を捕らえたことは全市民の知るところ。それなのにシャーロック・ホームズとかいうイギリス人探偵のやり方に従って容疑者を釈放などしてご覧なさい、今後誰も総督の言うことにも、防疫対策にも真面目に耳を傾けなくなりますぞ」

26章

船舶に対する検疫検査が開始される前日の昼下がりということもあり、その日の波止場には大層な人出があり、イスタンブル大通りの店々も真夜中まで営業を続けた。史上初の「ミンゲル人意識」が形成されたのは、まさにこの日の大群衆においてであったと主張する歴史家もいるが、それは根拠に乏しい誇張に過ぎない。パーキーゼ姫によればその晩、波止場に渦巻いていたのは「国民意識」と呼ぶべきものとは正反対の、優柔不断や怯えでしかなかったからだ。ギリシア正教徒たちはもちろん、文字の読み書きを知るイスラーム教徒たちがその肌に感じていたのは、自分の島が災厄のまさにとば口に立っているという実感だったのである。

一方、想像力に乏しいがゆえに恐れを抱かぬ者もいた。二十一年もの間、宮殿の外の世界に想像を逞しくさせ続けてきたパーキーゼ姫に言わせれば、自分の将来の情景を一つひとつ具体的に思い描いたり、そこから生ずる悲喜こもごもを感じ取る能力が劣った人々だ。この日、パーキーゼ姫とヌーリー医師はそんな話をしながらときおり窓辺へ行っては、波止場の群衆を眺めていた。港や海岸へ下りていく通りは、島から脱出しようとする者の数をはるかに凌駕する大群衆で埋め尽くされつつあった。

「あの様子をご覧ください！」

ヌーリー医師が執務室へ入っていくとサーミー総督が開口一番に言った。

「確信をもって申し上げます、私とて本意ではありませんが、吊るし首か斬首に処すかでもせぬ限り、あの大群衆はもう止めようがありません！」

この晩を境として、ミンゲル島は二つに分かたれてしまったと言えるだろう。すなわち島を捨てた者と、島に留まった者とに。ギリシア正教徒であろうとイスラーム教徒であろうと、今日この島に踏み留まった者たちこそが真のミンゲル人であり、ほかは戦を前に踵を返し家に逃げ帰った者たちと見なされてしまったのだ。

サーミー総督は波止場の大群衆を観察しその人数を把握するため、ヌーリー医師とキャーミル上級大尉を伴って装甲四輪馬車に乗り込み、街へ繰り出すことにした。

オラ、フリソポリティッサ両地区の古くからのギリシア系富家のうち、大理石貿易で財を成したアルドニ家と、島北の村出身で学校や病院建設などの慈善事業に熱心なミミヤノス家——屋敷の鎧戸は閉ざされていた——は島を去ったようだった。四輪馬車とその後ろに従う護衛たちは、ハミディイェ大通りから左折して港の税関へと下りていったが、旅行代理店の前には行列ができ、港へ通じる道はどこもかしこも人でごった返していた。ホテルの庭やヨーロッパ式のカフェにも、依然として古い日付の新聞を読む客の姿が散見された。アルカズ市三大薬局のうち最大のペラゴス薬局は店を閉めていた。店主のミツォスが商品がなくて腹を立てる客とのやり取りにうんざりしてしまったためだ。スプレンディド・パレス・ホテルとホテル・レヴァントの玄関ではドアマンがシャッポをかぶった無精髭の男たちや、トルコ帽の紳士たちに消毒液をふりかけていた。マルセイユから輸入した煙草やチョコレート、家具などを販売するバザール・ドゥ・リール商店や、高級レストランとして名高いレストラン・イスタンブルの前にも消毒ポンプを背負った店員の姿があった。裏通りの様子も似たようなもので、閉店した商店や、家に鍵をかけて住民が逃げ出した家屋が目立った。家に閉じこもるか、人里離れたいずこかに避難した住人たちは堅パンや小麦粉、ヒヨコ豆やレンズ豆、白インゲン豆などを買い占めていったが、それに文句を言う食料品店や穀物商はいなかった。そうした食料品店やパン屋はさらに商品を秘匿しているか、そうでなくとも食料品の値上げをはじめているからだ。いまのところ違法と言えるほどの値上げは見られないが、すぐにも闇市が開かれるようになるだろう。災厄の訪れをなによりも雄弁に物語るのは、おそらく学校の閉鎖であったろう。両親を亡くし路頭に迷うイスラーム教徒の子供たちの数が増えていることも、サーミー総督は知っている。御者のゼケリヤーが手綱を握る四輪馬車が坂をゆっくりと上っていくと、誰かがピアノでショパンを弾いているのが聞こえた。家々の窓辺でいましも花開こうとしているミンゲルバラや、カビとマツの香るブドウ園、あるいはシクラメンの花が、車窓に現れては消えていった。

サーミー総督は、ミンゲル州総督の地位に就いてからの五年間で、街を眺めてこれほどの悲しみに襲われたためしがない。開花したオレンジの花、通りに漂うスイカズラやボダイジュ、バラの芳香、ふいに飛び出してくる小鳥や虫、蜂、家の軒で恐るおそる番うカモメ――それらを見ても、毎年春に街を活気づかせる喜びは湧かず、街は静寂と不安に沈んでいる。失業者や物乞いが通行人に物乞いをしていた街角や、紳士たちが笑いさんざめきながら噂話に精を出した珈琲店、ギリシア正教徒の御婦人方や、お屋敷の使用人たちがセーラー服を着た良家の子供たちを散歩させていた歩道、あるいはハミディイェとルヴァンの二つのヨーロッパ式の公園のどこにも、人影は見当たらなかった。四輪馬車が街路をゆっくりと進む間に、車上の三人は訥々と密売対策や隔離施設の安全確保についての話し合いを続けた。両親または片方の親を亡くした子供たちの収容先の確保、空き家に入る泥棒の逮捕、キャーミル上級大尉が指揮する検疫部隊への志願者も募らねばならないし、フランス領事がなぜああも怒り心頭に発したまま収まらないのか、その原因を突き止める必要もある。あるいは市内の全家屋に対する感染検査も必須であるし、トルコ語やギリシア語の悪口を落書きされた検疫通達書は隠さねばならない。集められたネズミの死体も、早急に総督府の裏手で焼却させねばならないだろう。金曜の集団礼拝に際しての消毒液散布は、モスクの中庭ではなく、信徒が共同の禊場で禊を済ませたあと本堂の入り口で行うように図らうべきだろう。また、批判の絶えない消毒士を即刻、解任する必要もある。

この日、島を見舞った最大の危険は、検疫なしに出港する最後の船に乗ろうと我を失い詰めかけた群衆の取った過激な行動だった。現代人の目から見れば、波止場で船の到着を待つ人々が恐怖を抱くのは、ごくごく自然なことのように思われる。なにせ、いまだ抗生物質の発見されていない一九〇一年当時、ペストに対して人々が取りうる唯一の対策は、ただ逃げることだけだったのだから。ところがこの日、その当然の反応と旅行代理店の商業的な喧噪が相混ざった結果、ミンゲル島民たちはなんとも不可思議な精神状態に支配されていった。「自分の命は自分で守れ!」——そんな自分本位とでも評すべき雰囲気が波止場全体に瀰漫していったのである。加えて、当の検疫委員会には大手の海運会社の代表を務める各国領事が名を連ねていたが、彼らが人道的支援という美辞麗句のもと検疫開始を一日遅らせたのは、島を脱出しようとする住民のためではなく、自社の利益のための貴重な時間を確保するためでしかなかった。メサジュリ・マリティーム、ロイド、ヒディヴィーイェ、ロシア海運などをはじめ、大小の旅行代理店はミンゲル島近海の港に電報を打ち、脱出者たちを乗せる船の増発を要求し、中には返信を待たずに臨時便の予定を公表してチケットを販売しはじめた会社さえあった。大手の海運会社は、自社船がペストに冒された島で検疫検査を受けた事実や、具体的な船名が新聞に載るのをことのほか嫌っていた。

　こうした経緯もあってこの日の波止場には――家で船の到着を待つ住民もいたものの――家族揃って港の隅に座り込み一歩も動かない者たちが現れた。たとえば自分が購入したチケットを信頼しきっていたギリシア正教徒の二家族などは、テッサロニキの親戚に身を寄せるべくオラ地区とフリスヴォス地区の自宅を畳み、ひと夏を過ごすのに必要な家財道具はもちろんマットレスやカーテン、クルミが詰まった大袋まで携えて港に詰めかけた。そして、その場で船の「延着」を知らされた彼らは家へ戻るかわりに、税関局の隣にサーミー総督が造成させた真新しいハミディイェ公園で船を待つ道を選んだのである。また群衆の一部は、沖合に投錨する客船に乗客を運ぶ艀（はしけ）の船頭たちの待機所の前に、衣装箱や旅行鞄を持って列をなし、荷運び人や舵取りたちの方も「もうすぐアルカズ城塞の向こうから臨時便が姿を現しますよ」などと嘘を並べ立て、ときに彼らを脅しつけてはチップ稼ぎに精を出していた。波止場の珈琲店で船を待つ者もいれば、残してきた屋敷に思いを馳せ、あるいはお手伝いの娘を家に送って、忘れてきたチャイダンルク（トルコ式紅茶、チャイを淹れるための二層式のサモワール）を取りに行かせる者もいた。群衆の間を縫って代理店を巡り、いまさらながらチケットを買い求めようとする無知な者もいれば、万が一に備えてすべての海運会社のチケットを購入しようとする者もいた。

　実のところ裕福かつまっとうな教育を受けたギリシア正教徒を除けば、島民の大多数は島を出なかった。大半のイスラーム教徒はもちろん、ペストという病気の恐るべき感染力を知るそのほかの少数派の島民たちでさえ、島に踏み留まったのである。ミンゲル島のペスト禍から百十六年を経た現代の私たちが、島民たちの多くが島に残ったという事実を、金銭的な逼迫であるとか、脱出の機会に恵まれなかったからであるとか、島民たちが疫禍に無関心であったり、運命論的な態度を貫いていたからであるとか、はたまたミンゲル人は恐れを知らない性質であるとかの、宗教的、文化的な理由で説明しようとするのは、はたして正しいと言えるだろうか？　本書はこの興味深い現象を「解説」するために書かれたわけではないと断ったうえで敢えて言えば、そもそも島を離れたイスラーム教徒は、イスタンブルやイズミルに事業や別宅、血縁者のあるごく一握りの人々に限られたという点を指摘しておきたい。つまり、島民の大半が島を脱出しなかった最たる要因は――これから本書が忠実になぞっていくことになるだろうけれど――そもそも彼らは迫りくる疫災の何たるかを理解しておらず、従ってあれこれの対策を講じようと考えを巡らせることさえできていなかったという点に帰するのである。そして、そのことがミンゲルのペスト禍という大災厄を引き起こすと同時に、それが特筆されるべき世界史的大事件へと発展する道を開いたとも言えるのである。

三人の乗る装甲四輪馬車は続いて、旧市街商店街の狭い通りに分け入った。古物商や青物商の売り台が出され、タトルス地区の路上では日暮れどきにもかかわらず子供たちが遊び回っていたが、ベクタシー教団の修道場の裏通りにはボダイジュの芳香と死臭が漂い、街路には総督の命令を受け空き家を盗人から守るべく見回る衛兵たちの姿があった。やがて馬車がギリシア人中等学校の脇から港の方へ下りはじめると、キャーミル上級大尉が総督にこう報告した。

「検疫部隊が武装を開始しました」

そこで総督は「このまま駐屯地へ行って部隊を実見したい」と申し出た。総督府が検疫部隊に多大な支援を与えていることを島民に印象づけておきたかったのだ。

この段階では大半の島民たちは、今回の疫病がいま以上ひどくなることはなく、これまでの伝染病と同じくやがて沈静化するだろうと考え、だから外に出ず人目に付かないどこかの隅にでも座っていれば、自分に難が及ぶことはあるまいと信じていた。その一方で、のちに出版されたさまざまな回想録を紐解けば、よそに別宅があるわけでも、また市外に友人知己がいるわけでもないのに、アルカズ市を脱出した者たちがいたことも窺える。彼らはいざ島北の農村部へ向かったものの、寝泊まりする場所にさえ事欠いたり、ペスト感染者と疑われて村を追い出されたりして、ついには山岳部や丘陵地帯、はては森でロビンソン・クルーソーさながらの暮らしを強いられた者もいた。

さて、定期便のうち定刻通りにやって来たバグダード号は定員五百名の二倍半に当たる千二百五十名の乗客を乗せて出航した。続いてやって来るはずだった五隻の客船は、結局一隻も姿を現さなかった。「いやいや船はいずれやって来るだろうよ」と人々が噂するなか、ふいにどこの海運会社の所属とも知れない船が一隻、港へ近づいてきたかと思うと、かなり沖合で錨を下ろした。これに気づいたサーミー総督は、ハミディィェ大通りの坂を上った広場の隅に馬車を停めさせ、小窓から波止場の動きを見極めようと目を細めた。いましも荷物と乗客を満載した一艘の艀が、沖の船へぐんぐんと近づいていくところだ。浜辺の群衆は怒鳴ったり呼び戻そうとしたりしながらも、艀を見守っている。艀は人々の制止をものともせず進み、アラブ灯台のすぐ沖合でようやく櫂を緩め、波に揺られながら船の反応を待った。時を同じくして、今度は一台の馬車がアルカズ城塞の方から波止場へ大急ぎでやって来るのが見えた。トランクや籠、旅行鞄を積んだ馬車から降りてきた正教徒の家族は、まるでいましがた波止場の大騒ぎを知ったとばかりの呑気な様子である。すぐに消毒士たちがそのシャッポ姿の男たちや女の子と男の子、使用人たちへと近づいていき消毒液をかけ、続いて御者や荷運び人を巻き込んで言い合いをはじめた。

「イリアス先生は頑なに島を離れようとしていたが、ことの重大さを理解しておられないようだ。問題はチケットの入手や検疫行政の統括云々ではなく、皇帝陛下が彼が島に留まるようお望みであるということなのだから。それなのにイリアス先生ときたら、駐屯地から出ようともしない。キャーミル上級大尉、明日の朝は検疫部隊の宣誓式だったね。その場で彼に発破をかけてやってくれたまえ」

サーミー総督が馬車の小窓から目を離さずにそう言った。宣誓式は新兵たちを鼓舞するべくキャーミル自身が発案し、総督を招待したという経緯があったため上級大尉は恥じるようにこう答えた。

「実は、兵員も装備もいまだ数がはっきりと把握できず、調査中という有様なのです！」

「昨日、派遣した〝親父〟のハムディ曹長はどうかね？　彼ひとりで一軍に匹敵するぞ」

がらんとした街路や坂道を行く馬車からは人っ子ひとり見えず、公園の外壁のたもとや道のまん中に死んだばかりのネズミの死体が落ちているばかりだった。罠や殺鼠剤で殺したネズミを総督府に売りに来る子供たちの目をどうやって逃れたのだろうか？

「ヌーリー殿下、ネズミを見かけなくなったのはどういうわけでしょう？」

「さて、ネズミとペスト菌がさらに力を増して戻って来たのであれば、どうなるか私にもわかりません！」

馬車がひと気のない街路を抜けて総督府に戻るのを尻目に、波止場での言い争いは深夜まで続いた。最後の客船へ向かう艀の群れが港を離れるときにあちこちではじまった喧嘩や、舵取りたちの怒声や罵り声は皇女夫妻の賓客室や総督執務室まで聞こえてくるほどだった。一方、予定の船が一向に姿を現さないロイド社の代理店には、乗船チケットを買った客が詰めかけ、店員を連れ出して喧嘩をふっかけ、払い戻しを要求しはじめた。ようやく憲兵たちが到着するころには、代理店の店員は殴られ、せっかくテッサロニキのエッセル商店で購入した眼鏡も壊されてしまっていた。

ミンゲル島にもっとも多くの便を寄港させていたのはメサジュリ・マリティーム社であったが、その代理店——赤と橙で塗られ、壁には所狭しと遠い異国のエキゾティックな白黒写真が貼られている——でも騒ぎが持ち上がっていた。見かねた代理店のオーナーであるムッシュー・アンドンは、勇気を振り絞って怒りと恐怖にとりつかれた群衆に向かって語りかけた。フランス領事を務める彼は、同時に手ごわい商人としても鳴らすミンゲル島出身のギリシア正教徒でもあったのだ。

「船はこちらへ向かっているところです！　こんなこと、総督閣下がお許しになりませんぞ！」

大半はギリシア正教徒から成る群衆はすでに絶望に打ちひしがれていたこの二日間にトランクや鞄を携えてクレタ島やテッサロニキ、イズミル、あるいはイスタンブルのような近場の親戚のもとへ難を逃れようと波止場に下りてきたこうした家族たちがフランス領事の言葉を聞いて味わった失望感たるや、筆舌に尽くしがたい。つい昨日、鍵をかけ板を打ちつけて後にしてきた自宅へ真夜中になって取って返したいと望む者などいるはずもない。しかも彼らはすぐにも島を出られるものと高をくくっていたので、ごく一部を除くと、台所のネズミに手が届かない棚や戸棚には堅パンも乾麺も（エリシテ）パスタ類も、あるいはマスの干物も塩漬けイワシも、まったく貯蔵していなかったのである。

一方、島の雰囲気が全般にはいまだ平穏に見えたのは、読み書きのできない貧しい住民たちがいまだ事態を飲み込んでおらず、病魔と死の到来を実感してはいなかったためだろう。とはいえ動産、不動産、それに土地を所有し、多くは番頭にその管理を任せ、普段はイスタンブルやイズミルで暮らす富裕層たちが味わった苦難を過小評価すべきではない。検疫開始前夜のこの晩、波止場で船がないと知らされて打ちのめされ、とぼとぼと屋敷に取って返した彼らの中には、血気盛んなことで知られるパンギリス家やシフィロプロス家、キプロス島出身のファロス家が含まれていたが、彼らはこの時点ですでに数人の家族をペストで失っていたからだ。

なおも波止場に留まる群衆の間では「総督は乗船チケットが完売している臨時便の寄港まで禁止したらしい」、「いや、遅れている臨時便が港へ接近できるよう検疫発令を遅らせてくれるらしい」という噂が飛び交い、そうこうするうちに、車列と税関局の付近の群衆の間で、またぞろ騒動が持ち上がった。トランクも籠も、上着も乗船チケットも持たず、旅客とは思われない着の身着のままの男が、それまでは首を伸ばして群衆の様子を窺っていたはずなのに、なんの前触れもなく座り込み、頭痛に耐えるかのようにそのまま昏倒したのである。ガス灯の淡い光では何が起こったかはっきりとは伝わらなかったが、すぐに群衆の間を巡回していた消毒士たちが駆けつけた。いっとき群衆は逃げ散るかと見えたが、中にはついに夜な夜なネズミを置いて回っていたペストの悪魔が捕まり、私刑がはじまるのではないかとにじり寄る者もあった。

同じころ、イスタンブル大通り沿いのジェヌプ珈琲店では、幾人かの有志の男たちが、遅れている最後の臨時便が到着するまで検疫発令を延期するよう求める嘆願書をしたためていた。「男たちが各家の家長や旅行代理店のオーナー、領事たち、はては島を脱出したいと望む者すべての署名を集め、総督府まで行進し、総督と王配である医師に提出しようとしている」という報告を受けるが早いか、サーミー総督は消毒士たちをジェヌプ珈琲店へ送り込み、刺激臭の漂うライゾール液を振り撒いて一同を解散させ、嘆願書の音頭を取った若者とそのおじを逮捕させてアルカズ監獄へ放り込んだ。

メサジュリ・マリティーム社のペルセポリス号がアルカズ城塞の沖合に姿を現したのは二十三時ごろ、件の嘆願書を巡って群衆が騒ぎはじめたまさにその頃だった。港からははっきりと船影が確認できたわけではないが、注意すればたしかに明滅する明かりが見える。群衆は自分のトランクや旅行鞄、あるいは家族のもとへ駆けもどった。すぐに船頭のラザル傘下の艀が客と荷物を満載して港を離れた。二隻目の艀にも島を脱出しようとする者たちが押し寄せ、いっとき総督府の衛兵や警察、消毒士たちともみ合いになったが、やがてその二隻目も波止場を離れ、どこまでも続く暗闇の中に姿を消した。

それはミンゲル島が孤立無援になった事実を思い知らせる恐るべき瞬間でもあった。港に居並ぶおそらくは五百名ほどの人々はみな、最後の船が去り、いまや自分たちがペストとともに島に取り残されたことを悟らされたのである。作り話を信じ込んで朝まで次の船を待とうとする家族や、夜中の暗闇の中を家に戻るのが難しいと考えて港で夜を明かすことにした家族もいたが、大半の者は荷物をふたたび馬車に積み直し、馬車を捕まえられなかった者は言葉少なに徒歩で家路についたのだった。不思議なことに、これほどの人出があったこの晩、大袋を背負ってネズミとペストを街にふりまく悪魔に出くわした者は一人もいなかった。五月の頭のこの夜、ただ空き家を吹き抜ける風だけがひゅうひゅうと鳴るのだった。

27章

真夜中、メサジュリ・マリティーム社のペルセポリス号が島を離れる際に鳴らした二回の汽笛は、ミンゲル島の岩山に反響し、悲しくくぐもった木霊となって響きわたった。サーミー総督は、刑務所長と治安監督部長と共にいまだ執務室にあり、人殺しのならず者ラーミズの処刑の詳細を話し合っていた。イスタンブルの同意なしに処刑を執行すればのちのち政治問題になりかねないとあって、サーミー総督は逡巡していた。刑務所長とマズハル治安監督部長はそんな上司に、トゥズラ地区に住む盗人のシャーキルが三件の絞首刑の執行役を引き受けたと報告した。ただし、シャーキルは四六時中酔っぱらっている信用の置けない男で、刑の執行時刻になってもアルカズ監獄へ姿を現さない可能性もあり、また手数料の前払いを求めていると二人は付けくわえた。

「では明日は彼を監獄へ呼び出し、暗くなる前に所内に入れてしまえ！　夜中になったらワインをやればいい。誰の店から仕入れようか？」

ちょうどそのときペルセポリス号の汽笛が聞こえ、三人は港に臨む窓辺に立った。かすかな船明かりしか見えなかったが、それがなおさらに船が島を捨てて立ち去った事実を思い知らせるかのようで、三人は事態の深刻さを改めて噛みしめた。やがてサーミー総督が口を開いた。

「これでいよいよペストとの正面対決というわけだ！　続きは明日の朝にしよう」

会議に参加していた面々は総督のこの言葉を待ちわびていたので、言われたとおりこれまでの議題のことはさっぱり忘れることとし、執務室のガス灯は落とさずに施錠した。総督府の執務室の明かりが点いたままであれば、市民たちはこの難局にあっても当局は片時も休むことがないという印象を新たにするであろうし、暗殺者に居所を知られずにも済むだろうという総督の発案に従ってのことだ。

ちょうど同じころ賓客室にいたパーキーゼ姫とヌーリー医師は、ペルセポリス号の汽笛を聞きつけると、この晩、波止場へ下りていかなかった大多数の島民たちと同じように窓辺で寄り添い合ったものの、ほかの島民たちのように死の恐怖や見捨てられた失望、あるいは後悔の念に捕らわれることなく、ただただロマンティックな気分で船明かりを見送った。あとにはアルカズ城塞くらいしか判別のつかない暗闇が残されたけれど、ビロードのような漆黒の中を遠ざかっていくペルセポリス号の明かりを眺めていると、パーキーゼ姫にははじめて夫と二人きりになれたように思われた。ちなみに、医師の常でヌーリー医師は絶えず手や首、腕を消毒液で清めていたので自分が「汚染されている」などとは思わず、従ってこの晩も二人は安心して愛を交わしたのだということを、あくまで歴史家として慎重に申し添えておこう。

夜明け前、ヌーリー医師は安逸とした眠りから目を覚ました。甘い眠りに身を委ねる妻を眺めつつ着替えながらも、噂好きたちが言うように、総督はイスタンブルの高等裁判所の同意を待たずに「予告なしに」ラーミズと二人の部下を処刑するつもりなのだろうか、と思案した。

ヌーリー医師は夜番の歩哨たちの恭しい視線に迎えられながら階段を下り、ふと思いついて表玄関ではなく中庭へ向かった。処刑というのは大抵、政庁の中庭で執行されるものだったからだ。しかし、中庭に人影はなく、ペストがはじまるまでは厨房に鎖でつながれ、毎晩のように吠えていた怪物じみた牧羊犬の姿もなかった。

広場沿いの円蓋の続く柱廊を歩いていくうち、ヌーリー医師は自分が幽霊にでもなったような心地を覚えた。ゆっくりと広場を巡っているのだから誰かと行き合いそうなものであるが、夜はあまりにも深く、まるで真っ暗な二次元の部屋に迷いこんだかのようだ。いくら歩いても抜け出せない暗い箱の中にいるかのようで、ただときたま視界の隅を褪せた色彩だけがよぎっていくのだ。それでもヌーリー医師は、検疫発令の告知文や、閉め切られた鎧戸の前を通りすぎて裏道へ入り、ペストに冒された都市の暗闇の中をなおも歩き続けた。

地区を跨ぐたび別の野犬の群れが彼を迎え、界隈の中心街へ近づくと決まって狂ったように吠えられたが、彼らはヌーリー医師の呼気や声が届く範囲には決して近寄ろうとしなかった。狭い裏道へ入って坂を下っていくと、海藻の匂いがしてカモメの声が聞こえた。ヌーリー医師はふいの衝動に駆られてバラの芳香を漂わせる右手の道へ入ってみた。ある庭から聞こえた楽しそうに笑い合う男女のギリシア語の囁き声に耳を傾け、暗くて目には見えないはずの雲に向かって啼くフクロウの声に聞き入るうち、ふと自分の足音が消え失せた。地面に砂でも積もっていたのだろうか？　さらに階段を下り、ホテル・ミンゲルの脇を過ぎたところで、ヌーリー医師は道に迷ってしまった。やがて石造りの家の閉ざされた鎧戸に出くわしてはじめて、いつのまにか街路ではなくひとの家の庭を歩いていたことに気がついた。遠くから穏やかな滝の音のように響くカエルの啼き声に向かって歩いていくと、近づく足音にカエルたちが一匹、また一匹と水中に飛び込む音が聞こえたが、闇の中では水のせせらぐ音も、冷気もまったく感じ取れなかった。

途中、追いはぎじみた何者かの声を聞いたような気がして道端に身を潜めたものの、どこもかしこも暗灰色の霧のような闇に閉ざされていて、人影が見つけられなかった。州広場へ向かって坂を上っているつもりが、いつのまにか広場から遠ざかっていたらしく、妻のもとに戻るのには存外に時間がかかった。

「処刑のことが気がかりで州広場へ行っていたんだ」

朝方、ヌーリー医師がそう説明するとパーキーゼ姫が言った。

「叔父さまのお好みは、流刑に処した政敵をお節介焼きで忠実な総督たちが勝手に処刑してくれることなんです。叔父さま自身が、イスラーム教徒に対して処刑を命じることは一切ないのです。あの人は狡猾で用心深いから」

それから皇女は、アルカズ市の暗闇で道に迷った夫の形而上学的とでも評すべき体験に聴き入ったのち、書き物机につくと、姉宛ての手紙の頭に「ペストの夜」と題名を書き、見聞きしたことを綴りはじめた。最後の便が発ってしまったから、この手紙がイスタンブルのハティージェ姫へ届くのには時間がかかるはずだと話し合いつつ、ふと皇女はこう漏らした。

「どうしてかしら、もっと詳しく書きたくてたまらなくなってきました。ねえお願いですから、みんな聞かせてくださいな！」

その日、書記官が感染地図に緑色のインクで昨日の死亡者八名の居所を書き込むかたわらで、サーミー総督はヌーリー医師にこう告げた。

「今朝の死者は二名です。それとイリアス医師は検疫部隊の宣誓式に参加するためキャーミル上級大尉と駐屯地に残るそうです」

さらにサーミー総督は、キャーミルの勤勉さや機知、規律正しさなどを褒めそやした末に、「彼がゼイネプ嬢と結婚するのは大変結構なことです」と付け加えた。

サーミー総督はすでに八名の死者を全員、把握していた。一人は寄進財管理局の職員で、疫病が流行しはじめるとすぐ、村へ避難すると申し出た書記官だった。おそらく彼は村へは行かず、チテ地区にある一族の屋敷へ引きこもったのだろう。死者二名を出したその屋敷の住人はすでに退去させられ、消毒も済んでいる。タシュマーデニ（石切り場）地区の蹄鉄職人と、トゥルンチラル地区で誰からも愛されたおしゃべりの理髪師のザーイムも、病院に運ばれることなく自宅でこと切れていた。昨日、ハミディィェ病院へ搬送されてそのまま放置された老齢の農夫、死に際に子供たちのために涙を流した老母、テオドロプロス病院の庭で行き倒れているのが朝方に発見された病死者、ペタリス地区のレストランのギリシア正教徒のウェイター。とくに最後のウェイターの死を巡っては、ペストは食物からも感染するか否かという医師たちの議論を再燃させることとなった。すでに講じられていたスイカやメロン、そのほかの果物、青物の販売禁止も、所詮はコレラ予防策の二番煎じでしかなかったのだ。

「ペストは決して食物からは伝染しないと、イリアス医師は仰っておいでした。ボンコウスキーさま——神よ、彼の方に安らかな眠りをお与え下さい——も同じご意見でした。いま一度、駐屯地で彼に訊いてみることにいたしましょう」

そう提案したヌーリー医師に、サーミー総督は尋ねた。

「地図に現れた感染状況をどうご覧になります？」

「検疫措置の効果のほどが現れるのはまだ先ですよ」

「ですが、早さこそが善なのです！　よしんば数々の禁止措置が役に立たないと判明したところで、それまた早いに越したことはないのですからな」

「総督閣下、さまざまな禁則事項が功を奏さなくなるのは、それを軽視する人々がいるからです。結果として自分が死ぬことになるとも知らずに」

「たしかに仰るとおりなのでしょうが」と返した総督は、ふと思いついたように言った。

「ですが、そうはなりますまい！　キャーミル上級大尉の検疫部隊員たちは強力無比です。その果断さと練度の高さはすでに評判を呼んでおりますからね」

総督は四輪馬車に乗り込みながら御者のゼケリヤーに坂のきついコフニア地区ではなく、海岸沿いから急がず駐屯地へ向かうよう指示した。馬車は、聖アントワーヌ教会の脇からマリカ宅の裏手を抜け――幸いなことに鎧戸は開いていた！――鶏小屋が設えられた家壁に沿って曲がりくねった道を海岸へと下っていった。馬蹄と車輪の音と、下り坂で馬が速く走りすぎぬようゼケリヤーがかける「どうどう」という声のほか物音ひとつしない。カモメやカラスの啼き声さえせず、その静寂のせいか居酒屋やホテルの間から覗く海の色さえ褪せて見えた。

「みんなメサジュリ・マリティームの船で行ってしまった。島には誰一人残っていないみたいだ！」

子供のように悲しそうな声で呟いたサーミー総督の顔には、ヌーリー医師から見てさえ、ひどくいとけない表情が浮かんでいた。

やがてホテルやレストランが途切れ、右手にそびえる崖沿いを進んでいくと、白い海がすぐ目の前に迫った。総督はオラ地区の入り組んだ海岸線を伝って、坂を上り下りしながら北へ向かうこの道が好きで、湾に沿って曲線を描く道の両脇のヤシの木を見ると心穏やかになるのだった。以前は、富家の庭々から香るバラや砂浜に造られたばかりの海水浴場、青い縞模様の日除けの張られたキャビンや小さな桟橋、それにバラ入りの蜂蜜を作る農園の愛らしい佇まいや、富裕層の新築の邸宅を見物しに来たこともある。

「赴任した最初の年、島のイスラーム教徒の名族の家長たちや、ハミディイェ広場近辺に居を構える裕福なイスラーム教徒に幾度となく言ったものですよ。〝あなた方もギリシア正教徒たちのようになさればよいのに。カディルレル地区から北へ伸びる海岸道に沿って別邸や避暑屋敷、邸宅を建てて、そこへ家族で引っ越すのですよ。この街は将来、島の東西の海岸線に沿って北へと発展していくでしょうから。こんな旧市街とモスクが立ち並ぶ狭苦しい界隈で暮らさずともよいでしょうに！〟とね。もしかしたら私が〝正教徒たちのように〟などと軽々しく口にしたからでしょうか、彼らは頑なに聞き入れてくれませんでしたが。ですが、日に五回の礼拝を欠かさぬ旧家の家長や長老たちはキョル・メフメト・パシャ・モスクやそのほかの古刹の近くから離れようとしないのです！　タシュ埠頭が閑散とし、石材を商っていた各社の管理棟や労働者たちの寮が野犬の群れと蜘蛛の住処と化してしまったのも、彼らがそこへ移り住もうとしなかったからです。かわりに島へやって来てあそこへ居着いたのはクレタ難民たちでした。いえ、正直に申し上げれば、難民や失業者の若者を閉鎖された石材会社の施設に住まわせるよう奨励したのは私自身なのです。彼らも雨風をしのげるし、廃屋を綺麗にもしてくれるだろうと期待してのことだったのです……。ところが、彼らは街をうろついては悪さをし、クレタでの借りを返そうとギリシア正教徒に報復を企てるならず者と化してしまいました。いまペスト終息のために彼らをあの界隈から退去させようとするなら、それこそ街ごと焼き払わねばならないでしょう。もちろんそんなことは不可能です。石材会社の管理棟は最上級のミングゲル大理石で造られているのですから、そもそも燃やすことさえままなりませんしね。……いやはや、街を燃やすなどとは、口にすべきではありませんでしたな。この島の楽園と見まがう海岸道のことをもっとお話しいたしましょう」

誰もいなくなった海水浴場を過ぎると、道はふたたび上り坂になった。左手には常日頃、総督が感心してやまないフリスヴォス地区の裕福な正教徒家族たちの豪邸が立ち並んでいる。アルカズ城塞を彷彿とさせるコーニスのあしらわれた庇や鋭い尖塔、見晴台は遮るものなく果てなき地中海と東方世界に臨んでいて、そこから眺める海の日の出はまさに絶景だ。サーミー総督はこの辺りに住む西欧化した富豪たちの幾人かと友誼を結び、宮殿と見まがう屋敷へ招待されたこともあれば、ナイトクラブのシルク・ド・ルヴァンの建設を援助し、イスラーム教徒が決して入店することのないこうしたクラブへ特別に招かれたのみならず、そこで行われる賭博を見逃してやったこともある。

もっとも、ナイトクラブで年始に向けて準備中のビンゴゲームと宝くじが、イスラーム教徒の村々を襲撃する山賊パヴロスやアルカズ監獄に囚われたギリシア民族主義者たちの資金源になっているという報告を受けた総督は、すぐさま首謀者であるバザール・ドゥ・リール商店のオーナーの息子を逮捕させた。税関を通っていない商品を販売した廉で拘束されたインテリ気取りの御曹司は、監獄でも一等荒んだ独房へ放り込まれ、数日間、拷問を受ける囚人たちの叫び声を聞く羽目になったものの、総督とマズハル治安監督部長の迅速な対応のおかげでクラブが閉鎖されることもなく、またとくに外交電報を打つ必要さえなく、ビンゴゲームを悪用した無政府主義者たちへの資金援助は一網打尽にさせられたのだった。政治的なスキャンダルに発展する前に、この手の愚か者を黙らせることにかけては、治安監督部のマズハル部長の右に出る者はいないと言えるだろう。

瀟洒な佇まいで知られるデンデラ地区の入り江をゆっくりと進みながら、サーミー総督は駐屯地のある丘の頂に佇む家々の白壁を見上げながら、もしすべての仕事が終わったら――つまりアブデュルハミト帝に罷免されるようなことがあれば、もうイスタンブルへは戻らずこの島に落ち着こうとぼんやりと思った。ミンゲルバラを育て、屋敷の下の入り江に来る正教徒の漁師たちとうまくやりながら暮らしていくのも悪くないだろう。

車窓から覗く海には霧がかかり、水平線は見えなかった。そのせいだろう、総督にはミンゲル島が世界から切り離され、蒼穹のもとに孤独に浮かんでいるような心地がして、静寂と日の光がその孤立感と、不可思議な解放感とをいや増さしめているような気がした。さきほどヌーリー医師が暑いからと革製の日除けを下ろした右側の窓から、騒々しい羽音とともに蜂が迷い込んできた。不機嫌そうなその蜂は左側の窓に当たるとひどく怒り、二人を驚かせ、御者のゼケリヤーが馬車の速度を落とした。入ってきた窓から蜂が出ていくまでの間、後ろの紳士二人があまりにドタバタ騒ぐので不安になったのだ。

「ゼケリヤー、蜂だ。悪党はもう出ていったよ。駐屯地へ急いでくれ！」

総督の意を受けた馬車は、タシュルク湾と駐屯地をつなぐ石畳の坂道をゆっくりと上りはじめた。粗く削り出されたミンゲル大理石の舗石に蹄鉄と車輪が当たって、金属音が響いた。駐屯地から入り江に下りるためのこの道は、いざミンゲル島で帝国に反旗を翻す民族主義ゲリラとの戦闘が勃発した際には、イスタンブルからの援軍がアルカズ城塞を経ずに駐屯地へ合流できるように六十年も前に敷かれたのだけれど、いまだ当初の目的で使われたためしはなかった。緑に覆われた丘の中腹には富裕層の邸宅と古い荘園が数軒、佇んでいた。お屋敷の庭の木々から伸びる枝には、棘がある鋭い不思議な形の葉がこんもりと茂ってトカゲが走り回り、無遠慮なオウムの啼き声と、ほんのときたま啼く小鳥の美しい囀りが聞こえていた。ヌーリー医師とサーミー総督は、木々が陰を落とす涼やかな坂道に漂う、心弾ませる湿った空気を胸いっぱいに吸い込んだ。

「御者、止めろ、止めるんだ」

　突然、緑生い茂る庭を眺めていたサーミー総督が声をあげた。

　車は減速し、坂道を少しだけ滑り戻ってから停車した。総督が慣れた様子で待っていると、ゼケリヤーの隣から降りて来た護衛が扉の鍵を開けた。さきほど総督が眺めていたヤナギの枝の間から、色褪せた服を着た黒髪の子供が二人、こちらを見つめているのだ。

　片方の子供が一行に向けて怒りを込めた仕草で石を投げると、もう一人が「やめろ！」とでもいうように彼を押し留めたかと思うと、二人とも何も言わずに一瞬で姿をくらましてしまった。まるで幻のような出来事だった。

　サーミー総督は、護衛たちに子供たちを追い払うよう命じ、ふたたび馬車に乗り込みながら言った。

「打ち捨てられた家々は略奪に晒され、いまや泥棒どもの餌食となっている！　わざわざ都市の外や村々から略奪のためにこの辺りまでやって来るのです。この種のならず者や無宿人どもを一人ひとり監視し、逮捕するのは事実上、不可能なのですよ！」

「イリアス医師とお会いしたら、検疫令下での空き巣に対してボンコウスキーさまには腹案がおありだったか伺うことにいたしましょう」

「それにしても、イリアス医師の恐れぶりは常軌を逸してはおりませんか？」

駐屯地のエディルネリ（エディルネ出身の）・メフメト司令官は、宣誓式に際して来賓に対する簡単な歓迎式典を準備しており、サーミー総督一行は、シリアの第五軍のアラブ人兵士から選ばれた四十名の兵士の敬礼と行進によって迎えられた。兵士たちの後ろには昨年のアブデュルハミト帝即位二十五周年式典に際して二十五発の空砲を鳴らした砲兵隊指揮官のサドリ軍曹が続き、「総督閣下のためであれば、百発礼砲を撃てるだけの火薬を整えております！」と自慢げに言った。それからサーミー総督たちはメフメト司令官が入念に準備させたご馳走の並ぶテーブルに着席した。この席には総督府の官報である『アルカズ事報』のほか、いまだ発行を続けているトルコ語の『島の星』紙とギリシア語の『新しい島』紙、『アデカトス・アルカディ』紙の最新号が置かれ、その向こうの隅にイリアス医師が濃緑のフロックコートを着て佇んでいた。

「今朝は感染地図についての先生のご意見を伺えませんでしたな！　死者は増え、全イスラーム教徒地区とギリシア正教徒地区の半分が感染地となっておりますぞ。ところで、この食事は食べても大丈夫なのでしょうか？」

　総督がこう声をかける間にも、一人の兵士が駐屯地内に自生する大きなクワの老木から集めた黒いクワの実を盛った大盆をテーブルに給仕しはじめた。その隣にはミンゲル島の名物として知られるクルミとバラ入りの焼きたてのチョレキが置かれている。兵士を目で追っていたイリアス医師が嬉しそうに答えた。

「閣下、どうかご安心ください。私が先に食べますから。クワの実が摘みたてかどうかまでは存じ上げませんけれど、チョレキの方は焼きたてですよ」

ふいに大声が聞こえた。見れば、くつわを嚙まされた栗毛の馬がすぐそこを駆けていく。慌てて馬を追いかけてきた二人の兵士は、総督と高官たちを見るや足を止め、気まずそうに不慣れな敬礼をした。暑さに辟易していた総督が席から立ち上がって馬の背中を見やると、その少し向こうでキャーミル上級大尉が宣誓式のために検疫部隊の隊員たちを呼集しているのが目に入った。サーミー総督は居ても立ってもいられず、食後の珈琲さえ待たずにそちらへ歩き出した。そんな総督に、護衛や書記官、そして儀式のために集った将校たちがぞろぞろとつき従う。今回の隊員選抜に当たって一番に白羽の矢を立てられたのは「部隊顧問」として採用された〝親父〟のハムディ曹長だ。顎鬚と口髭をたくわえた生年不詳のハムディは兵役後も除隊せず、さほど読み書きができないにもかかわらずオスマン帝国軍においては平均的な昇任を果たし、さまざまな前線で戦った末、ミンゲル島出身者であるため最後の赴任地となったミンゲル州駐屯地に長く務めた。なによりハムディ曹長は、アラブ人であれギリシア人であれ、ミンゲル語を話す島民はもとよりトルコ語を話す家族や官吏に至るまで、相手が誰であろうとも穏やかに声をかけ、あくまで礼儀正しくどんなことでも説得してしまう猛者として鳴らしていた。

サーミー総督は、そんなハムディ曹長が大声を張りあげて隊員を点呼し、四列に並べていくさまを惚れ惚れと眺めた。ハムディ曹長はまず、自身が生まれ育ったバユルラル地区、ギュレレンレル地区出身で気心の知れた知り合いを説得し、この有給の「志願部隊」へ誘った。つまり、あらゆる歴史家が指摘するとおりに、検疫部隊は自宅ではミンゲル語を話す市民たちから成っていたわけだ。その一方、今日信じられているのとは異なり、ミンゲル語話者の選抜はキャーミル上級大尉の発案ではなかったということでもある。

キャーミル上級大尉はというと、この三日間、欠かさず午後に駐屯地へ足を運んでは隊員の「教育」に明け暮れてきた。実際の軍事教練は言うに及ばず、検疫措置実行時の注意事項や節度ある振舞いの何たるか、防護服の着用法や消毒の方法、医師の指示への服従、最終的には指揮官の命令への絶対服従などを、隊員たちに教え込んでいたのである。ヌーリー医師もすでに一度、その訓練に顔を出し、そこで隊員たちと自己紹介を交わしたのち、キャーミル上級大尉と部隊員たちと連れ立ってカディルレルや上トゥルンチラル地区へ赴いた経験がある。防疫線やそのほかの禁止事項を敢えて破っている二軒の家の住民をたっぷりと脅しつけて従わせ、ついで身重の妻を亡くして彼女たちと一緒に埋葬してほしいと騒ぎを起こした夫を優しく宥めながらも「皇帝陛下のご命令だから」と言って落ち着かせたのである。

総督から見てもキャーミル上級大尉の人選は見事なもので、短期間で「検疫部隊」をよく訓練してみせた。みな新米とはいえ、伝染病が蔓延する街の雰囲気はもとより、住民のことをよく見知っている隊員たちばかりだったので、怒りを抱える者や聞く耳を持つ者、持たぬ者を良く判じ、とくに読み書きができない住民の多いイスラーム教徒地区の住民を二日をかけて検疫規則に従うよう説得しおおせたのも──納得する者はごく少数だったとはいえ──大半が検疫部隊員だった。地区長たちや、どこにでもいる情報提供者から「どこそこの家に感染者がいる」と知らされると、まずはじめにハムディ曹長が出向いていく。軍服を着ているとはいえ自分たちと同じく顎髭を生やした彼を見ると、人々はほかの者が行ったときよりも容易に禁則事項に服すのが常だった。

「オスマン帝国軍はイスラーム世界の剣であるけれど、今般その剣の一閃は敵の首にあらず、ペストという名の悪魔の首をこそ、斬り落とすことでしょう。諸君の任務は神の道にも人の道にも適うものなのです」――サーミー総督が思わずそんな演説をはじめたのも、キャーミルと隊員たちがものの五日で実働部隊として機能しはじめ、しかも宣誓式まで準備しおおせたことに感動したためだった。

「しかるに諸君自身が病気に感染せぬように注意せねばなりません。さらには、諸君を率いる指揮官諸君はみな輝かしい経歴をお持ちでありまして……」

白雲の浮かぶ蒼穹のもと、サーミー総督が隊員たちにそう続けようとしたところで、マズハル治安監督部長が慌ただしく駆け寄り、その耳に何事かを囁いた。その場にいた者はみな、総督の演説を遮るほどの大事なのかと思わず息をつめた。

「イリアス医師が気分が悪いと申しております」

もしペストが駐屯地にまで達しているのなら、疫病を食い止めるのはもはや不可能ということになる。マズハル治安監督部長の報告を受けるや、サーミー総督は後ろ髪を引かれる思いで演説を中断し、すぐさまどうすべきか考えはじめた。イリアス医師が丘の下の病院で罹患し、ここに病魔を持ち込んだという可能性もある。彼を駐屯地へ匿ったのは失敗だったろうか。そこまで考えて、自分の装甲四輪馬車とて病魔を運び上げてしまう可能性は十分にあると思い当たり、奇妙な罪悪感を覚えた。しかしサーミー総督は素知らぬ顔で演説に戻り、自分を見つめる隊員たちに、この世の礎たるオスマン帝国の帝王の軍隊の兵士であることがいかに幸運かつ幸福なことであるか語り聞かせた。しかしそうしながらも総督の脳裏を「だが、イリアス医師がペストで死ぬというのもおかしい。ついさきほどまで私のすぐ背後でぴんぴんしていたではないか」という疑念がかすめたのだった。

28章

先刻、総督の背後に三々五々と並ぶ人々の様子を頼もしそうに笑顔で見守りながら、会席者たちの目を盗んでポケットに仕舞いこんだ熱々のチョレキを頬張っていたはずのイリアス医師は、いまそこから百メートルほど奥の飾り気のない駐屯地の客間のベッドで身もだえしていた。刺すような痛みが胃にあり、あまりの激痛に卒倒するかと思われるのに、気を失うことさえできない。閲兵の様子を見ていたかった彼は、はじめは懸命に吐き気を抑えていたのだが、結局走るように自室へ戻り、敷布団が敷かれたベッドに倒れ込む間にも嘔吐をはじめた。まるで他人が嘔吐しているような奇妙な感覚にとりつかれながら、朝食に食べたあらゆるものが白と黄の吐瀉物となって胃の腑から吐き出されていった。

ついで迸（ほとばし）るような下痢がはじまった。彼は天井の高い廊下で便所を探し求め、排便を済ませると半ば意識朦朧としながら自室へ戻り、そのまま床に倒れこんだ。そこでようやく兵士がイリアスの様子を不審に思い、部屋に入ってきた。すぐに客間の扉の前には小さな人だかりができた。イリアス医師はみながペストを運び込んだ悪魔を見るような目つきで自分を見ていることに気がついたものの、この症状が本当にペストによるものか判断はつかなかった。

そのうちに痙攣がはじまると、イリアス医師は目の前に井戸が口を開け、そこに落ちていくような気がした。駐屯地の医師が慎重な手つきで彼のシャツのボタンを外そうとしているところに駆けつけたヌーリー医師は、イリアス医師の顔色が金属のように青ざめているのを見て、ペスト以外の原因があると直感した。たしかにイリアス医師はペスト感染者のように痙攣し、絶えず嘔吐していて譫妄症状に陥りつつあるように見えるが、それは末期の症状だ。ヌーリー医師はイリアスの首筋や脇の下に横痃を探した。小便の臭いがしてもなお嘔吐が続いていて、口中を診察することはできなかった。もしこれがペストであるなら、空気中に飛び散った吐瀉物のかけらからでも感染しかねないからだ。

イリアス医師は何かを言おうとしたが言葉にならず、その喉からは奇妙な音が漏れるばかりである。ヌーリー医師は彼が話しやすいようにと、痛みに苛まれるその目をじっと覗き込んだ。そしてイリアス医師がポケットに手を突っ込みチョレキを取り出すに及び、事のあらましをたちどころに理解した。

ヌーリー医師は部屋を飛び出すと、宣誓式のために準備されたご馳走の並ぶテーブルへ急行した。まさに将校や書記官、メフメト司令官が宴席に戻ろうとしているところだった。駐屯地から疫病が発生したことを秘匿しようと決断した総督が、参加者たちの軽挙を戒めテーブルへ戻るようきっぱりと命じたためだ。キャーミル上級大尉と部下たちもすでに退場している。自ら模範を示すべくテーブルへ戻った総督に続き、みな恐るおそる着席しはじめた。厨房で働く古参兵が嘴のような注ぎ口の真鍮製のトルコ珈琲のポットを手に、はじめに総督に、ついで同席者たちへ芳香を立ち上らせる珈琲を給仕している間にも、メフメト司令官の副官がクルミとバラ入りのチョレキを一つつまみはじめた。

「食べてはなりません、毒入りです！」

ヌーリー医師がそう叫んだのはまさにその瞬間だった。彼は息を切らせて続けた。

「なにも食べてはいけません。飲み物もです。珈琲とチョレキに毒が入っています」

のちの検査で珈琲は香りのよいことで知られるイエメン産で、アルカズ市のすぐ北の湧き水で淹れられており、毒が入っていないことが明らかになった。

一方、クルミとバラ入りのチョレキにはたしかに毒が盛られており、庶民の間ではネズミ草として知られる草から作られた殺鼠薬であろうと推察された。一九〇一年当時、オスマン帝国の辺境州には血液や胃液からヒ素で毒殺されたか否かを判断できるような検視施設は整っていなかったものの、過去半世紀にわたりミンゲル島では殺鼠薬による毒殺事件が多発していたので、誰しもにとってこの先祖伝来の毒殺法はごく最近の思い出というくらい身近なものだったのである。

実際、マズハル治安監督部長とニコス検疫局長は、メフメト司令官の命令で客人館の建物の少し先の大きなスズカケの木につながれた怒りっぽい牧羊犬にチョレキを与えたところ、犬がものの一分で死ぬのを目の当たりにしている。

エディルネ出身のメフメト駐屯地司令官は不可思議な死という恐怖に直面し、長いこと追い払おうと考えていた傍若無人な犬のみならず、さきほどくつわを付けられたまま暴れていて、かねてより兵士の命を脅かしかねないと考えていた馬にも問題のチョレキを与えてみた。メフメト司令官は栗毛の暴れ馬が前足から崩れ落ち身もだえするさまを見ると、その死を見届けることなく踵を返した。読者諸君に断っておけば、メフメト司令官の目的は動物虐待ではない。彼が動物愛護の精神にあふれていたとは言い難いものの、その目的は駐屯地に集った高官たち全員に対して仕掛けられた毒殺の陰謀の深刻さを、広く知らしめるためであったからだ。ミンゲル風チョレキの生地の半分にはネズミ草が混入していた。ネズミ草の粉は小麦粉に酷似し、島の薬草店では小麦粉とまったく同じ大袋に入れて売られている。そして、これまた小麦粉と同じように無味無臭で、口に入れてもそれと気がつくのが難しい毒物であった。

十九世紀以来、オスマン帝国で起こったヒ素を使った毒殺事件の大半では、今回のように一瞬で相手の命を奪うような致死量が用いられることは稀だった。そのため、ミンゲル州駐屯地におけるイリアス医師毒殺事件のように相手の敵意をありありと窺わせ、従って政治的には無謀を通り越して傲慢とさえ評しうるような公然とした形での毒殺は前代未聞であった。しかも、サーミー総督をはじめ検疫局長や王配殿下、駐屯地司令官等々の、おおよそ島の統治者のほぼ全員が標的とされたのである。当局が敵方と同様の苛烈さで応じたのは、むしろ当然であったろう。

まず駐屯地の厨房で働く兵士八名とその指揮官が即座に拘束され、続いて将校たちの給仕役を務め、テーブルを整えた兵士五名と、駐屯地の補給担当の責任者と部下二名が引き立てられた。総督は階級の高い者たちはアルカズ城塞監獄へ送り、厨房で働いていた兵士たちは駐屯地の南の一角の独房に別々に放り込んだ。尋問と拷問に用いられる独房である。またメフメト司令官は、容疑者を監獄へ護送する際には目隠しのある囚人輸送馬車ではなく、パンやチョレキの配達を行う輸送馬車を使わせた。検疫部隊の新兵たちの注意を引かぬよう配慮してのことだった。もっとも、容疑者を降ろし駐屯地へ戻ってきた輸送馬車が消毒処理を受けたことや、そのとき呼ばれた二人の消毒士の印象的な出で立ちも相俟ってか、駐屯地ではしばらくの間、厨房係たちが独房に放り込まれたのは、あの馬車でペストを持ち込んだと疑われたからなのだろうという勘違いが横行し、ペスト患者は犯罪者と同様の扱いを受けるという誤解を生む結果ともなった。アルカズ城塞に設けられた隔離施設にはすでに感染者たちが所狭しと収容されていたため、この誤解はある種の信憑性を伴ってもいた。

州総督の統治が隅々まで及ぶべき島にあって、中央政府から派遣された高名な医師二名がかくも容易に殺害された事実は、当局と検疫行政に対するのみならず、サーミー総督個人に対する明白な挑戦とも思われた。ところが当のサーミー総督はこの襲撃に報復するかわりに、イリアス医師の死を伏せることを決め、ニコス検疫局長にはイリアス医師がペストにかかった旨をイスタンブルへ打電するよう指示した。この時点では、イリアス医師は意識を失ったり、うわ言をつぶやいたり、イスタンブルで待つ妻のことを話し出したかと思えばペスト患者さながらの痙攣を起こし、そして疲労のあまりにふたたび昏睡するを繰り返しながらも、まだ死んではいなかったからだ。

いずれパーキーゼ姫の書簡集が出版された暁には、この事件の一時間後に総督府で開かれた会議において、サーミー総督とヌーリー医師が捜査手法を巡って交わした議論が、哲学と政治とにまたがる大いなる矛盾を孕んでいた点が、とくに歴史家たちの注意を引くことだろう。なぜならその席上で二人は、アブデュルハミト帝の言った「シャーロック・ホームズ的手法」を巡って、事件の細部から真実へ辿りつこうという演繹法的捜査手法と、そもそも犯人には深遠かつ包括的な政治的意図があると推理し、それに合致する事例を拾い上げようとする帰納法的捜査手法の正当性を戦わせる場ともなったからである。

「連中はきっと、チョレキの生地のためにと準備されていた小麦粉の中に、ネズミ草の粉を摑みいれたのでしょう。厨房において堂々とやってのけたのです。つまり容疑者は火を見るより明らかというわけです……。となると、誰が厨房係に毒を渡したのかを明らかにするのが先決でしょう。私が知恵を巡らせるまでもなければ、イスタンブルの陛下が仰ったというシャーロック・ホームズの知恵とやらの手を借りる必要もありますまい。今日の午後には検事とその部下たちが駐屯地に捕らえられている兵士たちを一人ひとり尋問し、証言を集める予定なのですから。治安監督と検事がギリシア民族主義者のならず者どもをナイチンゲールのように囀らせることでしょうよ」

そう言ったサーミー総督に対してヌーリー医師はこう応じた。

「総督閣下、私は犯人は単独犯だと確信しております。たった一人を見つけるために十五名もの人間を拷問にかけるというのですか？」

「結果的にはあなたの仰るとおりになりつつありますよ。厨房で働いていた者たちはみな拷問を恐れて、訊かれてもいないことまで話しはじめていますから。あなたのシャーロック・ホームズにこれほど早く結果が出せるものでしょうか？」

島で強盗や山賊行為を働いた者の尋問は、アルカズ城塞監獄で行われるのが通例で、城塞の南側の区画からはファラカ刑（罪人を逆さに吊るし、足の裏を棍棒〔ファラカ〕で打つ刑罰）を受け、足の骨を粉々に砕かれた容疑者たちの悲鳴がいつも聞こえていた。駐屯地でもギリシア民族主義者や山賊となって帝国軍への反乱行為に加担した者に対する扱いは似たようなもので、サーミー総督はマズハル治安監督部長に駐屯地での尋問に加わるよう命じた。軍隊の取調官や検察官たちよりも、マズハル部長の方がよほど情け深いとわかっていたからだ。それに彼ほどファラカで意識朦朧とする容疑者たちを追い詰め、納得のいかない謎を殴打によって解きほぐしていく術に長けた能吏はいなかった。総督は厨房係と手伝いの兵士たちの中から犯人が特定されるまで駐屯地を離れぬようマズハル部長に厳命した。

ところが、足に棍棒を食らわせ、幾人かに関してはやっとこで爪を剝がしたにもかかわらず、厨房係たちから有力な情報は得られなかった。尋問官たちは証言の内容を実際に厨房で実演して見せるよう命じていたので、ファラカを受けた容疑者たちは「はい見ました！　バラの香る小麦粉にクルミと一緒にネズミ草の粉を入れたのは禿げ頭のラースィムです！」などと適当な嘘をついて拷問を免れることが許されなかったのである。その上、尋問の初期段階にはまだ用いられたのがヒ素毒なのか、ネズミ草なのかも確定していなかった。サーミー総督は求めていた結果が得られず苛立ちこそしたものの、さほど失望はしなかった。問題のチョレキがその朝、駐屯地内で調理されたのは確実であったから、アルカズ城塞監獄へ送った補給担当者か、さもなければ古参の厨房係の誰かが関わっていることが、遅かれ早かれ明らかになるだろうと思われたからだ。

そこでサーミー総督は日が落ちるのを待ってアルカズ城塞監獄へ定期巡回に出る予定を入れ、その旨を刑務所長のサドレッティンに通達し、併せて医師の派遣と救援物資の輸送を請う電報を再三にわたりイスタンブルへ打たせた。検疫部隊が城塞の隔離区画に収容していたある四人家族が、隔離に対する異議を申し立てたのは、総督が巡察を決定する少し前のことだった。家族の唱えた異議申し立ては一階、また一階と人々の口を介して城塞じゅうへ広まり、やがて総督府のサーミー総督の耳にも届いたが、彼はまだことの深刻さには気がついていなかった。

夜間巡察に出るまでの間、サーミー総督はペストとは関連の薄い日常業務に忙殺された。たとえばロイド社の代理店から上がって来た報告には、ある領事の代理人が「うちで採れたサクランボとイチゴです」と言って税関を通さずに海岸沿いの家に運び込もうとした籠からリボルバー拳銃が二十五丁発見されたとあり、総督はこれを一読の上、マズハル治安監督部長へ転送した。イスタンブルのおそらくは後宮から発せられた、ミンゲル島の固有種である緑色の斑点があるおしゃべりの堪能なオウムをひと番（つがい）、宮殿に送るよう命じる命令書にも対処しなければならなかったし、雨によって落ちた島北のマヴィアカ橋の修繕費も捻出せねばならない。またここ数カ月、総督府の厨房における腐敗も密告によって明らかになった。サーミー総督は、公吏たる者が屯して噂話に精を出すようなことがないようにと、昼食に関しては各部局の長たちの預かりとし、たとえば文書作成部や寄進財管理部の部長はそれぞれの執務室で部下たちと一緒に昼食を取るよう命じた。この際の昼食の予算や食料は総督が出すことになっていたが、イスタンブルから給与の送金が遅れたりすると、部長たちは支給される食料の一部を自宅へ持ち帰ったり、マズハル部長自身が遠慮なくそうしていたように、総督府の食糧庫から大量のレンズマメや白インゲン豆を持ち出して自宅の食糧庫を満たしたりしていたのだった。この問題を是正するには——イギリス領事ジョルジが総督への友情から助言したように——イスタンブルのいくつかの兵営ですでに導入されているような定食方式（ターブル・ドートゥ）を採用するのが最善であったが、いまとなっては伝染病をさらに蔓延させかねないうえ、各部局長たちの恨みを買うであろうから、いますぐにどうにかすることはできなかった。また、金にさほど困っていない職員の中に、ただ昼食を食べるためだけに登庁する者さえいるのも問題だった。

　精力的に仕事をこなしながらもサーミー総督は、今晩の監獄の視察について計画を立て、駐屯地から戻ってきたマズハル治安監督部長と協議した。また晩になれば、ラーミズを首謀者とするボンコウスキー衛生総監殺害犯三名を絞首刑に処すための三架の絞首台が設置される予定だ。ならず者三名の処刑であれば処刑人はシャーキル一人で事足りると思われたが、一人で一人ずつ順番に吊るしていっては無用な時間がかかるという懸念もあった。

29章

日が沈んで間もなく、手筈どおり州広場に絞首台が設置されるのを眺めていたサーミー総督は、名状しがたい衝動に駆られてマリカの家へ徒歩で向かった。彼女の黒い瞳と細い鼻を見ると、サーミー総督は政治や行政の悩みを束の間忘れて心安らいだ。マリカは最初の重要な噂話として、イリアス医師が駐屯地でペストにかかったという話を持ち出してきた。

「島に疫病を持ち込んだのがボンコウスキー閣下であったなによりの証拠だと、みな噂しています」

「イリアス医師が駐屯地に逼塞しているのはペストのせいではなく、暗殺を恐れているからだよ」

「それと領事たちがいくら処刑しろと言ったところで、皇帝陛下はラーミズの絞首刑を取りやめさせるだろうと囁かれています」

「いやはや。一体全体、誰から吹き込まれたものやら」

「〝でもゼイネプはラーミズが監獄を出てくるのを待ってはいないだろう〟って、正教徒もイスラーム教徒もみんな言っています。ねえ閣下、皇女さまの護衛がゼイネプに恋しているというのは本当なんですの？」

「本当だとも！」

馬車も護衛も呼ばず、ビロードのような暗闇の中を総督府まで歩いて戻る間、夜警たちに幾度か呼び止められた。サーミーが総督だと気づかなかったのだ。やがて暗闇に佇む絞首台が見えてきた。

執務室に入ると机の上に今晩届いたばかりの暗号電文が三通、暗号係に平文にさせた上で置かれていた。一通目には、ボンコウスキー衛生総監殺害事件の容疑者の絞首刑執行は、イスタンブルの承認を待つよう記されていた。二通目には今朝がた総督の打たせた電報への返信で、救援船スュハ（雄）ンダン（弁）号はもう間もなく出航予定である旨がしたためられていた。そして三通目は、ボンコウスキー殺害犯たちは十分な悔悟と自白をすれば皇帝陛下の温情を賜わる可能性があるとしたうえで、ただしそれには信頼に足る情報と背景説明が必須であると述べていた。三通ともとくに驚くような内容ではなかったが、サーミー総督は長いこと執務机に座ったまま、遠くアルカズ城塞の明かりを眺めていた。

これまでも反体制派や新聞記者を殴打や投獄、独居房への監禁などによって黙らせ、あるいは脅しつけてきたが、同時に恭順した彼らが元どおりの暮らしに復帰するための猶予を付すのも忘れず、役人や知己を通じて贈り物をし、あるいは今後の協力を申し出ることを疎かにしたことはない。サーミー総督は、アブデュルハミト二世に倣って二つの態度を使い分けることこそが、「温情的な」狡知であると固く信じていたのである。サーミー総督がとくに好んだのが、真夜中に監獄を人知れず訪ね、独房の囚人に協力するよう持ちかけるというやり方だ。そして今晩のようにイスタンブルから囚人を開放するよう圧力がかかると、深夜の訪問はより頻繁になるのが常であった。

この晩、まず刑務所長が状況報告のために登庁し、しかるのち装甲四輪馬車で監獄へ向かう道すがらに巡回の予定を総督と話し合った。当時、ミンゲル監獄と呼ばれることもあったアルカズ城塞監獄は、帝国の政治家や知識人の間ではフィザン、スィノプ、ロドス島などの城塞監獄について恐れられた刑務所であった。アルカズ監獄の生活環境は、オスマン帝国領内のほかの刑務所と比べても劣悪であったからだ。月並みの窃盗犯と粗暴きわまりない殺人犯、密告された不運な者とふてぶてしい詐欺師が一緒くたに放り込まれた雑居房は、一等無垢な収監者でさえあっという間にありとあらゆる犯罪の手練手管を学び、嬉々として実行に移しかねない犯罪学校の様相を呈していた。

サーミーは改革主義をもって鳴らすオスマン帝国の行政官であったから、監獄に格別の関心を寄せるのは当然のことであった。刑務所の視察官としてヒュセイン退役准将がミンゲル島の監獄視察に訪れた際には、刑務所長ともども准将と長々と「監獄改革」について話し合ったほどである。──どうすれば雑居房内での風紀の乱れや、刑務規則の弛緩、あるいは囚人たちの怠惰をいち早く察知し、正すことができるでしょうか？　扉の覗き窓はもう少し高い位置に開けた方がよいのでしょうか？　雑居房をすべて独房へ改築することは許可されるでしょうか？

アルカズ監獄においてもっとも厄介であったのは、看守たちの腐敗だ。投獄されたばかりで無知な囚人たちが入所時に預けた持ち物や金に手をつけたかと思えば、目を付けた囚人からひっきりなしに金をせびり、あるいは身の安全と引き換えに「差し入れ」を要求する看守が後を絶たなかったのである。そんな具合だから、裕福で力のある囚人たちの中には牢名主や官吏、看守たちを賄賂で手懐け、夜となく昼となく自宅で過ごし、気が向いたときだけ監房へ戻るという者もいる始末だ。サーミー総督は常々「パンを盗んだだけの貧しい囚人がじめじめした地下室で腐っているというのに、もっと大きな罪を犯した大物が街路を闊歩している現状には怒りを覚える」と口にしていた。お馴染みの愚痴をこぼす総督に、彼もよく知る事実を思い出させるのは書記官のファーイクの役割だった。

「もう五ヵ月間、看守の給与が滞っているのです。たとえばエムルッラー親分は自宅で刑期を過ごしてはおりますが、監獄の多くの職員が彼から金銭的援助を受けております。港に臨む雑居房にガラス窓を付けてくれたのも彼ですし、監獄へ帰ってくるたびに村から持ち帰った甕一杯のオリーヴ油や干しイチジク、卵などをみなに差し入れてもいます。監獄の正門の崩れかけた壁を修繕してくれたのもエムルッラー親分ですし」

そう言われると、ファーイク書記官のような詳細な説明を好むサーミー総督はこう返すのだった。

「まあエムルッラーが若衆を引き連れて人出の多い時間帯にハミディイェ大通りを練り歩くようなことがなければいいが！ 住民はみな、親分が牢獄にいると思っているのだからね！」

深夜零時を過ぎたころ、総督と刑務所長を乗せた装甲四輪馬車が海岸へ下る道を走っていくと、いかにも朴訥としたギリシア正教徒の一家が行く手に姿を現した。家財道具を背負った父親が、一寸先さえ見えぬ闇の中でも総督の四輪馬車の車音を聞き分けたらしかった。彼は異様な熱意の籠った、しかし稚拙なトルコ語で訥々と「家に病気が入り込んだのです」と訴えはじめた。どうやら子供の一人が熱を出し、病に倒れたらしいとサーミー総督は理解したものの、それがペストであるのか、ほかの病であるのかは判じようもない。そうするうちに妻の方が泣きはじめ、やがて正教徒の一家は暗闇の中へ去っていった。馬車はふたたび坂を下りはじめ、かつてはイェニチェリ（一八二六年まで存在したオスマン帝国の奴隷歩兵軍団。同業者組合の後ろ盾として都市の商工業界にも進出した）たちが経営していた店々や馬具職人、皮革職人、鞍職人の工房、それに食堂などが並ぶ曲がりくねった隘路を抜けていった。城塞の門をくぐるときの常で、自分がひどく巨大で神秘的な古跡へ足を踏み入れたのだという感慨が総督の心を満たした。

総督は監獄へ行く前に、城塞の中庭へ向かった。そこに感染を疑われる市民たちが隔離されていたからだ。隔離区画は、それぞれが異なる世紀に建造されたつぎはぎだらけの壁や城塔、もろもろの施設の寄せ集めであるアルカズ城塞の北東部に置かれていた。そこは海を挟んで波止場が見える広場になっており、半ばほどしか城壁に覆われていないため、湾の対岸の市街地からも内部の様子を窺うことができた。そして、城塞の中心部からやや離れたところに設けられたこの隔離区画と、何世紀も牢獄として用いられてきた南西区画——ヴェネツィア共和国やビザンツ帝国期の施設群、それにじめじめとした地下牢で悪名高いヴェネツィア塔などが並んでいる——とを分けるのは、キヨル・メフメト・パシャの統治期に建てられたイェニチェリ宿舎であった建物だ。総督府の執務室からも、城塞北東部に集まる優美な建物群の窓や、あるいは隔離区画で退屈そうに岩礁を眺める収容者たちが見えたが、いま総督たちはその隔離区画をちょうどその反対側から眺めているというわけだ。

収容者の半分以上は、家人から死者が出て「汚染」が疑われて連れてこられたイスラーム教徒地区の住人たちだった。彼らはみな、自宅から退去させられ、家族と引き離されて不満をため込んではいたもののあくまで理性的であり、隔離措置は正しいことだと受け入れようと努めていた。検疫発令からの五日間で収容されたのは三十七名だった。

「これらの容疑者たちですが、はじめのうちこそ自分の置かれた状況に不満たらたらでしたが、しばらくすると落ち着きました。いまは監獄の囚人たちと同じ食事を与えるしかありませんが、追加予算を頂けますでしょうか」

刑務所長の報告を聞きながら旧兵舎の二階へ続く階段を上っていくうちにもサーミー総督は、階の隙間から足元に覗く港から、海の闇と冷気が這い上がって来るように思えた。この城塞監獄に入れられると、みなリウマチを患うという。スィノプ出身で、吃音で有名な詩人サーイムは、皇帝アブデュルメジドを揶揄する詩を詠んだばかりにここアルカズ監獄のヴェネツィア塔に放り込まれ、たったの二カ月でこの病に冒されて半狂乱になったと伝わる。刑務所長は寝台の数が足りないためマットレスを共有で使っていると説明した。十五日前、看守のバイラムの遺体が見つかって以降、総督と刑務所長はペストが監獄に蔓延してはたまらないと、さまざまな対策を講じてきた。

まずネズミ罠をそこかしこに仕掛け、かかったネズミをやっとこで掴んで総督府へ送るよう周知徹底した。ところが市内のように口や鼻から血を流して死んでいるネズミは、アルカズ監獄ではまだ見つかっていなかった。ある房では手枷をはめられた殺人犯が熱を出して痙攣を起こし、ときたま嘔吐していたが、同じ房のもう一人の囚人に感染の兆候は一切なかった。総督の目から見ても、その恥知らずの人殺しはペストを装っているだけだった。当然ながら刑務所長はその囚人をファラカ刑にかけ、仮病であると白状させるべきところだが、万が一にも棍棒を振るっている最中に看守が感染するのを恐れて、いまだ実行はされていなかった。サーミー総督としては、もし囚人がペストで病死した場合には「監獄で疫病が出た」などという噂が広まらぬよう、その遺体を人目から隠し、真夜中にでも海へ投げ込んで闇に葬ってしまうのが最善だと案じていた。それにしても、その死骸を食べたサメもペストにかかって死んでしまうのだろうか?

サーミー総督と刑務所長は足音を響かせながら、十字軍兵士たちが築いた最初の防壁と、ヴェネツィア人たちが作った二番目の城壁の間に広がる中庭を渡り、側用門から監獄へ足を踏み入れた。

総督が最初に赴いたのは、無頼と重要犯罪犯が起居する第二雑居房だった。たしかこの房には、巡礼船事件で有罪判決を受け刑に服している父子もいたはずだ。サーミー総督は、たとえ暗くともよく見えるとでもいうように束の間、房内を覗き込んだ。父子の身に何か起きてはいないかと心配になり、できれば適当な理由をつけて二人を一時的にどこかへ移してやりたいとも思った。

巡察の間、刑務所長は怠惰な牢名主について延々と文句を垂れていた。ときおり、たしかに度を越しているような報告もあったため、総督は見せしめに問題の牢名主を罰するよう命じ、看守たちによる殴打が即座に見舞われた。もっとも、それが誰の命令であるか囚人は知る由もなかったことだろう。そうすることでこそ、監獄の、しいては帝国そのものの支配が立ちゆくのだから。ひとしきり殴られた牢名主は、そのまま十字軍やヴェネツィア人、ビザンツ人たちが食堂や武器庫、あるいは寝室などさまざまに用いた雑居房から引っ張り出され、城塞南西の岩壁の上に立つ塔の、海に臨む極寒の独房へ放り込まれる。この分厚い壁の高層建築こそがヴェネツィア塔と通称される監獄塔だ。当初ヴェネツィア人たちが見張り塔として建てたものの、百七十年後に監獄へ転用され、さらに四百年を経たこの時期にも同じように用いられ続けていた。ヴェネツィア塔の下層階の狭苦しい独房に放り込まれようものなら、どんなに頑健な囚人でも病に倒れ、年のいった者や、病弱な者、あるいは疲労している囚人であればものの一、二年で死んでしまうのだった。これに対して、塔の中でもいくぶんましな独房は狭い中庭に面している。こちら側の独房で日がな一日、ネズミやゴキブリ、蚊に悩まされ、自分と同じようにゆっくりと死に向かいつつあるほかの囚人たちの息遣いを感じながら過ごす囚人たちは、日が落ちるとようやく手枷や重りをつけて中庭をうろつくことが許されるのだけれど、往古のガレー船奴隷さながらの自分たちの姿を見るたび、自分たちよりなお酷い境遇に落とされることとてあり得るのだと思い知らされ、なおさらに自らの行いを悔いるようになるのだった。

サーミー総督は、『新しい島』紙の編集長マノリスの独房に続く薄暗い廊下に足を踏み入れた。

「取り調べは続けておりますが、いまは疲れきって眠りこけております」

総督の視察を待っていた刑吏がそう告げた。巡礼船事件を蒸し返すがごとき記事を書くよう命じたのが誰か、なんとしても突き止めるよう命じてあったのだ。サーミー総督はその人物、あるいは集団こそが、ボンコウスキー衛生総監の殺害を企てた真犯人に違いないと確信していたが、それをヌーリー医師に明かしたことはなかった。総督からすれば、ヌーリー医師は関連のない事件の細部をつなぎ合わせ、犯人を炙り出そうとする空想家に過ぎなかったのだ。くわえて、ギリシア正教徒の記者に拷問を行っている事実が明るみに出るのも都合が悪かった。サーミー総督は常から、帝国でもっとも高い位階にある為政者たちが、位階の低い公僕たちに汚れ仕事を命じ、いざことが露見すると知らないふりを決め込むさまを憎悪していたし、そうしたやり方こそが西欧的な態度であるかのように振舞う者たちを忌々しく思っていた。しかも汚れ仕事を任された公僕たちの大半は、命じられたことを頭から信じ込み、よもや自分への命令が帝国の最上層からなされたなどとは思わず、それを否定さえするのだ。たとえばアブデュルハミト二世は、兄であるムラト五世を退位させて即位するにあたり、もっとも功があり、また帝国の官僚機構の頂点を極めた知欧派のミドハト大宰相を、はじめはアラビア半島はターイフの監獄へ送り、しかるのち牢内で絞殺させたが、このときも結局は誰が犯人であるかは闇の中となった。帝国の国制改革を掲げ、立憲派として知られたミドハト大宰相に心酔し、しかし彼を密殺させたのがまさかアブデュルハミト帝その人であるとは決して認めない初心（うぶ）で考えなしの公僕たちを、サーミー総督も数多く目にしてきた。

ヴェネツィア塔には、ギリシア王国の息のかかった山賊や、同じく王国との共謀が疑われる者のほか、新聞記者など、すぐに殴打による尋問を行う必要のない囚人たちもおり、このときはマノリスのほかにもう一人、パヴリという囚人が収監されていた。総督は刑務所長に促されて彼のことを思い出した。街にペストが流行していると虚偽の報道をした廉で投獄したまま、すっかり忘れていたのだ。いや、頭の片隅では覚えていたものの、事態があまりの急展開を見せたため、どう扱ったものか決めかねていたというのが本当のところだ。

鉄扉が騒々しく開けられ、松明を持った二人の看守が入って来るのを見て、藁で編んだ茣蓙（ござ）に寝転がっていたパヴリが訴えた。

「閣下、総督閣下……。疫病は本当にあるのです！」

「その通りです、パヴリ君、だからこそここへ来たのだ。君が正しかったようだ。検疫隔離令を発令したよ」

「閣下、もう遅すぎます！　この監獄もすぐに汚染され、私たちはみな死んでしまうでしょう」

「そう絶望したものでもないさ。必要な手はすべて当局が打っているのだから」

「……〝疫病が流行している〟と書いた私を投獄なさったのは、あなたご自身ではありませんか。そしていま、人々が疫病に斃（たお）れつつあるのですよ」

「君が投獄されたのは事実を報道したからではなく、総督の言葉に従わなかったからだ」

総督はそう訂正し、厳しい口調で付け加えた。

「ペストの記事が正しかったからといって、いますぐ解放されるなどと期待せぬように！　君を反逆者として告訴することもできるのだ。そうされたくなければ、マズハル治安監督部長に協力なさい」

「私は常日頃から総督府と皇帝陛下を支持し、崇拝してまいりました」

「メノヤ湾やデフテロス山脈に根を張る山賊ハラランボス一党がいるね。アルカズ市内の誰が協力者であるか、私たちは摑んでいる。あくまで個人として助言するが、君はあの連中とは距離を置くべきだ！」

「……あんな山の中にいる人々と関係などございません」

「いいや、奴らには市内に部下がいるし、寝泊まりする場所もあり、支援者もいる。パヴリ君、私たちはすべてお見通しなのだよ。アルカズの街へ下りてきたハラランボスが、ホラ地区に滞在するということもね」

「私は知りません」

パヴリはたとえ知っていても教えないと言わんばかりに、サーミー総督を睨みつけた。

総督は踵を返して独房を出ると、控えていた書記官に明日の朝、マノリスと「こいつ」の解放を許可する書類をここへ送るよう命じた。そして、刑務所長に先導されながらラーミズとその仲間たちが収容される区画へ向かった。

高らかな足音とともに歩き、階段を上るうちにも、しじまの中に滲む囚人たちの興奮が感じ取れるような気がした。囚人たちは夜更けに城塞の扉や中庭の門、そのほか幾つもの扉が開け閉めされる音に耳をそばだてながら、中庭で処刑が行われるのだろうか、ファラカ刑を施す雑居房を探しているのだろうかと、予期せぬ視察の目的を推し量っているのだ。サーミー総督は、つき従う書記官の掲げる松明で自分の影が監獄の石畳や壁に映し出されるさまに心弾ませた。

この日の午後、総督の視察に備えてラーミズは一度、事務棟の一室に連れていかれてボラの野菜詰め焼きとパンを与えられ、総督に対して礼儀を弁えその信頼を得られたなら罪が減ぜられるかもしれないことと、イスタンブルの同意を待たず州広場にはすでに絞首台が設置されたことを伝えられたのち、先刻よりも快適な独房へと移されていた。

サーミー総督は手慣れた様子でラーミズの独房にさっさと入ると、前もって考えておいた言葉を寛いだ様子で口にした。

「私も、また君に有罪判決を下した司法関係者たちも、君が有罪であると確信している。しかし、疫禍という災難には、争いではなく、赦しと服従をもって対すべきだ。だから、君が私の質問に宣誓の上で正直に答え、自らの罪を悔いている旨を書面として残したうえで罪を告白するのであれば、イスタンブル政府は君がアルカズ市へ二度と立ち入らないことを条件に、赦免を命じるだろう」

この三日間、断続的に行われた拷問と、寒くてじめじめした独房で寝起きさせられていたためラーミズは疲労困憊していたが、その瞳はいまだ生気を失ってはいなかった。総督はそれが、不当な扱いに対する怒りなのか、それとも誰か高い地位にある協力者がいるがゆえの自信の表れなのかは、判断がつかなかった。サーミー総督は手はじめに山賊ハラランボスやギリシア王国領事、パンタレオン社が武器を密輸しているという噂について細々とした質問をぶつけ、巡礼船事件の叛徒たちを焚きつけたのはイギリス政府であると仄めかしながら、皇帝陛下はこうした敵に相応の罰を下すことだろうと述べた。さらに、たとえ島北でギリシア人山賊たちと戦っているからといって、なんでも許されるわけではないと付け加えた上で、最後にこう言った。

「看守の娘ゼィネプ嬢のことはあきらめたまえ。彼女と上級大尉の結婚はミンゲル島全体の益になる。第一、あの娘も大尉を愛しているようだよ」

「もしそうなら、それこそ死んだ方がましだ！」

ラーミズは視線を床に落としつつもそう答えたのだから、たしかにその男ぶりはキャーミル上級大尉に勝るとも劣らなかった。

総督はこの返事に失望したと言わんばかりの態度を装い、独房を出た。あくる朝、ラーミズと二人の部下は、駐屯軍の手漕ぎ舟に乗せられ、半日をかけて島北の入り江の一つに連れていかれ、そこで解放された。ギリシア人記者たちと異なり、ラーミズには保護してくれるような領事がいないので、こうして解放した方が適当だろうと考えられたのだ。ラーミズは悔恨と罪状告白を綴った半ページばかりの走り書きの書類に署名させられただけだった。アルカズ市へ戻らないという条件で解放されたものの、その約束が守られないであろうことは、サーミー総督にもラーミズにもよくわかっていた。

30章

ヌーリー医師とニコス医師、そして二人のギリシア人医師によって解毒剤が探され、イリアス医師に毒素を吐かせようと試みられたものの、テオドロプロス病院に運ばれた彼は吐血ののち昏睡状態に陥り、クルミとバラの入ったチョレキを食べてからものの一日で死亡してしまった。検疫隔離措置が無に帰するような議論が噴出せぬよう、その死因が毒殺であることは医師以外には伏せられ、イリアス医師の亡骸もペスト患者たちと一緒に埋葬された。

パーキーゼ姫は手紙の中で、この殺人事件と毒殺の――彼女の言いかたを借りれば――「解義」について随分と墨を費やしている。皇女もまた夫ヌーリー医師とともに、叔父アブデュルハミトの望んだ「シャーロック・ホームズのように」現場から遠く離れた総督府の賓客室の書き物机の上から秘された事件を解明し、それを説明しようと試みていたのである。

「あなたに叔父さまと皇子さま方のことをお話ししておくべきでしょうね」

イリアス医師がチョレキに毒を盛られたことや、同じチョレキを食べて死んだ犬と栗毛の馬の話を聞かされた皇女はそう言った。この頃夫妻がもっとも頻繁に話題にしたのは、たしかにアブデュルハミト二世のことではあったが、負けず劣らず宮中で徐々にその数を増やしつつある怠惰な皇子たちのこともしばしば話に出るようになっていた。そのため、ここで皇子たちの話に紙面を割くのも、決して本書の本筋から遠ざかろうとしてのことではないと断っておきたい。

皇帝（スルタン）の娘、つまりは皇女に婿入りした王配たちの暮らしぶりは、帝室に入って間もなく仕事も権力も、そして責任さえも伴わない皇子たちのそれへと堕していくのが常だった。ヌーリー医師は医者としての職務を離れたいとは思わなかったが、その一方でどう足掻こうともそうした皇子たちと同様の上辺だけを取り繕う下らない人生がすぐそこにあるのだという予感めいたものを感じることもあった。

アブデュルハミト二世は、兄ムラト五世から引き離した三人の姪たちを降嫁させるにあたり、その婿おのおのにパシャ（閣下）の称号と、ボスポラス海峡岸に政府が所有する避暑屋敷を賜わせ、高額の俸給をあてがった。パーキーゼ姫とヌーリー医師の邸宅は、姉夫妻たちやアブデュルハミト帝の息女と同じくオルタキョイ地区にあった。ヌーリー医師を除けば、姉姫たちの夫は早くも宮中でのお勤めを怠け、遠からず見向きもしなくなるように思われたが、それは帝国の歴史とともに生じた奇妙な慣行の影響でもあった。

オスマン帝国の最初の五百年間、皇子たちは宮殿内の学校や軍、そして各州という三ヵ所で基礎教育を受けていた。ところが、教育や軍事の分野で欧化が進められるにつれ、地方の支配もまた昔ながらのベイレルベイ（大総督）たちではなく、政府から給与の支払われる県知事や州総督たち、それも知識豊富な軍人や官僚たちに委ねられるようになっていく。そのため、皇子たちには軍人や行政官として立ち働く余地がなくなってしまったのである。建国期から近世中頃まで、帝位は父から息子へ継承されるのが習いであったから、たとえば黒海岸のトレビゾンド総督やマニサ総督の職にある皇子が、継承順序を覆して帝位に就こうと軍を挙げ、兄たちに先んじて軍を引き連れて帝都イスタンブルへ馳せ参じる、などということも少なくなかった。兄弟同士で争う伝統はしばしば内乱につながったため、やがて皇子たちが地方総督に任ぜられることはなくなり、帝都イスタンブルに留め置かれるようになっていく。メフメト三世（在位一五九五―一六〇三年、第十三代皇帝）もまた、即位に際して十九人にも及ぶ弟たちを絞殺させたが、悪評を呼びかねない弟殺しの慣行を正そうと決意し、以降は父から息子ではなく兄から弟へと、帝位が引き継がれるようになる。もっとも、アブデュルハミト二世がそうであったように、皇帝たちの大半は猜疑心に満ちていて、継承順位が一位や二位の弟はもちろん、それ以下の弟や甥たちが反対派と共謀して謀反を起こすのを防ぐべく、宮殿の「皇子の居室」と呼ばれるひと隅に幽閉し、もって世間やイスタンブル市中、なによりも世界そのものから切り離しておくのが習わしとなっていった。

こうして幽閉された皇子たちのうち王朝史においてもとくに有名なのが、パーキーゼ姫の兄メフメト・セラハッティン皇子である。この物語の当時は四十歳に達していたセラハッティン皇子は、十五歳のときに父ムラト五世の即位を大いに喜んだわずか三カ月後、退位させられた父と共に捕まり、それから二十五年もの間、宮殿で虜囚の身に甘んじる羽目になった。しかし、父ムラトや妹たちと同じくピアノを嗜み、さまざまなノートに自分の考えや思い出、あるいは戯作などを書き残すなど、ほかの怠惰で無教養な皇子たちとは毛色を異にした。読書家である父を敬愛し、自らもよく本を読み、なによりパーキーゼたち妹に優しく朗らかに接してくれもする。しかし、チュラアーン宮殿で妹たちやお妃方、侍従や下女に囲まれているとき、ふと寂しげな表情を浮かべることがあった。パーキーゼ姫は兄がほかの皇子のように怠けた我儘者ではないのをよく知っているので、なおさらに彼が気の毒に思えたものだ。彼のハレムには互いに皇子の贔屓を得ようと相争う位階も性格も異なる四十人あまりの美しい娘たちと、七人の息子が暮らしていた。

パーキーゼ姫は、すでに大きな功績を残して医学界では国際的にも名の通ったヌーリー医師を誇りに思っていたので、夫を世間から取り残された無教養で物ぐさな王配にはすまいと心を砕いてもいた。「パーキーゼ姫は姉姫たちほどの華やかさもなければ、際立ったところもないので、むしろ地味で味気のない暮らしを送るのがお好きなのでしょう」とか、「いやいや現実をご覧になられてのことでしょう」などと悪しざまに言う政敵もいたが、パーキーゼ姫がヌーリー医師をことのほか心配したのは、姉たちからろくでなしの皇子たちの話をあれこれ聞かされていたからだ。

姉であるハティージェ姫とフェヒーメ姫は、パーキーゼ姫よりも先にチュラアーン宮殿を出され、アブデュルハミト二世が暮らすユルドゥズ宮殿へ移されたので、そこで皇帝の未婚の娘たちと交わりながら、皇子たちを遠くから観察する機会に恵まれた。皇族の子女や、結婚適齢期に達した皇女たちはみな、政府高官や閣僚たちの御曹司の噂に余念がなかったが、皇子たちについてもまた口さがなかった。奴隷制度が廃止され、宮廷やハレムにも西欧化の波が及んでいたこの時代、皇子たちはこれまでの数百年間のようにチェルケスやウクライナのような僻遠の地から連れてこられた奴隷女ではなく、宮殿のハレムでピアノのレッスンを受け、フランス語を習得してフランス語小説を読むような女性たちとの結婚を望むようになった。ところが、こうした西欧式の教育を受けた開明的な娘たちの目には、当の皇子たちは甘やかされて育った粗野かつ無教養、なにより愚かな男としか映らなかった。それもあってか、この時代に皇帝の娘と甥に当たる皇子たちの間の「ご成婚」はほとんど成立しなかったのである。さりとて、いかに愚昧であっても、いずれは四億人のイスラーム教徒を統べるカリフの位を継ぐかもしれない若者を叩いて躾けるわけにもいかない。ところが、オスマン帝国の人々にとって体罰を用いずに教育するなどというのは、まったくもって未知のやり方であった。

そうしたわけでパーキーゼ姫の二人の姉は、自分たちと同じく宮殿の居室に幽閉されて育ち、アブデュルハミト帝を恐れるあまりに——姉たちの推測に過ぎなかったが——プロポーズひとつ満足にこなせないであろう皇子たちの噂話に一喜一憂して過ごすこととなった。たとえば、オスマン・ジェラーレッティン皇子は、帝位継承権七位で、ニシャンタシュ地区の離宮に二十三年も閉じ込められ、帝位などよりもよほど重要と考えた「自分らしさの追求」に邁進した挙句に正気を失ってしまった。またマフムト・セイフェッティン皇子は継承権第一位でありながら二十八年もの間、チュラアーン宮殿の自室から出たことがなく、生まれてはじめて中庭で羊に出くわした際には「怪物だ！」と叫んで衛兵を呼んだという。もっとも、ほかの者たちは、長兄のセラハッティン皇子についても同様の醜聞をしきりと流していたので、真偽のほどはわからない。あるいはアフメト・ニザーメッティン皇子は自己愛が強いたちで、帝位継承の可能性が皆無であるにもかかわらず「利子をつけて返すから」などと言っては多額の借金をした挙句に結局、返済せず、陳情を受けたアブデュルハミト二世に叱責されるような人物として知られた。しかし、パーキーゼ姫の姉たちがもっとも恐れ、そして憎んだのはアブデュルハミト帝の四男、メフメト・ブルハネッティン皇子だった。かつて七歳で海軍行進曲を作曲したこの皇子を、父帝はいっとき溺愛し、金曜の集団礼拝へ向かう行列にあっては、皇帝の馬車に乗せ、隣に座らせていたほどだ。しかしパーキーゼ姫たちは、ずっと年下のこの皇子の悪戯や、人を人とも思わぬ冗談を飛ばす傍若無人ぶりを嫌い、もしやこうした振舞いは父帝にけしかけられてのことではないのかと考えては、震えあがったものである。これに対してメフメト・ヴァフデッティン皇子は——十七年後に帝位につく帝国最後の皇帝である——おとなしくて慎重で、アブデュルハミト帝に兄弟やいとこたち、つまりは皇子たちの動向を手紙で報告しては、見返りに金銭や土地、家屋などを賜っていた。ネジプ・ケマレッティン皇子は芸術を愛し、繊細かつ控えめな物腰の皇子であったが、彼は女性に興味がなかった。このほかにもメフメト・ハムディ皇子やアフメト・レシト皇子のように、継承順位が低いため幽閉されることなく望むままに帝都を歩き回れるにもかかわらず「今上陛下は自分たちを付け狙っている」などと主張して火のないところに煙を立てようとする王族もいた。彼らは、帝位継承の機会など巡ってこようはずもないのに、毒殺されるのを恐れてユルドゥズ宮殿内の薬局では決して買い物をしないのだった。

「君も宮殿の薬局に行ったことが？」

ヌーリー医師がそう尋ねるとパーキーゼ姫は答えた。

「わたくしがユルドゥズ宮にいたのは結婚前の一ヵ月間だけ、その間も居室から出ることはほとんどありませんでした。ですけれど本当は、薬局は二つあるのですよ。私たちのための薬局と、陛下のための薬局が。叔父さまは毒殺に怯えておいででしたから。ボンコウスキーさまがどなたよりもご存じだったはずです。なにせ、叔父さまが実験室とお呼びの個人薬局の長はあの方だったのですもの」

「となると、薬剤師のニキフォロス殿も何かご存じかもしれないね！」

ヌーリー医師がボンコウスキー衛生総監の旧友ニキフォロスと話す機会を得たのは、その日の昼前のことだった。

ヌーリー医師はその日の朝、ニキフォロスを含むほかの医師や薬剤師たちとテオドロプロス病院のイリアス医師の枕元に集っていた。イリアス医師はときおり枕から頭をもたげては「デスピナ！」と妻の名を呼ぶのがやっとといった様子だった。医師と薬剤師が調合した解毒剤を処方してみると、いっときは症状が緩和したように見えたので、ヌーリーはニキフォロスと五分ほどのちに病院のすぐ近くの彼の薬局で会う約束を取りつけた。

「以前、ボンコウスキーさまが皇帝陛下のためにユルドゥズ宮殿のお庭で栽培可能かつ毒殺に用いることもできる薬草について報告書をしたためられたと、そう仰っておられましたね！」

ヌーリー医師は早速、本題に入った。

「イリアス医師が毒を盛られたのだと知ったとき、私もまずそのことを思い出しました。皇帝陛下が非常に重視なさり、もっとも恐れていらしたのもネズミ草でしたから。ネズミ草をごく少量ずつ日々の食事に混ぜれば、誰にも気づかれずに毒殺が叶います。もっともこの犯人は、哀れなイリアス医師に亜ヒ酸入りの殺鼠剤を用いて、まったく逆のやり方で毒を盛ったわけですが」

「どうして亜ヒ酸入りの殺鼠剤とおわかりになるのですか？」

「当然のご質問と思います。おそらく総督閣下も殿下のご質問を喜ばれるでしょう。私を容疑者の列に加えられるのですからね。お許しをいただければ、その嫌疑を晴らすためにも詳しくお答えいたしますよ」

「別段、あなたを疑って尋ねたわけではありませんよ」

「これは余計なことを申し上げてしまい恐縮です。ご存じのように私ども薬剤師というのは、こうして言葉を交わしている最中でさえあれこれ計量しては吟味をするのが半ば習慣のようなものでしてな。さて、ミンゲル島ではヨーロッパにおけるような世論の大きな関心を引く、つまり検察官が詳しい調査をしたり、州ないしは国の調査委員会が追跡するような殺鼠剤を用いた大がかりな事件は起きておりません。しかし、私がここで店を営むようになった二十年あまりの間に、殺鼠剤は証拠を残すことなく対象をゆっくりと毒殺することのできる毒薬だという知識は、ミンゲル島にも広く知れわたるようになりました。二十二年前のことです、富豪のアルドニ家の長男が妻を亡くし、子供もなかったため後妻にふさわしい若く美しいミンゲル娘を探し訪ね、大層なお金を費やした末にオラ地区の海辺に居酒屋を構えるタナシス家の娘と再婚いたしました。結婚して間もなく、新郎は腹痛と嘔吐がやまないと言って、ここに薬を買いにくるようになりました。医師たちにも原因はわかりませんでした。手や顔の皮膚が黒ずみ、腕や指に紫斑が浮いているのです。ですがフランス語の小説かなにかを読んでいない限り、あれがヒ素中毒だと診断できる医師はいなかったでしょう。四十歳の新郎は私たちが心配する間にも、ものの一年ほどで衰弱し寝たきりとなり、そして死んでしまいました。葬式では若い後妻が誰よりも嘆き悲しんでいたものですから、誰も彼女になにか咎があるなどとは思いませんでした。ところが、葬儀から三カ月後、その未亡人が亡夫の全財産を売り払い、若い恋人とイズミルへ移住してしまったのを見て、ようやく〝あの二人がアドニス家の長男を殺したのだ〟という噂が立ったのです。はじめに〝あれはヒ素中毒だったのではないか〟と打ち明けてくれたのは薬剤師仲間のミツォスでした。彼はギリシア語訳でフランス小説を読むのが好きでしたから。しかし、もう後の祭りです。なにせ私たちはオスマン帝国に暮らしているのです。帝国の裁判所は二十年前どころか現在でさえ、この手の殺人事件をヨーロッパ人のようにあくまで中立の立場から捜査し、科学的手法に則ってそれを解明できる人材に恵まれておりませんからね。ヨーロッパで人気の推理小説が翻訳されて新聞に載ると、読者たちが物語に登場する事件や、あるいは知識豊かな医師に憧れ、また驚嘆するのもまさにそのためです。当時も今も、亜ヒ酸入りの殺鼠剤は白ヒ素という名前でどこの薬草店でも自由に売られております。アルドニ家の事件が島の新聞で報道されることはありませんでしたが、最近では同種の毒殺事件がトルコ語であれギリシア語であれ、島の新聞にもときたま掲載されています。〝ヨーロッパではこんな悪質な事件が起きている〟というような論調で報じられているに過ぎませんが。そうだ、再調査をすべき重大な毒殺事件は、もう一件ございましたな。トゥズラ地区の十六歳の美しい娘が精神の平衡を失った末に、私見ではありますがおそらくは四十人もの住民に毒を盛った事件です。娘の家族は婚資金と引き換えに彼女を嫁に出そうとしておりまして、一年の間に嫁探しのご婦人方や婿候補、仲人や親戚、あるいはただの詮索好きの客人が彼女の家を訪れました。娘は彼らの珈琲に致死量には届かない、またそれとは気取られぬくらい少量の亜ヒ酸入り殺鼠剤を混ぜていたのです。ですが、誰一人として毒を盛られていることには気がつきませんでした。それにしても、小麦粉そっくりの白ヒ素を少しずつ盛っていくというのは、なんとも繊細と申しますか、少なくともミンゲル島でよく知られたやり方ではございません。となると、たとえば厨房係の助手に毒入りの袋を渡した何者かがいるか、さもなければ誰かから毒殺の方法を聞きつけたに違いありません。私どもも帝都薬舗協会に倣って、旧来の薬草店では亜ヒ酸入りの殺鼠剤の販売を禁止しようと努めてきたのですが」

「なぜ販売禁止にできなかったのです？」

「なにとぞ結論を急がれませんように、殿下……。サーミー総督閣下は赴任後しばらくして、ヒ素を隠し持つ精霊の乙女の噂話の報道規制を解かれました。〝前任の総督の悪行の結果だ〟というような見方を広めようとなさったのでしょう。もっとも、取り上げたのはギリシア語新聞ばかりで、肉欲に苛まれて早く結婚しようと結婚世話人を幾人も女性のもとへ送り込んだり、仲人を介さないと結婚ひとつままならないイスラーム教徒の男たちを揶揄したり、彼らがいかに未開であるかを強調したりするための論拠にされただけでしたが。なるほど、夢見がちな若者が失恋に動転するあまり、殺鼠剤を飲み込んで運び込まれてくることはございます。吐瀉物に白みがかった土くれのような粒が混ざるので、すぐにわかるのです。ですが、島にはフランスの小説を読む者はほとんどおりませんから、そもそもそれがヒ素中毒というものだということは、知られていないのです。……失恋してヒ素を飲むなど狂気の沙汰です。その苦しみたるや恐るべきものだろうに」

　ニキフォロスはそこで少し考えてからこう付け加えた。

「そういえばフランス小説の主人公で、あの不品行でどうかしているボヴァリー夫人も、同じやり方で自殺していました」

　ボンコウスキーの教養ある旧友は、ヌーリー医師はボヴァリー夫人のことなど知るまいと思ったのだ。

　ヌーリー医師とニキフォロスの間に置かれたガラス戸棚には薬瓶や舶来の薬品の色とりどりの小ぶりの包装箱や、大抵は濃い色の既製薬の大小さまざまな瓶と箱が陳列され、隣室にはアルコールランプや蒸留器、ハサミやブラシ、すり鉢などが置かれていた。二人が話す間にもお客が三人やって来て、まるで疫病など流行していないとばかりにゆったりと商品や包装箱を検分しては買い物をしていった。

「二十二年前、皇帝陛下がボンコウスキーさまに宮殿の庭園の植物から毒物を抽出するための報告書をご所望になられたと」

「申し上げましたとも！」

ニキフォロスはそう答えた。

「あなた様のことです、先だっての私の言葉を覚えておいでで、お尋ねになるものと思っておりました。だからこそ、記憶をたぐり寄せつつ長々とお話し申し上げたのです。毒殺の発展はイスタンブルにおける、そしてここミンゲル島におけるヨーロッパ式の近代的な薬局の発展史とも重なるお話ですからな」

当時の帝都薬舗協会には西欧式の教育を受け、あるいはパリやベルリンで学んだ「科学的薬理学」を妥協なく実践しようと志すボンコウスキーやニキフォロスのような年若い薬学者たちであふれ、彼らはみな毒物やそのほかの有害物質を処方箋なしには販売しないよう求めていた。彼ら〝進歩派〟に対して、イスタンブルのベイオール地区やベヤズト地区のような繁華街に店を構え、国産と輸入とを問わずあらゆる種類の薬品を販売する大手薬局も別の一大勢力を成していた。つまるところ、大半はキリスト教徒たちが経営していた当時のイスタンブルの大手薬局は、派閥を問わずに薬剤師たちが等しく利用するところとなっていたわけである。これらの大薬局は昔ながらの薬草店が扱うような品まで売っていたし、変遷目まぐるしいヨーロッパ舶来の既成薬や、美しい瓶や箱に収められた軟膏、咳止めシロップ、薬用クリームの類は言わずもがな、チョコレートや缶詰のごとき高級品さえ商っていた。

アブデュルハミト二世は、秘密警察やそのほかの情報提供者たちの報告から、毒殺に怯える皇子たちが宮殿の薬局ではなく、ベイオール地区の薬局を利用しているのは知っていたし、それが自分を恐れての──あるいはそう見せかけようとしての──ことであるのを理解してもいたが、同時に皇子たちが毒薬として利用可能な化学物質を購入せぬよう目を光らせてもいた。パーキーゼ姫の手紙を見ると、アブデュルハミト二世はこの件に関してもボンコウスキーに報告書を書かせたようである。

そして皇帝は、毒物の売買と流通を調査させるだけでなく、たとえばガラタ地区のアペリー薬局のような店々で医師たちが交わす会話の内容まで把握しようと画策し、これに成功してもいた。当時の大手薬局にはどこでも医師の診察室と待合室があり、アペリーのような大店のそれともなるとヨーロッパの医学雑誌を何誌も取り揃え、最新刊を欠かすことがなかったため、ある種の読書サロンの様相を呈してもいたのである。ギリシア正教徒であれイスラーム教徒であれ、イスタンブルの医師たちはみなこぞってこの読書室に足を運び、雑誌に目を通し、また同業者たちとの歓談を楽しんでいたわけだ。

そもそもアブデュルハミト二世は、ハムディ薬局やイスティキャーメト薬局、エドヘム・ペルテヴ薬局のように店主がイスラーム教徒である薬舗と、国産の薬品をとくに支援しており、これらの店がボンコウスキーの率いる帝都薬舗協会に参加することを望んでいた。さらに皇帝は、保護と規制という硬軟両様の対策を取るべく、薬草の粉末と殺鼠剤、あるいはシナモンを一緒くたに販売し、練薬も丸薬も揃え、大半はイスラーム教徒が営む古式ゆかしい薬草店の保護にも心を砕いていた。ただし、彼らがイスラーム教徒だからと言って支援を与えることと、毒物の販売規制を行うことが矛盾を孕んでいることも、皇帝はよく理解していた。

別れ際、ニキフォロスはこう言った。

「陛下が関心をお寄せになる事柄の常で、この問題に関しても陛下は相反するお気持ちをお持ちであろう、というのが私の見立てです！　二十年前、陛下はイスラーム教徒の古式ゆかしい薬草店を保護すると仰せになりながら、知識のない彼らではほとんど実行しようもない近代的な西欧のやり方や、新たな規則を〝改革と改善〟の名のもとに強いていらっしゃいましたから。そして、西欧列強に押し付けられるまま、御自らはその効用を疑っておいでの規制を実施し、しかしイスラーム教徒にとっては害になるとわかるたび、すぐに取りやめてしまわれる。思うに、イスラーム教徒たちが置き去りにされていると仰せになられて、帝国議会を解散なさったのと同じではありますまいか？」

総督府の賓客室に戻ったヌーリー医師は早速、パーキーゼ姫とニキフォロスについて話し合った。

「ニキフォロス殿はなんとも毅然とした主張を淀みなく語って下さったけれど、あれはあらかじめ準備していた話なのかな？」

皇女と話し合いながらもヌーリー医師は、薬剤師ニキフォロスがまるでアブデュルハミトと秘密のつながりを持っていて、それどころか特別に暗号鍵を与えられた人物でもあるかのような口ぶりだったことを思い出した。

五十日前、馬車や召使たちがひしめく披露宴の席でふと隣り合わせたハティージェ姫の婿殿はこう言ったものだ。「至大なる陛下をあからさまに非難する者には気をつけることです！　それは情報提供者の挑発なのですから。その批判に〝そうですね〟とでも答えてご覧なさい、すぐにも陛下に密告されてしまうに違いありませんぞ。〝みな恐ろしくて口にできないようなことを、どうしてこの人はよりにもよって私に打ち明けるのだろうか？〟と常に疑ってかかることです。それが情報提供者であれば、恐れる必要はないのですから」

31章

歴史において「人間性」というのは、どれほどの重要性を持つだろうか？　まったく重要ではないと考える人もいる。彼らにとっての歴史とは、個々の人間などをはるかに凌駕する大きな歯車のようなものなのだろう。その一方、史家の中には歴史上の重大事件を当事者たちの人間性や英雄性によって説明しようとする人もいる。私もある個人の人間性や性格が、ときには歴史そのものの行方を左右することがあると信じている。もっとも、そうした人物の人間性を特徴づけるのもまた、歴史そのものではあるのだけれど。

アブデュルハミト二世という人間は、ヨーロッパ人たちが「パラノイドだ！」と評して差し支えない程度には妄執的であった。しかし彼が異常なまでの警戒心を抱くようになったのは、彼自身が体験し目の当たりにしてきた歴史そのものの影響であり、換言するならば、彼が妄執的な人物となったのはまったくもって当然のことでもあった。

一八七六年、三十四歳であった継承権第二位のアブデュルハミト皇子は、目立たない、しかし控えめで誠実、なにより信仰心篤い尊敬に値する人物であった。当時は叔父のアブデュルアズィズ帝が帝位にあったが、ミドハト大宰相とヒュセイン・アヴニー軍務大臣の共謀した夜半のクーデターによってアブデュルアズィズ帝は廃位され、アブデュルハミトの兄ムラト五世が即位した。クーデターからしばらくして、廃位されたアブデュルアズィズ帝は殺されたか、あるいは自殺を強要されて薨去した。このクーデターの間、つまりシリアの第五軍所属のアラブ人兵士たちがイスタンブルのドルマバフチェ宮殿を包囲し、廃位されたアブデュルアズィズ帝が手漕ぎ舟でさらわれ、数日にわたりいくつかの宮殿を連れまわされた挙句、ボスポラス海峡の浜辺で両手首を切り落とされて殺される——あるいは怒りのあまり自殺する——までの間、アブデュルハミト皇子は宮殿内の居室からことのなりゆきを戦々恐々と見守っていた。彼には叔父の死は受け入れがたいことだった。かくも近代化した時代にあってなお、一人の皇帝が廃位され、あまつさえ殺されるなどとは！　その三カ月後、アブデュルアズィズ帝を廃位したミドハト大宰相やほかの官僚、軍人たちは、新帝ムラト五世——パーキーゼ姫の父親だ！——も同様に帝位から引きずり落としてしまった。アブデュルハミトの兄ムラトは、帝位を失うのを異様なまでに恐れてついに正気を失い、その結果として廃位の憂き目を見た。矢継ぎ早に即位させられたアブデュルハミト二世は、自らが即位するまでの四カ月ほどの間に、一連のクーデターを主導したミドハト大宰相をはじめ高官たちの権勢を目の当たりにし、先帝たちと同じ運命がいつ自分に襲いかかるとも知れないと悟ったのだった。

三十年前、即位する以前からアブデュルハミト皇子は——ちょうどこの物語の時代である一九〇一年当時の皇子たちが彼に怯えていたのと同じように——兄ムラト皇子とともに毒殺の恐怖に震えていた。叔父であるアブデュルアズィズ帝が、自分たち甥ではなく息子のユースフ・イゼッティン皇子に帝位を譲りたいと願い、わずか十四歳の彼を元帥に任じて軍の統帥を任せたからである。

一八六七年の夏、アブデュルアズィズ帝は息子イゼッティン皇子と甥であるムラト、ハミトの両皇子を伴ってヨーロッパへ外遊した。叔父と甥たちの間にわだかまりが生じたのもこのときだ。もともとムラト皇子はこうした帝位を巡る緊張に巻き込まれぬようにと、現在のドルマバフチェ宮殿――当時はまだベシクタシュ宮殿と呼ばれていた――の居室には寄りつかず、アジア岸のクルバールデレ地区の離宮で過ごしていた。この物語の数年後、父ムラト五世が薨去した際にパーキーゼ姫が姉たちに宛てた手紙や、あるいは兄や姉たちと一緒に父から直接聞いた話として伝えるところでは、アブデュルアズィズ親子とムラト、ハミト兄弟の確執がはじめてあらわとなったのはパリのエリーゼ宮へ招かれた日だったという。皇太子であったムラト皇子が、開放的な服装をしたフランス人の女性たちを集め、彼女たちとの歓談を楽しんだ末に、そのうちの一人とペアを組んでカドリーユを踊りはじめるに及び、それをアブデュルアズィズ帝に咎められたのである。

そのあと訪れたロンドンのバッキンガム宮殿での祝宴ではヴィクトリア女王と、母から国家の秘事を知らされぬまま飼い殺されていたエドワード皇太子がムラト、ハミト両皇子に誠実な関心を寄せて言葉を交わしたことが――パーキーゼ姫たちの表現を借りれば――皇帝とその息子の「嫉妬」と怒りを買う場面もあったという。バッキンガム宮殿のムラト皇太子の居室に、皿一杯のブドウを持った皇帝の侍従が訪ねて来たのはその翌日のことである。

「至大なる陛下よりの賜わせ物にございます！」

そう断ってテーブルに置かれたブドウを一粒食べたムラト皇太子は、しばらくすると腹痛を訴え、泣きながら隣室の弟のもとへ駆けていった。当時、二十五歳のハミト皇子が常に解毒薬としてオパールを持ち歩いていたため だ。ハミトはすぐにオパールを削り、コップの水で煎じて兄に飲ませると医師を呼び、オスマン帝国の皇太子を救ってみせた。知らせを受けたヴィクトリア女王は、すぐさまエドワード皇太子を二人のもとへ遣わし「計画的な毒殺だという確信がおありならば、イスタンブルへは戻らず、即位するまでの間イギリスに滞在なさってはいかがです」と提案した（さらにのちのこと、まずエドワード王子が、ついで帰京したムラト皇子がフリーメイソンに入会し、親しく文通をはじめ、エドワード王子の方はまさにこの物語の年に英国王に即位することになる）。将来、オスマン帝国の帝王の座につくはずのムラト、ハミト兄弟は、おそらくは被害妄想の類に過ぎなかったこの出来事が大袈裟に騒がれ、新聞各紙に「オスマン帝国の皇子たちがバッキンガム宮殿で毒殺合戦！」などと書き立てられては堪らないと、さっさと忘れることに決め、のちには自分たちの妄想に過ぎなかったのだろうと思うようになっていった。ところが帝都へ帰着しようという段になって、この騒ぎがアブデュルアズィズ帝の耳に入ってしまう。息が詰まるのではないかと思うほどに激怒した皇帝は「余を侮辱した」皇太子ムラトを一時、ドルマバフチェ宮殿から所払いに処してしまった。

一方、このときのロンドン外遊については、まったくの創作の逸話群がのちのトルコ共和国の新聞の歴史コラム欄に掲載されており、そのうちの一つによればヴィクトリア女王本人が二人の皇子に即位の順番をロンドンで待つよう勧め、さらには英王室の王女との婚儀まで提案したことになっている。英王室の王女が、四人の妻と無数の側妾たちを侍らせ、ときに彼女たちに酷い仕打ちをすることも辞さないような男性――それがどの皇子かはともかくとして――に嫁ぐことなどあり得ないし、ましてヴィクトリア女王が自分の家族を、互いに毒殺を企み、そもそも英語さえ話せない皇子たちに嫁さねばならない理由などない。論理的に考えればあり得ない歴史コラムが、しかしトルコ共和国の新聞に数年に一度は「ヴィクトリア女王はアブデュルハミトと娘を結婚させたがっていた」云々という見出しで必ず掲載され、そのたびに好評を博すのは、どうにも理解しがたいことである。

やがて叔父が殺され、兄は正気を失い、アブデュルハミトが帝位に就く。ヨーロッパ外遊から即位までの九年の間、解毒薬として肌身離さず持ち歩いていたオパールが科学的には何の効果も持っていないことを知ったのもおそらくは即位後のことだったろう。その証拠に、帝室化学顧問として迎えたボンコウスキーに要望した最初の報告書群の中には、ユルドゥズ宮殿の庭園に自生し、「科学的」手法で毒薬化が可能な植物や、解毒薬の存在しない新しい毒薬、あるいは痕跡を残さない毒薬について詳述させたものが散見されるのである。

アブデュルハミト二世が若いボンコウスキーの名をはじめて耳にしたのは、彼が薬剤師ニキフォロスとともにコンスタンティノープル薬舗協会（ソシエテ・ド・ファルマシー）——オスマン語では帝都薬舗協会（デルサアデト・エジュザージュヤーン・ジェミーイェティ）——を設立したのがきっかけであった。当時、帝都薬舗協会はほかの薬剤師たちの協会と張り合い、政府に自らの主張の正当性を理解させようと頑張っている時期で、その訴えの中でも肝となっていたのは香辛料や粉薬、練薬、薬草や薬根などを扱う伝統的な薬草店における毒物および有毒物質の販売禁止であった。ヒ素、猫いらず、キジムシロ、フェノール液、ニガヨモギ、コデイン、カンタリジン、ジエチルエーテル、ヨードホルム、サバジラ、コールタール（あるいはクレオソート）、アヘン、モルヒネ、そのほか百品目に迫る薬草、薬品は薬草店ではなく、当局の規則に則って運営され、査察を受けた店舗において、医者の処方箋がある場合にのみ販売が許される、つまりは西欧式の近代的な薬局でのみ扱われるべきだというのが、その主張であった。

同じ時期にアブデュルハミト二世はヨーロッパの推理小説を読みはじめているので、非常に長期間にわたって影響を保ち、しかも特定されづらい殺鼠剤を用いた毒殺方法の存在を知ったのも同じころと思われる。小説を伽語りさせる間も、皇帝は毒殺や、証拠を残さない暗殺が行われるページに差しかかると格別の関心をよせ、ときにもう一度読みあげさせたともいう。アブデュルハミト二世は近代の東方世界の君主の例に漏れず、自らの宮殿の庭を世界そのものの縮図と見なしていたので、そんな庭園で毒草を育てようと試みるのはごく自然な成り行きでもあった。だからこそ、若きボンコウスキー博士に対する皇帝の質問は直截であった。——いずれの植物から効果的な毒薬が作れるのか？

ボンコウスキーが毒草について詳細な報告書を書く間にも、皇帝は彼をユルドゥズ宮殿の薬局——化学研究室と呼ばれていた——の長に任命した。ちょうどボンコウスキーは薬舗協会で精力的に働き、毒草などの販売を巡って古い薬草店と争っていた時期でもあったから、皇帝とボンコウスキーとの間で交わされた会話もしばしば毒物や、一般庶民のごく身近に毒物が売られる現状に及んだ。

こうしてアブデュルハミトは自分の先祖を——たとえば四百二十年前の征服王メフメト二世（正式在位一四五一－一四八一年。コンスタンティノポリスを征服した第七代皇帝）のように——痕跡を残さず徐々に毒を盛って殺した毒草の大半が、いまやイスタンブルに何百軒とある薬草店で容易に手に入る事実を知ったのである。ユルドゥズ宮殿の文書館の記録には、宮中から命令を受けた役人たちが新市街のイェニチャルシュ界隈、旧市街のベヤズト地区のグランドバザールやファーティフ界隈などの繁華街の薬草店を巡り、実際に見つけた毒物を宮殿の「化学研究室」に運び込んだことも記されている。

話を戻せば、ニキフォロスとの話し合いを終え、正午ごろに総督府に戻ったヌーリー医師は、すぐに総督の執務室に呼び出されこう言われた。

「イリアス医師の遺体はペスト患者の遺体と一緒にすぐに埋葬させます。毒殺されたなどという噂が広まっては敵いませんからな。イリアス医師までもがボンコウスキー衛生総監と同じく呪わしき陰謀によって殺されたなど、イスタンブル政府が容認するとも思えません。ことが露見すれば、遺憾ながら我がミンゲル州政府の無能たる証ともされかねません。ボンコウスキー閣下もその助手も殺され、しかも私もあなたも下手人を見つけられないでいるなどということが陛下のお耳に入ったら最後、私たちがわざと犯人を隠しているのだと疑われかねません」

「では総督閣下は、お二人を殺害したのが同一犯だとお考えですか？」

「確かなのは、私もあなたも犯人を見つけられていないということだけです！　イスタンブル政府がもっと強気でいてくれたならば、私も捜査をやり通し、殺鼠剤をチョレキに盛ったのを白状する犯人を見つけられたでしょうに。いまや捜査はあなたの手に委ねられました。しかもシャーロック・ホームズのやり方とやらに則り、拷問もファラカもなしで捜査なさると仰る。となると、陛下がお好みのその探偵よろしく、薬草師や薬剤師どもに犯人が誰か尋ねて回るということですな。成功を祈ってはおりますが、薬草師たちは準備万端であなたを待ち構えていることでしょうなあ！　連中が何と答えるか見ものです」

総督は駐屯地の厨房係たちや、拷問にかけられた料理人や助手たち、そのほか諸々の容疑者たちを、殺鼠剤を販売している薬草店の関係者、それこそ主人から店員、下働きに至るまで全員に一人ずつ面通しさせたものの、殺鼠剤を購入した者や、心当たりがある者さえ見つかっていなかった。

ヌーリー医師はまず、エヨクリマ地区の小さな薬草店に足を運んだ。イスタンブルのマフムトパシャ地区のユダヤ人たちがやっている店々のように、店内は香しい匂いに満ち、カウンターの前には色とりどりの粉や香辛料の入った大袋が並んでいた。大瓶の中には丸薬や果物、薬などが収められ、天井からは紐で結わえた薬草や花束、あるいは海綿状の不思議ななにかが吊り下がっている。これがイスタンブルであれば患者を待つ内科医が待っているところであるが、この日は総督府の役人から言われて店主のヴァスィルがヌーリー医師を待っていた。

ヴァスィルは帝宮からの来訪者に深々と首を垂れ、掌を額と、ついで左胸に当てて恭しく出迎えると、尋問で証言したのと同じ答えを繰り返した。

「料理人もその助手も誰一人、この店には来ておりません。ここのところは殺鼠剤の売れ行きもさほどではございません。流行のはじめほど通りでも家々でもネズミの死骸を見かけなくなりましたし、総督府が主導して無料で殺鼠剤を配ってもおりますから」

薬草師のヴァスィルはたどたどしいトルコ語でこう付け加えた。

「ですから、総督府から殺鼠剤を入手する方が簡単なくらいなのです」

ヌーリー医師が棚に並ぶ瓶や袋、大瓶の粉末や、箱や缶に入った色とりどりの香辛料、さまざまな測定器具、薬草や芳香を放つ薬根の入ったガラス瓶に目鼻を近づけるたび、ヴァスィルは話を中断し「それは辛子です、そちらはジャスミン、それはダイオウの根っこ、ヘンナ、コカの葉、メンソール、そっちはマハレブの実ですな、デルフィニウムです、シナモンです」などと解説した。さらに薬草師は、殺鼠剤の白い粉が入った大袋をヌーリー医師に見せながら言った。

「毒物には誰も近づかせませんし、練薬を作るときにも必ず調剤書を準備しています」

なんでも以前、イズミルのある薬草師が自宅から弟子に調剤書を送ったところ、弟子が誤って店の左隅ではなく右隅の薬袋から白い粉を三ディルハム（約九・六グラム）混ぜた結果、患者を死なせてしまったことがあるのだそうだ。メサジュリ・マリティーム社の船でイズミルから豚肉の腸詰を送ってもらっている共同経営者の店と、その薬草店が同じ通りにあったため、ヴァスィルもその話を知ったのだという。ヴァスィルの店はミンゲル島で唯一、豚肉の腸詰を入荷している店でもあるわけだ。

そのうちにヴァスィルはヌーリー医師のために調剤をはじめた。まず五倍子（ごばいし）を五粒とショウガを刻んで混ぜ、そこにビャクシンとヨウシュネズ——さきほど薬草師は誇らしげに袋を見せてヌーリーに匂いを嗅がせたものだ——を潰した汁、それにヒヨコ豆の粉を加えて混ぜ、ペースト状にした。そしてそこに匙よろしく型を差し込み錠剤に仕上げてみせた。

「もし、下痢になったなら空腹時にお飲みください、たちどころに治ります」

そのあと訪れた二軒の薬草店でも、ヴァスィルの店にあったのと同じような塗料や珈琲の生豆、砂糖、そして香辛料の入った各種の大袋を見かけた。その一方で、処方箋は出してもらったものの読み書きを知らない客のため、指定の薬草店がどこかわかるように置く目印は、店によってさまざまだった。ヴァスィル薬草店はダチョウの卵を置いていたが、旧市街商店街の別の薬草店は軒先にアラブ灯台の小さな模型を出していたし、ヴァヴラ地区の薬草店ではショーウィンドウに巨大なハサミが並べられていた。こじんまりした二軒の薬草店でもっとも売れているのは便秘薬、痔薬、咳止め、傷薬、リウマチ用軟膏、そして胃薬などであった。苦扁桃（くへんとう）油やサビーナの木の実、ヒエンソウ、それにダチュラ等々、薬剤師ニキフォロスが注意を促したとおり、これらの店ではすでにイスタンブルの薬草店では販売禁止になっている薬草も売られていた。ヌーリー医師はヒナギクやウイキョウの実、ニガヨモギやクミンの実など、胃薬を作るのに用いられる材料をノートに記録した。

それが検疫医たちを殺害した犯人を見つける助けになるかもしれないと考えてのことだ。ウィンドウに巨大なハサミを出している薬草店の主は、ポマードの瓶をヌーリーに渡しながら、それが硫黄と蜜蠟、オリーヴ油、バラの葉を調合したもので、ペスト除けの御札や護符を配っている導師たちにも愛用されているのだと教えてくれた。

総督府の賓客室に帰ると、ヌーリー医師の持ち帰った薬液や混合薬を面白がったパーキーゼ姫が試そうとしたものの、夫は決して許さなかった。あれこれ意見を戦わせ、すったもんだした末に皇女はようやくそれらの小瓶を置き、ヌーリー医師もアルカズ市の薬草店巡りを続ける決意を新たにしたのだった。

32章

ギリシア語新聞各紙が、検疫発令前にミンゲル島を発ってアテネへ向かったオディィティス号船内で一名の死者が出たため、寄港時に検疫措置を受けたという知らせを大々的に報じるや、西欧各紙はオスマン帝国が中国を発してインドからヒジャーズ州、スエズ運河を経て西欧世界へもたらされようとしているペスト禍を阻めず、いまやその封じ込めは西欧諸国の手に託されたと書き立てた。こうしてパリの『ル・プティ・ジュルナル』紙や『ル・プティ・パリジャン』紙、ロンドンの『デイリー・テレグラフ』紙が、ふたたびオスマン帝国を「ヨーロッパの瀕死の病人」になぞらえはじめるかたわら、アルカズ港を出港した全船舶に黄色い検疫旗の掲揚が課せられ、旅客たちは到着国で最低十日間、隔離されることとなった。

一連の検疫措置はある種の懲罰的な側面も含んでおり、列強各国は検疫を適切に実行できなかったミンゲル州総督に対する批判をアブデュルハミト二世に伝え、ヒジャーズ州のコレラ流行のときと同じように大使たちを通じ、今後ミンゲル州総督が離島する船舶に適切な検疫を行い得ない場合は、すでに地中海上に展開している軍艦を派遣して封鎖措置を行うと警告した。

これはすぐに宮内省、大宰相府双方からサーミー総督に伝えられ、総督はヌーリー医師と対策を話し合い、またその内容は夫を介してパーキーゼ姫にも伝わり、かくして姉姫宛ての書簡に記されることとなった。

「郵便船も来ないのだから、手紙を書いたところで郵便局の籠に積みあげられるばかりでは？　むしろ、手紙はこの部屋に置いておいた方がよくないかい？」

一度ならずそう忠告した夫に皇女は答えた。

「新しい手紙に取りかかるには、手許にある方を送ってしまうのが一番ですわ！　大尉、このポストカードをもう二十枚、買ってきてくださいますか？」

そう言った皇女の手にはイスタンブルで印刷された白黒の絵葉書——当時のことだから、手彩色を施されていない絵葉書ということだ——が七枚握られていて、パーキーゼ姫は嬉しそうにそこに書かれたフランス語を、まるで詩を詠むように朗々と読みあげてみせた。ミンゲル城塞（シタデル・ド・ミンゲール）、ホテル・スプレンディド・パレス（オテル・スプランディード・パラス）、アルカズ湾全景（ヴュ・ジェネラル・ド・ラ・ベ）、アルカズ灯台とその港（ファール・ダルカド・エ・ソン・ポール）、城塞から眺めた街（ヴィーユ・ヴュ・プリズ・ド・ラ・シタデル）、ハミディィエ宮殿とバザール（ハミディィエ・パラス・エ・バザール）、聖アントワーヌ教会と港（エグリーズ・サンタントワーヌ・エ・ラ・ベ）——。

パーキーゼ姫には父ムラト五世にフランス語の書籍を読み聞かせていた時期があり、自身も恋愛小説をよく読んだ。目下は夫から聞かされるキャーミル上級大尉とゼイネプの恋の行く末を、小説を楽しむように追いかけつつ、手紙にしたためているところだ。祖父アブデュルメジド一世や叔父のアブデュルハミト二世、あるいは父ムラト五世ら歴代の皇帝は、七、八人の妻や側室たちが暮らす後宮を構えたものだが、パーキーゼ姫自身は男性が複数の妻を娶ることに反対で、姉たちはもちろん、ほかの姫君たちも同じ意見であった。彼女たちがハレム内で西欧式の教育を受けたこともその一因だが、実のところは皇女と結婚した王配たちが、帝室の女性を差し置いて第二夫人を迎えぬようにという習わしがあったからにほかならない。

そんなわけでパーキーゼ姫は、キャーミルの花嫁候補であるゼイネプが、以前の婚約者が農村に別の妻を置いていると知って結婚を破棄したのだと聞かされてからは、他のあれこれの政治的な理由は措いて、自分よりも年下の娘にすっかり肩入れするようになっていた。キャーミルとゼイネプがはじめて顔を合わせ、どうやら互いに並々ならぬ想いを抱くようになったと皇女が耳にしたのは、この二日後のことであった。つまりパーキーゼ姫の手紙には、現代のミンゲル島の人々がこよなく愛するキャーミルとゼイネプの恋愛譚が、いかに多くの偶然の所産であったかが、赤裸々に記されてもいるというわけだ。

それによると、その日キャーミル上級大尉は郵便局からの帰りに少し寄り道をして、アルカズ川の対岸へ足を延ばし、イスラーム教徒が多く暮らす地区を散歩していた。バユルラル地区のひと気のない通りに面したところに日当たりの悪い、比較的に平坦な庭が開けていて、三本のオリーヴの木陰に幼い男の子が三人いるのを見かける。二人は声もなく涙を流し、一人はわんわんと泣きわめいていた。そこから二軒挟んだ先の家の門前では「病気を連れてきたのはあんただ」、「いいやあんたこそ」とスカーフをかぶった女性たちが言い争っていた。トゥズラ地区に入ると、伝染病予防に精通しているはずの港湾労働者が、死者の遺品を使い続けようとする遺族の女性たちを説得できず難渋している場面にも出くわした。また同じ通りのザーイムレル修道場では、導師がペスト対策の護符を書いており、門の外で静かに順番を待ち、両腕を腹の前で組み深々と三回首を垂れて「拝謁願いたく存じまする」と言わねば中には入れてもらえないのだと聞かされた。ひとつの地区を通り抜けるたびキャーミルは、音もなく蔓延する死と恐怖を肌に感じ、当局の医師や役人たちの無力さを痛感させられた反面、道や庭を歩けば歩くほどに、自分の生まれ育った埃っぽくて眠気を催すような街路に再会し、少しばかり心が軽くなりもするのだった。

街路の中央に下水溝の掘られた隘路を下っていくと、右手の道から同じく坂を下りて来た十人足らずの女たちと行き会った。そして、その中にゼイネプがいたのである。キャーミルはしばし色とりどりの服を着て、スカーフをかぶった女性たちに見入り、気取られぬように彼女たちの後を追いはじめたのだけれど、すぐにも見失ってしまった。

ゼイネプと女性たちが一瞬で姿を消してしまったので、キャーミル上級大尉は彼らを見つけようと荒れ果てた庭や伸び放題の草、あるいはツタの這う家壁の間を縫うようにして先を急いだ。とある家の庭先ではスカーフ姿の女性が、普段と変わりなく洗濯物を干し、その周りでは裸足の幼い息子二人が喧嘩をしていた。

いましがた抜けて来た埃っぽい通りが、まさに子供のころとまったく同じように思えて、そうするとキャーミルはまるきり夢を外から眺めているような心地を覚えたものだ。そうして少女を見失ってしまったことを思い出し、総督府へ取って返したのだった。

同じ日の昼下がり、母のサーティィェを訪ねるころには、キャーミルもゼイネプへの恋心を隠すのは無理だろうと悟り、迎えた母の方もほかに話題などないだろうとばかりに「あの娘の後を追っかけたそうだね。娘っ子はみんな喜ぶもんさ」

キャーミルは母の耳の早さに驚愕すると同時に、嬉しさのあまり思わず「彼女を娶らせておくれ！」と口走りそうになった。しかし、あまりことを急いで母を怯えさせるのもよくないとぐっと堪えたが、母は息子の顔つきからすべてお見通しとばかりにぴしゃりと言った。

「ゼイネプは一等、特別な娘なんだよ。棘のあるバラみたいな娘だからね。生涯に一度の幸運と心得て、その価値をよく弁えて賢く振舞うんだよ。あの娘と結婚するためなら、何でもやる覚悟はあるかい？」

「何でも？」

「ひどい不運に見舞われたゼイネプはイスタンブルへ行きたがってるのさ、あのラーミズに脅かされないところへね。あの娘の兄二人が、父親がラーミズから預かった結納金を返金してないのも噂のとおりだよ。全額なのか、一部なのかは知らないけれどね。もっとも、ラーミズの方も義兄のハムドゥッラー導師の威光を笠に着て、悪さばかりしているがね」

「ラーミズごときは怖くないさ。でも、検疫隔離があるからすぐにイスタンブルへ発つのは無理だよ。どうだろう、皇女殿下と一緒に中国へ連れて行くってのは！」

するとと母はこう答えた。

「〝君をイスタンブルへ連れて行ってあげるよ！〟って言う方が、中国へ連れて行くなんて言うよりかは、よっぽど信じてくれるように思うけどね。あんたのラーミィはなんて言ってるんだい？」

「あんたのラーミィ」というのは街中の噂話に詳しいキャーミルの幼馴染のことだ。キャーミルはバラの香る陽光にあふれる表へ出ると、花が見ごろを迎えたボダイジュとマグノリアの木陰を抜けてスプレンディド・パレス・ホテルへ向かった。ホテルのテラスには橙と白の縞模様の日除けがかかり、キャーミルとラーミィはその下の籐椅子に並んで腰を下ろした。辺りにはバラとタイム、それにライゾール液の匂いが漂っていた。ラーミィは面長な男で、ギリシア正教徒の母とイスラーム教徒の父の間に生まれた。父親が亡くなると一家は島を離れ、ラーミィもギリシア正教徒の中で育ち、長じてここスプレンディド・パレスのマネージャーとなった。リネン製の赤と茶色のスーツを着こんでいるのもそのためだ。十年ほど前までは、島の大理石鉱山の経営をしていたイタリア人の実業家たちや富裕なギリシア正教徒、帝国の官吏、あるいはイスラーム教徒の中でも人前に出るのを好む重要人物たちや書記官、あるいは平服に着替えた軍人たち、そして総督その人までもが足を運び、ミンゲル島の重要なニュースについて話し合うのが、ほかならぬこのホテルのロビーやテラスだった。

すでにラーミィはゼイネプの婚約破棄を耳にしていて、ラーミズが義兄のハムドゥッラー導師の権威を盾に何かしでかすのではないかと心配していた。そのため彼は、幼馴染のキャーミルに山賊ラーミズの残酷さについて警告した上でこう言った。

「総督が奴を投獄したのは正解だったのにさ、イスタンブルに命じられるままアルカズ市に足を踏み入れないいって条件であいつを解放しちまったって聞かされたときは〝総督閣下はもう一度あいつをぶち込んでやりゃいいのに！〟って思ったもんさ。まあ、そう簡単にも行かないんだろうけれどね」

「どうして簡単に行かないんだい？」

「総督閣下はハムドゥッラー導師を嫌ってはいるけれど、さりとてあの人の協力なしに検疫令を維持できないこともご存じだからさ」

歴史家の中には「オスマン帝国の大官たる総督がハムドゥッラー導師にかくも遠慮し、その不興を買わぬように振舞ったのは度を過ぎた懦弱（だじゃく）であり、帝国軍の駐屯地が所在する州において州総督が神秘主義教団の修道場ごときにひるむ必要などなかったのだ」などと断じる人もいる。当然ながらミンゲル島にあっても、またのちに建国されるトルコ共和国にあっても、政府高官たちは修道場の導師などよりもよほど強大な権力を有したし、長じてそれがトルコ共和国やミンゲル共和国の世俗主義の礎となったのも確かだ。しかし、サーミー総督がハムドゥッラー導師に対してあくまで下手に出たのは、市民を検疫隔離措置に進んで従わせるためであり、それは現実的かつ適切な政治的態度であったと評価すべきだろう。

「いまや島中が彼女に注目しているんだから、君は難しい立場だぞ」

「ああ、彼女に恋したんだからね」

「ゼイネプには兄が二人いる。双子のハディドとメジドだ。二人はその名も双子パン店という店を持っていたんだが、潰れてしまったんだ。……そうだ、この二人を君の検疫部隊に採用してやれよ。賢明とは言えないが、少なくとも二人とも正直者だ。なにより、このスプレンディド・パレスで最上級のパンは、その双子パン店から仕入れていたくらいいい職人だ！」

キャーミルは自信たっぷりに答えた。

「僕は彼女に首ったけなんだ、そのお兄さんたちが間違いを犯すなんて疑っちゃいないよ！」

このときの会話がもとで、キャーミルがゼイネプとその二人の兄と街中で会うことになったのは三日後、同じスプレンディド・パレスのイスタンブル大通りに面した庇のかかるテラス席においてであった。のちにキャーミルは、そこにゼイネプがいるのを見て胸が高鳴りました、とヌーリー医師に打ち明けている。

兄のメジドとハディドは普段よりも都会人らしく見える清潔なシャツを着て、剃刀も当てていたものの、トルコ帽はかぶったままで、落ち着きのない佇まいからもこうした場に慣れないのは明らかだった。すでに両家の母親の間で結納金や贈り物、花嫁が身に着ける金の腕輪の手配などの話し合いが済んでおり、なかなか話題も見つからなかった。閑散としたホテルのレストランの壁にある検疫令の告知書は早くも色褪せ、まるで昔からそこに貼られていたかのようで、そのせいなのかペストがなおさらに厭わしく思われた。

ようやく口を開いたのはキャーミル上級大尉だった。

「こうして集まるのだけでも危険なのですがね……。検疫規則によると二人以上で隣り合って集まるのは禁止されていますから」

するとメジドが答えた。

「俺たちの定命（じょうみょう）は真なるお方のお決めになることですよ！　神様はすべてをはじめから人間の額に書いていらっしゃる。俺たちはそう信じてますから何も心配しちゃおりません、怖くもなんともないですよ！」

「では神だけでなく検疫規則も信じてくださいね。そうすれば検疫部隊に志願した暁には、いまよりもっと心配はなくなるだろうから。昨日と今朝で合計十一名が疫病で死んでいるんです。病死者が出たのをひた隠しにしている住民もいることでしょうし」

「キャーミルさん、病魔に捕らわれて若くして死ぬのは怖くありません。それよりも、のびのびと暮らすこともできないままこの島で年老いていくことの方が、私は怖いんです」

ゼイネプの言葉をキャーミルは褒めそやした。

「ご自分の望みをとてもよく弁えておいでだね、大変に立派なことです」

相手の目を覗き込むには向かい合って座る二人の顔は近すぎたけれど、それでもキャーミルはその黒い瞳に惹き寄せられるかのようで、このままどこか辺境の駐屯地に送られでもしたなら孤独な夜に彼女の思い出に煩悶しかねないと思った。一刻も早く彼女と結婚したかった。

サーティィェ婦人はゼイネプの母親や兄たちと密かに披露宴や結納金についての交渉事を進め、またたく間に話をまとめ、キャーミルもまたサーミー総督から結婚の妨げになるようなことが生じた際には援助するという約束を取りつけた。対するラーミズの近親者たちは「ハムドゥッラー導師が義弟への仕打ちに心を痛め、お怒りだ」という類の噂を広めて対抗したため、アルカズ市民はラーミズが街に舞い戻って披露宴を襲撃するに違いないと囁き交わした。

サーミー総督は、キャーミル上級大尉が望んだ相手と披露宴を行い、誰を恐れることもなく婚儀を結べるか否かを、自らの沽券に関わる問題と捉えていたため、この帝国軍将校をスプレンディド・パレスに滞在させるのが保安上、最適であると判断した。かくしてキャーミルは、ゼイネプとも相談の上、金持ちの西欧人よろしくホテル最上階の一間に住むことになったのである。

披露宴前の髭剃りをロバ啼かせ坂通りのたもとのパナヨト理髪店に頼むよう勧めたのも、サーミー総督であった。ミンゲル島一の腕前と評判の店であったからだ。五月十四日火曜日の正午のことである。

「過去二十年、キリスト教徒であれイスラーム教徒であれ、アルカズの街で結婚する新郎はみんな、うちで剃刀を当てていったもんですよ」

理髪師のパナヨトはそう自慢げに言ってから付け加えた。

「指揮官殿、ご心配はよくわかります。こんなちっちゃな店だし、仕事道具にもペスト菌が付いてるんじゃないかとお考えでしょう！　ですがご覧くださいな、うちではハサミも剃刀も、毛抜きもみんな、検疫医の先生方のご注意のとおりに長いこと煮沸しているんです。自分がペストを怖いからじゃありません、指揮官殿のような礼儀正しいお客様たちがそう望むからです」

「君はペストが怖くないのかね？」

　するとパナヨトは店内のひと隅のイコンに目をやった。

「私どもは聖母マリアさまと救世主イエスさまにこの身を委ねておりますから！」

　キャーミルはパナヨトに勇気を与えるというイコンではなく、泡立てブラシや盥（たらい）、小さな器類やナイフ、剃刀、水入れや垢すり石に一瞥をくれるに留めた。

「皇女さまと御結婚なさったお医者さまが疫病を止めるために島へいらしてるんですよね。そしていま私がお髭を剃っている指揮官殿が、ご夫妻を護衛してらっしゃる」

　パナヨトはそう言うと、ミンゲル人がいかに皇帝陛下に忠誠篤いかを語り出した。この四十年ほどの間、毎年冬から春にかけて東地中海の帝国領の島々では、必ずどこかで反乱が発生していた。ギリシア王国へ帰属しようとしたクレタ島のように、大半はオスマン帝国の支配を逃れ、分離独立を企図するギリシア正教徒による反乱であったから、メジディイェやオスマニイェ、あるいは最新式の砲塔を備えたオルハニイェのような軍艦が出撃し、反乱分子の巣くう島々の知事や総督、それに間諜たちから上がってくる情報をもとにギリシア正教徒の村落に砲撃を行うのが、毎年夏の風物詩と化していた。ときには艦砲射撃に続いてその島の駐屯地からやって来た軍隊が村を襲い、容疑者を投獄することもあったが、大抵の場合は懲罰として正教徒の村や町、港を砲撃するのでよしとされていた。しかし、新式砲塔を備えたオルハニイェのような戦艦の砲撃がミンゲル島に向けられたことは、少なくともこの二十年間一度もなかったのである。

「どうしてだい？」

「アブデュルハミト陛下はキリスト教徒も難民も含めて、島民が陛下に忠実だってご存じだからですよ！　それに十五年前のこの島は東地中海域でもっとも裕福だったし、人口の半分はイスラーム教徒なんですからね」

さらにパナヨトは続けた。

「指揮官殿、これをご覧ください。ビアードオイルと摑みばしです。イスタンブルでもこいつを持ってるのは一、二軒だけでしょうな。ですが、私は十年も前にこのオイルをベルリンから持ち帰って、ギリシア正教徒とイスラーム教徒とを問わずミンゲルの御大尽や紳士方に使い方を伝授してきました。当時は皆さん、先っぽがとがって根本の方が太いあのカイゼル髭をこしらえるために、髭の腹を短く切り揃えて、先っぽをなるべく細くなるように捻れば事足りると思っとったんです。ですがね、この摑みばしの先端を熱して使えば口髭を好きな形に整えられますし、そうしながらワックスオイルを丹念に塗り込んでやるのが肝要なのです」

パナヨトは、いま言ったとおりにゆっくりと実演してみせた。

「一番、大切なのは頰と頰骨のあたりの頰毛は、口髭を整えるのに使っちゃならんということです。そうすると不格好だし、無骨な印象になります。あにはからんや、ベルリンやイスタンブルにはいまだにそれをやる床屋がいるんですがね。顔毛を二回剃ってからでなければ髭剃りに取りかかるべきでないというのは、熟練した現代的な理髪師にとってみりゃ常識だってのにね」

ヴィルヘルム二世のような先端がナイフのように鋭いまっすぐの口髭を作ったのは、あるフランスの会社が発売したワックスオイルであったが、その製法は錬金薬よろしく秘匿されていた。当時、パナヨトはベルリンに出している店の在庫がなくなると、早生（はやなり）のオークの実とミンゲル松の松脂（まつやに）を乳鉢で砕き交ぜ、帝室化学顧問の職にあったボンコウスキーがアブデュルハミト帝の認可を受けて島に持ち込んだバラの苗木から取れたバラ水と混ぜ、さらに薬草師のヴァスィルの店から仕入れた煎ったヒヨコ豆粉も加えて、同様のワックスを作り出してみせた。

「お望みとあらば口髭の先はもっと鋭くもできますが、たおやかで一徹な花嫁を怖がらせるのは得策じゃないでしょうな」

キャーミル上級大尉がイスタンブル大通りで「ペスト狂者」に出くわしたのは、ヴィルヘルム二世のような先の尖ったカイゼル髭をたくわえて帰庁する道すがらのことだった。子供のころ、アルカズの街には住民から受け入れられた狂者が数人、徘徊していたものだ。子供たちはそうした狂者をからかったが、老人やギリシア正教徒の婦人たちは憐れんで小銭や食物をやっていた。キャーミルはそうした街の狂者たちが嫌いではなかった。とくに、いつも女装しているギリシア人の狂者ディミトリオスや、人でごった返す繁華街で突然、金切り声や大声をあげはじめる鎖（ズィンジルリ）のセルヴェトの二人を知らぬ者はなく、この二人が商店街や橋、はたまた埠頭の雑踏でかち合おうものなら、互いにギリシア語、ミンゲル語、トルコ語の入り混じった罵詈雑言を浴びせ合い、しまいには殴る蹴るの大喧嘩をはじめるので、子供も大人も彼らの喧嘩を飽きもせずに見物するのだった。ところがペストが出てからこっち、古くから街に居着いた狂者たちは姿を消し、かわって鬱勃としてさらに常軌を逸し、なによりも住民たちに哀れみよりも恐怖や憎悪を掻き立てずにはおかないペスト狂者が出没するようになったのである。

たとえば街区から街区へ渡り歩く大唇(エリンリ)のエクレムはこうした新たな狂者たちのうちでもっとに知られた。イスタンブルのイスラーム学院で学んだと言われる彼は、疫病が流行るまでは寄進財管理部に務め、書痴である以外に取り立てて変わったところのない役人だった。ところが、一緒に幸せに暮らしていた妻二人をいちどきに亡くすと聖典(クルアーン)しか読まなくなり、やがて自分たちが終末の日に生きているのだと考えるに至る。

そのエクレムは、キャーミルの軍服や勲章、記章を見るや、いつものとおりに道のまん中で立ち止まり、ひどく心を揺さぶる仕草を交えながら聖典の復活章を詠みあげはじめた。深くひたむきで、どこか鼻にかかっていまにも泣き出しそうにさえ思えるその声に、キャーミルもまた足を止め、恭しく耳を傾けた。長身を黒いフロックコートに包み、紫色のトルコ帽をかぶったエクレムは、復活章の第六聖句に差しかかるとアラビア語で「人は『審判の日とはいつのことか』などと尋ねる」と詠み、脅すようにキャーミルを睨みながらその長い腕で空の一点を指し示した。彼の指さした先には何も見当たらず、ただ雲一つない清明なミンゲルの蒼天が広がるのみだったが、キャーミルは諍いにならぬようにと何かが見えるふりを取り繕った。

この間にもこの寄進財管理部の官吏は、審判の日にお縋りできるのは神のみという聖句を続けて詠みあげた。疫禍に見舞われて以来、ありとあらゆる導師や説教師たちが、なにかにつけてこの聖句を繰り返していたので、イスラーム教徒の検疫医も消毒士もみなすっかり覚えていて、いざ詠みあげられればあくまで敬意を表し、患者にもそうした態度を見せるようにしていた。

以前、エクレムが復活章の聖句を詠みながら検疫を批判していると聞きつけたサーミー総督が、この彼を投獄しようとし、しかし取りやめたことがあったほどである。キャーミルは大唇のエクレムにそれ以上絡まれることもなくふたたび歩きはじめると同時に、自分がいかに幸福かつ幸運であるかを改めて実感した。個々の人々の感情や決意によってその歴史を紡いできた小国の物語を綴るにあたって本書では、このときキャーミルが幸福の絶頂にあったという点を、とくに強調しておきたい。

キャーミル上級大尉の婚姻式はもともとスプレンディド・パレス・ホテルで執り行われる予定であったが、保安上の懸念から——ラーミズの手の者が街に入り込んでいたのだ——急遽、総督府の大会議室で行われることになった。招待客たちはライゾール液の匂いが充満する総督府一階の廊下で待たされ、婚姻式のため二階へ上がるよう言われて、大会議室へ招き入れられた。式場の変更に不安を覚えていたとはいえ、招待客はみな瀟洒に着飾り、清潔で、なにより善意に満ちていた。ゼイネプはミンゲル島の伝統的な赤い婚礼衣装に身を包み、二人の兄もフロックコートとブーツを身に着けている。キャーミルは夢見心地で婚姻式を眺めやった。キャーミルとゼイネプが遠目に視線を交わらせるなか、キョル・メフメト・パシャ・モスクのヌレッティン師が帳面に新郎新婦の名を書き込んだ。

はじめにキャーミルがヌレッティン師の問いに答え、決まりに従って婚姻成立時に夫が妻に渡す結納金のうち、婚礼費用や地代を除いた額を、続いて離婚する際に妻に何を与えるかを宣言し、文書にしたためた。その間にもキャーミルは、赤い花嫁衣装を身にまとったゼイネプを惚れ惚れと、しかし物欲しげに見つめた。これまでずっと託ちてきた孤独が終わりを告げるなどとは、いまだ信じられなかった。婚姻見届け人はラーミィと、婚姻式の全体を把握するために必要だというサーミー総督の主張を容れ、マズハル治安監督部長が務めた。ところが婚姻式の最中、サーミー総督は理由も告げずに退席しそのまま執務室から帰ってこなかった。一方、式も半ばに差しかかった頃合いに、大会議室の波止場側の小さな扉が開き、パーキーゼ姫とヌーリー医師が入ってきた。二人は両家の人々や隣人、あるいは一番上等な服で着飾った子供たちから成る招待客席からは少し離れた貴賓席につき、参加者たちは皇女殿下の入来に沸きたった。やがて導師が長い祈りをはじめたので、招待客たちは婚姻契約が済んだことを知り、新郎のキャーミルは母からもらった金の腕輪をゼイネプの腕にはめてやり、見届け人と幾人かの重要な招待客と握手を交わした。もっとも、みなペストを恐れて互いに抱擁を交わすことはなく、さっさと帰宅したがっていた。

はてもなく相手の手の甲に接吻をして敬意を示し、あるいは額と心臓に掌を当てて丁重な挨拶を交わし、互いに抱擁するという披露宴でお馴染みの光景は見られず、式典も短時間で終わったものの、ゼケリヤーの操る総督の四輪馬車に揺られてスプレンディド・パレスへ戻る新郎新婦の心中は幸福に満たされていた。当のサーミー総督は、ラーミズの襲撃に備えて一瞬たりとも気を抜けずにいたのだけれども。一九〇一年五月十四日の日付の入ったハティージェ姫宛ての手紙にパーキーゼ姫が以下のようにしたためているのは、特筆に値するだろう。

「疫禍いちじるしいなかではありますけれど、二人は幸せそうな表情と微笑みを隠しきれない様子でした」

33章

キャーミルとゼイネプの大いなる幸福に当てられたパーキーゼ姫は、とある手紙にイスタンブルで姉たちと一緒に臨んだ披露宴を思い起こし、席上で浴びせられた揶揄するような眼差しや曰くありげな言葉、そしてそのときの怒りや不満を書き留めている。

「後宮の居室に幾年も籠の鳥のように幽閉されておりましたのに、みなさま、わたくしたちが不当な扱いをされたと同情するでもなく、外の世界のことなど知らないだろうなんて仰ってからかったり、ひどいときにはこちらを見て笑ったりしていらっしゃいましたね！　でも、みなさまが私たち姉妹の姿を見て愉しまれたり、勝手にお話しやら冗談をこさえて話していたのも、無理はないのかもしれません」

たしかに二人の姉はチュラアーン宮殿の父のもとから、ユルドゥズ宮殿の叔父アブデュルハミトのもとへ移される際、迎えの馬車の馬たちの尻や仙骨があまりに無骨で醜いので、ひどく取り乱してしまうほど世間知らずではあった。また別の手紙に皇女はこうも記している。

「わたくしたちをからかう方々に申し上げたいのです。いつであったか、お父さまが仰っていましたね。シェークスピアと同じ時代に生きたわたくしたちの曾祖父の曾祖父であらせられるメフメト三世陛下は、父ムラト三世陛下（在位一五七四―一五九五年。第十二代皇帝）が崩御なされたとき、帝位争いの芽を摘むべく哀れな罪なき十九人の皇子たちを――そのうち五人はまだほんの子供だったといいます――処刑人に引き渡されました。ですが、きっと兄弟たちと同じくらいいらした姉妹の姫君たちには一切、害なさず、そのかわりに先帝セリム二世陛下の姫君たちを身分卑しい宮廷の奉公人たちと結婚させたのだって。わたくしたちを降嫁させたアブデュルハミト陛下も同じことをなさりたいのでしょうね。そのせいでセリム二世の姫君たちは、そのお名前さえオスマン家の王統譜に残らなかったのですもの。お父さまは、皇女であってさえ帝国にとってはさして重要ではなかったということの証だと仰せでしたけれど、わたくしたちが命をつなげたのはそのおかげでもあります。諸帝は娘の夫選びに細心の注意を払われたそうですから、大抵の〝姫君〟はその血を絶えさせることなく、満ち足りた暮らしを送ったともいいます。もし望ましい結婚を果たせたなら、夫に伴われて任地である地方へ赴くこともあったでしょうから、往古にはただ鄙(ひな)と呼ばれた帝都以外の地方をこそ故郷と見なす皇女もあったことでしょう。アブデュルハミト陛下が祖父マフムト二世陛下の孫姫であるセニーイェさま、フェリーデさまの双子姫を実の娘のように可愛がってユルドゥズ宮殿での式典にも参加させ、ボスポラス海峡沿岸のアルナヴトキョイ地区の離宮を賜し、オスマン家の中でも年長であるからとただの姫君としてではなく、ほかの皇族方と同等の扱いをなさったのも、こうした事情をご存じであったからかもしれませんね。いずれは宰相か高官のどなたかに降嫁するのだから、私たち皇女が世事に疎かろうが不都合はないということです。ですが、地図に書き込めぬほどに多くの国と島々、山々を支配するオスマン家の玉座に座る順番を待つはずの皇子さま方が、アブデュルハミト陛下の妄執がゆえに兵士と秘密警察に取り囲まれたチュラアーン宮殿とユルドゥズ宮殿以外の世界を知らぬまま育ち、後宮の窓からはじめて見かけた羊を怪物だと勘違いして衛兵を呼びつけるような体たらくに甘んじているのは、帝国の未来が脅かされているいまこのときにあっては絶望的なことだと、お姉さまもお思いになりませんか？」

先述のように、最初にチュラアーン宮殿を出てユルドゥズ宮殿に召し上げられたのはパーキーゼ姫の二人の姉ハティージェとフェヒーメであった。アブデュルハミト帝は両姫君を厚く遇して、自らの娘たちと同様に扱い、さまざまな式典や集いに呼びもした。そのため、ユルドゥズ宮殿で過ごした二年の間にハティージェ姫とフェヒーメ姫はさまざまな儀式や祝宴を実見し、数多くの女性たちと知己を得て言葉を交わしたのだけれど、残念ながら非の打ちどころなどないはずの二人との結婚を望む者は現れなかった。男たちも、その家族も、アブデュルハミト帝を恐れていたためだ。アブデュルハミト二世が日々をともにしながら見守る姪であり、美しく洗練された姫君であるはずの二人に、裕福な高官の子弟が一人も求婚しなかった理由は、アブデュルハミトの無言の圧力以外に説明のしようがない。そして、そのせいでパーキーゼ姫の二人の姉は、大きな失望を味わいもした。

また、高官を輩出してきた名族の御曹司や皇子の大半が粗暴で教養に欠け、軽薄かつ皮相的であったことも、姉妹三人の苛立ちを募らせた。つまるところユルドゥズ宮殿に出さえすれば良縁に恵まれるなどというのは甘い考えで、たとえ佳人の中の佳人とうたわれた御年三十のハティージェ姫にとってさえ、希望的観測に過ぎなかったということだ。こうして求婚者が現れぬまま、最終的に三人の姫君に見合う良夫を見つけるのは、皇帝の仕事になったのである。

アブデュルハミト帝は、経歴申し分なく忠誠心ゆるぎなき宮殿付きの官吏たちの中から、自分の好みに合う婿を探しはじめた。ムラト五世が幽閉されているチュラアーン宮殿で病が発生したという知らせが届いたのは、そんな時期だった。アブデュルハミト帝は評判を聞きつけた検疫の専門医を広大な石造りの宮殿全体――トルコ共和国に入ってから長くベシクタシュ女子高等学校として用いられることになるあの建物だ――の防疫体制を確認させるために遣わすことにした。「結婚を拒否して宮殿に居残る末のパーキーゼ姫にヌーリー某とやらを引き合わせるために遣わしたのだろう」と噂する者は当時から少なくなかったし、三女が良き夫と結婚するのを望んでいたムラト五世が弟のアブデュルハミトと仲介者を介して合意に至ったのだなどと囁く者さえいた。

すでに六十歳になっていたムラト五世は、クーデターによって廃位されたはじめの数年間はともかくとして、やがて復位の望みを捨て、「何をしようと、うまくいくまい！」と言って幽閉の身に甘んじるようになっていった。毎日、昼過ぎになると最良の友たる息子メフメト・セラハッティン皇子――ムラト五世が二十歳のときの子供だった――と、結核で亡くした一人を含め四人の娘たち一人ひとりと言葉を交わし、読書に興じ、あるいはピアノを弾きながら作曲し、晩には大いにきこしめして過ごすようになり、父子ともに酒に耽溺していった。

ムラト五世は毎朝、三階建てのチュラアーン宮殿の二階の自室を出て、真向いの居室にいる母シェヴクエフザー母后を「表敬訪問」し、その手の甲に接吻を捧げるのを習慣としていた。チェルケス人奴隷の出身で野心たっぷりの母は、息子を帝位に戻すべくあれこれ思案を重ねていたので、女装して宮殿を抜け出しヨーロッパへ逃げる等々の企みについて――ときには宮殿の水道を伝って脱出することさえ検討したほどだ――彼女と密かに話し合うためでもあった。母が亡くなるとその居住区画に空き部屋が幾つか出たので、下階の窮屈な生活に嫌気が差したり、海が近いためリウマチを患った側妾たちのうち、ムラト五世のお気に入りの女たちの居室となった。

一階にはムラト五世と四十歳になるメフメト・セラハッティン皇子——彼自身も娘六人、息子二人の父親である——に仕える新入りから古参まで四十五名の側女たちが暮らしていた。アリー・スアーヴィー（一八三九―一八七八年。最初期のトルコ民族主義者として知られるオスマン帝国末期の思想家）がチュラアーン宮殿を襲撃し、先帝ムラト五世を復位させようと目論んだ際、彼ら叛徒を鎮圧したチェルケス（チェルケス出身の）・カバサカル（大髭の）・メフメト・パシャは、そうとは知らずにこの側妾たちの部屋に踏みこんでしまった。折からの酷暑で大半は裸か半裸で過ごしていた四十人もの老若の美女たちを目の当たりにしたのちの秘密警察長官は、はたと立ち止まり、刀を杖にしてなんとか転ばずに済んだという。著名な史家ズィヤー・シャキルは、一九四〇年代に執筆した回顧録の中で、ムラト五世に二十八年間仕え、オスマン帝国最末期の後宮のさまざまな内情を当時としては驚くべき丹念さで活写した寵姫フィリズテン妃の話として、後宮の女たちはチュラアーン宮殿事件のあと何年も彫像のように立ち尽くしたメフメト・パシャの真似をしては大笑いしていたと伝えている。

いざチュラアーン宮殿を訪れたヌーリー医師は、お妃や側妾たちがひしめきあう一階では「誰にも会うことなく」上階へと連れていかれた。そうして件の海に面した居室の一間で、老齢の侍女とムラト五世の孫娘の一人ジェリーレ姫の皮膚の奇妙な発疹を診察していると、ふいに扉が開いてパーキーゼ姫と一瞬、目が合ったのである。部屋にいた年のいった侍女に「お父上はこちらにはいらっしゃいませんよ」と声をかけられるとパーキーゼ姫は去っていったが、後宮のうら若き皇女と医師の視線は、昔のイスラーム教徒たちが好んで書いた恋物語よろしく「随分長いこと」交錯したのであった。あの方はどうですか、と問われたパーキーゼ姫が姉姫たちのようにユルドゥズ宮殿の叔父のもとへ移り、男前の医師と結婚するのに同意したのは、この二日後のことだった。

アブデュルハミト二世が兄ムラト五世の美しく、気立ての良い娘たちにあてがった夫たちの凡庸さや目立たなさについては――大抵の場合は姉二人の夫についてではあるけれど――多くの人々の意見が一致するところで、後世の新聞の歴史コラムなどは、彼らは書記官であったから裕福でもなく、年もいっているうえに、取り立てて男前でさえなかったと口さがない。のちにユルドゥズ宮殿の筆頭書記官補佐を拝命し、長じてもっとも偉大なトルコ人作家となるハリト・ズィヤーでさえ、その回顧録『四十年』の中で、二人の年寄りの王配たちの貧しさを仄めかそうとしてか、わざわざ「寄宿学校（ダーリュッシャファカ）」の出身であると記しているほどだ。ハティージェ姫が婚姻式のあと、醜い夫を寝室から締め出したなどというのもイスタンブル庶民の間ではよく知られた噂であった。

トルコ共和国建国後の新聞各紙には「叔父さまはご自分の不器量な娘たちには大金持ちの夫を見つけてきたというのに、わたくしたちには……」などと語りはじめられるでっち上げの記事が氾濫したものだけれど、私たちの手許にあるパーキーゼ姫の手紙には、ムラト五世の三人娘がアブデュルハミト二世の息女で、いとこにあたるナーイメ姫を不器量だなどと評した形跡は一切、見当たらない。そもそも高い教養を誇った彼女たちが、そのような開けっぴろげな批評を行うはずもないのだ！

姫君たちの美醜の話が出たついでに、パーキーゼ姫がハティージェ、フェヒーメの二人の姉とは異なり「美しくなかった」とか、姉たち「ほどには」見目麗しくなかったという噂についても触れておきたい。少なくとも、この噂のおかげでパーキーゼ姫がイスタンブルの諸宮殿の宮廷雀たちの手厳しい舌鋒を逃れ得たのは確かで、「アブデュルハミト陛下は器量がよいとはいえない三番目の姪姫に見合う婿を宮中から見つけられず、それよりずっと位階の劣る医者風情をあてがわれたのだ」という浮評が、背信的な臣下がひしめいた帝国末期の宮中での彼女の評判をむしろ守ったとも言えるのである。

さて三人の姫君の披露宴に際してはユルドゥズ宮殿や、イスタンブルに所在するほかの宮殿はもとより、宰相や高官たちのお屋敷からあまたの馬車と、着飾った随員たちが繰り出し、のちに姉妹にそれぞれ下賜されるオルタキョイ地区からクルチェシメ地区にかけて点在する避暑屋敷へと向かった。以前、息女ナーイメ皇女の披露宴の際にアブデュルハミト二世は、ユルドゥズ宮殿の主城館に宰相や高官、大使、皇子を招き、大がかりな祝宴を催したものだが、今回は過度な出費を嫌い、わざわざ宮中の重鎮たちを招いて彼らを大階段で出迎えるようなこともしなかった。

この物語の一年前、アブデュルハミト二世は莫大な費用をかけて即位二十五周年式典を祝ったこともあり——おそらくイギリスのヴィクトリア女王生誕六十周年記念式典に倣ってのことだろう——治世初期のように各種の通年行事や歓迎式典、そのほかの娯楽に金や時間を費やせなくなっていた。三人の姪に対しても、情が湧いて離れがたくなったとばかりにことさらに優しく接する反面、彼女たちの生活に必須の二頭立て馬車も、しぶしぶ工面するような有様であった。パーキーゼ姫の手紙からは、アブデュルハミトの吝嗇(りんしょく)のせいか、あるいは新婿たちに対する宮中の官吏たちの悪意のせいかはともかくとして、少なくとも二人の姉がおのおの授かった馬車にまったく満足していなかったことが読み取れる。パーキーゼ姫自身は姉妹の中では要求も少なくもっとも控えめであったが、そもそも結婚してすぐに中国へ派遣され、その途上ミンゲル州に滞在していたため、下賜された馬車をつぶさに検分する余裕さえなかった。

ところでパーキーゼ姫の手紙には、披露宴の間にユルドゥズ宮殿やオルタキョイ地区の避暑屋敷で見かけた四人の皇子についてのからかい交じりの記述も残されている。彼女は、祝宴と聞けばヴァイオリンを携えて現れ、浮かれ騒ぐアブデュルハミト帝の息子メフメト・アブデュルカディル皇子を「愚か」、もう一人のアービド皇子を「乱脈」と評している。さらにアブデュルハミトの末娘エミーネ姫と結婚しようと目論むも、皇帝に拒否されたアブデュルアズィズ帝の息子セイフェッティン皇子を「放蕩者」、アズィズィイェ号がミンゲル州に寄港した際に聞かされた海軍行進曲を七歳で作曲したブルハネッティン皇子に至っては「ちび」の「甘ったれ」だと記している。

なお、パーキーゼ姫は姉に宛てて書いた手紙のうち七通目以降は、封筒に入れる前に夫に読み聞かせることにしていたようだ。そうすることで、まさにシャーロック・ホームズのように夫の捜査に協力すると同時に、彼がそれまでは間接的にしか知らなかった宮中での暮らしぶりを語り聞かせたのである。

34章

ヌーリー医師は妻がこれまでに体験した式典や陰謀、あるいはそれらに対する怒りや懐かしさに耳を傾けつつ、はじめのうちはとくに意見を述べるのは控え、かわりに自分の体験した複雑怪奇な検疫にまつわる物語や、病院で患者たちと一緒にいるときに日々、見聞きする出来事などを語り返すことにした。

この頃ヌーリー医師は、家々の患者の間を巡って診療を行うのみならず、検疫措置の実施が困難な地域を見極め、その手助けをするため駆け回っていた。自宅からの退去に住民が応じず、わめき散らし、争いが起こると、理性的で穏当な解決策など見出しようもなく、ある者は最後の日々を家族と過ごしたいと望み、またある者は内側から鍵をかけて家に立てこもり、そうかと思えば三日のうちに妻と娘を相次いで亡くして正気を失う者や、自分をアルカズ城塞に隔離するためにやって来た衛兵や検疫部隊員におかしくなったふりをして襲いかかる者さえいるのだ。感染が拡大するにつれ――いまや日に十五人以上が病死するようになっていた――人々は内にこもり、あるいはやり場のない怒りを託ち、ためにひどく攻撃的になっていった。流言と噂が広まり、いつ止むともしれない葬式が続き、住民たちは冷静さも理性も、失っていったのである。この三日ほどは報奨金に金貨五枚が示されたため、隠れ患者の密告も増えたものの、五件の密告のうち三件はペストではなかった。なによりも問題なのは、こうした惨状を前にしてなおイスラーム教徒たちの大半が、いまだ感染予防策を行わず、ただただ恐怖するか、さもなければ誰かに罪を擦りつけるかするばかりであることだった。

いまや街の住民たちが意見を同じくするのはただ一つ、もし疫病にかかりたくないのであれば、ネズミからも他人からも距離を取り、必要もなく表へ出るべきでないということだけだった。すでにギリシア正教徒の大半は街を出ていたため、正教徒地区のあるアルカズ市の東部や波止場周辺は閑散とし、居残った住民たちも乾パンや小麦粉、干しブドウやブドウ酢のような食料を大袋や籠、樽に詰め、オリーヴ油の瓶などと一緒に家の中庭にため込み、鍵を閉じさらに閂もかけて閉じこもり、ひたすら疫禍の終わるのを待っていた。しかし、そうしてもなお、ネズミとノミは壁を潜りぬけて、家内へと忍び込んでくるのだった。

ひと気の失せた通りはどことなく神秘的で、しかし空恐ろしくもあったが、それよりなお市民を震え上がらせたのは、家の庭や壁の向こうにできる人だかりだった。人が集まるということは、その家で死者が出たということであり、扉一枚隔てた向こうに、ペストで死んだ者の死体が転がっていることを意味したからだ。すぐにも検疫部隊が退去を命じにやって来るだろうけれど、家人たちは「いますぐ知らせた方がいいだろうか、それとも遅らせようか？」と議論をはじめ、中にはそれで喧嘩になる家庭もある。同じ家族とはいえ、疫病をひどく恐れ、助かるためにあれこれと想像を膨らませては対策を練り、それを声高に訴える者もいれば、その反対に塞ぎこんで、自らの命運をただ神の御手に委ねようとする〝宿命論者〟もいるのだから当然である。

あるいは家に引きこもったまではいいが、大抵の男たちはしばらくすると逼塞するのに飽きてしまい、好奇心に負けて鎧戸の隙間から表を窺い、やがて隣近所とおしゃべりをはじめてしまう者もいれば、キリスト教徒たちに倣って窓をめいっぱい開け、日がな一日通行人を眺めて過ごす者もいた。パーキーゼ姫に請われたキャーミル上級大尉は、検疫部隊の指揮を執っている以外の時間、おおむね昼過ぎになるとヌーリー医師の護衛に付き、王配たる医師と友情を育むようになっていった。そんな彼にアルカズ市民たちはすっかり感心し、やがて窓から通りを行くキャーミルの軍服姿を見かけると頼もしさを覚えるようになっていた。たとえばある朝、キャーミル上級大尉とヌーリー医師が花々の芳香に包まれながらエヨクリマ地区の急坂を上っていくと、日よけ戸を下ろした一軒の家から老人が「軍人さま」と声をかけてきたことがある。正教徒の彼にはキャーミルの階級がわからなかったのだろうが、「メサジュリ・マリティーム社の船は来ましたでしょうか、どうか教えてくださいませ！」とキャーミルに尋ねたのだった。

コレラ禍の際にさえ見聞きしたことのない出来事に出くわしたのはヌーリー医師も同じだった。一人暮らしの老人の家にならず者が押し入っては金品をせしめる事件が多発していたが、こうした盗人が無人と思って押し入った家内で死体を見つけてしまい、消毒士たちに気取られぬよう糊塗しようとして罹患し、あとで病院でそのいきさつが明らかになるなどという事件もあれば、疫禍によって隣人たちが混乱しているのをいいことに、押し入った家にまんまと居着いてしまう強盗団さえいた。こうした珍事が、検疫部隊や警官の手が回らないデンデラやコフニアのような郊外のギリシア正教徒地区で頻発していたのである。

それでもヌーリー医師は毎日、テオドロプロス病院の若いギリシア人医師の助けを借りながら、二時間近く各地を巡って患者に対応し、その苦痛を和らげ、強壮薬を処方し、傷の手当てをし、横痃を切開して症状を緩和しようと努め、あるいは「窓は開けたままにして部屋の空気を入れ換えるように」と辛抱強く繰り返した。

その日、総督府の賓客室に戻るとパーキーゼ姫はちょうど手紙を書いているところで、ほかにヌーリー宛ての勅令暗号電文が来ている旨の伝言が残されていた。

勅令電文というからには、それはそのまま皇帝の、つまりはアブデュルハミト帝その人からの命令であるはずだ。にわかに興奮したヌーリー医師は思わず妻を抱き寄せ、賢明な皇女は暗号電文のことで頭がいっぱいな夫に咎めるような視線を送り、「早く行って電文を確かめていらっしゃいな！」と窘めた。

「皇帝陛下への忠誠心の方が、わたくしへのお気持ちよりも強いなんて、悲しくて見ていられませんもの」

「その二つはまったく異なる種類の忠誠心だよ。一方は、心の底からの気持ちなんだもの」

ヌーリー医師は自分でも一瞬、驚くほどの純真さで続けた。

「もう一方は、血による結びつきなんだ」

「心の底からのお気持ちはわたくしへ向けられているのでしょうけれど。でも、アブデュルハミト帝への忠誠心が、どうして血によるなどと仰いますの？　皇帝陛下と血のつながりがあるのはあなたではなく、姪のわたくしなんですのよ」

「僕の忠誠心はなにも、君の叔父さまでもある帝王アブデュルハミト・ハーン陛下お一人に捧げられたものじゃないよ。その帝位が代弁する至高性や国家、オスマン家、あるいは大宰相府、国民と、なにより帝国の検疫行政への忠節なんだ」

「……本当に驚かされますわ、アブデュルハミト帝とは別個に大宰相府や政府、国民が存在しているとお考えなのですね。あなたが〝政府〟とお呼びのものは高官、官僚たちであって、あの人たちは叔父さまの望むとおりのことをするばかり。あの方の定めた正義に則って、あの方が望まれたとおりのことを行う以外、何もしないのですよ。だって、もし正義があるのなら、お父さまやお兄さま、お姉さまたち、そしてわたくしが二十四年間も小鳥のようにチュラアーン宮殿に閉じ込められるはずもないでしょう？　ちゃんとした政府や正義があって、高官たちの口にするあらゆる言葉を静かに監視する〝国民〟などという人々が実在するのだとしたら、お父さまを狂人扱いしてああも易々と廃位することなどできなかったとはお思いになりませんか？　あなたが〝国民〟とお呼びになるのは、いったいどなたのことなのかしら？」

「それは本気で訊いているのかい？」

「ええ、本気ですとも。どうかお答えくださいませ」

「たとえば、イスタンブルのカバタシュ地区からベシクタシュ地区へ向けて歩いていく大群衆だよ。君の叔父さまのご子息方や、さきほど君が教えてくれた皇子たちが宮殿の窓から見下ろしている彼らこそが、国民というものなんだ」

「仰るとおりなんでしょうね。さあ、さっさと暗号電文を取りに行かれるといいわ」

パーキーゼ姫は拗ねたように答えた。彼女はなんとかこまっしゃくれた表情を浮かべようとしているようで、それはヌーリー医師がはじめて見る不思議な佇まいだった。

妻にどう声をかければよいかわからず、ただ厳しい言葉を返さねばならないような気がして「言っておくけれど、疫病がどれくらい広まっていて、どの地区にどれほど浸透しているのか明らかになるまでは、外出は禁止だよ」と言った。するとパーキーゼ姫は胸を張った。

「わたくしは外出禁止には慣れっこです！」

仕方なくヌーリー医師は、暗号表を手に部屋の隅に引っ込んだ。暗号電文がどういう類のものなのか確かめておきたかったのだ。内容はすぐに明らかになった。それは検疫医と援助物資を載せた救援船を無心した電文に対しての返信で、ただ「貴信拝領」としか記されていなかった。

35章

最後の船が五月六日月曜日の深夜にミンゲル島を出航してから十日後、五月十六日木曜日の死者数は十九名だった。翌朝、感染地図にその死者が書き込まれているかたわらで、サーミー総督とキャーミル上級大尉は検疫措置が「成功していない」という結論に至り、その懸念を朝の検疫会議で表明した。

対するヌーリー医師はさほど悲観していなかった。同様の措置を堅持していれば、ひょっとしたら明日の朝にも目に見える形で流行が鈍化するということもあり得るのだし、そもそもすべては尺度の問題だと考えていたからだ。恐慌を来して誤った決断を下すくらいなら、いま起こっていることをつぶさに観察し、市民が現状の措置に抵抗する理由があるのであれば、それを否定するべきなのだ。

いまでは死者の出た家に医師が立ち入る際には必ず検疫部隊員が同行し、遺品を押収し、新イスラーム教徒墓地で遺体に石灰消毒を施すために必要な措置が取られるようになっていた。ヌーリー医師から見ればこれだけでも大きな成果と言えたが、いまだ各地区の責任者たちの中には防疫線の遵守のごとき、もっとも単純な措置さえ軽んずる者がいる事実を思い知らされる結果ともなった。

とくにトゥルンチラル地区やチテ地区の住民の間には、往々にして禁則事項に対する苛立ちからそれを軽視する兆候が見られるようになっていたのだ。たとえば、タフスィンという名の十歳の少年などはその典型で、ニコス検疫局長に対して、聖典の蟻章を書いて導師が祈禱を捧げ、息を吹きかけた御札を誇らしげに掲げてみせ、「お父さんも僕も決してペストにはかかりません。僕らにはこの御札のご利益があるんだもの」と言い放ったという。ニコス局長がその黄色く色褪せた厚紙を没収するとタフスィン少年は泣きわめき、さらに医師と検疫官を送り込む騒ぎになってしまった。

この「タフスィン騒動」について聞き及んだサーミー総督や検疫委員会の面々は、イズミル市では成功した防疫措置がミンゲル島で不首尾のままである端的にして最たる原因――風習、宗教、導師、そして蒙昧なる民衆!――を見た思いであった。付言すれば、アブデュルハミト二世が推し進める汎イスラーム主義や、アジアやアフリカのヨーロッパ植民地において頻発するイスラーム教徒による反乱への恐怖、そのほかもろもろの歴史的経緯によって培われた偏見が、こうした単純な答えを導き出すのを後押ししたとも言えるだろう。しかもこうした短絡的な見方は、領事やギリシア正教徒の医師のみならず、後宮で西欧的かつ「合理的」な教育を受けたパーキーゼ姫や、同じく西欧人医師たちに学んだヌーリー医師、そしてサーミー総督にさえ、見られるものであった。

サーミー総督は検疫局長が没収した御札の出どころを調査させ、それがヴァヴラ地区のリファーイー教団の導師が授けたものであるのを突き止めた。しかし、少なくとも民衆の慰めとなるこうした宗教的な御札の類が、なにか検疫の障りになるということがあるのだろうか?

ヌーリー医師はヒジャーズ州におけるコレラ対策に従事した際、アラブ人の指導者たちとイギリスの医師たちが同様の短絡的な偏見を巡って激しく議論を戦わせるのを目の当たりにしたものだ。たしかにこうした祈禱文や護符に「科学的効果」はないかもしれないが、困難な時局にあってはそうしたものこそが民衆を不信から救い勇気づけもする。そのため、護符の類を頭から否定すれば、民心は検疫医たちから離れかねず、検疫措置に対するいらぬ抵抗や無理解を招きかねない。その一方で、市民や商工業者たちが御札や護符を妄信するのもよくない。「私たちには何も起こらない」という言葉を鵜呑みにし、やがては「修道場へ通って導師さまに仕える自分たちは、医療などよりも優れた力によって護られているのだ」などと勘違いをはじめてしまうからだ。

「リファーイー教団のペテン師の導師どもを引っ立てて脅しつけることもできますし、修道場や導師の居宅、それこそ七代前の先祖までライゾール液で消毒しつくしてやるのも簡単です。ですが、そんなことをすれば大事(おおごと)になってしまうでしょう！」

サーミー総督のその言葉に、ヌーリー医師は彼がハムドゥッラー導師のときも同じようなことを言っていたのを思い出した。

「当局が修道場に嫌がらせをしたと皇帝陛下に告げ口をされ、イスタンブルから導師たちを自由にするよう暗号電文が送られてくるのがおちなのです」

翌朝、ニコス検疫局長が没収した御札をタフスィン少年へ返却したのはヌーリー医師だった。リファーイー教団の導師がペストの悪霊除けとして祈禱を付した御札を持ってきたヌーリー医師は、トゥルンチラル地区の家で歓迎された。屋内には不思議な白い光が満ちていて疫病の痕跡は見当たらず、平穏などことなく浮世離れした空気が満ちていた。家を訪ねたとき父親は港へ下りていく坂道へ、プラムや洋ナシ、クルミなどを売りに出ているところで不在だった。タフスィン少年はヌーリー医師のことを、ムラト五世の娘というよりはお伽話のお姫さまと結婚した人物だと思い込んでいるようだった。

これとは別の問題もあった。ニコス検疫局長がある感染理論を強硬に主張し、検疫委員会や総督府に詰める疫学班に混乱をもたらしたのだ。ある朝、彼は疫学班の地図を見ながらアレクサンドリアからペストを持ち込んだネズミや、そこから感染した地元のネズミたちが、いまだ街の西部でしか確認されていないことを発見した。

「ですが、キリスト教徒地区にも緑の点が多く描かれていますぞ！」

そう反論したサーミー総督にニコス局長は答えた。

「彼らの大半は波止場へ下りた際に罹患したのでしょう。患者が自宅で亡くなったので、私たちはその地区を感染地域と見なしているに過ぎなかったのです」

「しかし、ペタリス地区のテッサロニキ出身のカルカヴィツァス家の屋敷の森のように広大な庭にも、ネズミの死体が転がっておりましたぞ。私はこの目で見たんだ」

サーミー総督とニコス局長の議論は、読者が驚くであろうほどの長時間に及んだ。ヌーリー医師はニコス局長の大胆な仮説を正しいとは思わなかったものの、一定の理解を示して異を唱えなかった。サーミー総督はなおも、キリスト教徒地区でもネズミの死体の発見が続いていることや、貧しいギリシア正教徒の子供たちが今日もまた総督府にネズミを売りに来たことを説いたが、ニコス局長は自分の「新発見」を覆えそうとはしなかった。こうしてイスラーム教徒地区から見ればアルカズ川を挟んですぐ対岸のキリスト教徒地区の感染状況を明らかにすべく、フィリップとステファヌという名の二人のギリシア人医師と書記官一名が三日間にわたって調査を行ったものの、明確な結論は出なかった。

この三日の間に貧しい正教徒の子供たちが、わざわざイスラーム教徒地区へ赴いてネズミの死体を集め、総督府に売りに来ているという事実も判明した。売り手は父母をペストで亡くして家から逃げ出した三人のギリシア正教徒の男の子だった。ちなみに彼らこそがミンゲル島で最初の子供たちの徒党を形成することになるのである。サーミー総督も、ホラ地区でネズミの死体を巡ってイスラーム教徒とギリシア正教徒の子供の間で大喧嘩が起こっているという報告は受けていたものの、それがよもや聖トリアダ教会の司祭が、児童にこの喧嘩を思いとどまらせペストにかからぬよう計らうため教会管轄の学校二校での授業再開を真剣に考えるほどの大喧嘩とは思いもよらなかった。

最終的に学校再開の夢が実を結ぶことはなかったが――なにせ教員や事務員の三人に一人はすでに島を後にしていたのだ――一連の提案は総督府を覆いつつある失望感ももちろんだが、むしろ検疫発令から二十日を経た時点でのミンゲル島の生え抜きの教養人たちの精神状態をもよく示しているように思われる。つまり、科学的新発見の数々が人類の暮らしを劇的に変貌させ、ヨーロッパ植民地主義の結果として生じた豊かさが広く支持されていたこの時代にあって、多少なりとはいえ教育を受けた上流階層の彼らは、電信機を発明したサミュエル・モールスや電球を発明したエジソンのような創造性あふれる発見や、研究者たちの閃きによってこそ事態を解決できると信じていたことを窺わせるのである。でなければ、シャーロック・ホームズのように殺人事件を解決できるなどという思いが、抱けようはずもないではないか。また市中にも酢を熱した蒸気や香料、あるいはニキフォロス薬局から購入した塩酸や、薬草店で集めた各種の粉薬を用いて独自のペスト治療法を見つけようと奮闘する一家の主たちがおり、ときにこの種の楽観主義的な空想を何日もの間、信じていたこともその傍証となるだろう。

　確かな効用を持つペスト・ワクチンはこの物語のさらに四十年後に発見されるわけであるが、一九〇〇年代にムンバイや香港で患者に血清を与え、なんとか成果を得ようと四苦八苦していた医師たちを突き動かしていたのも、同種の実験精神にほかならない。そしてまた、こうした見当外れな努力が何ら成果を挙げなかったため総督府の人々はもとよりアルカズ市民たちの意気は一層挫かれ、検疫隔離体制を維持するのに必要な自信や楽観論にさえ翳りが見えるようになっていった。

　件のニコス局長の疫学理論が不発に終わったのと軌を一にするように、ヨーロッパ的な捜査手法に則りさえすればボンコウスキー衛生総監とその助手の殺害犯はたちどころに明らかになるだろうという期待も萎んでしまった。サーミー総督はまったく別の議題を論じているとき、ふいにこう漏らした。

「ヨーロッパ式のやり方がいつもオスマン帝国に根付くとは限らないのですな」

　ヌーリー医師にはそれが総督からのあてこすりのように聞こえた。ヌーリー医師はシャーロック・ホームズのように事件を解決するのは簡単ではないと十分に思い知らされはしたものの、それでも薬草店に足を運び、証言と証拠を集めるのをやめなかった。

　その二日後、サーミー総督のもとに妻エスマから電報が届いた。そこには、ミンゲル島でペストが大流行しているというニュースを聞いて心配でたまらない、イスタンブルからアルカズへ送られる最初の救援船で自分も島へ行くとあった。サーミー総督もさまざまな電報から救援船の準備が進められているのは知っていたが、この手の試みは大半が道半ばで放棄されるのが常であったため、さしたる期待は抱かなかった。それにしても、もう五年もミンゲル島へ来ていない妻が、いまさら義兄と一緒に来島しようなどと思いついたのは驚きだ。妻から離れて過ごしたこの五年で、私は別人になってしまったようだ——総督ははじめにそう考え、しかしいまさら昔に戻りたいとも思わなかった。もしイスタンブルで政局が変化し、クブルスル・キャーミル知事が大宰相に返り咲くようなことがあれば自分もふたたび閣僚入りが叶うかもしれないが、ミンゲル島を離れてイスタンブルへ帰りたいという思いは、もう湧かなかった。

しかしもう一通、イスタンブルとの間でやり取りしていた電文は、サーミー総督の心を掻き乱さずにはおかなかった。検疫措置発令によって、島を発つ船は一定の隔離期間を経ずには出航せぬことになっているが、総督はこの措置を滞りなく実施していた。ところが、晩にマリカの家へ向かう道すがら馬車がたまたま停車した小さな波止場や、そこかしこの入り江や浜から、夜陰に紛れて船頭たちが旅客を沖合の客船へ運ぶのを幾度となく目撃した。検疫発令初日から各海運会社がこうした密航をはじめ、夜闇のなかで検疫隔離措置が破られているのが現状だったのだ。

政治的な事情もあってギリシア王国のパンタレオン社のような大手はもとより、フレシネットのような小規模な海運会社の船は検疫検査なしに旅客を受け入れ続けていた。正教徒の船頭たちは、風が強く波の高い夜であっても艀を出し、沖合で待つ客船に乗客を届けており、とくに船頭のコズマス一党や、イタリア領事の保護下にあるザハリアディス一党などが荒稼ぎしているのは、密告者を介して総督も把握していた。なお、総督が後ろ盾を務めるイスラーム教徒の船頭セイト一党は、まだこの密航には加わっていなかった。

これらの密航について知らされた当初、サーミー総督は、大宰相府や皇帝に総督が見過ごしたか、あるいは共謀していると決めつけられ断罪されかねないと危惧した。持ち前の先見の明を封じられ、適切な手を打てないことがもどかしく、いっときは密航船をことごとく戦艦マフムディィェに沈めさせるようイスタンブルに電報を打とうかと考えたほどだ。しかも密航に携わっているのは、二カ月ほど前に島北の浜辺にギリシア王国に与する分離主義者たちを密航させたのと同じ船舶なのである。これら大小の旅客海運会社の経営者たちを拘留し、彼らの行いが検疫令にも、また旅行業法にも抵触していることを伝えた上で逮捕しようかとも考えたが、さすがにそれはやりすぎになると逡巡するうち、結果として時間だけを浪費してしまった。

ミンゲル島からの密航者を乗せた船は、ちょうど本書の前半部で語ったあの巡礼船事件の巡礼者たちと同じように、クレタ島やテッサロニキ、イズミルやマルセイユ、ラグーザのような国や街に着くと、人のいない入り江に設けられた臨時港に隔離されていた。つまりミンゲル州における検疫隔離の失敗が、オスマン帝国の外交官や官僚、そして皇帝の顔に泥を塗った格好だ。

ときおりサーミー総督には、ペストが押し留めようのない超自然的な大波のように感じられ、ある種の諦念とともにそれを冷静に受け入れようとするたび、不屈の勇気によってその大波の上で踏ん張る自分やヌーリー医師、そのほか検疫に従事する同志たちへの讃嘆の念を新たにしたものだ。しかしその一方で、取るに足らない領事たちとの口論に時間を取られ、いまや読む者などいなくなった新聞に載るくだらない論説や飛ばし記事に苛立たせられたかと思えば、疫病終息に役立つとも思われない外交的、政治的陰謀であるとか、領事たちの面従腹背ぶりであるとかを暴くのに労力を割かねばならないことも少なくなかった。

たとえばフランス企業であるメサジュリ・マリティーム社の代表アンドン・ハンブリスは、一方では検疫令のせいで脱出を望む住民を運べず大損していると文句を垂れ、検疫検査の簡略化や特別扱いを求めながら、他方ではひどく慇懃な口ぶりで「何人(なんぴと)たりとも検疫と隔離を経ずには島外へ出さぬようにと、フランス政府は申しておりますぞ！」などとのたまうのだった。いちどきにそう述べた彼は、自分でも矛盾は承知しているとばかりのきまり悪そうな微笑みを浮かべ、常からこうした二律背反的な態度と無縁ではないサーミー総督の方も、政治というものの難しさに一定の理解を示すのが常だった。サーミー総督自身、あるときは西欧化改革の支持者らしくいかにも熱っぽく「あらゆる人々がオスマン帝国の臣民であり、いまやイスラーム教徒だ、キリスト教徒だなどという相違は存在しないのです！」と語ったかと思えば、ことあるごとにイスラーム教徒を優遇したり、少なくともそうしようとする態度を繕うべきだと信じ、それが果たせず良心の呵責に苛まれたことも、一度や二度ではなかった。

それでもなお各国領事たちの二枚舌ぶりは、腹に据えかねるものがあった。ある朝、メサジュリ・マリティーム社の旅行代理店に踏み込み捜査が行われた。書類上は領事館の職員と記載されている代表と二人の書記以外の職員は全員、捕縛して監獄へ連行し、チケット売り場を閉鎖させてみると、代理店からは定員を超えて発券された乗船チケットや、同種の犯罪の証拠がぞくぞくと出てきた。最終的に密航に加担した廉で船頭のラザルを投獄すると、サーミー総督はミンゲル島に赴任した当初、イスラーム教徒の船乗りたちを助けたい一心で行動していたことをふと思い出し、こう考えた。——つまりこの帝国では、誰かを監獄へ送らねばいかなる問題も解決しないのだ。

もっとも、あくる日にはイスタンブルのフランス大使ムスティエ侯爵の圧力を受けた宮内省と大宰相府から電報が届き、旅行代理店の職員たちを釈放せざるを得なかった。その職員のうちの一人が監獄でペストに感染し、またたく間に死亡したと聞いた総督は、その頃にはお決まりとなっていた言葉を繰り返したものだ。

「電報などというものさえなければ、無政府主義も疫病も二週間で根絶してみせるのに」

さらにイスタンブル政府からは、ニコス検疫局長に対し住民から護符を没収するような行いを厳に慎むよう命じる電報まで届いた。インドや中国における最新の医学、細菌学の研究成果を参照し、御札や護符を手から手へ受け渡してもペスト菌が感染しないことを知ったのだろう。その電報の送信元が保健省ではなく宮内省であるのを見たサーミー総督は、アブデュルハミト帝が自ら打たせたのではあるまいかと疑った。

ここのところ総督は何をしようとしても、ひっきりなしに帝都から送られてくる電報に遮られて、すっかり疲弊してしまい、あくまで厳正に検疫隔離措置を実行することに限界を感じていた。たとえばイスタンブル政府は、密航を食い止めるため夜間外出禁止令を発令するよう言って寄こしたが、それを完全に実施するのは困難だった。実はすでに一部地域では日没後に松明やランタンを持って外出するのが禁止されていたのだけれど、かえってそのせいで空き巣が家財を運び出すのが容易になっていたことがあとになって判明したのだ。闇に紛れて運び出された文机やマットレス、そのほかの調度品が、さらに疫病を広める可能性もあった。

ギリシアの歴史家たちの中には「サーミー総督は正教徒が秘密裡に島を脱出するのを歓迎していた！」と主張する者もいる。裕福で権力もあり、従って統制が難しいギリシア正教徒の名家が減れば、イスラーム教徒が島の多数派となるからだ。一方、当時のイスラーム教徒の中には、むしろ疫病によって信徒の数が減ったところにギリシア正教徒が帰島して数的優位を勝ち取り、独立闘争を開始し、ゆくゆくはギリシア王国への編入を求めるのではないかと危惧する者もいた。しかし、ミンゲル島の多数派は実際にはギリシア正教徒の方であったのだから、そのような陰謀を巡らせる必要はそもそもなかったのだけれど。

いずれにせよミンゲル島の歴史を理解しようとする本書にあって、私たちが作家的努力を駆使してでも明らかにし、また把握しておくべきことがあるとすれば、それはむしろある人物の個人的な感情である。すなわちサーミー総督が密かに抱いていたアブデュルハミト帝に対する失望の念だ。アブデュルハミト二世がミンゲル人の生命などどうでもよく、イスタンブルやヨーロッパに疫病が飛び火するのを防ぐことにしか興味を持っていないという事実が、サーミー総督には許しがたかった。皇帝に対する幻滅は、伝統的なオスマン帝国社会にあっては、実の父に顧みられず、あるいは大官たちによって十分に評価され得ない孤独な公僕たちが託ちてきた古式ゆかしい感情とも評しうる。しかもミンゲル島のイスラーム教徒たちは、帝都は自分たちなど眼中になかろうと頭では理解する反面、もともとごく小さな郡（カザー）に過ぎなかったミンゲルを――ヨーロッパに対して外交的な先手を打つためだったとはいえ――州へと格上げしてくれたアブデュルハミト二世に格別の崇敬の念を寄せていたのだから、その失望はひとしおであった。

36章

キャーミル上級大尉は、自ら訓練を施した検疫部隊とともに各地区を巡り、感染者が出たり、なにか問題が生じた家へ駆けつけたかと思えば、患者の診察や散歩に赴くヌーリー医師にも同行せねばならず、ほとんどスプレンディド・パレス最上階の居室に帰る暇がなかった。そのため新婚の二人は、ホテルの広々とした部屋で顔を合わせるや笑いながら言葉を交わし、あるいは愛を交わすのに忙しくて、ほとんど表へ出なかった。愛し合ったあとで互いを抱きしめてうとうとしていると、二人の心はそれまで味わったことのない平安に満たされた。ゼイネプの息遣いに耳をそばだてながら、キャーミルは腕の中で眠る妻をかくも信頼し、心安らぐ自分に驚いたものだ。そうして二人は、今日もまた部屋の高窓のイタリア式の日よけ戸を、互いに恥ずかしがりながら閉ざすのだった。

三日も経つとゼイネプもまた、生まれてはじめてその身を預け、愛を交わしたキャーミルを二十年来の連れ合いのように恃み、しばらくすると兄たちに対するときと同じように早口で、ときには大声で話しかけるようになった。キャーミルが唯一、好きになれないのは妻の大声だったのだけれど、妻の方は声を張りあげてイスタンブル行の話をするのをなにより好んだ。

日よけ戸の隙間から漏れ差す日の光が、床に焼き網のような影を浮かび上がらせたある昼下がり、妻を抱きしめるキャーミルは、この光景を一生涯、忘れないだろうと予感した。床に落ちたその影が、いまこのときの幸せのなによりの証になるように思われたのだ。キャーミルとゼイネプは、あと五十年は共に幸せな日々を歩んでいけるだろうと考えていたことだろう。ときには何も話さぬまま並んで横になっているだけのこともあったし、妻の洋ナシのような胸をたなごころに収めてその反応を期待することもあれば、妻の方から夫の手を握ってそのままじっとしていることもあった。そうしたとき二人は、波止場やイスタンブル大通りから日よけ戸の隙間に入る物音に耳を傾けたものだ。アルカズの街は常よりも静かだった。遠くから響く港の物音と、ときおり通る馬車の音のほかは何も聞こえず、それも絶えて街中がペストの静寂に埋もれてなお、二人はホテルの中庭の雀たちの啼き声に聴き入るのだった。

キャーミルにとっては信じがたい幸福のひとときだった。そしてその幸せこそが、キャーミルとゼイネプの恐怖を掻き立て、人生の意味を考えさせる契機ともなった。二人は常人よりも幸せな者は、人一倍の恐れを抱くものなのだと思い知らされたのである。

とはいえ、満ち足りた新婚生活はひとときなりとはいえ恐怖を忘れさせるには十分で、それがゼイネプに「向こう見ずな」行動を促してしまうことになった。ゼイネプの母が何年もかけて準備した嫁入り道具や、キャーミルの母や親戚たちが贈った家財道具は実家に置かれたままであったが、新妻は披露宴の贈り物や嫁入り道具、手縫いのテーブルクロスやイタリア製の陶磁器の珈琲セットや銀製の砂糖容器（少し曇っていた）、あるいはランプなどをじっくりと眺めるのが大好きだった。キャーミルは一度、ゼイネプと一緒にわざわざ彼女の実家へ足を運んだくらいだ。その帰り道、二人はあの大唇(エリンリ)のエクレムとは似ても似つかないペスト狂者と出くわした。はじめて見るその大男は「人と並んで歩くのは禁止なんだぞ、知らないのか？」と二人に怒鳴りちらした。このことがあってからキャーミルは、不要不急の外出を控えるよう妻にそれとなく伝えたが、ゼイネプはキャーミル自身が一日中、表を歩き回り、それどころかペスト患者の家を訪ねていることを思い出させ、こう言った。

「私はそんなに心配していないわ。神さまがあらかじめ書かれたとおりにしかならないのだもの」

まさに検疫に携わる人々が相手取っている宿命論を、妻が思わぬ形で言葉にしてみせたのでキャーミルは大いに驚いたものの、いまの暮らしに満足していたためさほど気に留めず、すぐに忘れてしまった。むしろキャーミルは、客船の運航が再開したあとで、どうやって島に留まるよう妻を説得すればいいかに頭を悩ませていたのだ。

この頃からキャーミルは、この島での暮らしからはもはや離れがたいという予感めいた思いを抱くようになっていた。総督府や病院、あるいは市民の家からの帰り道、アルカズの街路を歩いていると、幸福の絶頂にある自分が街の雰囲気にそぐわないと思うことはあったけれど、だからといって負い目を感じるわけでもなく、小なりとはいえ検疫部隊——キャーミルはただ「隊員たち」と呼んだ——を育て上げた自負や、総督の父親のような気遣い、あるいは王配であるヌーリー医師との友情のおかげで、自信がみなぎってくるのだ。そんなときキャーミルは、サーミー総督に「修道場の導師たちにそれほど遠慮なさる必要はありません」と助言してやりたくなったものだ。なぜなら、ほかの東地中海の島々のようにキリスト教徒とイスラーム教徒の血みどろの争いが勃発したら最後、自分たちを守ってくれるのはオスマン帝国軍だけなのだ。

「アブデュルハミト帝は自分たちのこと

を忘れておいでなのではないか、気にかけて下さっているのだろうか」と気を揉むのも、何の脈絡もない手がかりをつなぎ合わせては苛立ち「陛下は島のことなど眼中にないのだ」と批判するのも、つまるところ導師たちも含めてミンゲル島の全イスラーム教徒がその事実をよく知っているからこそだと、キャーミルは教えてやりたかった。

病院から総督府へ軍服姿で帰る道すがら、住民から声をかけられたり、あるいは絡まれたり、その逆に恭しく近寄って来たかと思いきや皮肉を言われたりするたび、キャーミルはそのときの様子を面白おかしく妻に話して聞かせた。

たとえば、ひと気のない庭園を歩いているとき休憩所で出くわした男からは「私たちがここで一緒になったのは他言無用ですぞ！」と怯えた口調で懇願された。

また別のときには、上階の窓から「兵隊さん！」と声をかけられたこともある。キャーミルと同じ年のころのイスラーム教徒の男性はミンゲル訛りのトルコ語でこう続けた。

「お前さん、今回のこれはどうやって終わると思う？」

「神の思し召しのままに。ですが、検疫規則には従ってください」

「従っているとも、街の様子はどうだい？　まるで捕虜みたいなもんでね！　波止場とか街の広場とかはどうなってるんだい？」

「なんともなっていませんよ。とにかく家からは出ないように！」

キャーミルは思わず命令口調でそう答えた。こうした愚か者や正気を失った者に警告を与えるとき、キャーミルはいつのまにか口論になったり、睨み合ったりした末に、知らず知らず声を荒げてしまうのだった。ちなみにパーキーゼ姫は、護衛の上級大尉が故郷にいながらにしてこうした「現代化されたがゆえの孤独」を感じていることをよく理解していたようである。

ときおり家々の窓の隅から隠れて街路を見下ろす住人と目が合うこともあった。そんなときキャーミルは言葉こそ交わさなかったものの、その怯えに満ちたどことなく神秘的な眼差しから目が離せなくなってしまうのだった。もっとも、一度など「なに見てやがるんだ、この野郎！」と怒鳴られたこともあったけれど。

死の恐怖というのは、もっとも信仰篤いイスラーム教徒をおののかせ、常人から正気を奪い別人へ変えてしまうのだ。そして、大半の人間はより臆病になって賢明さを失い、なにより利己的になるのが常であった。

アルカズ市中心部の隣接する家々では表扉は閉め切られ、裏口に至っては決して開けられぬよう固く施錠されていたものの「時の用には鼻を削げ」とばかりに急ぐ人や子供たちは、家々の脇の庭を通り抜けて暮らしていた。ヌーリー医師やギリシア正教徒の検疫医たちは、かくも単純な手段で外出禁止令が破られているとはつゆ知らず、それどころか退去したはずの自宅へ舞い戻ったり、アルカズ城塞の隔離区画から手漕ぎ舟で逃亡したりする者がいることも把握していないようだ。だからこそキャーミルは思うのだ。――「なんといっても、あの人たちは僕のような生粋のミンゲル人じゃないからな！　もしも、この島で生まれ育った検疫医なり兵士なりが主導権を握ってさえいれば、疫病もこれほど拡大しなかったはずなのに」。

いまではキャーミル上級大尉も、朝方に駐屯地へ行く前に総督府の疫学室へ立ち寄り、感染地図を前に行われる会議に出席するようになった。ヌーリー医師の尽力の賜物で、アルカズ市の地図が置かれた疫学室はペストについてのあらゆる情報が集まるようになっていた。検疫発令から二十五日の間に、アルカズ市に所在するお屋敷や富家の邸宅、あるいは空き地や修道場、モスクに教会、泉亭に橋、広場、学校、病院、交番、そして商店等、感染者を示す印が書き込まれていない場所はなく、街を出た者や島を脱出した者はいくらでもいるはずなのに死者数は一向に減っていない。疫病が蔓延し、恐怖が広がっているのはもはや疑いようがない。

ニコス検疫局長は感染地図の助けも借りつつ、ペスト菌の広がりを精査し、疫病がはじめて島に上陸したのは旧タシュ埠頭であり、細菌を持ち込んだのはアレクサンドリアからやって来たギリシア船籍の貨物船ピロトス号であると断定した。ただし、平底貨物船であるから港へ入ったあと旧タシュ埠頭付近の別の木製の桟橋に寄港した可能性はある。いずれにせよ、病魔がこの船によって持ち込まれ、埠頭から少し離れたヴァヴラ、カディルレル、ゲルメ、チテなどのイスラーム教徒地区に入り込んだのはほぼ確実だ。そのため検疫委員たちは、未完成とはいえハミディィェ病院がヴァヴラ地区に所在したのは、まさに神の計らった偶然の賜物だと感謝した。折しも誰も彼もが、現状の中になにがしかの兆候や意味を探し求め、ときに神兆や神意を見出そうと躍起になっていた時期でもあったので、詳述は控えつつも疫禍における偶然の作用というものについて少しばかり記しておきたい。

星を読んだり、雲の形や風の方位になにがしかの意味を付与したり、なにかの兆しを見つけようとする類の営みは、あらゆる人々が等しく行うところだ。実証主義的科学を体得したはずの若い医師であれ、サーミー総督であれ、ニコス検疫局長であれ、程度の差こそあれ、みな物事の細部にこだわり、そこになにかの兆候が読み取れるかもしれないと期待を寄せていたのだ。彼らに尋ねたなら微笑んで「信じてはおりませんが、しかし奇妙なことがあるのですよ」とでも答え、実際には科学や医学の求める必要な措置をさっさと講じるに違いないのだけれど、そんな彼らの脳裏にさえ「この前、日が沈むとき水平線に紫色の雲が見えていたな、となるといつかの年のようにコウノトリの渡りも少し早いかもしれない、もしそうであれば明日の死者数は減るのではあるまいか」などという馬鹿げた思いつきがかすめるのだった。

もっとも「開明的」な人々でさえもが失意のあまりに、思わずこうした「兆候」に縋ってしまうもので、今日の我々からすれば驚くべきことに、パーキーゼ姫もまたその例外ではなかった。いまここで民衆や行政官たちが信じ込んでいたでっち上げやら嘘っぱちやらについて敢えて語るのは、それらの流言がミンゲル島の歴史形成に一定の影響を及ぼしたからである。無論、珈琲占いや占星術、あるいはハムドゥッラー導師が熱心にペストを祓う方法を探し求めた父祖の残した古書やら字秘（フルーフィーリキ）学の秘伝書やらが、百年前のペスト対策を左右したり、人々の重大な意思決定を促したと主張したいのではない。流言や民族主義者たちによる偏見、そして全島にわたる無知と蒙昧の方がよほどミンゲル島のペスト流行に悪影響を与えたのは確かである。しかし、それでもなお感染地図や各種のメモの前に陣取って疫病がどのように拡散しつつあるのかを見極め、懸命に市民の命を救おうとしていた検疫会議の面々が全員——幾人かは苦笑しながらであったろうけれど——この手の迷信じみた話をその口の端に上らせていたのも、また歴とした事実なのだ。それはともかく、アレクサンドリアから寄港したピロトス号を降りたネズミたちはじめ、キョル・メフメト・モスクの裏手の小さな木造家屋に暮らす荷運び人の男にペストを感染させた。この荷運び人が死んだときは、誰一人それがペストのせいなどとは思いつかなかった。同じような症状を呈する病気はジフテリアに肺炎、そのほかいくらでもあったからだ。

ヌーリー医師が、居並ぶ医師やサーミー総督にいま一度、ペストがネズミの歩みと軌を一にして波止場方面から市街地へ浸透していくさまを示していくにつれ、感染経路の先にキャーミル上級大尉も学んだ陸軍中等学校があることが判明した。陸軍中等学校は検疫発令の二日前から休校していたため、検疫官たちは生徒に対して隔離措置を講じていなかった。ヌーリー医師の予測では、そろそろここの学生たちの感染が明らかになる頃合いだった。アルカズ市北東に位置する駐屯地からは二人の教官が中等学校へ派遣され、二、三クルシュの追加俸給で授業を行っていたが、状況を逐一追っていた陸軍省からの通達を受け、検疫発令後すぐに原隊復帰を命ぜられていた。それはつまり、巡礼船事件とその後の悲劇を知るアブデュルハミト帝には、たとえペスト禍が猖獗を極めようともオスマン帝国軍をミンゲル島における防疫任務に充てるつもりがなく、あくまで帝国の軍事的防衛をこそ慮っていることの表れであった。

五月二十八日火曜日にゲルメ地区で起こった事件は、国家による検疫行政を麻痺状態にまで陥らせかねない総督の優柔不断を示すいい例となった。現場となったのはゲルメ地区郊外の田畑で大麦を栽培しているイスラーム教徒の農家だった。前日に農夫の十二歳の息子が病死し、翌朝ヌーリー医師が感染が明らかな姉を病院へ搬送し、両親を隔離する決定を下した。農家のすぐ近くでは吐血して死んだばかりのネズミの死骸も二体、発見された。碧眼の愛らしい息子を失ったばかりの両親は、おそらくはこのまま死に別れとなるだろう同じ青い瞳の娘を、決して医者たちに預けようとはしなかった。母親は、もはや日常と化しつつある葬式に参列すべく通りへ出てきた近隣住民に涙ながらに訴えた。やがて家々から子供たちまでがぞろぞろと出てくるに及び、検疫官たちは彼らを脅して解散させせることもできぬまま「どうしましょうか？」とばかりに、まずニコス検疫局長にお伺いを立てた。そこでニコス局長もまた、サーミー総督の判断を仰ぐことにしたものの、はっきりとした返答を得ることができなかった。こうして、本来であれば迅速に済ませられるべきであった感染家屋からの退去措置は、罵り合いやら殴り合い、そして慟哭を伴って一日中続く大騒ぎと化してしまったのだった。

騒ぎを聞きつけたフランス領事アンドンは「無様な連中（レ・マラドロワ）」なる文言とともにイスタンブルへ電報を打った。サーミー総督はフランス領事に激怒したものの、ヌーリー医師から見ても明らかに総督の失態であった。

37章

感染源に接触した者や感染の疑いがある者、さらには若い感染者が、自宅や家族、検疫官から逃亡する例が後を絶たず、深刻な問題となりはじめた。検疫隔離を逃れようとする者が増加した最大の要因は、アルカズ城塞監獄の隔離区画の環境があまりに劣悪で、収容されたら最後、二度と戻って来られない場所と考えられていたためだ。国際規定に照らすならば、ペストの隔離期間はたったの五日間であり、隔離対象者が陰性であるとわかれば五日後には解放せねばならない。ところが、検疫発令と隔離措置の開始から二十八日経ったいまでも感染区画には百八十名に及ぶ隔離者がおり、そのうちの半数は病気でもないのに五日以上、城塞に留め置かれたままだった。

そのためイスラーム教徒市民たちは、検疫検査を受け、医師たちの指示で憲兵に付き添われて城塞へ隔離されるのは、終身刑を言い渡されて監獄へ送られるのと変わりないと考えていた。ただ単にじめじめとした暗い不帰（かえらず）の地へ送り込むのが、昔は法官や裁判官であったのが、いまでは医師に代わったというだけの違いしかない。いや、もうひとつ違いがあるとするなら、「隔離者」たちが波止場と対面するように湾に臨むひと気のない区画にいるのに対して、受刑者たちは南側の外洋に面した寒風吹きすさぶヴェネツィア塔やオスマン期に建てられたそのほかの建物に収監されていることくらいのものだろう。

感染の疑いがあるだけの収容者と症状が出ていない感染者の接触や、それに伴う罹患も、解決策の見つからない難問だった。はじめは隔離者たちを収容日や感染疑いの程度に応じて中庭や広間、そのほかの区画に振り分ける方法が考えられたが、監房制度をそのまま導入し得ないことがすぐ明らかになった。男たちは妻や子供の安否をその目で確かめないことには納得しないため、隔離区画の奥の日陰に設けられた女性たちの居住区を隔離するのが困難だったのだ。そのため、しばらくすると隔離者たちは家族ごとに生活するようになり、職員たちもそれに倣い家族単位で隔離するようになっていった。ニコス検疫局長はこれで中庭の隔離区画にも管理が行き届き、なにより隔離者たちも家族と一緒に心安らかに過ごせるだろうと喜んだものの、これが感染を助長する結果となった。しかも、隔離者数は目に見えて増加していたため、隔離区画はペスト蔓延を食い止めるどころか、伝染させるための人だかりと化してしまったのである。「やって来たとき健康で、隔離されたら病（やまい）得た」なる言い回しとともに、隔離措置と検疫体制そのものを手厳しく揶揄する流言があっという間に街でも広まり、隔離区画は先述のような第二の城塞監獄と見なされるようになっていった。

サーミー総督とニコス検疫局長はイスタンブルに医師の派遣を要請する電報をさらに二回、打った。アルカズ監獄への畏怖が検疫体制への不服従に取って代わられつつあるいま、医師たちや州政府は、ほかの防疫措置を堅持しつつも、隔離者たちに関してはいっそのこと解放してしまうのが妥当な政治的判断ではないかと考えるようになった。そもそも部屋どころか、寝台もマットレスも、椅子や毛布さえ十分に揃わず、はじめは緊急措置として駐屯地から乾パンや乾燥ソラマメ、あるいはパンを援助してもらったほどなのだ。しかし、駐屯地のエディルネリ・メフメト司令官はネズミ以外からはペストが感染しないなどとは信じておらず、また「駐屯軍を防疫対策に従事させぬように！」というアブデュルハミト二世の政治的な思惑も無碍にはしたくなかったため、病院へ兵士や料理人を派遣することはせず、なにかと理由をつけては隔離区画への調理器具の提供さえ渋っていた。そんなわけでサーミー総督は、総督府の執務室から対岸の隔離区画の混雑ぶりを眺め、海辺で魚を捕ろうとしたり、時間を潰す収容者たちを見守るほかなかったのである。

総督と駐屯地司令官双方の圧力を受け、過密になった隔離区画からの「解放」がはじまったが、別れたときと同じ家族に再会できた数少ない幸運な者を除けば、それは新たな悲劇の幕開けとなった。いくつかの地区では隔離から解放された者は患者か、感染容疑者と変わらぬ扱いを受け、隔離からまだ戻ってきていない住民がいる界隈では、解放者は総督と通じる情報提供者だと決めつけられたのである。しかし、なにより悲惨だったのは、家や家族を永遠に失ってしまったという事実を突きつけられた解放者たちだ。隔離者の大半は家から感染者が出たため強制的に隔離区画へ送られた者たちだったので、家族が死んだり、どこかへ逃げてしまい、自宅ももぬけの殻になっていた。そんな我が家に居座る見知らぬ住人と出くわした帰宅者もいた。そうした居候と諍いが生ずることもあれば、むしろ新来の客として迎え、無人と孤独を恐れるあまりに新たな家族として受け入れる者さえあった。

解放されたものの家に誰もおらず、親切な親戚もいなければ金もなく、なにより行く当てのない六名が城塞の隔離区画に戻ってきたと聞かされ、サーミー総督はその再受理申請にひどく心を痛めた。

その二日後の朝、新たな死者を感染地図に書き込んでみると、流行の速度こそ鈍化したものの、悲しむべきことに人口密度の低い郊外のキリスト教徒地区にまで感染が拡大したことが明らかになるに及び、疫学室に集った一同はこれまで頑なに認めようとしなかった一つの事実を突きつけられた。これほどの勇気と自己犠牲による努力で検疫体制を維持してきたというのに、ペストの感染速度や感染力には敵わず、感染者数は一向に減っていないことを、改めて思い知らされたのである。しかも、検査の済んでいない家屋はいまだ無数にあり、報告されていない感染者もいることを勘案すれば、むしろ感染者数は日増しに増え続けているはずだ。検査が済んだ家とて、住民の退去まで完了しているのは三軒に一軒がいいところだ。当時の人々にとっては、百十六年後の現代に物語を著しているに過ぎない著者の筆では到底、書き表せぬような恐るべき事態であったことだろう。人の子が神の姿を想起し得ず、従ってその姿を描き得ぬのと同じほどの、想像を絶する恐怖！　その怖気を震う現実が、疫学室の地図の上にありありと現れていたのだ。疫学室の面々は悪夢の中にいるときのように、恐怖の源に名前を与えたなら最後、もっと恐ろしいことが起きてしまうかもしれないという予感に苛まれながら、ある者はただ沈黙し、ある者は惨状を軽く見積もろうと自らを欺く嘘を重ねるのだった。

疫禍が猖獗を極める現実を突きつけられたまま暮らしていくのは困難である。自らを納得させる嘘を作りあげ、ひとときの希望に縋りでもしない限りは。二週間前、ニコス検疫局長が唱えた「ネズミの死体はイスラーム教徒地区からしか出ていない」という説もこうした嘘の類であったけれど、それを決して信じようとはしなかったサーミー総督でさえ、もしやという期待を数日の間は抱いたほどだったのだ。たとえば朝方にある地区の死者が減少していたりすると、誰ともなくどうにか数字をいじくることで疫病が終息に向かいつつあるという虚妄を組み立て、しかるのち自らそれを信じ込んでしまうのである。あるいは「救援船がイスタンブルを出立した」という類の虚報もよく囁かれた。たしかに救援船を送るという電文は届いていたのだから無理もないが、そうした知らせはすぐに間違いだったと判明するのが常で、そうすると人々は希望を与えてくれそうなまた別の偽り事を口の端にのぼらせてはそれにしがみつくのだった。

経験豊かなヌーリー医師は、絶望的な疫禍にあってはヨーロッパ式の高等教育を受けた人間でさえ、一縷の望みを託してこの手の妄想を巡らせるものだということを、よく承知していた。それは宗教がもたらす慰めとも異なっている。

「今日、あの馬車が通ったのは三度目ですな。まったくもって珍しい！」

ある日、サーミー総督がそう言ったときも、ヌーリー医師は彼がその偶然からなにがしかの意味を汲みあげ、期待の持てそうな予兆を読み取ったのだろうと察したものだ。

そして、こうした細々とした空言や、故などない兆しをもってしてもいよいよ絶望が拭いがたくなったとき、人々の心に生ずるのが「諦念」である。ヌーリー医師は人々のこうした精神状態を妻との話にも出た「宿命論」と理解していたが、現代の我々の目から見ると、当時の「諦念」は「宿命論」とはやや異なるようだ。なぜなら、宿命論とは危険を知らされた人々が神に縋り、ために神に縋る以外の対策を講じなくなることを指すのに対して、「諦念」にとりつかれた者たちは、そもそも危険に気がつかないふりを決め込み、神も人も信頼せず、また縋ろうとさえしないからだ。一日中働きどおした末に「もう万策尽きた」とでいいたげな佇まいを見せるサーミー総督を、ヌーリー医師は幾度となく目にした。あるいは、策があってもそれを行う気力が足りずにあきらめてしまっただけだったのだろうか。いずれにせよ、サーミー総督も、キャーミル上級大尉も、そしてヌーリー医師もすでによくわかっていた。こうした諦念にとりつかれたとき、刹那であれ幸せと慰めを取り戻すためにできるのは、薄暗がりの中で愛しい人を抱きしめることだけなのだと。

38章

サーミー総督はペストと対峙してなお国家の威光を示し、ミンゲル島におけるオスマン帝国という国家そのものを防衛すべく昼夜を問わず立ち働いたが、イスタンブルからは非難がましい電報が絶え間なく届くばかりで、そのたびになぜ先だっての命令をいまだ実行できていないのかと譴責されるのに辟易していた。いまや彼が手にしていたはずの国家権力は衰え、数多くの官吏たちがアルカズ市から逃げ出し、あるいは家に引きこもって登庁せず、行政さえ滞りつつある。駐屯地の兵力を防疫対策に振り向けることもできないというのに、宮内省は総督に職務を全うせよとせっつくのだ。

イスタンブルがもっとも危惧していたのは、総督が検疫検査も隔離も診察も受けずに島を出る密航者たちを取り締まれていない現状だった。サーミー総督は、タシュ埠頭周辺と波止場の海岸線など、艀が海に出られる場所には限られた人員から衛兵や官吏を割いて見張らせていたが、到底追いつくものではなかった。そこで、イスタンブルから「船頭や密航者たちは、島北のそこかしこの入り江から夜陰に紛れて離島している」旨をしたためた電文が来たのを機に、総督は駐屯地司令官に全面的な協力を要請することにした。ところが、メフメト司令官の答えはすげなく「兵士たちは島北で山賊たちとの戦闘に従事するのが任務です。もしイスタンブルから総督閣下が仰るのと同じことを命じる暗号電文から届いたなら、駐屯軍も防疫作業に協力いたします」と答えただけだった。

なぜサーミー総督は、夜間に逃亡する密航者たちを食い止めるための大がかりな対策を講じず、イスタンブル政府やヨーロッパ諸国を宥めようとしなかったのか。これについてはミンゲル史家の間でも意見の相違が見られるが、総督本人に尋ねれば「駐屯地の兵力がなければ、島北の入り江や岩礁から密航者たちを締め出すのは無理だ」という答えが返ってきたに違いない。一方、パーキーゼ姫の手紙は、この時期サーミー総督が船頭たちの金と主導権を巡る争いに巻き込まれていたことを伝えている。先だって乗船チケットの過剰販売を取り締まるべく強制捜査を行ったため、各旅行会社のオーナー――つまりは各国領事――の首根っこを摑むことには成功したサーミー総督であったが、会社そのものや、本書の冒頭で紹介した船頭たちは野放しのままで、島北で行われる密航を手引きしているのも彼らだったのである。そこで総督は旅券法および旅行業法違反で彼らを告訴することにした。

いくつかの富家は検疫隔離措置や疫病の猛威を甘く見たがために、検疫発令からの数日間に離島を決断できずにいたが、使用人や料理人たちが死に、あるいは逃散するに及び、ようやく島を出ることにした。こうした怯えた金持ちの密航者たちを相手に荒稼ぎをはじめた船頭がいることは、情報提供者を介してサーミー総督の耳にも届いていた。それによると、ギリシアやイタリアの小さな海運会社が運航するこの手の密航船に乗るには、まずイスタンブル大通りの代理店で乗船代の半分を前金として払い、しかるのち艀が外洋に錨を下ろす密航船へ辿りついたところで正式の乗船チケット代を払うのだという。これを知ったサーミー総督は、イスラーム教徒の船頭たちの保護に乗り出した。

イスラーム教徒の船頭たちを支援するため、州総督自らが検疫隔離措置に抜け穴を作ったという事実は——少なくともそうした計画を立てたのは確かだ——ミンゲル州の役人たちが作成した文書として記録が残されている。だからこそ公文書をなによりも重んじる歴史家たちの注目を集めたわけだが、この件の重要性はむしろ、オスマン帝国の官僚機構が孕んだ根本的な矛盾をよく物語る点である。もしも州全土の安寧を期すべき州総督がイスラーム教徒臣民を優先的に保護し、彼らと協働しようと企図するのであれば、現代的な手法や技術の導入はもとより行政改革の実行はたちどころに支障を来すことになる。しかしその逆に、もし総督が西欧化改革をあくまで実直に進めたとしたら、自由と平等、あるいは技術的進歩の恩恵を受けて急速に台頭するのはキリスト教徒ブルジョワジーのみであり、その機会をますます有効に活用する彼らとは対照的に、帝国がヨーロッパ化すればするほどにイスラーム教徒臣民は衰退していくことになるのである。

そうこうするうちにも夜に小ぶりの外洋船でヨーロッパやクレタ島へ脱出する島民の数が増え続けたため、ペストの飛び火を懸念するヨーロッパ列強、とくに植民地にイスラーム教徒の大人口を抱え、なおかつ伝染病の拡大を懸念し、その封じ込めについても豊かな経験を持つフランスとイギリスが対策に乗り出した。彼らは小船を一隻ずつ拿捕して乗員を人里離れたどこかへ隔離するよりも、ミンゲル島を軍艦で包囲した方が手っ取り早いと考え、イスタンブルの大宰相府との折衝が続いているのにも構わず、ある種の心理的効果を期して、イギリスは戦艦プリンス・ジョージを、フランスも同じく戦艦アミラル・ボーダンを東地中海のミンゲル沖へ派遣したのである。

この時点で在イスタンブル・イギリス大使は、海上封鎖にはオスマン帝国の戦艦も加わるよう要請した。アブデュルハミト二世が当初、決定を先延ばしにしつつ「疫禍深刻なれど、大事なし」と内外に喧伝すべく努めたことが、外務省公文書館に残る両国の外交文書から窺える。しかし、そうする間も密航は続き、先述のサーミー総督による旅行代理店への強制捜査が敢行され、ギリシア正教徒の船頭たちの逮捕がはじまるに及び、皇帝はイギリスの圧力に膝を屈したのだった。

六月六日木曜日、列強諸国の艦船とともにオスマン帝国の戦艦マフムディィェ号がイスタンブルを発ち、小型の密航船の取り締まりに当たるという報が、帝都の政府内の友人を介してサーミー総督にもたらされたのは、戦艦の出航前日のことだった。サーミー総督はその信憑性を疑いつつも、屈辱に打ち震えた。検疫に失敗し伝染病を食い止められず、西欧にペストが広がるのさえ止められなかったことで、ほかならぬ自分たちが全世界を不安に陥れたのだ。これではヨーロッパ人が帝国を評して言う「瀕死の病人」そのままではないかという罪悪感とともに、自国を「瀕死の病人」呼ばわりする者たちにはらわたが煮えくり返る思いであった。いまや皇帝さえもが、ヨーロッパ諸国とともにサーミー総督の無能を認め、自国領であるはずのミンゲル島をまるで外敵だと言わんばかりに戦艦を派遣したのである。

サーミー総督にとってこの政治状勢と軍事的状況は、ペストと同じく直視に耐えない現実だった。法務課の受付係の一人が、総督府の一階の廊下を歩いているときに何の前触れもなく、それこそ死を告げる天使アズラーイールに触れられたかのように昏倒して死亡したのは、その日の午後だった。総督はそれを聞くと自室に引きこもり、執務机に座って長いこと身じろぎ一つせず窓の外をぼんやりと眺めた。

もっとも総督の物思いは、すぐにも中断されることになる。秘密警察から上がってきた新たな報告を聞かねばならなかったからだ。あのラーミズは解放後、当局の期待したようにひと息つくこともなく、巡礼船事件の当事者たちの村々に身を隠した。巡礼船事件のあとの数年間、帝国軍兵士たちは反乱の首謀者である父子を出したネビーレル村をことあるごとに痛めつけたため、村民たちは隣のチフテレル村へ移り住んでいった。この新しい村がギリシア王国からやって来た山賊たちと対立し、やがては組織化して自らも山賊と化していく。保守的な村人たちが巡礼船事件を経て先鋭化した結果、ギリシア正教徒の無頼たちと同様の防衛組織を立ち上げたというわけだ。こうしてギリシア正教徒の山賊がイスラーム教徒の村を襲えば、イスラーム教徒の山賊が正教徒の村を襲うようになり、往々にして男を殺して略奪を行うようになった。サーミー総督は、こうしたイスラーム教徒の無頼集団を、ギリシア正教徒のそれに対抗するためのある種の民兵組織と心得て、たとえば頭目のメモのような山賊たちを見逃してきたが、そこに島外からやって来た獰猛な無頼たちが加わったことで、山賊たちの箍がはずれてしまった。ギリシア正教徒たちの村は焼き払われ、イスタンブルから警告の電報が届くに及び、サーミー総督はメフメト司令官の協力を仰いで山賊の鎮圧に乗り出した。

この二年ほど、問題のラーミズはことあらば山賊たちが治めるイスラーム教徒の村に逃げ込んでは、武装した男たちに資金援助し、村に小さな修道場を開設していた。マズハル治安監督部長はサーミー総督に、そのラーミズが山賊の村々で募った村人や、向こう見ずの無頼たちを率いてアルカズ市に舞いもどり、大胆にもチテ地区の自宅に入ったと報告した。マズハル部長の注進を受け、その日の晩には自宅への踏み込み捜査を行ったがなんの成果も得られず、執事と下僕が留守を預かっている家にラーミズ一党の姿は見当たらず、疑わしい物品や書類、書き物、そしてもしあれば書籍や新聞も押収するよう命じるのが精々であった。この強制捜査は検疫隔離とは関係がなかったものの、関係者としてキャーミル上級大尉とその検疫部隊も参加していた。

折しも検疫部隊員をはじめミンゲル語で話す人々の間では、アブデュルハミト二世はもちろん、一向にうまくいかない検疫隔離そのものに対しても不満が募り、ミンゲル人としての民族意識が高揚しつつある時期のことである。サーミー総督とマズハル部長も事態は承知していたものの、当面の間はこの急速に芽吹きつつある新たな民族意識を監視し、記録するだけでよしとした。オスマン帝国の官僚たちにとっての最大の敵はギリシア人やセルビア人、ブルガリア人やアルメニア人などのキリスト教徒の民族主義者たちであったが、同時にトルコ人以外のイスラーム教徒たち、つまりアラブ人やクルド人、アルバニア人などの民族意識の胎動を目の当たりにしつつあったのと、ちょうど同じ時代でもある。……ただし、当時は「民族主義」という言葉は存在せず、人口に膾炙していたのは「国籍の問題！」という表現であったことも付言しておこう。いずれにせよ、サーミー総督にとって重要だったのは、検疫部隊員たちがトルコ語を話していようが、ミンゲル語を話していようが、皆が同じイスラーム教徒であるという点だ。イスラーム教徒であれば、同じ信徒の苦悩を理解できるはずだからだ。これに対してヌーリー医師は総督ほど楽観的にはなれなかったもののメジド、ハディド兄弟が焼却井戸において見せた忠勇ぶりを聞かされ、少なくともキャーミルの人選には納得したのであった。

39章

ペスト菌に汚染された物品やネズミの死骸を焼却するため専用の井戸を掘るというのは、もともとは流行初期にボンコウスキー衛生総監がサーミー総督に助言した案だった。廃棄すべき汚れた布類や寝台、リネンの衣類、編み細工の品々や敷布団を、公衆の面前で焼却するという昔ながらのやり方でこそ、島民に検疫や清潔さについての注意を喚起できると考えてのことだ。ちなみにこの焼却井戸の案はボンコウスキーがアブデュルハミト二世に上奏した東方起源のペストについての報告書にも、すでに記載されている。

ボンコウスキー衛生総監の死亡によって大がかりな焼却井戸の設置は先延ばしとなったものの、キャーミル上級大尉の検疫隊員たちが感染家屋からの住民の退去を滞りなく行うようになると、寝台や布団、キリム、そのほか細々とした品々が山のように溜まりはじめる。不潔で汚染された品々を木造家屋内で焼却するわけにもいかず、かといってペストを恐れて住人のいなくなったどこかの空き家の中庭で勝手に燃やすわけにもいかない。押収品の所有者たちの要望を容れて、ライゾール液をたっぷりと噴霧して消毒したうえで保管し、いずれ返却するには時間も場所も不足していた。

さりとて、速やかに焼却せねば、押収品が古物商に売り払われてしまう危険性もある。そこでニコス検疫局長とサーミー総督は、ヌーリー医師の提案を受けて、市街地のすぐ後背の丘陵地帯、上トゥルンチラル地区の裏手と新イスラーム教徒墓地の間の平地にもともとあった糞便の溜まった窪地で代用することにした。旧市街商店街の裏道からキャーミルの実家のあるアルパラ地区を抜けてこの貯水池へ至る道がひどく曲がりくねり坂がちのため、馬車が通いにくいのが難点だった。

総督が最初の焼却を命じたのは、検疫発令から二十日後の午後のことで、多くの市民がようやく燃え上がった炎を好奇心たっぷりに飽きるともなく眺めやった。その炎は、輝くような赤い巨大な波のように燃え広がり、ときおりまっ黄色の火の玉の火勢を得て猛り狂い、やがて深い群青色と紫色に彩られ、注がれた灯油の甲斐あって長いこと燃え続けた。その晩、焼却井戸に灯された炎は、アルカズ市のみならず全島からも遠望できたという。あくる日以降、大量の調度品や布類、寝台などが燃やされるようになると、アルカズ市民は窪地から昼夜を問わずに立ち上る黒煙に恐れおののいた。黒い煙を見上げていると死告天使アズラーイールがすぐそこまで迫り、孤立無援の島に取り残された自分たちはもはや神の憐れみに縋るよりほかないことを思い知らされるのだ。検疫検査に引っかかった品々や汚染された遺品やがらくたが、集められたはしから丘陵地帯へ運び上げられ遺棄されるさまを見るにつけ住民たちは、なおさらに心細さを感じているようだと、パーキーゼ姫は手紙に書き残している。

同じトゥルンチラル地区後背に広がる新イスラーム教徒墓地で大活躍していたのが、ゼイネプの兄メジドとハディドだった。ペストの病死者を石灰消毒なしに埋葬しないというのは検疫行政の大原則であるが、当初ミンゲル島では、国際査察団やヨーロッパ人医師が立ち入れない聖地メッカにおいてさえ見られなかったほどの嫌悪感をもって迎えられた。ニコス検疫局長によれば、ミンゲル島が長いこと深刻な疫禍を経験してこなかったがために市民に検疫禁則の重要性が周知されていないのが原因であったが、いずれにせよ検疫部隊の人気者ハムディ曹長が持ち前の父親めいた親身な態度で説得しても、その嫌悪感が和らぐことはなく、自身も石灰消毒をおぞましく感じていたハムディはすっかり意気消沈して、疲れ果ててしまった。女性の遺体にはその顔を隠すようしっかりと石灰をかけること、秘所や裸体を見てはならぬし、よしんば見えてしまった場合は最小限に留めること、シャベルで乱暴に石灰を「ぶちまける」のは控えること、遺体の見開かれた目や口、鼻腔に石灰が入らぬようにすること――さまざまな注意点が提起されたのだけれど、サーミー総督の推薦でメジド、ハディド兄弟が石灰消毒の役に就くと、こうした忌むべき細々とした点も含め石灰消毒が政争の具となり、取り沙汰されることはなくなっていった。

病原菌に汚染された品々を焼却井戸へ運び上げる古い荷馬車は、駐屯地から市に寄贈された車両だった。スズ鍍金が施されたこの大きな馬車は、積み荷を載せて焼却井戸に向け隘路を上っていく道すがらに、ひったくりや盗人、そのほか恥を知らない愚か者たちの襲撃にしばしば晒された。古いキリムや寝台、シーツや衣服をかすめ取って自分のものにするか、密かに営業を続ける古物商へ売り払うか、さもなければ知り合いにばらまくのが、略奪者たちの目的だった。最初のころよりはましになったものの、検疫局がいくら警告しても市民の中には故人の遺品を頑なに使い続ける者が後を絶たなかったのだ。略奪者たちの行いは言語道断で街中には単にうっぷんを晴らそうと罪に手を染める者もいたが、多くは当局や西欧化改革、あるいは現代医学や国際社会に対する揶揄や敵意に促されての行動であった。

こうした無知極まりない行動が生じたのは、そもそも導師や宗教指導者たちを野放しにしたためだと考える人々もいたが、とにもかくにもサーミー総督は二人の粗暴な衛兵を遺品の護送役に命じることで対処した。鞭を持った冷酷な護衛が乗っているとあって、子供たちをはじめ馬車に近寄る者はいなくなり、しばらくすると馬車が通るたびに浴びせられた罵詈雑言や悲鳴、あるいは呪詛の言葉も聞こえなくなり、市民たちが徐々に慣れつつあった暗澹たる静寂がそれに取ってかわり、ついには馬車がひと気のない坂道を上っていっても気に留める者はいなくなった。年寄りや中年の女たちの中には、馬車があまりにもゆっくりと進むので、古物商のフォティの馬車がやって来たのかと勘違いする者もいたほどで、ほんのときたま、性悪で度胸があるくせに頭が空っぽの子供たちが護衛の鞭をかいくぐって馬車に乗ってふざけたり、荷物を盗もうとするだけだった。ところが、この荷馬車がバユルラルやカディルレル、ゲルメなどのイスラーム教徒地区に入ると様相が変わる。住民たちは葬列に出くわしたとでもいうように慌てふためき、子供たちは「失せろ！」と怒鳴ったり、馬鹿にしたような声をあげ、はては石を投げつけ、相も変わらず怒りっぽい野犬たちも護衛の鞭など気にもせずに吠えかかるのだ。

鞭を持つ護衛たちと住民たちの間の競い合いが、反検疫を掲げる頑迷な抵抗に変じつつあることに最初に気がついたのはヌーリー医師だった。彼はすぐにキャーミル上級大尉とサーミー総督に、日のあるうちには荷馬車を通りに出さない方が良いと警告した。

疫病が続くと、やがて荷馬車の行く手に引き取り手のない遺体が置かれるようになった。そうした死体は大抵、空き家に居着いた新たな住人たちが出したものだった。新たな住まいから死臭が漏れ漂い、消毒士たちがやって来て消毒液を散布され、外から戸板を打ち付けられるのを恐れてのことだ。道端の遺体は、焼却予定の品々を積んだ荷馬車に載せて市街地の果ての丘の墓地まで運び、発見された地区に応じて死者の宗教を決定したのち、葬式や祈禱などは行わずに石灰消毒のうえさっさと埋葬してしまうのが最善であったが、そうした業務を行うには、知識や経験に加え、ある種のきめ細やかさが欠かせなかった。

サーミー総督が、打ち捨てられた遺体の埋葬をメジド、ハディド兄弟に任せるようキャーミル上級大尉に提案したのも、そういった経緯を踏まえてのことだった。

「あの二人は古いミンゲル語の会話が飛び交う界隈では大変に愛され、なにより尊敬されているからね」

そう主張する総督を前にしてキャーミルは逡巡した。たしかに二人の底意のない人柄はみなが口を揃えるところであったが、二人はかつて自分の店を切り盛りし、少ないながら資産も土地も持っており、遺体の埋葬役をさせるには、社会的地位が高すぎるようにも思われた。馬車が坂を上る手助けをし、街路に捨てられた遺体を集めるような類の仕事は、高い報酬を約束しさえすれば、食うに困っている血気盛んな若者やクレタ難民出身の無頼にやらせることもできるのだ。

ところがメジドとハディドは、自分たちのほかに見習いを雇う条件で快諾してしまった。妹と結婚したキャーミルが、のちのち贈り物なり金銭なりで埋め合わせをしてくれるに違いないという打算があったのだ。ところが、焼却井戸へ向かう荷馬車に乗った二人は先だっての護衛たちのように鞭を持っていなかったこともあり、市民の怒りを一身に受ける羽目になった。ミンゲル語でさえ市民たちを宥めることは——ミンゲル語であったからこそ、と主張する人もいるが——できなくなっていたのだ。総督は気落ちする双子とその助手たちを見て、すぐさま「以後、空き家や商店、倉庫などから押収した物品は家々の前や庭に積み上げておき、歩哨を二人立てて盗難防止に当たらせるとともに、日が暮れてから静かにメジド、ハディド兄弟とその部下の荷馬車で焼却井戸に運ぶように」と指示したのである。

いまや夜の街は静まりかえり、いたるところが恐怖と死を彷彿とさせる不思議な群青色の霧のごとき暗闇に包まれていた。在りし日の幸福を思い起こさせるのは、夜間にごく短い間だけ波止場やハミディィェ大通り沿いに灯されるガス灯くらいのもので、どの家の門扉にもランタンは灯されず窓に明かりがちらつくこともなくなった。家々に隠れ潜む者がいるのかどうかさえ窺えず、辛抱強く賢いミンゲルフクロウがその屋根や庭木で羽を休めるばかりだ。よしんば、門扉にランタンを灯す家があっても、それはならず者や泥棒が入らぬよう家の中にまだ人がいることを知らせるためにそうしているに過ぎなかった。

双子の兄弟が埋葬の仕事から外してくれるよう妹に懇願したのは仕事をはじめて一週間後、つまり六月の第二金曜日のことだった。義兄たちの任務拒否は、キャーミル上級大尉の不安を誘い、いまだ心を決めかねているゼイネプのイスタンブル行についての懸念をさらに深める結果となった。キャーミルは結婚して一週間もするとなんの打算もなく心からゼイネプを愛するようになり、彼女とであれば幸せな人生を歩めると確信していた。しかしただ一つ、妻から毎日のようにまるでペストも検疫も存在しないかのような気軽な口調で「最初の便でイスタンブルへ行きたいわ、あなたもそう約束してくれたもの」とせっつかれ、ほとほと困っていたのだった。義兄たちが荷馬車やら墓地やらの任務から事務仕事へ転任させてほしがっているとゼイネプから聞かされたキャーミルははじめて厳しい口調で「二人に代わる適任者が見つかるまでは、お義兄さんたちとその見習いに任務を続行させる」と返すしかなかった。

イスタンブル行に関してはたしかに「最初の機会に」と二回ほど口にしたが、キャーミルは頭の中に立ち込める優柔不断という名の煙にまかれながらも、つまるところ妻も義兄たちも自分の言うことに耳を貸してくれないことこそが問題なのだと感じていた。こうしてキャーミルは、母がいつも褒めちぎっていた結婚なる営みの別の側面を学んだわけだ。そう、妻の要求を満足させられないままだと、彼女を失うのではないかという恐怖を！

その同じ日、スプレンディド・パレスの部屋からアルカズ城塞や地中海の群青色の海が連なる絶景を眺めていると、ゼイネプはゆっくりとした口調で訥々と兄のメジドが重大な知らせを持ってきたと語りはじめた。この二日間、イスラーム教徒の船頭セイトの艀と部下たちが外洋に停泊した客船に夜陰に紛れて客を運びはじめたのだという。船はオスマン帝国旗を掲げているため、密航者をクレタ島のハニアへ連れて行き、そこからテッサロニキやイズミルなどの帝国領土へ渡ることもできるらしい。この航路は最近になって考案されたばかりで、いつ閉じられないとも限らない、だから急がねばならないというのがゼイネプの考えだった。

セイトはサーミー総督がギリシア正教徒の船頭たちに対抗させるべく保護を与えていたイスラーム教徒の船頭であるから、総督は遠からず間諜たちを介してこの密航路の存在に気づいてしまうだろう。キャーミルはそう考えると同時に妻の忍耐も限界が近いことを悟り、その日の晩にはゼイネプをイズミルの彼女の親戚のところへ逃がそうと決心した。

パーキーゼ姫の書簡は、ミンゲル史を扱ういかなる歴史書にも記されていないキャーミルとゼイネプの行動をつぶさに活写しているが、妻を密航させようと決めたときキャーミルが何を考えていたかまでは記されていない。私が本書において史家としてのみならず、作家たらんと努めてきたのは、まさに彼の心のうちを窺うためでもある。なぜなら、現代のミンゲル国民と同じく私もまた知っているからだ。このときすでにキャーミル上級大尉がミンゲル島の外での暮らしなど考えず、ひたすらに国民に献身しようとしていたという事実を。となると、論理的に考えれば彼の心のうちが見えてくる。つまりキャーミル上級大尉は、本当は妻ゼイネプを密航させたくなかったのである。ゼイネプはそんなキャーミルの目を覗き込んで言った。

「兄さんたちが教えてくれたの。もし望むなら、セイトは外洋で待つクレタ船へ私たちを連れていくため艀を出してくれるって」

このときゼイネプは、キャーミルも一緒に来てほしいと言いたかったのかもしれない。しかし、いざゼイネプの密航が決まると、二人は自分たちがいかに幸せであったかを今更ながらに実感した。そのあと交わされた愛の営みはかつてないほど深く、わななくような喜びに満ちていた。このときキャーミルとゼイネプが互いに愛を囁きながら心に湧き上がる思いを、夫婦二人が子供のころから話し慣れたミンゲル語で語り、さらにはその言語を用いて「子供っぽい」冗談まで飛ばし、笑い合ったのは確かであるが、後世に史家たちが公に語り、強欲な新聞記者たちが主張したように「神秘的なミンゲル語の万能なる美」とやらを発見したというのは事実に反する。もちろん、ミンゲル語が古代ミンゲル人から伝わる古い言葉であり、その起源ははるかアラル海南岸の秘密の渓谷に住んでいた祖先にまで遡る長い歴史を有することに異論はない。しかし、一九〇一年当時のミンゲル語は、現代社会やカトリック、ギリシア正教、イスラーム教などの宗教文化の深遠さ、あるいはそれらに属する事物や精神、概念などを十全に言い表せるほどには発達しておらず、アルカズ市のいくつかの地区を除けば、十字軍やヴェネツィア共和国、ビザンツ帝国やオスマン帝国の圧力を受けて島北の山村に追いやられた言語に過ぎなかったのである。

スプレンディド・パレスの部屋で荷造りをしながら、ゼイネプが泣き出したのは、子供のころから肌身離さず持ち歩いていた螺鈿細工の櫛を実家に置いてきたことに気づいたからだ。母方のおばからもらった幸運のお守りだと信じていた櫛と長いこと離れ離れになるのかと思うと、ゼイネプは悲しくてならなかった。キャーミルは、ラーミズを警戒してホテルのエントランスに待機している護衛に言って櫛を取って来させようかと訊いたが、結局二人はひしと抱擁を交わしただけだった。別れが長くなるだろうことを予感し、二人とも怖かったのだ。

二人は最後にもう一度だけ愛し合った。情熱や快感よりも悲しみと寂しさが先に立ち、妻の瞳に浮かぶ涙がキャーミルの決意を鈍らせた。どうすべきなのだろう？　彼女を島から救い出すにはいましかない、疫禍が収まったらイズミルに迎えに行けばよいのだ、島を出ればゼイネプはラーミズの脅威からも、ペストからも逃れることができるのだ――キャーミルはそれらは良い行いなのだと自らに言い聞かせた。しかし、ゼイネプが行ってしまえば毎日のように、いや毎時間のように彼女の眼差しを思い出さずにはいられないだろう。辺境の街々やヒジャーズ州にいたときと同じ、孤独な日々がはじまるのだ。キャーミルは決して忘れまいとゼイネプの姿を目に焼き付けた。ただし、パーキーゼ姫の手紙を読めばこの時点ですでにキャーミルがゼイネプを欺いていたのは明らかであるので、その誠実さに疑問符を付す人もいるだろうけれど。

日が落ちるのを待ちキャーミルは平服に着替え、ラーミィにもらったシャッポをかぶった。船頭のセイトと艀を準備してくれたメジドから、シャッポで来るよう言われていたのだ。ゼイネプは必要なものをすべて詰め込んだ旅行鞄を夫に預け、二人はスプレンディド・パレスの現代的な厨房を抜け、裏門から通りへ出た。通りには人っ子ひとり、明かり一つなく真っ暗だった。風にそよぐ葉擦れに耳を傾けながら、二人はがらんとして暗い裏通りを、亡霊のように足音を殺して進んでいった。大半の家の門扉には閂がかけられ、家内にもガス灯や蠟燭の明かりは見当たらない。しかし、二人の心を占めるのは疫病への恐怖ではなく別離への怯えだった。口もきかずにセイトの艀が待つ海岸を目指しながらも、二人はこのまま離れ離れになるわけがないという確信めいた思いを抱いてもいた。そう予感していなければ、そもそも旅立つことはなかったろうとさえ思えた。

タシュルク湾は、小さな船着き場から北に向かって並ぶ三つ目の入り江で、そのたもとには二人が子供のころから変わらない漁師小屋が佇んでいた。思った以上に時間がかかったようだ。小屋の向こうの朽ちかけた桟橋は、半月のせいかほとんど見えない。岩礁に軽く打ち寄せる波音と肌に感じるかどうかというそよ風にざわめく木々のせいか、近くに誰かがいるような気がしたが人影は見当たらなかった。二人は道の隅にのき、腰を下ろして抱きしめ合うと口をきかずに長いこと待った。足元では、浜の小石を洗う波の泡が白い斑点となって輝いていた。

「毎日、イズミルへ電報を打つよ」

キャーミルがそう言うとゼイネプは声もなく泣きはじめた。目の前の海はまるでそこに壁が立ちはだかっているかのような漆黒に染まっている。予定では、ここでメジドとハディドと合流してゼイネプと一緒に桟橋へ行き、セイトが舵取りを務める艀に——部下ではなく本人が来るはずだった——乗り込むことになっている。しかし、いくら待っても誰も姿を現さなかった。随分してから誰も来ないのだと二人が思い至ったのと時を同じくして、ふいに山々がうっすらと照らし出された。遺品を燃やす焼却井戸から赤と橙、そして桃色の交じった不思議な炎が上がり、キャーミルはゼイネプの頰に涙が伝うのを見た。

「僕たちが離れ離れになることはないよ、だって誰も来ないんだから！」

互いの顔に離別せずに済んでほっとした表情が浮かんでいるのを認めた二人は、なおしばらく待ったのち、誰にも見られることなくスプレンディド・パレスへ取って返した。手をつないで帰る道すがら、キャーミルはゼイネプが満足しているのを感じ取った。

キャーミルとゼイネプの密航の試みについて記すのはパーキーゼ姫の書簡のみで、ほかにいかなる証拠も、公文書も残ってはいないうえ、ミンゲル民族主義者の傾向が強い歴史家たちはこの話題をタブー視し、口に出すことさえ憚る。なにせ、あといくらも経たぬうちにミンゲル島の歴史を激変させる人物がその実、島そのものの命運と自らの家族のそれを天秤にかけ、妻を脱出させようとしていたというのは都合が悪いからだろう。

二人がホテルへ戻って間もなく、ラーミィがやって来て怯えたように言った。

「戦艦が島を封鎖したらしい」

まるで「皇帝陛下が崩御した！」とでも言いたげな、戸惑いに満ちた口ぶりだ。

「いまや我らがミンゲル島は世界中の注目の的ってわけさ。これで疫病は終息するだろうよ。昨日チェックアウトしたロバート氏なんて、すぐに戻って来て同じ三十三号室に泊めてくれだってさ」

列強諸国による海上封鎖は、ミンゲルが国際社会から見捨てられたという意味だとキャーミルは即座に理解したが、このときはラーミィの慰めるような言葉に異は唱えなかった。いずれにせよ、二人が海上封鎖がはじまったと聞かされても心平らかでいられたのは離れ離れにならずに済み、しかもこれから部屋に戻ってじっくりと愛し合うことを予感していたからであった。

40章

列強諸国によるミンゲル島の海上封鎖は、イスタンブル政府の了解のもとに実行された。つまるところ、オスマン帝国は列強の決定を飲まざるを得なかったのである。のちに公文書館で当時のやり取りを調べた研究者たちは、イギリス大使フィリップ・カリー卿が「オスマン帝国大宰相府は、自らも軍艦を派遣せねば、列強はミンゲル島ではなく帝国そのものに対して海上封鎖を行ったと見なされかねないと考えている」と報告しているのを発見した。海上封鎖にオスマン帝国の艦船が参加すれば、世界に対して大恥を晒したのはオスマン帝国ではなく、ミンゲル島を統制しきれなかったミンゲル州総督と同州の検疫局ということになるからだろうと、カリー卿は分析している。こうしてアブデュルハミト二世は、海軍大臣の提案を容れ、修復中の戦艦オルハニイェのかわりに戦艦マフムディイェの派遣を決定した。

海上封鎖を通達する電報がイスタンブルから総督と検疫局宛てに届けられたのは翌朝のことだ。「ミンゲル州総督府の要請によりオスマン帝国臣民を保護すべく海上封鎖を行う」というその電報を一読してサーミー総督は、国際報道機関への公式発表も済んでいることを察した。

その日の正午を待たずに全アルカズ市民は、島がイギリス、フランス、ロシア、そして月星旗を掲げたオスマン帝国の戦艦マフムディィェによって包囲されたことと、それが検疫検査も隔離も受けずにペストから逃げようとする密航者たちを食い止めるためであることを知った。島民たちはミンゲルの名が世界の新聞のそこかしこに踊っているのを見ても、もはや誇らしいとは思わなかった。いずれの記事も好意的とは言い難く、ミンゲル人がペストの封じ込めに失敗したことを世界中に喧伝する内容だったからだ。

対するミンゲル島の地元紙は、もっぱら伝染病の封じ込めのために派遣された戦艦について報道するに留めた。一八八三年に建造されたフランスのアミラル・ボーダンが全長百メートルであるとか、イギリスが一八九五年に建造し、とくに砲撃戦に優れることで知られたプリンス・ジョージの詳報を、自分の島が話題とされる誇らしさを滲ませながら伝えたのである。なお、ドイツのヴィルヘルム二世はオスマン帝国との友好関係を慮り、またアブデュルハミト二世に恨まれるのを嫌って戦艦を派遣していなかった。各国の戦艦をアルカズ島から肉眼で確認するのは困難で、よく晴れた風の強い日に山岳地帯の村々や修道院、あるいは岩山の断崖絶壁からかろうじて見えるだけだった。よしんば見えたところで、列強の戦艦はすぐに神秘的な霧の中に姿を消してしまうため、「戦艦は去ってしまった」とか、「そもそも来ていなかった」とかの根も葉もない噂が囁かれた。

やがてイスタンブルからの指令を受け、ちょうど検疫発令を知らせた告知書と同じように、海上封鎖の理由を記したビラが街中に貼りだされた。そこには「封鎖はミンゲル市民に対するものではなく、密航を行う無法ならず者と、彼らの船舶に対するものである」と説明されていた。

しかし、海上封鎖は全島民の意気を挫き心掻き乱すには十分な報せだった。それはミンゲル島における防疫対策が完全に失敗したことの証明であり、世界中の国々から「自分の始末は自分でつけろ、とにかく私たちには近寄るな！」と言われたに等しかったからだ。ヨーロッパ人やロシア人の保護を期待していたギリシア正教徒たちは、相手が自分の身の安全を第一に考えているのを見せつけられ、イスラーム教徒たちもアブデュルハミト帝から見捨てられたと感じた。耐え難い現実を前にして、ふたたび自らを欺く嘘の数々がでっち上げられた。「皇帝の馬車用乗船スフレト号が兵士や物資、薬品を満載して出航したらしい」、「実は死者数は減りつつあるそうだ」「イギリスがインドでペストを予防するワクチンを発見したらしい、狂犬病ワクチンのように一回、接種するだけでいいそうだ」、「海上封鎖はそのワクチン接種の時間を稼ぐためだ」——。一方、家族の間ではミンゲル語で会話する家庭や、導師たちを慕い修道場に通う人々は、島を包囲したイギリスやフランスには怒りを覚えたものの、アブデュルハミト帝に対してはむしろ同情的で、列強に強いられてのことだろうと考えていた。

やがて、島のイスラーム教徒たちがキリスト教徒に対してため込んでいた憤懣は、オスマン帝国の官僚機構や州総督、あるいは駐屯軍への怒りへと変じていった。大半の島民は「ここ半世紀というもの帝国はヨーロッパ人たちに阿ろう（おもね）と西欧化へと舵を切り、キリスト教徒臣民とイスラーム教徒臣民を平等に扱えと唱えるヨーロッパからの圧力を受けながら、しかし真摯に改革を実行してきた。それなのにヨーロッパ人たちはいざミンゲル島が苦境に陥るや、手を差し伸べるどころか見捨てたのだ」と考えていたからだ。この感覚はほぼ全島民に共有されていたが、それは往々にして西欧から移入された検疫隔離措置そのものを批判する一群の人々を生み出しもした。サーミー総督にとっては彼らの方がギリシア正教徒などよりもよほど大きな悩みの種であった。その一方で、検疫隔離という体制が、多くはギリシア正教徒から成る医師たちと検疫局、および総督の間の協調関係の上に築かれていた事実を鑑みれば、結果としてはペスト禍こそが、それまで商業を介してしか交流せず、互いに関心を抱くこともほとんどなかった教養あるギリシア正教徒とイスラーム教徒の距離を縮めたとも言えるだろう。ただし、ギリシア王国はミンゲル島のギリシア語を話す住民たちの健康に強い懸念を寄せていたため、サーミー総督には彼らの間に立って政治的日和見主義を決め込むことも許されなかった。

雨が三日間、降り続いていた。毎春、草木を生い茂らせナメクジやカササギを目覚めさせ、ときに洪水の原因ともなるこの大雨は、アルカズ川の氾濫を誘って裏通りを泥水で洗い流し、アルカズの港をまるでボザ（キビを発酵させた薄黄色の甘味飲料）のような黄色に染めあげた。サーミー総督は執務室の出窓から、その黄色い海水がアルカズ城塞の前の海上で碧を経て青へ変わり、アラブ灯台あたりで群青へと変じていくさまを眺めていたが、ふいに強まった雨脚が城塞の姿をかき消してしまった。それでもぼんやりと窓外を見やりながら、総督は「いったい何が問題なのだ」ともう何回目になるかわからない自問を繰り返すのだった。

「もしこれ以上、検疫部隊員を増やして監獄や隔離区画へ市民を送ろうものなら、反乱が起きかねません」

あるとき総督はヌーリー医師にそうこぼした。

「罹患の疑いがある者にせよ、検疫令に違反した空き巣や強盗、ならず者にせよ、すでに毎日十五人、二十五人と収監しているのです」

やがて雨が上がるとサーミー総督とヌーリー医師は、感染がもっとも深刻なチテ地区、ゲルメ地区、カディルレル地区へ足しげく通うようになった。この視察には総督の護衛や検疫部隊員たちとともにキャーミル上級大尉も同行し、一行は毎日のように二十分から二十五分ほどの道のりを歩く道すがらに、街の様子や感染地区で起こる痛ましい争いを目の当たりにした。

ライゾール液の匂いに包まれた街は静まりかえっていた。街路樹や舗石、木造の塀や家々の地階——どこもかしこも兵士たちによって石灰が撒かれ、街路にひと気がないのも相俟ってか、サーミー総督はアルカズの街ではなくまったく別のどこかにいるような気がしたものだ。二人以上で出かけている者も、誰かと連れ立って歩く者も見かけなかった。サーミー総督はこの五年というもの日に二度、三度とハミディイェ橋を渡ってきたが、いま橋の上から見ると商店の半ばが閉店したぞっとするような街並みが広がるばかりだ。

川沿いの岩場や桟橋で茫洋と海を見つめる失業者や店を閉めた商店主、そこかしこの物陰に隠れるようにして座り込む者たちの姿が総督の不安を誘った。いまこの街の住民の大半は、柵、鎧戸、中庭の奥や家壁の向こうの家々の奥に引きこもり息をひそめている。大雨のあとの六月十九日の死者数は十七名、閉店された店舗の扉には板が打ち付けられている。中には消毒液散布ののち店主自らが泥棒や細菌を締め出すべく戸板を打ちつけた店もある。検疫発令当初には熱心に行われた防疫、防犯対策はしかし、半月を経たいまほとんど行われず、毎日のように予想だにしない出来事が起こり続けている。

そもそも戸板を打ちつけたところで細菌の侵入は防げないので疫学的には無意味であったが、増加する空き巣や家屋の不法占拠、あるいは住人の追い出しなどの犯罪対策として続けられていた。はじめは閉鎖に用いた材木や手間賃を家主に検疫税として請求したものの、不当であると批判を受け、しばらくすると課税は撤回され、家屋封鎖そのものもあまり行われなくなっていった。大抵の場合、この種の検疫隔離措置の緩和を決定するのはサーミー総督とヌーリー医師だった。キャーミル上級大尉はそんな彼らの議論に静かに耳を傾けながら、「検疫の匙加減」を見極め、次々と実施していく二人の姿に感銘を受けたものだ。パーキーゼ姫の手紙には、実情を理解しない電報をイスタンブルが寄こすたびに検疫令を緩和せざるを得ないことにサーミー総督が苦言を呈していたとも記されている。

海上封鎖からの五日間のペスト死者数は八十二名を記録したが、とくに目を引くのはその中にエディルネリ・メフメト駐屯地司令官が含まれていたことだ。六月半ばにアルカズの街に根を張りつつあった絶望感を言葉にできる者がいるとすれば、それは歴史家はもとより小説家でさえなく、ただ詩人だけだろう。なにせ、それは感染せぬよう注意を払い、頭を働かせて対策を講じようとする気力さえ奪うほどの絶望であったのだ。言うなればそれは「万策尽きた」という思いであり、いまは死んでいないだけで狭い島内に閉じ込められて、いずれどこかで死の手に捕まるだろうという予感であった。

いまやギリシア正教徒のみならず、無視し得ない数のイスラーム教徒たちが、検疫発令前に島から逃げ出さなかったことを後悔していた。各国によって海上封鎖が敷かれたのちも、今度は客船ではなく小さな貨物船や大きな漁船などがミンゲル島の外海に姿を現し、艀の船頭たちはふたたび夜闇に紛れて密航者を運ぶようになった。新たに密航を手引きして大金をせしめた船頭たちは、イギリスのプリンス・ジョージやフランスのアミラル・ボーダンは封鎖に飽き、夜間にはクレタ島のハニアへ引っ込むため航路が開いているのだという流言を吹聴した。三人家族を乗せたある舵取りが風と潮を頼りに、手漕ぎで二日かけてクレタ島まで行ったという噂もあった。こちらの話は事実だったが、当時のミンゲル人たちは知る由もなかった。クレタへの冒険に興味がある読者には、その舵取りの子供が一九六二年にアテネで出版した『櫂は我が風』という痛快な回顧録をお勧めしておこう。

新たにはじまった密航ははじめのうちこそ人目を忍んで行われていたが、総督にも検疫部隊にも取り締まろうとする気配がなかったため、すぐにもおおっぴらに行われるようになっていった。乗客を乗せすぎた艀が、高波で沈没してしまうという事件が起きたのもそのためである。あるいは、砲声が聞こえなかっただけで撃沈されたのかもしれないが、いずれにせよ十五人以上のミンゲル島のギリシア正教徒が溺死した。

当初は事故と考えられたものの、島が見捨てられ、しかも世界中に責め立てられていた時期のことであったから、ミンゲルの人々はこの密航船沈没の裏に何者かの悪意が潜んでいるのを予感した。はたしてソヴィエトの歴史家が十七名の密航者を乗せたトピコス号をロシア帝国の戦艦イワノフが撃沈した記録を発見し、島民たちの予感を証明したのは一九七〇年代になってからのことである。ミンゲル島からの脱出が一向に止む気配がないため、イギリスの発案で見せしめに船を一隻、沈めて見せたのである。もともとの計画では船を沈め、その乗客たちをミンゲル島へ送り返す予定であったが、真夜中ということもあって混乱が生じた。記録によると、夜半過ぎに密航船トピコス号は戦艦イワノフに向け、自分の方から接近してきたらしい。ロシアの外務省は、戦艦イワノフが「感染者を乗せた船舶」の攻撃に対して対抗措置を取らざるを得なかった、と公表するつもりでいたが、ぎりぎりのところで発表は取りやめられた。ミンゲル人の感情を揺さぶったこの出来事に関しては、今日なお未解明の側面が多く残っている。

あとになって浜辺に打ち上げられた溺死体は人々の恐怖を掻き立てたが、それにもまして自分たちが囚人のように島に閉じこめられてしまった事実を思い知らせたのであった。

41章

六月二十二日土曜日——この日の死亡者は二十五名だった——までにキャーミル上級大尉が動員し、訓練を終えて任務に就かせた検疫部隊員は六十二名にのぼる。半分以上はトゥルンチラル、バユルラル、アルパラ地区に暮らす者たちで、その大半は子供のころは地元で友人や家族とミンゲル語で話していた世代に当たり、一九〇一年当時にもいくらかの者は家内でミンゲル語を使っていた。もっとも、検疫部隊員たちは自分たちが民族的出自によってではなく、出身地区や幼少期の友人関係のおかげで選んでもらえたのだと考え、素直にその幸運を喜んでいた。三十歳前後の男たちに混じって、バユルラル地区からは父子で部隊に参加した隊員もいた。キャーミル上級大尉はサーミー総督の許可を得て、隊員たちの最初の給金を前払いにした。

この頃キャーミル上級大尉は毎朝、総督府の疫学室で感染地図を前に行われる会議が終わると、装甲四輪馬車で駐屯地へ向かい、そこで検疫部隊に訓示を行ったのち各員の服装を検めることにしていた。隊員の中にはお気に入りの制服を見せびらかしたいという気持ちも手伝って家でも街でも決して脱がず、着続けている者がいたからだ。服装検査が終わると各員は、ヌーリー医師とニコス検疫局長が話し合って決めたその日の任地へと派遣される。たとえばハムディ曹長と二人の部下はタシュ埠頭にほど近い家屋で、住民退去に際して集まって来た住民たちを宥めるために送られ、メジドとハディドの兄弟は——遺品輸送の任務がないときは——死んだ事務員の欠員を補うべくハミディィェ病院の敷地に張られたテントへ遣わされ、あるいは建設中の時計塔に登ったバユルラル地区出身の二人の闖入者を追い払うべく急派され、といった具合である。時計塔の任務は本来、警察の仕事であったが、時計の天辺に登ったその二人が自分たちはペストに感染しており熱もあると叫んでいたため、検疫部隊が出動することになった。

ヌーリー博士の見解では、検疫部隊員がいまだ一人も罹患していない事実は、ペスト菌がヒトからヒトへは感染せず、ネズミからのみ感染する事実のなによりの証明だった。そのヌーリー医師に感化されたキャーミル上級大尉もまた、隊員の大半が感染が深刻な地区から通いで来ているのを危惧し、彼らに駐屯地の宿舎を解放した。もちろん部隊員たちががらんとした宿舎ではなく妻や家族、あるいは父親の待つ自宅で起居したがっているのは承知していたし、中には規律を犯して夜に宿舎から脱走する隊員がいることも情報提供者を介して知ってはいたが、懸命に任務を果たしてくれる彼らの機嫌を損ねぬよう何も言わなかった。

その朝、キャーミル上級大尉は部隊の半数以上の隊員をあちこちの地区での任務に割り振ったのち、もっとも信頼のおける二十名ほどの精鋭を駐屯地の隅へ連れ出した。そこで当時はまだ存命中であったメフメト司令官が武器庫から取り分けてくれた弾薬を三発ずつ配ると、小銃に装塡するよう命じた。みな恐るおそる命令に従い、小銃をカチャカチャと鳴らしながら弾を込めた。キャーミルは分隊長にハムディ曹長を任命し、二日前に事務仕事へ配置転換したメジド、ハディド兄弟にはバユルラル地区のムスタファを付けた。選りすぐりの彼らはすでに二日前からこの日の準備を行ってきたのだけれど、キャーミルはここで何かを語りかけねばならないような気がして、こう説いた。

「この呪わしい疫病に対して行動を起こすのを恐れることはない。なぜなら銃弾一発、撃つ必要はないのだから。よしんば撃たねばならないとしても、郵便局内でたった一発、撃てばそれで十分だ」

すでに隊員たちとは一人ひとり個別に会って話し、中央郵便局の電信室を確保するのが疫病終息のため欠かせない行動であることは言い含めてある。順々に行動予定を確認していきながらキャーミルは「この作戦はサーミー総督もご承知だ」という嘘さえその場ででっち上げた。

こうして分隊の隊員たちはキャーミルを先頭に、堂々と駐屯地の正門を発し——歩哨たちは敬礼して門を開けてくれた——後年にハムディ親父(ババ)坂と改称されることになる急峻な坂道を、寛いだ、しかしあくまで秩序ある歩調で下っていった。隊員たちは一切、私語をせず、ライゾール液とスイカズラの香るエヨクリマ地区へ入り、緑生い茂る庭々や、紫に色づいたブーゲンビリアの花々の間を通るときには蜂の羽音を聞き分けたほどだ。そのまま聖ヨルギ教会の裏口に入り、死臭とアーモンドの香りが漂う広い境内を抜け——隊員たちが幾度も足を運び、医師たちが患者を治療するのを見届けた場所だ——海岸に向けて重々しく行進していった。途中、墓地に差しかかったが、普段は死者とその喪主たちが互いに人だかりを作って言い争ったり、棺が所狭しと並べられたりしているその門前の階段には、打ちひしがれた物乞いが二人と、あとは怯えた視線を隊員たちに投げかける数人の人影があるばかりだった。

隊員たちは毎日のように奔走してきたライゾール液の匂う通りを行進し、歩調を緩めることなく総督府前を通過してハミディィェ大通りに出た。郵便局に到着したのはその二分後だった。キャーミル率いる分隊を目撃した者はほとんどおらず、見かけた者も検疫にまつわる諍いを収めに来たのだろうと思っただけだった。

あらかじめ決めたとおりメジドとハディド、それに三人の隊員が郵便局の裏口がある中庭を取り囲み、キャーミルと七名の隊員が郵便局正面の表階段を上っていく。まだ船舶の往来が少なかった時代には、船から運ばれてきた荷袋を開けるのを観衆たちが見物していた小さな広場にも、八名の隊員が郵便局に背を向け立哨した。まるで、野次馬たちにことの成り行きを静観する姿を見せつけるかのように郵便局前に立つ検疫部隊員たちの姿を見て、人々は局内で何かが起こりつつあるのを察し、ハミディィェ大通りの通行人たちが集まって来てすぐに人だかりができた。

キャーミル上級大尉が建物に入ったとき、早朝ということもあって客は五人しかいなかった。イスタンブルやイズミル、アテネへ電報を打つためにやって来たお屋敷の使用人や、シャッポにフロックコート姿のお洒落な紳士たちで、キャーミルもパーキーゼ姫の手紙を持ってくる際によく見かける顔ぶれだ。大抵は「元気だよ」とか「状況は最悪だが、私たちは家に籠っているから大丈夫だ」とか話すくらいの仲だ。そもそも死者を出した家の者たちは、電報を打つ間もなく検疫部隊によって隔離区画へ輸送されている。キャーミルは少しのあいだ局内を注意深く観察し、イスラーム教徒がいないことも見て取った。そして皇女の手紙を出す際に顔見知りになったカエル顔の職員に近づいていくと、上階から郵便局長が下りてきた。上階にいても異変に気がついたのだろう。

「皇女殿下の新しいお手紙をお持ちになられたのでしょうか？」

親しげにそう問うたディミトリス郵便局長もまた、キャーミルがこれまでに友情を育んできた一人である。十二年前にイスタンブルから派遣されてきたディミトリスはミンゲル島ではなくテッサロニキの出身のギリシア正教徒で、帝国で最初期に作られた各地の電信局へ奉職したのち、イスタンブルのチェンベルリタシュ界隈に開校した電信官養成校に通ってフランス語およびトルコ語の打電技術に習熟した。キャーミルがディミトリス局長からはじめて話しかけられたのはペスト流行初期のことで、手ずからパーキーゼ姫の分厚い手紙の束を量り、送料を計算した局長は、職員たちが切手を選ぶのを待つ間、電信技士たちからフランス語を学んだ授業のことや、当時のイスタンブルの様子を話し、キャーミルに帝都の近況を尋ねたものだ。

「今日は、手紙はありません！　本日はこの郵便局を占拠するために伺ったのです」

「どういうことでしょうか？」

「郵便局を閉鎖します」

「あとで後悔することになりますぞ」

ディミトリス局長がまるで電報の文字とか数字の間違いを指摘し、技術的な誤りを正すかのような確信に満ちた態度でそう答えたので、苛立ったキャーミルは秘密を囁くかのような口調で言った。

「従っていただきますぞ！」

「ですが状況を説明申し上げる必要が……」

キャーミルはお香の匂いが漂う——四十年前から変わらない疫病対策だ——カウンターを離れ、正面玄関へ取って返すとハムディ曹長と二人の隊員を局内に招いた。ディミトリス局長と職員たちは兵士たちに対して足元にご注意あれとばかりの大袈裟な仕草で押し留めようとした。職員たちも街中でハムディ曹長や検疫部隊員たちと出会ったことがあるし、いざ諍いが起きれば彼らが躊躇なく腕力に物を言わせ、嬉々として武器を用いることを知っていたからだ。

郵便局には手紙の山が郵便袋や書き物机、荷物箱の上に積み重なったままで、サイドテーブルの上も片付いておらず、局内の雑然とした様子がキャーミルの不安を誘った。子供の頃、郵便局という場所は額に入れて壁に掲げられた絵葉書見本のようにどこもかしこもぴかぴか輝き、几帳面な主婦の預かる台所のように整理整頓が行き届いていたものだ。郵便局のこの体たらくは、検疫令云々とは関係がない。なぜなら最新の検疫会議においても、郵送で授受されている書類や新聞には消毒の要なしとされたため、郵便局における手紙の受付や配送にもとくに制限は課せられていないからだ。影響が出るとすれば配達数が減ったことと、疫病を恐れて欠勤する職員が後を絶たないため、配送業務にやや遅れが出ていることくらいのはずである。キャーミルが局員たちが上階へ上がるのを禁じ、隊員を一人送り込む態度を見て、その場にいる者たちはこれが以前から計画されていた行動であることをようやく理解した。

そのとき古くからこの島に暮らすミンゲル人と思しき男性が——刺繡入りのチョッキを着ていた——郵便局長へ歩み寄ると「一カ月前にミンゲル島を発ったメサジュリ・マリティーム社のグアダルキビール号にイスタンブル宛ての貴重品を書留郵便で乗せたのですが、いまだに配達完了通知が来ないのです」と話しはじめた。男性はこれまでたびたび、郵便局を訪れており、直近の二回にはディミトリス局長から二回ずつ、配達完了の確認のために必要な申請方法の説明を受けていた。この二週間ほどの間、男性は二日に一度は郵便局にやって来て、総督府の承認を受けた書面——送り返されてきた郵便袋を開け中の貴重品を返却するようしたためられていた——を持参して、責任者と問答を繰り返していた。

もっとも、キャーミル上級大尉には郵便局長と老人のギリシア語の口論を長引かせる気は毛頭なく、むしろ好機とばかりにこう言った。

「もう十分です。議論をやめなさい。現時刻をもって郵便局の活動は終了です」

全員に聞こえるようにと大声で口にされたキャーミルのトルコ語を聞いた郵便局長は、チョッキ姿の老人にギリシア語で何か言ってすぐにその場を切り上げた。局内の兵士たちに不安を覚えたほかの客が入り口に向け踵を返すなか、局長が尋ねた。

「活動と仰いましたが、それはいったい……？」

「あらゆる業務を停止せよ、と申し上げているのです！　電報の送受信は厳にお控えください」

ディミトリス局長は壁に掲げられた銘板をちらりと見やった。ペスト流行が公式に発表された一週間後、検疫局長と州総督の許可を得て壁に掛けられたそれには、顧客たちが守るべき規則が書かれている。入場の際には一人ずつ、誰かと隣り合わせにならぬこと、職員に手で触れぬこと、職員は随意にお香を使用すること、顧客は消毒士の消毒を拒否してはならないこと等々。ミンゲル島の識字率はイスラーム教徒では十人に一人以下であったものの、総督や検疫局の尽力によりアルカズ市の多くの店舗やホテル、レストラン、さらには開けた場所やそこかしこの建物の壁にトルコ語、フランス語、ギリシア語の同種の銘板が掲げられた。

「電報を打つのも禁止なのですか？　疫病となんの関連があるのでしょう？」

ディミトリス局長の問いにキャーミルは答えた。

「禁止ではありません。ただ管理と検閲の対象となるということです」

「そうした決定を下せるのは総督閣下だけかと。命令書をお持ちですか？　あなたは大変に輝かしい若人でいらしてその前途も有望そのものでしょう。ですが気をつけた方がよいですぞ」

そこでキャーミルは「ハムディ曹長！」と、誰しもが知る老練の検疫部隊員に声をかけた。

ハムディはモーゼル歩兵銃を肩から下ろし、皆の視線が自分に集中しているのを感じながら敢えてゆっくりと安全装置を解除し、銃弾を装塡した。小銃のカチャカチャという動作音を聞いて静まりかえった局内で、ハムディはゆっくりと銃把を肩に当て、照準をつけた。

「もう十分です、わかりました」

ディミトリス局長はそう言ったが、ハムディは上級大尉を一瞥しあくまで計画どおりにやるべきだとその意を汲み取った。

モーゼル銃の銃身のそばにいた電報配達員が立ち位置を変え、玄関のそばにいたシャッポの男と書記が慌ただしく表へ逃げていく。

ハムディ曹長が引き金を引いた。轟音が鳴り響きみな身を伏せ、机やサイドテーブルの陰に隠れる者もいた。

「撃ち方やめ、担え銃！」

ハムディ曹長はまるで我を失ったかのようにさらに二発、発射した。

最初の二発は壁に掛かるテータ社のスイス時計を狙い、そのガラスを砕き、最後の一発は時計のクルミ材でできた箱部に吸い込まれたため、局内にいた人々には魔法のように銃弾が消えてしまったように見えた。いまや郵便局の広いホールには火薬の匂いが充満していた。

「もう十分に理解いたしました！　どうか二度とここで発砲しないでいただきたい」

「ご理解いただけたようでなによりです。話し合っておきたい提案もいくつかありますので」

「武装した当局の兵士と話し合いができるとも思いませんが。二階へおいで下さった方がよろしいでしょう。そこでご命令を伺います」

ディミトリス郵便局長の口調にはどこか小馬鹿にするような響きがあった。銃声を聞きつけて正面玄関に集まってきた野次馬を宥めるためハムディ曹長が出ていき、同じく玄関へやって来たメジド、ハディド兄弟がキャーミルに命じられていたとおり、あれこれ質問する人々に電報の授受と配達が停止された旨を説明しはじめた。

「手紙や荷物は船の運行が再開すればすぐにも受付を開始し、また配送も行われます。停止されたのは電報の送受信だけです」

言葉だけでは誰も信じなかったため、この決定はトルコ語、ギリシア語、フランス語で書かれ、郵便局の正面扉に掲げられたものの、それでもその日一日は郵便局にやって来ては電報を打ってほしいと望む者が絶えることはなかった。

42章

前章で詳述した出来事は、ミンゲル史において「電信局制圧」という名で言及される。実際には、制圧されたのが郵便局であったので不正確な名称であるものの、この「電信局事件」がミンゲル島における「民族の覚醒」の契機となった点については歴史も、また国家も認めるところであり、この百十六年の間、六月二十二日は「電信の日」として祝われ、公的機関や学校は休日になっているし、検疫部隊員たちが坂を下っていく雄姿も公式行事としてカスケット帽をかぶった年配の電信局の職員たちによって再現されている。それにしても、駐屯地からやって来た隊員たちが郵便局員ではなく、兵士であったことは忘れられてしまったのだろうか？ 本来は発砲を伴った暴力的な占拠事件であったはずのこの出来事をむしろ晴れがましい「現代化」への第一歩として思い起こすのを、「ミンゲル人は元来、暴力を好まないからだ」と説明する御用歴史学者もいる。

キャーミル上級大尉は郵便局を制圧し、少なくともしばらくの間はディミトリス局長が自分の命令に従うだろうという確信を持つと、スプレンディド・パレスで待つ妻のもとへ戻った。そして部屋に二時間、滞在している。のちに彼は新聞記者に対して、そのときが幸福の絶頂だったと語っている。

聖トリアダ教会の鐘が正午を知らせると、キャーミルは厨房側の裏口からスプレンディド・パレスを出て徒歩で総督府へ向かった。ハミディィェ広場や未完成の時計塔の周囲はもちろん、いつも花売りや焼き栗売りに扮した私服警官や浮浪者、物売りでごった返していたハミディィェ橋に人出は見当たらなかった。郵便局の前には検疫隊員が歩哨に立っていた。キャーミル上級大尉の総督府までの道行きは、その一歩一歩が、今日私たちが歴史と呼ぶものの歩みそのものであったと評し得るだろう。

決然とした足取りで自信たっぷりに総督府に入ったキャーミル上級大尉の心中には、チェスで思いがけない決定打を指したときのような満足感があふれていた。すぐさま職員たちがキャーミルを総督の執務室へ案内した。室内にはヌーリー医師の姿もあった。

「どうしてあんなことをしたのか、その意図はもちろん、どうやって状況を正常化するつもりなのか、聞かせてくれるのだろうね。ペスト流行のさなかにミンゲル島を世界から切り離すに等しい蛮行だ」

総督は腹立たしげにそう言った。

「総督閣下、閣下も〝もし二日間、イスタンブルから電報が来なければ、検疫への反抗などすぐに一掃できるのに〟と幾度も仰っていたではありませんか」

「あれは冗談の類だ！」

ここでヌーリー医師が間に入った。

「サーミー総督、閣下がお命じになればものの半日で電信は再開し、イスタンブルとも宮中とも通信可能となるでしょう。しかし、もし復旧に時間がかかるとしたら……。閣下がお望みだったように一日、二日の間は誰にも邪魔されず対策を取ることもできるかと」

「……もとより誰にも邪魔などされておりません」

サーミー総督はそう答えるとキャーミルに向きなおった。

「君を拘束する」

キャーミルは入室してきた衛兵に一切抵抗しなかった。サーミー総督はキャーミルを庁舎一階の独房に閉じ込める前に、ゼイネプと義兄たちにも知らせると確約して彼を安心させた。キャーミルが自分の行動に確信を持っている様子に、思わず心打たれたのだ。

キャーミルの自信を裏打ちしていたのが、電信局制圧の成功であったことは疑いようがない。つまり「電信局事件」は、いまだその公的な名を冠せられる前から、すでにして人々の希望の源になるという成功を収めたわけだ。この頃にはヨーロッパ人たちがやや大仰に蔑んだ「宿命論者」たちはもちろん、疫病に怯える者たちを揶揄してきた心無い者や愚か者たちでさえもが、ついに疫病の恐怖にとりつかれるようになっていたうえ、国際社会によって海上封鎖され、あまつさえ避難民の乗った船が沈められたいま、疫病と一緒に島に閉じこめられたも同然なのである。昔から島に住む者たちは、新聞などで惨憺たる世界情勢を読むにつけ、世界の問題や戦争、災厄から遠く離れて暮らしていられることの幸運を神に感謝してきた。ところがいまや、その幸運だと思っていたものが、世界から切り離された孤立感も相俟って、呪いへと変じてしまったのである。

六月半ば、ときに明るい黄色を、またあるときには無色を呈する陽光が街に降り注いだとき、人々は自分たちが生きているのはひょっとして地獄ではあるまいかという奇妙な錯覚に捕らわれた。

その黄色がペストそのものであり、空から絶えずミンゲル島の人々を見下ろし、あまり深く考えもせずに次に命を取る相手を決めているように思えたのだ。

疫病は島外から持ち込まれたのだと固く信じていた多数の人々は、いま戦艦によって海上封鎖を行っているのも同じ連中に違いないと考えるようになっていた。そして、キリスト教徒の中にさえ、そうした考えが広まりつつあった。

市民たちが不可思議な期待感を抱きはじめていることに真っ先に気がついたのはサーミー総督であった。総督府に収監されたキャーミルの名が、またたく間に島のイスラーム教徒の商工業者や、不満をため込むヴァヴラ、カディルレル地区の住人たち、さらには総督個人を敵視するギリシア正教徒たちの間に知れわたったことを、情報提供者たちから知らされたのだ。

電信局事件と同じ日、疫学室の感染地図の前に腰を落ち着けたヌーリー医師は総督にこう言った。

「これで誰もあなたの邪魔をしませんね」

するとサーミー総督は、ふいにある思い出話をはじめた。

「まだ若い時分、いまは亡きファフレッティン閣下のお屋敷の隣に住んでいたことがありました。日暮れどき仕事が終わると、閣下の書局で働く職員や通りの向かいの翻訳局の若人たちと待ち合わせて、みなで国家の未来を思い描きながらさまざまな夢を話し合ったものです。ある晩の会話のなかで、ナズィッリの出身のネジミーという男がこんな仮定を口にしました。〝諸君が今日にも大宰相となってあらゆる権力を掌中にしたなら、帝国の安寧のために何をする？〟とね」

「あなたは何とお答えになったのです？」

「自分たちの中に情報提供者や密偵がいるのはわかっていましたから、皆と同じように時間をかけて当時のアブデュルメジド陛下のために祈りを捧げてから、遺憾ながらまったく当たり障りのないことを口にしましたよ。自分の言ったことがあまりにも月並みなので、ひどく惨めになったものです。私はね、〝科学と教育をもっと重んじるためイスラーム学院を閉鎖して、西欧式の大学を作るつもりだ！〟と言ったのです。そのあと何年も、あのとき何と答えればよかったのだろうかと案じました……。ときには憤りに任せて名誉を知らず、秩序を毀損する者たちを厳しく罰するべきだ、と言うべきだったろうかと思うこともありました。私たちが心血を注ぐ検疫体制に水を差す宗教指導者たちや、ペストに効くなどとでたらめを言って護符を書き散らすペテン師の導師たちには腹が立ってなりませんからな。領事たちにも何年もの間、煮え湯を飲まされてきました。ですが殿下、いまこの島にいて打てる最善の策があるとすれば、それは島の全キリスト教徒を島外へ送り出すことでしょう」

「なんですって、閣下？　もし出ていかないならどうなさるのです？　よもや全員を殺そうとでも仰るのですか？」

「とんでもない、よしんば望んだとしてそのようなことはできません。大半は善良かつ賢明にして明敏で勤勉な人々なのですから。私が一番辛いのは、規則に従わず我々の言葉にも耳を傾けず、その頑迷さや無知がゆえにこれほど人が死んでいるというのに、何もできないというもどかしさです。あの汚らわしい領事たちはおのおのいまこのときにも批判や恫喝、嘘を弄して郵便局を再開するよう言って寄こすことでしょう。まずは彼らに身の程を弁えさせるといたしましょう」

「閣下、どうか領事たちに手を出さないでいただきたい。そんなことをすれば彼らは意地になって検疫令に対抗しようとするでしょう。電信局で故障が起こり、イスタンブルとの連絡が途絶したと公表なさい。上級大尉は拘束され、閣下がこの馬鹿げた事態を座して見守るわけではないと、領事たちに示すのです」

「ですが実際にはイスタンブルとの連絡は途絶などしていないのですぞ！」

たしかにサーミー総督は二通の電報に目を通したばかりだった。イスタンブルからは、救援船スュハンダン号が向かっており、引き続き経過を見守るようにという命令が来ていた。サーミー総督は二通目の暗号電文の内容をヌーリー医師に明かすことにした。

「イスタンブルの検疫委員会は、今後アルカズ市からザルドストやテセッリのようなほかの街へ続く街道で、旅客の検温検査を実施するよう言っています。ですが、私たちの手許にそれほどの数の体温計はありません。先方はなぜこんなことを求めるのでしょうか？」

ヌーリー医師は、感染地域が地方にまで拡大したインドやカシミール、ムンバイなどで実施された措置だと説明した。サーミー総督もヌーリー医師も「イスタンブル政府はアルカズ市以外の地域に疫病が飛び火するのを気にしているだけだ」と思うと、怒りがこみ上げた。こうしてつづく二日間、サーミー総督はキャーミル上級大尉を拘束したことを盾にして領事たちの批判をかわしつつ、電信業務の再開は見送ったのだった。

43章

六月二十四日月曜日の朝、サーミー総督はオラ地区の眺めの良い豪邸に住むイギリス領事ジョルジのもとへ書記官を遣わし、総督府に招いた。検疫委員会に特別に出席を依頼しているイギリス領事からよく思われていないことは承知していたが、電信局事件後にジョルジ領事の方から面会依頼が届いていたのだ。

もともとサーミー総督はジョルジ領事を非常に好ましい人物と見なし、ほかの領事たちとは一線を画する厚遇を与えてきた。ジョルジ領事は海運会社やらイギリスの商社やらの代表であるからではなく、ただミンゲル島を愛しているからこそ島に住み、なにより副領事ではなく歴とした領事であったからだ。彼は本来、十五年前に道路敷設事業のためキプロス島にやって来た技術者であり、そこでミンゲル島出身の正教徒の娘と結婚した。ミンゲル島に移り住んだのは九年前のことだ。そうした経緯もあって、ジョルジ領事はミンゲル島出身のほかの領事たちのように領事特権や関税優遇を自分の商売のため恥も外聞もなく利用することもなかった。

ジョルジ領事は必ず妻ヘレンと連れ立って散歩し、さまざまなところへ出向き、絶景を恣にする名所を探したり、野遊びに出かけたりしながら、とにかく夫婦の間で何でも話し合い分かち合う良夫でもあり、妻にあくまで対等に接するその態度に総督は心から敬服していた。サーミー総督がマリカの亡夫——彼に安らかな眠りのあらんことを——と知己を得たのもジョルジ領事を介してのことだ。赴任した最初の数年、サーミー総督は領事の邸宅で景色を眺めながらワインを味わいつつ、夫妻に「この美しい東地中海の宝石たるミンゲル島をオスマン帝国の手から奪い取ろうとする悪党どもに、それがひどく高くつくことを思い知らせてやりますとも。私は奴らと最後まで戦いますぞ」などと語るのが大好きだった。

　愛や結婚、あるいは人生についての考え方が粗略で頑なな人間だと思われ、ときにはそれとはわからないほど巧妙に揶揄されたように感じることもあったが——総督の考えすぎかもしれないが——それでもなおサーミー総督はジョルジ領事との友情を大切にしてきたのだ。

　しかし不幸なことに、当時の書物や、不必要なほどに重視された言論の自由を巡る議論が二人に隔意を生んだ。アブデュルハミト二世の時代、外国から郵送された書籍はまず郵便局から総督府へ送られ、「適切」であるとする公式報告を得なければ受け取ることができなかった。ジョルジ領事は余暇をミンゲル史執筆に充てていたが、パリやロンドンから取り寄せた史書や回想録がときたま有害図書として押収されたり、数カ月も遅れてようやく引き渡されることに苛立っていた。検閲委員会にフランス語が多少できる書記官が三名しかいないのが主な原因だったが、ジョルジ領事は総督との友情に恃んで検閲委員会を急がせるよう頼み、一時期はその恩恵に預かっていた。しかし、ふたたび書籍が届くのが遅れがちになったとき、ジョルジ領事は屋敷の住所ではなくミンゲル・フランス郵便局、すなわちメサジュリ・マリティーム社のイスタンブル大通り沿いの支店に送り先を変更することにした。

サーミー総督はジョルジ領事のこの変更はある種の政治的示威であり、自分に対する狡猾かつ陰湿なあてこすりなのだと受け止めた。また、間諜たちを介して「ミンゲル島では有害図書が制限なくばらまかれている」などと皇帝に密告され、不利な立場に立たされる恐れもある。サーミー総督がようやくジョルジ領事宛てに送られてきた書籍の詰まった荷物箱の押収に成功したのは、ペストが流行する二カ月ほど前のことだった。

ひとえに秘密警察の職員たちの尽力の賜物であった。ジョルジ領事が友人たちに「書物を満載した荷物箱がヨーロッパから届いた」と自慢げに漏らしていたのを郵便船の船長を介して知ったサーミー総督は、波止場と郵便局の情報提供者たちにその荷箱に注意を払うよう命じ「ミンゲル・フランス郵便局」へ運ばれた荷物箱を追跡させた。そして、問題の荷箱を領事邸へ届けるべく出立した馬車を真っ赤な嘘を並べて憲兵に停めさせ——イスラーム教徒の御者の窃盗罪についての取り調べ云々——押収した書籍の調査を検閲委員たちに命じたのだった。こうしてサーミー総督とジョルジ領事が長らく意見を戦わせてきた「悪しき書物の影響から国家と国民をいかに防衛すべきか」という論題が、予想外の形で再燃する結果となったのである。それは総督のお気に入りの論題ではあったものの、いまにして思えば大事（おおごと）にしすぎたと後悔もしていた。

その朝、執務室に入って来たジョルジ領事の顔つきを一目見てサーミー総督は、彼が電信局の制圧をじゃれ合いも冗談も通じない深刻な事態と捉えていることを察した。

「郵便局はいつ開きますか、平常どおりの電信業務はいつ再開するのでしょうか？」

ジョルジ英国領事はひどくよそよそしい態度で、いつもの訛りの強いフランス語でそう尋ねた。

「技術的な問題なのです。キャーミル上級大尉がやりすぎたのでしょう、いまは拘束しておりますが」

「領事たちはみなあなたこそが上級大尉を唆したのだと考えておりますよ」

「私がそうする目的は？　いったいどんな益があると？」

「チテ地区やヴァヴラ地区では、キャーミル上級大尉は英雄だと吹聴されています。いまや検疫部隊を恐れぬ者はいません。……〝この島をクレタ島のようにオスマン帝国から奪い取ろうと画策する者たちが疫病を持ち込んだのだ〟と言い張る者たちがいるのは、閣下もよくご存じでしょう。彼らにしてみれば電信局制圧事件は願ったり叶ったりの出来事です。これでギリシア正教徒とイスラーム教徒の関係は悪化したのですから。あの上級大尉は、バルカン半島であれ、東地中海の島嶼のどこであれ、アブデュルハミト帝が決して望まなかった対立を見事に燃え立たせてみせたわけです」

「遺憾ながら仰るとおりです」

「総督閣下、あなたとの友情にあやかって、ご忠告申し上げますぞ」

ジョルジ領事は感情が高ぶると美しさを増すフランス語で続けた。

「イギリスもフランスも、欧州のかくも近傍で伝染病が猛威を振るっている現状を歓迎しておりません。列強諸国はインド、中国でペストの封じ込めに失敗しました。かの国々が遠く離れているため対策が難しく、住民たちは無知なうえ、こちらの言葉に耳を貸そうともしなかったからです。ですが現在、ここミンゲル島のペストがヨーロッパの脅威となりつつある。疫病はこの島で食い止めねばなりません。ご存じのことと思いますが、疫病封じ込めが不可能だとなれば、諸国は軍隊を派遣してでもことに当たりますし、必要とあらば全島民を退去させることさえ辞さないのですよ」

サーミー総督は憤りもあらわに言い返した。

「皇帝陛下がそのようなことをお許しになるはずがない。イギリスがインド人部隊を上陸させるなら、我々も躊躇なく駐屯地のアラブ人部隊を派遣します。私も含め最後の一兵まで戦い抜きますぞ」

するとジョルジ領事は破顔した。

「閣下ならおわかりでしょう、アブデュルハミト帝はとうの昔にこの島を見捨てたのですよ、キプロスやクレタのようにね」

総督は忌々しげにジョルジ領事を睨んだものの、その言葉が事実であることは理解していた。たしかに一八七七年から一八七八年にかけての露土戦争の折アブデュルハミト二世は、ロシアに奪われたバルカン半島領土の奪還を援助したイギリスに見返りとしてオスマン帝国旗を掲揚し帝国領土であるという名目を守ることを条件にキプロス島の統治権を贈り物よろしく明け渡してしまったのだ。ふとサーミー総督の脳裏を詩人ナームク・ケマルの戯曲に出てくる「国がこの城塞を見捨てたというのか！」というセリフがかすめた。戯曲『祖国、あるいはシリストラ』の中で純朴かつ人好きのする主人公である軍人イスラーム・ベイが口にした言葉だ。あのセリフにあるとおり、この五十年間というものオスマン帝国政府が城塞や島々、地方や州を切り売りするようにして命脈を保ってきたのは事実だった。

サーミー総督は自分でも驚くほどの自信と権力を感じながら、あくまで冷静かつ皮肉たっぷりにジョルジ領事に尋ねた。

「では、我々はどうすればよいとお考えですか？」

「……昨日、ギリシア正教徒たちの長コンスタンディノス司祭にお会いしました。島のイスラーム教徒とキリスト教徒、司祭たちと導師たちで共同声明を出し、遺恨は水に流し、手を携えてこの凶事に立ち向かうのが最善でしょう。もちろん、電信局はすぐにも復旧させるべきです」

「すべてがあなたの善意あふれるお考えどおりにうまく行けば、どんなによいだろうと思いますよ！　御者のゼケリヤーに島でもっとも感染が深刻で不潔な地区へ連れて行かせますので、どうかご一緒下さい。そうすればお考えも変わりましょう」

「死臭を発するチテ地区の惨状は島中が知るところです。ですが、それを見過ごしてきたのはいったいどなたです？　もちろん、閣下の四輪馬車で御同道するのはこの上ない栄誉ですが」

イギリス領事が友人としてではなくいかにも外交官らしい慇懃な口ぶりで話しはじめたときは、サーミー総督もひどく警戒し、なにか罠でも巡らせているのではないかと疑ったが、ジョルジ領事が馬車で街を巡ることには同意してくれたためひとまずよしとした。総督はチテ地区へ向かう道順をゼケリヤーに事細かく指示すると、領事を差し向かいではなく隣に座らせて馬車の窓を開けた。

イェニ・モスクへ続くひと気のない街路を見て総督は一瞬、気おくれを覚えた。たとえ疫病が流行しておらずとも、道で誰にも行き会わないというのは気が滅入るものだったからだ。

アルカズ川沿いに並ぶ店々の大半は閉まっており、ただ商店街に二軒ある理髪店だけが開いているほかは——数人の「宿命論者」の老人以外誰も髭剃りには訪れておらず、あのパナヨトの理髪店も今朝方、店を閉めた——今日の糧を得るために働く鍛冶屋の親方たちの姿があるのみだ。検疫発令後の数日間に、指示に従わなかったり、禁止事項を守らなかったりした商店主たちは検疫部隊に袋叩きにされ監獄へ放り込まれてしまい、残った大半の商工業者たちももう店を開けず、商店街にさえ足を運ばなくなっていた。当初、サーミー総督はこれに反対し、商店の閉店はあくまで計画的に行うよう命じたものの、具体的な計画を準備する間もなく商店街はもぬけの殻となり、深い静寂に包まれてしまった。

いまは商店街にかわり、ギリシア人中等学校の校庭とネズミ罠が無数に仕掛けられた校舎一階で市場が開かれるようになっている。ニコス検疫局長とギリシア正教徒共同体、総督府の職員や憲兵たちの尽力によって開催されるこの市営市場では、検疫医とライゾール液を散布する消毒士たちによる検査を通過して市外から持ち込まれた卵やクルミ、ザクロ、香草入りのチーズやイチジク、干しブドウなど、「危険性なし」とされた食料品が販売されていた。自宅から出られず、食料品の貯蔵もなくなり、徐々に空腹の限界へ達しつつある住民たちのための市場が滞りなく機能しているところをジョルジ領事に見せようというのが総督の目論見であったが、聞けばジョルジ領事はすでに毎日一回はこの市場に顔を出しているという。

「市場というのは民衆の現状を知るのには一番の場所ですからな」

そう説明した領事はさらに、島北部はもとよりアルカズ市近郊の村々の近況についても、週に一回街にやって来る勇敢な売り手たち——医師たちの診察を受け発熱がないことを示さねばならないのだ——から聞き及んでいるのだと語った。心配性のサーミー総督はこの話を聞いて、イギリス領事は島北部へのイギリス軍の部隊上陸の可能性を探るべく情報収集をしているのだと勘違いしたのであった。

44章

やがて装甲馬車がふたたびイスタンブル大通りへ戻ってきた。わずか二カ月前まで島で最も活気にあふれていたこの坂道にも通行人の姿は皆無だった。メサジュリ・マリティーム、ロイド、トーマス・クック、パンタレオン、フレシネットのような海運会社の旅行代理店や公証人のズィノプロス、あるいはヴァニアス写真店の扉は開いていたが、店内に人の気配は感じられなかった。とある辻を通りかかると、母親と手をつないだギリシア正教徒の子供が、ペストで死んだ煎りヒヨコ豆売りのルカスの店を見つめていた。四輪馬車に気がつくと裾の長い黒衣を身にまとった母親——たしかガラティアという名だ——は凍りついたように立ちすくみ、青ざめた顔に怯えた表情を浮かべて息子の両の瞼を手で隠し、総督の馬車を見せまいとした。この四十二年後、ギリシア王国の外相となり、ナチスへの戦争協力および国家への反逆の廉で批判に晒されることとなるこの十一歳のヤンニス・キサンニス少年は、その回想録『余の見たるもの(タ・ヴィオマタ・ム)』において幼少期を懐かしみながら、一九〇一年のミンゲルのペスト禍についてあらゆる恐ろしい出来事をひたむきな筆致で詳述している。

これまでサーミー総督もジョルジ領事も、疫病によって島民たちが奇妙な考えにとりつかれ、正気とは思えない振舞いに及ぶのを幾度となく目にしてきた。そのため二人ともこの日の昼に見かけた黒衣の母親の行動を気にも留めなかった。しかし、装甲馬車が目に入るや寝そべっていた路肩から立ち上がり、護衛たちの棍棒など歯牙にもかけず、妻の行方を恫喝じみた口調で尋ねてきた男は二人をひるませるに十分で、サーミー総督は、公衆の面前でわざわざ検疫医や検疫部隊の指示に抗おうとする輩に手心は不要だと決意を新たにした。自宅からの退去や消毒、家屋閉鎖に異を唱える者や、医師や検疫部隊を襲撃しようとする者、あるいはペストをうつそうと試みる者たちは厳しく罰してやろう――サーミー総督はそう心に誓ったのだった。

とそのとき、前触れなく大音が響きわたり、二人は仰天することとなった。馬車の天井に大きな石か、あるいは薪が投げつけられたのだ。経験豊かなゼケリヤーはすぐに馬足を速め、ギュリュリュ通りの角を左へ折れてからようやく馬車を停めた。誰も口を開かず、馬の荒い呼吸だけが聞こえる。今回は総督も馬車から降りようとはしなかった。先日、ヴァヴラ地区のリファーイー教団の修道場の近くを通りかかった際に子供たちから石を投げられたが、あのときの子供たちは結局、護衛たちの手をかいくぐって逃げ散ってしまった。しかし、総督に就任して五年、こんな仕打ちを受けたのははじめてだった。

「導師や宗教指導者たちに肩入れなさっていても、こうしたことが起こるものなのですな」

ジョルジ領事が訳知り顔でそう言った。

ハミディィェ病院の医師や中庭の病床に臥せる患者たちは、装甲四輪馬車と後続の護衛たちの馬車に気がつくと、総督が視察に来たのかと期待したものの、車列はアルカズ市でもっとも深刻な感染地帯から逃げるように走り去っていった。ゲルメ地区に入って辻に差しかかると、ゼケリヤーは道幅の広い坂の上の道へ馬車を進めた。

「ルギャール・ア・ルエスト・ホテルのコック、フォティアディスが、避難先の村で亡くなったそうです」

ジョルジ領事が古い友人のことを話すような口調で言った。はじめて聞く話だったが、サーミー総督はひどく寂しくなった。ひところ総督と領事はタシュマーデニ地区の先に続く岩山の断崖に佇むこのホテルのレストランで月に一回は昼食を共にし、島の抱えるさまざまな問題について親しく意見を交わしたものだ。しょっちゅう氾濫を起こすため功罪相半ばするアルカズ市の下水網、街灯、港湾における不正の数々、ギリシア王国領事レオニディスの細々とした企み、あるいはミンゲル大理石貿易の話からバラ栽培の難しさに至るまで、ありとあらゆることを話し合った。そして、昼食を重ねるつど、サーミー総督はジョルジ領事への讃嘆の念を新たにしたのだった。

ほんの三年前まで、ミンゲル島は民族主義者同士の争いからも、戦争からも、なにより疫病からも遠く隔たった安穏な島に過ぎず、いまでは考えられないような政治的な話題を気軽に話し合い、友情を育む余地が残されていたのである。

チテ地区へ向かう途中、紫色の長衣を羽織ったハリーフィーイェ教団の修道僧と思しき若者に出くわした。若者は馬車が目に入るや道端にのき首から提げていた護符を、導師たちが教えたそのままに中指と人差し指をピンセットよろしく伸ばしてつまみ馬車に向け掲げた。その脇を通り過ぎるとき若僧の唇がかすかに動いており、それで領事と総督は彼が祈禱を詠みあげていることを知った。

総督と領事が鼻腔に死臭を感じたのは、その紫色の長衣の若者を後方に残して走り去った直後だった。それはアルカズ市民が九週間経ったいまも一向に慣れることができないでいる臭いだ。常に死臭がするというわけではなかったが、ときに鼻腔が焼けるほどの悪臭を放ち、そうかと思えばふいにバラの匂いがそれをかき消すのだった。家内や庭、あるいは到底あり得そうもない場所で倒れそのまま死んでしまい誰にも気づかれずにいた死体が風の具合で風上に来ると、死臭が漂いはじめる。悪臭を辿って発見された遺体の中には、別所で病死しあとから運ばれたものもあれば、中にはペストではなく殴られたり、刺されたりしたことが検死で明らかになるものもあった。あるいは、ペストと人間から逃れるべく一等見つかりにくい秘密の場所へ隠れ潜んだ結果、そこで孤独に死を迎え、死臭によってようやく見つかった死者もいれば、家主たちが疫禍を逃れるべく固く施錠していった屋敷にどこかの穴から潜り込んでそのまま死んでしまった料理人や見張り、あるいは夫婦などの遺体もあった。

チテ地区ではわんわんと大泣きする子供が馬車を迎えた。総督の馬車どころか何も目に入らないと言わんばかりに号泣するその子供はあまりに憐れで、総督は思わず馬車を停め慰めてやりたいと思った。隣を見ると領事も同じように心を痛めている様子だった。島のギリシア正教徒共同体はマリアンナ・テオドロプロス女子高等学校の裏手にあるネオクラシック様式の建物を孤児院に転用し、父母を亡くした子供たち十七名——総督の把握している最新の数字だ——を受け入れていた。チテ、ゲルメ、バユルラルなどのイスラーム教徒地区にも合計八十名の孤児がいたが、彼らはみなおじやおば、市内の親戚や隣人、知人に引き取られていた。イスラーム教徒の子供たちの中には「感染者」および「感染容疑者」としてアルカズ城塞の隔離区画へ送られた者が二十名近くいたが、一向に身寄りが見つからず、総督はその子供たちもここのギリシア正教徒孤児院へ預ける決定を下した。ところが一週間後、情報提供者から報告が届く。カーディリー教団修道場の門弟たちが集まり、ギリシア正教徒の学校でイスラーム教徒の子供たちがキリスト教徒へ改宗させられていることに抗議する嘆願書の署名を集めているというのだ。これを聞いた総督は激怒し、嘆願書を書いた修道僧——眼鏡をかけた偏屈な若者だった！——を検疫令違反の廉で投獄するよう命じた。しかし、眼鏡の修道僧はまたたく間に行方をくらませてしまった。ヌーリー医師は寄進財管理部長の意見を容れ、ジャーミィオニュ（モスク前）地区のフィダンルク通りに残るヴェネツィア統治期の古い建物をイスラーム教徒専用の孤児院に用いてはどうかと進言した。総督はこの提案にすっかり混乱してしまった。それというのも、彼のような州総督や県知事、あるいは帝国の行政官たちは常日頃から、臣民すべてに与えられるべき公益や保護をキリスト教徒であるかイスラーム教徒であるかによって差別するのは帝国の滅亡につながりかねないと教えられ、それを「諳んじるべき公吏の大原則」とさえしてきたからだ。結局、イスラーム教徒孤児院の設置に時間がかかったため、サーミー総督は子供たちをギリシア正教徒孤児院の方へ送ってよしとした。

　それにしてもペスト禍における孤児たちの生死をかけた闘争、つまり空き家に隠れ潜み庭々からレモンやオレンジをもぎ、クルミを盗んで生き抜いた彼らの物語は鮮烈で、しかし哀れみを誘わずにはおかない。残念ながら現在ミンゲル島で出版されている小中学校の教科書では、ペスト孤児たちの悲惨な冒険は民族主義的ロマンティシズムによって誇張された美談に仕立てあげられている。こうした孤児団の大半は長くは生きられなかったが、彼らの死にしても、あたかもペストとは関連がなかったかのような語られ方をしている。一九三〇年代に編纂された教科書の中には、この憐れな孤児たちをアラル海方面から何千年も前にミンゲル島へ到来した最古の祖先のもっとも純粋な血を引く子供たちであったかのように描くものさえ散見される。ひとところミンゲル島のスカウト団体も「不滅の子供たち」を名乗っていたが――もっとも人口に膾炙した孤児団の通称である――のちに世界スカウト機構の要請に基づいて「幼いバラ」へ改称している。

実のところ、さきほど四輪馬車に何かを投げつけたのも孤児団の子供たちで、横痃は出ていないにもかかわらず発熱があると言われて隔離区画へ連れていかれた挙句にペストに罹患した仲間の少年を思っての抗議だったのである。彼ら子供たちにとってのペストの恐怖とは、父や母あるいはその両方を取り殺されて天涯孤独になってしまうことではない。サーミー総督もイスラーム教徒地区、キリスト教徒地区双方で見聞きしたのだけれど、思いやりにあふれ優しい言葉をかけてくれるはずの母親が無力で惨めたらしい、そしてひどく利己的な死にかけのけだものと化していくさまを見せつけられるのが、なにより恐ろしかったのだ。そしてそれを目の当たりにした子供の中にはこの世への希望の一切を捨て、心の中に精霊が入り込んだかのようにどこか遠くへ飛び出していってしまう者もいるのだった。

斜面を上る四輪馬車が右折してトゥルンチラル地区へ入ると、御者のゼケリヤーは検疫部隊員たちのように顔を布で押さえ、総督も馬車の窓を閉めた。この三日、この一帯の死臭はひどくなるばかりで、数家族が地区を出て別の地区の知己の家へ移り住むほどだった。西からの風は肌に感じるかどうかというほどかすかであるはずなのに、この界隈の死臭をアルカズの街全体へ、それこそ総督府の執務室にいる総督や、猛然と手紙を書き続けるパーキーゼ姫のもとにまで届け苛立たせるのだった。そのためだろう、どこかに死体を集めておく秘密の墓地があって、死臭はそこから漂い出すのだなどという噂まで出ていた。もちろん、そのような墓地は存在しなかったのだけれど。

少し離れたところに検疫部隊員や役人たちの姿が見えたところで馬車が停車した。衛兵たちが車だ。ヌーリー医師が一瞬驚いたような顔をしたのは、車内に好々爺然としたイギリス領事の姿を認めたからだ。

ヌーリー医師とジョルジ領事に面識があるのは知っていたが、サーミー総督は互いを紹介し、それから領事と二人でヌーリー医師の報告に耳を傾けた。

「さきほど踏み込んだ木造民家の一階と二階の支え柱の間から、少なくとも死後二十日を経た二体の死体が発見されました。二人は抱き合って死んでいたのですが、夫婦なのか、恋人なのか、はたまたそれ以外の関係なのかさえ、わからないのです。大半の者がその悪臭を嗅いだだけで患者に接触したのと同じように感染してしまうのではないかと怯えておりまして」

最終的に身元確認は検疫部隊の中でも一等勇敢なことで知られたハイリが受け持つことになった。どこの誰とも知れない若者二人の死体が空き家から出たという噂は、いつの間にか街にも広まり、いまや行方知れずの兄弟や息子たちを探す人々がトゥルンチラル地区へ押し寄せはじめているのだという。と、そこまで説明したヌーリー医師は総督を裏庭のレモンの木の木陰へ連れ出した。葉の間から覗くレモンの果実は皺だらけの上に匂いも強く、まるで死んでいるかのようだった。

「閣下、この家屋を封鎖して兵士や隊員に見張らせることはできません。すぐにも焼却しなければ！　消毒しようにもフェノール液も足りないのです。かような場所では、私でさえネズミやノミがおらずともペストに感染するのではないかと気が気ではありません」

ヌーリー医師は感情を抑えきれずそう言い募った。

「ですが、ボンコウスキー閣下が殺されたのは、家屋の焼却命令を出そうとしていたからかもしれないと、そう仰ったのはあなたではありませんか」

「殺害犯の意図についてはあくまで私の推測に過ぎません。このような場所を一刻も早く浄化するためには焼却するよりほかありません」

このときの決定を誤りないしは効果の薄い対策だったと見なす歴史家たちもいるが、同じ年のインドのムンバイなどにおけるペスト禍の際には、疫病が蔓延した農村部では掘立小屋や崩れかけの建物、貧民街や悪所がなんの躊躇もなく焼却されていた。カシミールやシンガポール、あるいは中国の甘粛省の検疫官たちは、大都市へ疫禍が及ぶのを防ぐため建物どころか、通りを一本、ときには丸々村一つを焼き払うことさえあったのである。そのためこうした国々では平野や、広大な不毛の大地の向こうに立ち上る黄色みがかった赤い炎と黒煙こそが、ペスト接近の知らせがわりとなるほどだった。

サーミー総督は、周辺の全家屋から住民を退去させたのち、十分な注意を払いつつ件の木造家屋を焼却するようニコス検疫局長に命じた。

サーミー総督とニコス局長は焼却井戸で働く勇敢な消防隊員たちと検疫部隊員に家屋焼却を任せることに決め、彼らを丘の上の井戸からトゥルンチラル地区へ呼び寄せることにした。人だかりの中に総督を見かけにじり寄ろうとする野次馬がいたため、総督と局長は四輪馬車に乗り込んだ。総督がジョルジ領事の向かいに腰を下ろすと、死臭はすでに車内にまで入り込んでいた。しかし、たった二体の死体からこれほどの悪臭が立つとも思われなかった。やがて馬車が出発しようかという頃合いになって扉が開き、ヌーリー医師が乗り込んできた。

装甲四輪馬車がゆっくりと総督府へ戻る間、ジョルジ領事も総督も、そしてヌーリー医師もほとんど喋らなかった。総督は、もうこれ以上惨状は見たくないとばかりに腕を組み、自分の手をじっと見つめている。街並みを眺めるジョルジ領事の顔にも「信じがたい災厄だ！」と言わんばかりの表情が張りついていた。

リファーイー教団修道場とイェニ・モスクの間を抜けていくとき、建物の合間からふと海が覗いた。サーミー総督は、海上に列強の戦艦が見えはしないかと目を細めて外洋を眺めながら言った。

「ムッシュー・ジョルジ、私にとってあなたの意見に勝るものはない！　あの戦艦たちを国へ帰し海上封鎖を解かせるには、私たちの島はどうすればよいのでしょう？」

ジョルジ領事は旧友に対し、あくまで慇懃な外交官然とした口調を崩さなかった。

「総督閣下！　執務室でお願い申し上げたとおりです。ペスト患者がヨーロッパへ流出するのを食い止めればよいのです」

「イスタンブルが望むとおりの措置を講じてきましたし、彼らの意に添わぬだろう対策とて打ちました。どうか彼らに伝えてほしいのです、誠意と努力をもってことに当たってきたが死者の数が減らない、と」

「電信局を再開させれば助けも援助も請えましょうに。そうだ、一つお教えいただきたいのですが。……チテ地区で見かけたあの紫色の長衣の若人のことです。閣下、なぜ彼らはあなたに対して、いや私たちに対してああも敵意をあらわにするのでしょう？　ことあるごとに検疫令に逆らい、公然と検疫官たちの邪魔ばかりするのは、どうしてなのですか」

「さきほどの若者はハムドゥッラー導師に心酔する弟子の一人でハリルといいます。手の付けられない跳ね返り僧ですよ。みな山師まがいの導師どもや、そいつらが書く無意味な護符のことは批判しますが、その真の指導者たるハムドゥッラー導師が検疫令に対抗する勢力の背後にいると明言する者はおりません。なぜ誰も彼の名を口にしようとしないのでしょうね？　いま検疫部隊員たちは司令官が投獄されたことで動揺しています。ですがハムドゥッラー導師とその一派を抑えることができるのは、彼ら検疫部隊だけです。ですから、彼らの司令官を解放し、検疫部隊へ戻そうと思うのです」

ちなみに、このときのサーミー総督の発言こそがミンゲル史においてキャーミルを「司令官」と呼んだはじめての用例として記録されている。それはともかくとして、ジョルジ領事はキャーミルの解放については異を唱えずこう言った。

「ハムドゥッラー導師がペストにかかったことは、お聞き及びですか？」

「なんですって？　導師がペストになったのですか？」

サーミー総督は執務室へ戻るとすぐキャーミル上級大尉を解放するよう命じ、執務室へ呼び出した。その場で、人民を助けることだけを考え、くれぐれも増長せぬようにと訓戒したうえで検疫部隊長の任は解かないことを申し渡し、最後に人目に付く行動は控えるよう助言したのだった。

訳者略歴　東京大学大学院総合文化研究科博士課程単位取得退学，大阪大学人文学研究科准教授　著書『無名亭の夜』『多元性の都市イスタンブル』他　訳書『わたしの名は赤〔新訳版〕』『雪〔新訳版〕』『無垢の博物館』『僕の違和感』オルハン・パムク（以上早川書房刊）他

ペストの夜（よる）
〔上〕

2022年11月20日　初版印刷
2022年11月25日　初版発行

著者　オルハン・パムク

訳者　宮下（みやした）　遼（りょう）

発行者　早川　浩

発行所　株式会社早川書房
東京都千代田区神田多町2－2
電話　03－3252－3111
振替　00160－3－47799
https://www.hayakawa-online.co.jp

印刷所　株式会社精興社
製本所　大口製本印刷株式会社

Printed and bound in Japan

ISBN978-4-15-210185-3 C0097

乱丁・落丁本は小社制作部宛お送り下さい。
送料小社負担にてお取りかえいたします。